마이허

마이허

박옥남 저

차이나하우스

작가의 말

열여덟 살에 취미로 시작한 글쓰기가 환갑을 맞은 나이에 그것도 한국 땅에서 여러분의 도움 하에 작품집으로 재탄생하게 될 줄은 생각지 못했습니다.

퇴직하고 한국에 와서 몇 년간 식당가의 '언니'로, 가정집'이모'로, 일용직 '아줌마'로 살면서 느낀 점이라면 조선족이란 도대체 어디서 어떻게 파생된 군체(群體)이며 이 군체가 지금껏 어떤 곳에서 어떻게 살아왔는지에 대하여 한국 국민의 대다수가 감감부지이고 또 별로 관심도 없다는 사실입니다.

원래는 한반도에 살던 사람들이 꽤 오래전부터 각자 저마다의 고충이나 원인을 안고 넓디넓은 만주벌판으로 이민을 가서 근 한 세기 가까운 시간을 농경을 주업으로 하면서 지금껏 살아왔습니다. 그게 바로 조선족입니다. 우리는 '혼혈아'도 아니고 '집시'도 아닙니다. 한반도에 친정을 두고 머나먼 만주벌판으로 '시집을 간' 조선의 '딸'일 뿐입니다.

한마디로 조선족의 역사는 살길을 찾아 나선 이민의 역사이고 추운 기후도 무릅쓰고 벼농사 하나로 자기들의 삶의 터전을 일궈낸 개척의 역사이며 특정한 국가의 특정한 정치 세파 속에서도 질기게 살아남은 인고의 시간이었습니다. 그렇게 살아남은 군체가 또다시 보다 나은 삶을 찾아 드넓은 중국 땅 곳곳으로, 물 넘고 바다 건너 세계 각국으로 빛살처럼 퍼져나가고 있습니다. 나는 그 과정 중에 있었던 일부 일화들을 스케치 식으로 소설이란 그릇에 옮겨 담았을 뿐입니다.

조잡한 글솜씨임에도 불구하고 작품집으로 탄생시키기 위해 몸소 발품을 팔아가며 노고를 아끼지 않으신 한양대학교의 이승수 교수님, 그리고 귀한 시간을 할애하며 여러모로 힘을 보태주신 황인건, 강동우, 민선홍, 이두리 님께 깊은 사의(謝意)를 드리는 바입니다. 감사합니다.

일러두기

※ 중국에서 통용되는 조선문 표기법과 현행 한국어 맞춤법 사이에 일부 차이가 있어 두 가지 원칙에 따라 이를 조절하였다. 첫째, 띄어쓰기와 서술상의 표기는 한국어 맞춤법을 기준으로 전면 수정하였다. 둘째, 지역성과 현장성 보존 차원에서, 생동감 넘치는 묘사와 대화 부분은 한국어 맞춤법과 상관없이 그대로 살려두었다.

※ 소설에는 한국의 여러 지역어는 물론, 중국어 환경 속에서 만들어진 독특한 표현들이 빈번하게 구사되었으며, 간단한 중국어 대화가 섞여 있다. 여기에 대해서는 작품 감상의 흐름을 해치지 않는 선에서 각주 형식으로 풀어주었다. 원전은 순 한글로만 표기되어 있는데, 의미 해독에 필요하다고 판단되는 경우 괄호 안에 한자를 병기하였다.

※ 작품의 배열은 발표 연도에 따랐다. 다만 '실기 소설'이라는 부제를 달고 발표된 「고향」은, 작가의 자전 성격을 지니고 있으면서 나머지 열일곱 편의 작품을 통어하는 문제의식을 담고 있어, 「태사공자서」(사마천)의 사례에 준하여 발표 순서를 어기고 맨 뒤에 두었다.

차례

01
우리 동네

팔가자(八家子) 마을의 좌상(座上)이었던 갑인 노인이 여덟 호의 이민 식구를 휘동(麾動)해 가지고 와서 이삿짐을 풀었을 때까지만 해도 이 마을은 무인지경의 허허 초판이었다고 한다. 삼면이 자연늪에 잇닿여 있어 장마철이면 물이 마을 안까지 불어 올라 구들에 올방자를 틀고 앉아 낚시질도 했다는 곳이다. 이런 곳에서도 여덟 호의 이민 식구는 대를 뻗고 호를 늘여 오늘날엔 제법 자그마한 한동네를 이루었건만 그때 지었던 여덟 채의 땅막집[1]은 여직 마을 뒤줄에 버티고 앉아 초라한 마을에 고풍을 돋우고 있다. 비슬나무 가지에 달아맨 낡은 확성기에선 흘러간 옛노래가 시름없이 흘러나오고 있었다.

얼마나 멀고 먼지
그리운 서울은
바다가 길을 막아
가고파도 못 갑니다.

팔가자 촌으로 말할 때 이 확성기는 유일무이한 공유 재산이었다. 전 같으면 "여성 동무들은 오늘 종자 고르기를 하고 남성 동무들은 도랑 치러 갑시다." 등등의 생산 일선을 지휘하는 데 없어서는 안 될 것이었겠지만 지금은 일 년치고 기껏해야 시시껄렁한 동네 통지나 몇 통 내고 심심하면 이렇게 흘러간 옛노래나 풀어내는 게 고작이다. 이왕 같으면 밭갈이 하는 소들의 영각 소리와 기계의 엔진 소리로 동네 안이 부산했을 이맘때건만 뒤늦게야 달아오른 출국열 때문에 마을 사람들은 일하러들은 가지 않고 구들목에 모여앉아 한국 갈 소리들만 주절거린다.

---

1) '땅막집'은 '움막집'.

"그 집 사위재는 초청장이 왔다메?"
"뒷집의 허가서는 가짜랍데."
"우리 초청장은 어째 아직두 아이 올가?"

마을 안 골목마다에는 장사아치들의 사구려 소리가 비일비재다.

"맨뽀라 ~ 탕빙라 ~"
"쇠꼬라! 쇠꼬!"
"장 ~ 세라 ~"2)

실로 가관에 명창들이다.

"할매, 쇠꼬 사주!"
"엄마, 내 맨뽀 먹게."

조무래기들이 장사아치들의 자전거 짐받이를 붙잡고 늘어지며 칭얼거린다.

"이 에미나 새끼 할미 밑구녕으루 돈을 펑펑 낳아두 못 감당하겠다. 금
방 두 개나 채우구두 또 주래질3)이냐? 돈이 어딨니? 돈이."
"우 ─ 야! 이 썩어질 새끼들, 눈만 따개지면 바라들 와서 애들 돈을
쥐 소금 알 녹이듯 야금야금 녹여간다야! 이래가지고 어디 살겠슴
까?"

---

2) 중국어 '맨뽀(面包)', '탕빙(糖饼)', '쇠꼬(雪糕)', '장세(掌鞋)'는 각각
   '빵', '꿀떡', '아이스크림', '신발 수선'.
3) '주래질(을) 하다'는 '보채다', '졸라대다'라는 뜻의 함경도 방언.

아낙들은 한족 장사군들을 코앞에 세워두고 알아듣지도 못하는 욕을 퍼부으면서 결국은 호주머니 밑굽을 뒤져 애들의 입을 막아 놓는다. 장사군들은 조선 아낙들의 줄욕을 먹으면서도 하루도 빠짐없이 꼬박꼬박 들어와서는 한 잎 두 잎 조선 아낙들의 지갑을 훑어간다.

"에구 ─ 말도 맙소, 우린 이거 하난 것두 하루에 돈을 얼마나 팔씨를 하는지[4] 모르겠소. 둘, 서이 있는 집은 말하지 않아두 기뜩찰껩꾸마."

"말해 뭐하겠소? 저 애비에미 두구 간 돈으 벌써 다 쓰구두 모자래서요 먼저 또 부쳐오지 않았습꽈이? 내사 이제 어떻게 장부를 맞추어 놓아야 할지 그게 더 큰 걱정입꾸마."

"게두 그 집은 나올 구멍이나 있지 않소? 우리넨 기 딱 맥힙꾸마. 나올 구멍두 없는데 대구 쓰기만 하니."

"그러게 말입지. 이태나 농사두 못 짓구 이게 뭐이요? 만날 된다 된다 그러면서 처가집 외삼촌 제삿날 미루듯이 미루기만 하니 그 초청장인지 무시갠지 하는 것 때문에 속이 타 싹 죽겠소."

"누기 아이라오? 에구 ─ 내사 그 초청장 소리는 이제 들기만 해두 신물이 나오. 그래두 양? 내 하락수(河洛數)란 거 보니까나 올핸 어떻게 하나 일이 풀린다재이요?"

"정말 저 땅막집에 양? 손끔으 기차게 잘 보는 한족 영감이 왔답더구마."

"그래오? 그럼 우리 모다 가볼가? 맞춘다오?"

"양 ─ 기차게 딱딱 맞추더라재이요?"

"그럼 우리 째까닥 같이 가 보입소. 저녁두 아직 멀었는데."

그래서 이야기판은 다시 아낙네들의 뒤꽁무니를 따라 마을 맨 뒤쪽

---

4) '팔씨를 하다'는 '써 버리다'라는 뜻의 함경도 방언.

땅막집 마당에 가서 벌어지게 된다. 마당 한복판 버드나무 그늘 아래
에 동네 남정들 몇이 자칭 점쟁이라고 하는 한족 나그네를 채바퀴처럼
빙― 둘러싸고 앉아 왁작지껄들이다.

"어렸을 때 죽었다 살아난 일이 있었겠소. 물이나 불 같은 것에 혼이
  났던 일이 없었소?"

점쟁이가 한 나그네의 손바닥을 부여잡고 들여다보며 일설하고 있었다.

"귀신은 귀신이다야. 내 열두 살 나던 해 새 둥지 들추느라 정미소 처
  마 밑으 훑다가 전기를 맞은 적이 있는데 이놈이 그거 말하는 모얘요.
  허 참!"

손을 맡기고 마주 앉아 있던 나그네가 무릎을 쳐가며 경탄을 하고 있
었다.

"올해 먼길을 떠날 신수요. 그런데 그 길은 아주 멀고 또 물길에 막혀
  있수다."
"아 이놈이 맞추긴 맞춘다야. 내 한국으 가자는 거 아불라5) 다 아네.
  한국이 바다물 건너에 있지 않구 뭐요?"
"그런데…"

점쟁이는 뒤를 눌렀다. 병 주고 약을 파는 것이 떠돌이 점쟁이들의

---

5) '아불라'는 앞의 말과 함께 쓰여 '~까지 아울러'.

상투적인 작법이다.

"그런데라이? 무스개 시원찮은 게 있소?"
"일이 되여가는 사이에 작간을 피우는 사람들이 있구만."
"그래서?"
"이 헝겊 오리를 동구 밖에 있는 제일 큰 나무에 동여 놓아야 하우. 떠
　나는 날까지 풀지 말아야 한다니까."
"그러지 뭐. 크게 바쁜 것두 아닌데…"

　나그네가 손을 내밀어 헝겊 오리를 받으려 하자 점쟁이는 헝겊 오리
를 든 손을 뒤로 걷어 들이며 다른 손을 내밀었다. 돈을 내란 뜻이다.

"얼마요?"
"점 값 10원에 헝겊 오리 값 10원, 모두 20원이유."
"난 또 얼마나 된다구. 그깟 20원, 술 사 먹은 셈 치구 주지 뭐."

　그러면서 나그네는 괴춤에서 돈을 꺼내더니 점쟁이 앞에 던져 놓는다.

"이번엔 내 거 보이기요."

　사람들은 너도나도 다투어 자기 손을 점쟁이 앞에 들이밀었다.

"에헴, 하나하나 봅수다. 바쁘지 않으니까."

　점쟁이는 서두름이 없이 배포 유하게 담배 한 개비까지 피워 문다.

그때 마을 복판 사거리엔 진(鎭) 거리 장마당도 무색할 만큼 풍성한 남새 시장이 벌어졌다. 마을의 모 붓기가 시작되어서부터 줄곧 이어진 류동(流動) 채소 매대다. 저녁녘이어서 경기는 한창 고조였다.

"회 칠 만한 걸루 붕어 두 근만 뜨오."
"오이 두 근 줍소."
"염지 한 단에 계란 열 알이면 얼매요?"

저녁 찬거리를 장만하러 나온 아낙들과 술안주 거리를 찾는 남정들로 채소 밀차 주위는 진풍경이다. 흥정을 붙이고 있는 사람, 찬거리를 고르는 사람, 가격을 묻는 사람들에게까지 싹싹한 대접을 해주느라고 남새 장수 쇼왕(小王)은 오늘도 눈코 뜰 새 없다. 이때 사람들 속을 비집고 한 사내가 끼어들며 남새 장수와 알은체를 한다.

"어이, 쇼왕. 어때? 할 만한가?"
"쑬쑬하우."

쇼왕이 바쁜 와중에도 대답을 하며 웃는다.

"오늘은 얼마를 벌었나?"
"뭐 이 동네에 와선 마수걸이라 아직 별로요."
"그게 말인데. 지금 내가 바삐 쓸 데가 좀 있어서 그러니까 돈 한 20원 꿔워 주라구."
"헤헤… 이보우, 다 외상으로 나가구 현금이 없다니까."

쇼왕이 웃는 얼굴로 완곡한 거절을 한다.

"니 거짓뿌리 한다. 이제 방금 10원 수입하는 거 다 봤는데두."
"그건 장사 밑천이유. 밑천 없이 어떻게 래일 장사를 하우?"

쇼왕의 얼굴은 이번엔 울상으로 변했다.

"이 쪼잔한 놈 좀 봐라, 어째 내 아이 줄가 봐 이러재? 래일 꼭 준다."
"래일 줄 돈을 왜 꾸오? 그리 바쁜 일이 아니면 래일까지 기다리지."

쇼왕의 말투가 예사롭지 않다.

"자식, 말도 많다. 도대체 주게 안 주게?"
"작년에 꿔간 돈두 아직 안 물고 또 꿔달라우?"

볼 부은 소리를 하는 쇼왕은 이번엔 억울하다는 표정이다.

"야 — 이 자식이 또 맞지 않구는 안 되겠다? 어디 한 매 올려붙이랜?"
"때려보우, 이젠 나두 가만있진 않겠소."

쇼왕의 얼굴이 갑자기 흉해지며 말투도 심히 거칠어진다. 남새 장수 쇼왕의 이런 모습은 처음이다. "찰싹!" 하는 소리가 나는가 싶었는데 쇼왕이 볼을 싸쥔 채 자기를 때린 대방에게 욕설을 퍼붓는다. 팔대 조상까지 거들어 하는 욕설은 여름날 소나기처럼 대방에게 틈도 주지 않고 줄기차게 쏟아져 내린다.

"쿵!"

"딱!"

"찌끈"

"와르르 —"

채소 거리를 담았던 박스들이 산지사방으로 쏟아지고 밀차가 한쪽으로 나뒹굴며 드잡이가 본격적으로 시작되었다.

"큰일 났슴다!"

"싸움 말깁소!"

주위에 섰던 아낙들의 고함소리와 아이들의 아우성 소리까지 합쳐 마을 안은 금세 아수라장이 되어버렸다.

"이늠들아! 이게 무슨 발광들이냐?!"

머리가 희슥희슥한 늙은이가 짚고 섰던 지팡이로 뒤집혀진 밀차 채를 두드려며 대성질호를 하자 뒤늦게 몰려온 남정들이 하나둘 달려들어 싸움을 뜯어말린다. 남새 장수는 아직도 분이 사그러지지 않아 동네 남정들에게 떠밀려 가는 적수를 한식경이나 지릅떠보다가 주섬주섬 남새들을 주어 담더니 저녁노을을 등지고 마을을 떠난다. 그것을 지켜보고 있던 아낙들이 중구난방 한입씩 쑤왈거린다.

"에구 — 서방 갔다는 사람이 아직두 밤낮 싸움질이요."

"쎄를 쓰는 모양입꾸마. 글쎄 작년에 꾼 돈두 아직 안 주구 또 꿔우라니 누기 또 주겠슴둥?"

"게두 저 한족 나그네 많이 참는다. 코피까지 났소. 그리구 저 깨진 계
란이랑 어쩨게? 오늘 장새는 밑졌겠소."

아낙들은 아직두 무슨 구경거리가 남아 있는가 싶어 헤여지지 않고
모여 서서 네 한마디 내 한마디 이야기 꼬리를 이어나간다. 그러던 중
아낙 하나가 지나가는 남정을 향해 소리를 질렀다.

"이 봅소, 또 어디루 감까? 또 마작 치러 감까? 야 — 내 저 나그네 밉
어 쌍 죽겠다. 오늘두 밤샘을 할 예산임까? 어저는 저 재무지두 치워
야 감재새끼래두 싶어 먹지. 만날 마작만 불들구 있으면 어떻게 함
까? 저녁으 때까닥 해 먹구 같이 하자 했는데…"
"있다가 치우지 뭐, 소털 같은 세월에 뭐 바뿌?"
"남들은 어전 감재 심은 게 다 나오겠는데 아직 심지두 않구 그냥 저런
다이?"
"그 잘난 감재 심어 뭘 하우? 한국 가면 누기 먹는다구?"
"그래두 심어야지. 잔년에 누기 파먹어두 싶어 놓구 어쩌든가 해야지."

아낙이 남편의 팔을 붙들며 가지 못하게 막아서자 오도 가도 못 하게
생긴 남편이 마침 막 그 옆을 지나가는 작달막한 사내를 불러세운다.

"야! 륙근아, 여기 좀 오나!"

갓 낳았을 때 여섯 근이었다고 해서 이름이 륙근으로 불리우는 사내
가 가던 걸음을 멈추고 묻는다.

"어째 그래우?"

"너네 쇠지 요즘 뭘 하니?"

"놀지 뭐."

"일거리 없지에?"

"없지 뭐."

"잘 됐다. 저 우리 집 재무지 때까닥 안 치워주게?"

류근이가 한식경이나 말이 없자 남정은 호주머니를 뒤져 인민폐 10원짜리를 꺼내 류근이의 손에 쥐여준다.

"거저 시킬가 봐 그러니? 어따. 됐지에?"

돈을 받아든 류근이가 그 돈을 호주머니에 쓸어 넣으며 이번엔 흔쾌히 대답을 한다.

"그럼 내 지금 가서 슬기 메워 오겠습꾸마"

"응, 그래라."

그걸 옆에서 지켜보고 있던 아낙이 바늘에라도 찔린 듯 소리쳤다.

"우얘, 그 돈이믄 우리 집 식끼 고기 한때 실컷 먹겠슴다."

그러자 남정이 그 안해에게 두 눈을 찔 흘긴다.

"이 엠네. 너무 편안해 생지랄이라이?"

그리고는 뒤도 돌아보지 않고 쳉쳉 가버린다. 아낙은 닭 쫓던 개 지붕 처다보는 식으로 사라지는 남정의 뒤등만 처다본다.

"륙근이 저 머절싸한 게 동네 재무지는 맡아 놓구 쳐냄매?"

　　옆에 섰던 아낙이 입을 비쭉거린다.

"돈 벌지에?"
"돈은 무슨 돈? 그 집 나그네처럼 맞돈 내는 집이 몇 집임둥? 다 나래 준다 준다 하고는 쉐미6) 쓱 문다지면 그만인데. 게두 저 머절싸한 게 죽을 등 살 등 모르구 시키는 대로 다 합꾸마. 역지 못한 게 어찌겠슴둥? 이 앞집 창수넌 와늘루7) 청보해서8) 시킵더구마. 어꼬제는 뒤간 아불라 데려다 치웁데."
"그 나그네 한국 갔다 온 재세9)를 내느라구 그래재임둥? 우리 나그네 그러는데 양? 마작두 딱 큰돈 내기만 한다재이요? 작은 건 원판 시시해서 못 놓겠다구 그랜다오."
"그 집은 엠네구 서나구 똑같은 양 합꾸마. 그 안까이 채소 살 때 봅소. 돼지 흰살두 아이 먹소, 계란두 물렸소 그러는 즛쌀10)을…"
"개천에서 용 났네. 그 안까이 돈이 없어 모듬 추렴에도 못 나오던 일이 어꼬저께 일 같은데…"
"에구 — 옛날입꾸마. 지금 봅소. 영 알짜 멋따겝꾸마."11)

---

6) '쉐미'는 '수염'.
7) '와늘(루)'는 '몽땅', '완전히'라는 뜻의 함경도 방언.
8) 중국어 '청보(承包)'는 '청부를 맡다'.
9) '재세'는 '자랑'의 함경도 방언.
10) '즛쌀(즛살)'은 '꼴, 모양'을 뜻하는 함경도 방언.

"돈이 좋긴 좋지?"

"양 ― 너무 좋아서 밤낮 싸움질입데. 이제두 양? 서나까 아부재기 치며 영 날립더구마."

"어째 또 그랜다오?"

"모름둥? 에구 ― 아직 밤중이구마. 그 집 나그네 저 아래짝 영주 각시까 또 그랜다재이요?"

"그 나그네사 동네 포란즈(泡爛子)12)라고 소문났지 않소?"

"그런데 이번엔 양? 또 영주 각시까 붙었다오."

"우 ~ 기차라. 그 각시 영 임전해 보이던 게…"

"임전한 게 밑으로 호박씨 깐다재이요? 실랑재 한국 간 지 이제 며칠 됐습둥?"

"남자들이 수캐처럼 눈에 달이 오르면 제정신이랍데? 한국서 벌어 가져온 금뿔이랑 제 안까이 몰리구 영주 각시를 수태 줬담더구마."

"우 ~ 야 ~ 씨만하게 논다야. 내래두 잡아 뜯구 싸우겠슴다. 어떻게 번 돈이라구 그런 왕청 같은13) 데다 밀어넣겠슴까?"

"그래두 그 나그네 제 안까이까 하는 소리 들어봅소. 내 번 돈 내 어디다 쓰든 관계하라냐? 서울 가봐라, 쌔구 버린 게 바람피우는 일이더라. 죽도록 일해 벌어 왔는데 고만한 일 가지고 지랄이냐? 이러재이요?"

"우 ~ 야! 우리 나그네도 갔다 와서 그래면 어찐다오?"

"그러게 어떻게 하나 물어나가서 같이 벌어와야 나그네들이 큰소리 못 친다는데. 아이 그렇습둥?"

---

11) '멋따게(멋따개)'는 '멋쟁이'의 방언.

12) 신의 없고 행동이 경망한 사람을 가리키는 중국 동북 지역의 욕. 여기선 발정난 수퇘지 정도의 뜻으로 사용됨.

13) '왕청 같다'는 말은 연변을 중심으로 한 조선인 사회에서 '엉뚱하다', '뚱딴지 같다'는 뜻으로 쓰인다. 인근의 왕청(汪淸)이라는 지명과 관련이 있을 듯하나, 정확한 유래는 분명치 않다.

"양 ~ 그러게 말이요."

땅거미가 졌다. 한낮의 땡볕에 달아올랐던 동네 안은 밤이 되었건만 아직도 그 미열 때문에 한낮 못지않게 훈훈하다.

황성옛터에 밤이 되니
월색만 고요해
페허에 서린 회포를
말하여 주노라
아 가엾다 이 내 몸은
그 무엇을 찾으려고
끝없는 꿈의 거리를
헤메어 있노라
....

확성기는 여직 쉬지 않고 노래가락을 흘리고 있다. 갑자기 노래가 뚝 멎고 "삐 ~ 익" 하는 잡음이 나오더니 급촉한 고음이 튀여 나왔다.

"리의사! 리의사님! 지금 누기네 집에 있는지 빨리 창수네 집에 와 주쇼! 창수 각시가 농약을 마셨슴다. 구급을 해야 함다. 리의사! 리의사님! 빨리. 빨리 와주쇼! 위급함다!"

마을 안은 삽시에 발칵 뒤집혔다. 부름 소리, 뛰여다니는 소리, 개 짖는 소리, 손잡이 뜨락또르가 시동을 거는 소리… 게다가 속옷 바람에 밖으로 나온 구경군들의 탄식 소리까지 합쳐 마을 안은 말 그대로 아수라장을 방불캐 했다.

"에구– 돈이 원쒸요, 돈이…"

여기저기서 동네 아낙들이 혀를 끌끌 찬다.

밤이 가고 동이 텄다.
또 하루가 시작된 것이다.
동구 밖에서부터 웨치는 귀익은 사구려 소리가 새벽녘의 고요를 깨뜨리며 팔가자 마을을 깨운다.

"떠우 ～퍼 ～"14)

1991년, 『흑룡강신문』

---

14) 중국어 '떠우퍼(豆腐)'는 '두부'.

02
올케

1.

내가 아홉 살 나던 해라고 기억한다.

향 방영대(放映部) 방영원(放映員)으로 일하던 막내 삼촌이 고가림촌 위생소의 한족 처녀 쑤즈와 결혼하겠다고 난동을 부려 온 집안이 발칵 뒤집혔던 적이 있다.

"뭐라? 니 이자 뭐라켔노? 되놈 지집아를 샥시로 데려오겠다꼬? 이런 씨알머리 없는 놈 봤나, 니 시방 그것도 말이락꼬 해쌌나? 이 오라질 놈, 이 때려죽일 놈, 이 정신 빠진 놈 같으니라구. 내 눈에 흙이 들어와 봐라. 당키나 한 쏘린가?"

목소리도 크고 여느 여인네들에 비겨 거푸집이 커서 뚱땡이 할머니라고 소문난 우리 할머니가 신고 있던 고무신짝을 벗어들고 웃목에 죽치고 앉아 있는 막내 삼촌을 향해 냅다 던지며 고함을 질렀다. 팔자에도 없는 한족 며느리를 본다는 것은 집안 망신이라며 쥐약 봉지를 앞에 가져다 놓고 죽음을 빌미로 반기를 내드는 할머니의 서슬에 삼촌은 마지못해 쑤즈와의 거래를 정리하고 옆집의 분이라고 부르는 처녀와 결혼식을 올렸다.

조선 여자는 다리가 짧아 싫다는 삼촌의 이유 같지 않은 이유도 할머니는 "빌어 처묵을 놈, 샥시를 고르지 뜀내기 선수를 고르냐? 다리는 길어서 뭘 하노? 여자란 말이다, 자고로 이 궁뎅이만 소두배[1]만짝 큼직

---

[1] '소두배'는 '소댕', 즉 '솥뚜껑'.

하마 그기 질루 좋은 기라."

그러면서 면박을 주어버렸다.

다리가 짧고 둔부가 남달리 풍만한 분이 숙모는 삼촌에게 시집을 오자마자 연방 아들 둘을 무우 뽑듯 낳아주었다.

"봐라 봐라, 내 말이 맞제? 어른들 말을 들으마 그저 자다가도 떡이 생기는 기라."

할머니는 맏며느리인 우리 엄마도 못 낳는 남자애를 막내며느리가 둘씩이나 낳았다며 입이 풀린 팥 자루가 되어 칭찬을 아끼지 않았다. 할머니에 의해 분이 숙모의 인끔이 아무리 올라도 삼촌의 눈에는 다리 긴 쑤즈완 비교도 안 되는지 쩍하면 논두렁 넘다가 걸려 넘어질가 걱정이라느니 뭐니 하며 롱반진반으로 분이 숙모를 시까슬렀다. 그래도 사람 좋은 분이 숙모는 그따위 소리는 안중에도 없는 듯 개의치 않고 늘 미소로 받아들였다. 손뿌리 맵짠 분이 숙모는 들일 뿐만 아니라 집안 살림살이까지 막히는 데 없어 며느리들 중 할머니의 총애를 독차지하고 살았다.

2.

할머니는 분이 숙모가 낳은 손주 중에서도 후에 낳은 후동이를 끔찍이도 귀여워했다.

"이 사내들이란 말이다. 자고로 뜨거운 음식을 잘 묵어야 커서 샥시 복이 두터운 기라. 선동이 저놈은 맨날 더운 밥을 퍼줘도 꼭 씩어야 처묵는다 아이가? 잘만 생겼으면 뭐 하노? 이제 봐라, 우리 후동이가 선동이 놈보다 샥시 복은 더 있을 끼구마."

할머니는 늘 후동이의 엉덩이를 툭툭 두드리며 덕담을 아끼지 않았다. 먼저 낳은 선동이는 삼촌을 닮아 다리가 늘씬하고 이목구비도 훤했으나 이듬해에 낳은 후동이는 분이 숙모를 닮았는지 가무잡잡한 데다가 다리보다 허리가 더 긴 것이 얼핏 보면 큰 난쟁이 같았다. 나는 그렇게 못생긴 후동이가 선동이보다 좋은 색시를 얻기는 열 번 글렀다고 생각하고 있는데 할머니가 늘 그렇게 후동이를 두둔하는 건 못생긴 후동이가 가엾어서 하는 소린 줄 진작 알았다.
내 짐작대로 선동이는 일찍부터 동네 처녀들을 꿰차고 다녔다. 그것도 한둘도 아니고 선동이에게 시집을 오겠다며 목을 매고 따라다니는 처녀가 저그만치 한 개 패는 될 상 싶었다. 모두가 하나같이 얼굴이 이쁘장한 처녀들이었는데 저희들끼리 시기 질투하며 싸우던 끝에 종당엔 아래배가 먼저 불러나기 시작한 경옥이란 처녀가 우리 한씨 가문의 장손 며느리로 자리를 굳혀버렸다.

"지금 지집아들은 부끄러운 거이 없어서 큰 탈이다고마. 우리네 쩍 같으면 당키나 한 일인고? 낯짝이 해반주구리하면 뭘 하노? 서나들 간땡이나 녹였지. 그나저나 그런 몸뗑이를 해 갖고 알라나 순풍순풍 낳을란지 모리것다."

　할머니는 손주며느리 될 처자가 버들가지처럼 가녀린 몸매를 가진 것이 못내 눈에 거슬리는지 한편으로는 선동이의 결혼 잔치를 서두르면서도 입으론 마냥 중얼거렸다. 그러나 삼촌 때처럼 왈기진 않았다. 아무리 주장이 곧고 완력이 센 할머니라도 이미 우리 한씨 가문의 씨앗을 품었다는데야 별수가 있으랴?

3.

경옥이가 애를 낳던 날 우리 집안은 또 한 번 소동이 일었다. 배를 틀며 아프다고 뒹굴어대는 경옥이를 현(縣) 병원으로 데려갔더니 골반의 이상으로 정상 분만을 할 수 없게 되었다며 병원 측에서는 제왕절개 수술을 권장해 왔다.

"봐라 봐라, 내 말이 맞제? 여자란 그저 궁뎅이가 이 소두배매로 퍽 퍼져야 얼라도 무우 뽑듯 쑥쑥 잘 놓는 긴데 갱옥이 그년은 여자도 아니다고마. 남 다 놓는 얼라도 못 낳아서 까시기2)로 찢는다꼬? 시상에 내사 살다 살다 빌 꼴 다 보것다. 그거 아파서 우얘 하노?"

할머니는 부엌에서 애매한 솥뚜껑만 열었다 닫았다 하며 자신이 아이를 낳기라도 하듯 진정을 하지 못했다. 그렇게 칼로 찢고 바늘로 꿰매며 곤혹스레 얻은 딸아이가 유치원도 갈 나이가 되기 전에 경옥이는 엉뚱하게 자기도 또래 처녀들처럼 멀리 돈벌이를 떠나야겠다고 시어머니에게 귀띔을 해 왔다.

"괜스레 일찍 시집이란 걸 와서 하고 싶은 일도 못 하고… 후회되네요. 복자랑 보세요, 밖에 나가더니 때물도 쭉 벗고 뭉칫돈도 척척 부쳐오고… 부러워 죽겠어요."
"이것 보게, 누가 물 떠 놓고 빌어서 시집을 왔으면 우릴 법에 고소라

---

2) '까시기'는 '가위'의 방언.

도 했겠는걸? 그래 누가 철딱서니 없이 애부터 맨들어 갖고 그러라
던가? 할머니 들으시면 욕사발이나 먹을 그따위 소리 집어치우고 국
이나 퍼갖고 퍼뜩 들어가거나."

분이 숙모는 씨도 먹히지 않을 소릴 그만하란 듯이 단마디로 며느리
에게 면박을 주어버렸다. 경옥이는 밥을 먹네 마네 하다가 숟가락을 놓
아버리고 자기들 방으로 건너가 버렸다.

"쟈가 요즘 와 저라노?"

할머니는 손주며느리의 낌새가 심상치 않음을 다소 눈치채고 며느리
에게 물었다.

"아무 일도 아니예요. 밥맛이 없어 그러나 보죠 뭐."
"밥맛이 없다꼬? 알라 젖 먹일 땐 뜨물을 먹어도 달다 켔는데 뜬금없이
  밥맛이 없다카이 그게 무신 소린고? 배속에 또 하나 든 거이 아넌감?"
"아이구 어머님도, 아니예요. 애는 무슨 애? 설마 그렇다 해도 내가 못
  낳게 밥 싸들고 말릴 거구만요. 칼로 배를 짜게고 낳는 주제에 하나
  면 족하죠. 뭘 둘씩이나? 옆 사람 혼내워 죽일 일 있어요?"
"야 봐라, 지금은 몰라도 이담에 커봐라. 그래도 형제밖에 없다카이.
  그라고 아들도 안즉 안 놓고 고만두다니? 말도 안 되는 쏘리."
"그래도 요즘 사람들 애 많이 안 가지려 해요. 먹여 살리기도 힘이 드
  는데 아들이고 딸이고 하나면 족하지. 어디 우리 쩍 같은 줄 아세요?"
"야가 무신 쏘리고? 넘들은 하나 갖고 될란지 몰라도 갱옥이 저넌은
  절대 아니다. 우리 한씨 가문에 장손 며느린데 딸만 하나 딸랑 낳아

주고 고만두면 절대 안 되제. 암. 우리가 죽은 댐에 제사밥이라도 얻 어묵을라카면 대를 이을 손주가 하난 있어야 하제? 하모."
"죽은 댐에 뭔 밥을 먹는다고 그걸 그렇게 챙기세요?"
"야야이, 니는 그래 죽은 댐에 굶어도 괘안나? 내사 아니데이. 죽어도 제삿밥 얻어 묵으려는 잊지 않고 꼭꼭 올란다, 와?"

그러나 할머니의 기대대로 한씨 가문의 벅찬 중임을 떠메야 할 경옥 이가 둘째 아이는 고사하고 있는 딸아이도 버려두고 한국으로 간다며 출국 수속을 하기 시작했다. 그것도 한국 로총각에게 시집을 간다는 허 울 하에 말이다. 명분은 위장 결혼이라지만 실은 진짜 결혼이었다. 법 적으로 선동이와의 결혼을 해제하고 한국 총각과 결혼 수속을 추진하 면서도 경옥이는 그게 진짜 결혼이 아니라고 빡빡 우겼다. 어디까지가 진짜이고 어디서부터가 가짜인지 누구도 모르는 일을 경옥이는 천연스 럽게 밀고 나갔다. 떠나는 날 경옥이는 자기 맘이 변치 않는 한 선동이 와의 약속을 지킬 것이라고 시부모들 앞에서 맹세를 다졌다.

"오해 마세요. 그건 어디까지나 한국 땅을 밟기까지의 필요한 수속이 니까 그러는 것 뿐이예요. 제가 영실일 놔두고 어떻게 낯도 코도 모 르는 사람과 진짜 결혼을 하겠어요? 한국 땅에 발만 들여놓으면 그날 부터 그 사람과는 아무런 관계도 없대요. 그 사람도 돈을 보고 하는 짓 거리이기에 우리가 돈만 제때에 내여 놓으면 아무 일도 없답니다. 그 렇게라도 우린 돈을 벌어야 해요. 요즘 세월에 땅 한 뙈기 가지고 뭘 하겠어요? 온 집 식구가 다 같이 벌어야 일 년 수입이 만 원도 안 되잖 아요. 이제 보세요, 이 마을에서도 돈 없는 사람은 사람 축에도 못 갈 거예요. 그렇다고 영실이 에비가 어디 가서 돈을 왕창 벌어올 수 있는 위인인가? 이것도 한나이 젊었을 때 쓰는 방법이지 좀 더 나이가 들면 이런 방법도 없어요."

들어보매 그리 틀린 말 같지도 않아서 삼촌 내외는 멀거니 손녀딸만 쳐다보고 있을 뿐 그렇다고 얼씨구 잘한다 하며 손벽을 치고 싶을 만큼 며느리의 처사가 탐탁한 것은 아니여서 그저 시무룩한 표정만 짓고 있었다. 가는귀가 살짝 어두워진 할머니는 경옥이가 떠나는 날에야 진상을 알고 노여워서 노발대발을 했다.

"뭐락꼬? 쌔낄 버리고 어델 간다꼬? 이게 무신 놈의 시상이고, 의? 무신 놈의 시상이 이리도 추잡시럽노? 아무래도 내가 너무 오래 살았나 부다. 살다 살다 빌꼴 다 보것네, 의?"

할머니가 아무리 야단을 쳐도 경옥이는 뒤도 돌아보지 않고 잰걸음으로 대기하고 있는 봉고차에 몸을 싣고 떠나가 버렸다.

4.

경옥이는 한국에 도착한 그 이튿날부터 딸애가 보고 싶다고 전화마다 외우며 울먹거렸다.

"아이와 떨어져 있는 것이 그렇게 가슴 아픈 일인 줄을 몰랐대요." 분이 숙모는 번마다 할머니에게 전화 내용을 중개해 주었다. 그럴 때마다 할머니는 "망할 년, 행차 뒤에 나발 불지 말라캐라. 그럼 째끼 버리고 가도 맴이 부들자리처럼 편할 줄 알았다더노? 두고 봐라 지깐 년이 몇 날 견디고 기여들어오나?"

할머니의 저주가 수그러들지 않아서였는지 경옥이는 첫 몇 달은 애가 보고파 죽네 사네 하며 사흘이 멀다 하게 전화질을 하던 것이 시간이 지나며 차츰 그 차수가 드물어졌다.

"어머님, 이젠 습관이 되 가나 봐요. 영실 에미 말이예요. 요즘 전화가 뜸해지는 걸 보니. 안 그래요?"

분이 숙모가 할머니의 이부자리를 펴 드리며 한마디 던지는 말이었다. 전화가 올 때마다 버럭버럭 소리부터 지르시던 할머니였던 터라 외려 전화가 없다는 소리엔 할 말이 없는지 함구무언하고 창밖만 멀거니 쳐다보고 있었다.

"맴이 편해야 돈도 벌것제. 쏘식이 없는 거이 어쩜 좋은 일인지두 모를 따. 너무 기다리지 마라."

오늘은 할머니 쪽에서 오히려 분이 숙모를 다독이는 말을 혼자소리
처럼 해놓고 넋 나간 사람처럼 구들에 누워 자는 증손녀를 이윽히 지켜
보았다. 기다리지 말자고 그렇게 며느리에게 뜸을 들여놓고도 할머니
는 그 시간이 길어지자 이번엔 자기 쪽에서 먼저 입을 열었다.

"갱옥이 그 년한테선 오늘도 전화가 없었제?"
"네."

분이 숙모는 김이 새는 소리처럼 대답을 길게 뽑았다. 오늘 하루 벌
써 네 번째로 물어오는 소리에 어지간히 싫증도 생겼던 것이다. 할머니
는 이튿날 또 먼저 입을 열었다.

"갱옥이 그년이 오늘도 쏘식이 없을랑가?"
"글쎄요."

사흗날 할머니는 잠자리에서 일어나자마자 부엌으로 내려와 한창 아
침을 짓고 있는 분이 숙모를 불렀다.

"야야 이, 간밤에 갱옥이 그년이 왔더라. 오긴 왔는데 이 낯판때기에는
　분을 얼매나 처발랐는지 말뚱에 써리 낀 것매로 뽀오 하고 머리털은
　양대가리매로 딸딸 뽂아갖고 그래갖고 왔더라. 오늘은 아마 전화가
　있을랑가 싶다"
"그러셨어요? 그럼 그럴라나 보네요. 어머님의 꿈은 언제나 령험했잖

아요."

고부간은 새벽부터 꿈 하나로 기뻐 야단법석을 떨었다. 그날 저녁 놀랍게도 정말 경옥이로부터 전화가 왔다. 그러나 전처럼 딸애부터 찾는 게 아니라 남편인 선동이를 바꾸라고 했다. 전화를 받고 있는 선동이의 기색이 전과 달리 점점 일그러지는 것을 보고 식구들은 그 내용이 궁금해 견딜 수가 없었다.

"뭐락 카더노?"

제일 궁금한 것은 할머니였다. 선동이는 아무 말도 없이 전화기를 내려놓고 자기 방으로 올라가 버렸다.

"아 뭐락 챘는가카이?"

할머니가 선동이의 방문을 두드리며 잽쳐 물었으나 문은 아예 열리지도 않는다.

"휘딱 이 문 몬 여나? 대가빠리 쳐부수기 전에!"

할머니의 포효에 선동이는 마지못해 문을 열고 나왔다. 그리고는 소리쳤다.

"시집을 간대요, 영실이 엄마가!"
"뭐시? 시집?"

"예! 시집!"
"그기 뭔 홍시 처묵다 어금이 빠지는 쏘리고?"

　할머니의 두 손이 사시나무처럼 파르르 떨고 있었다.

"어디로? 어디로 시집을 간다 카더노?"

　할머니는 잽처 물었다.

"한국 사람이래요."
"그예 그 총각자테 시집을 간다 카더나? 그 봐라 내사 뭐락 캤노? 가
　짜는 무신 가짜? 말이 듣기 좋아 가짜지 그기 다 선동이 니늠 하나 얼
　리는 짓거리였제!"
"그 작자는 아닌가 봐요. 맨날 돈 돈 하는 사람이 동네 골목에서 신집
　기나 하는 그런 볼품없는 사람한테 시집을 가나요?"
"그라마? 그 사람 말고 또 있다더나?"
"부산 사는 사람인데 고기배도 한두 척 있고 하다는 걸 보니 괜찮은 사
　람을 물었나봐요. 영실이 부양비는 자기가 일절 책임진다고 큰소리
　치는 걸 보니."
"그람 니는 우예 되는 기고? 참말로 홀아비 좆매로 쓸모없게 된 기가?"

　우두커니 서서 천정만 올려다보고 섰던 선동이는 다시 방문을 쾅 하
고 소리 나게 닫아 버리고는 기절을 했는지 밤새 기척 하나 내지 않았
다. 드디어 할머니가 장판을 손바닥으로 두드리며 넋두리를 하기 시작
했다.

"봐라 봐라. 내가 뭐라 캤노? 그릇하고 여편네는 밖으로 내여돌리는
게 아니락 카이. 옛말 그른 데 하나도 없데이. 지집 앞에 장수 없고 돈
앞에 정조 없다 카더이 그년이 얼굴이 해반주구리 해갖고서나 한틀
은 잡아 놓을 줄을 내 진작 알았지만서도 그년이 이런 식으로 우리
뒤통수를 쎄리빠뿌릴 줄은 미처 몰랐구마."

할머니는 장밤 넉두리를 하시더니 이튿날부터 식음을 전폐하고 아주
자리에 드러누워 버렸다. 마을 의사는 혈압이 좀 올랐을 뿐이니 괜찮다
고 했으나 할머니는 기운을 차리지 못하고 누운 채 함구무언하고 계셨
다.

5.

며칠 후 할머니는 삼촌더러 향 소재지에 있는 고모를 불러오라고 닥달했다. 고모가 들어서자 할머니는 자리에서 일어나 앉았다.

"와? 죽은 댐에 아부지 옆에 나란히 묻어달라 그 부탁할라고 날 불렀어?"

고모가 반죽 좋게 들어서자마자 농을 걸었다.

"이년아, 내가 그런 부탁을 와 니자테 하것노? 아들놈들이 씨글씨글헌데."
"그럼 와?"
"이년아, 다 죽어가는 어미가 딸년 보자 카는데 이유가 있어야 한다 카더라? 오라 지워 정배라도 보낼 년 같으니라구."
"아 그러니까 뭔 말이 하고픈 건데? 얼떵 본론이나 꺼내보락 카이."
"저 선동이 말이다. 낼 당장 장가보내야 쓰것다."

할머니의 용건은 선동이의 재혼 문제였다.

"엄마두 참, 장가가는 게 뉘 집 강아지 이름 짓기유? 호박죽 끓여 먹듯이 구미가 동하자마자 끓여 남시라 허게?"
"진소리 치지 말고 허란 데루 허라이, 이년아!"
"엄마! 선동이가 뭐 어린애유? 지가 알아서 재혼을 허든지 말든지 그러겠지."
"이년아! 중이 제 머리 깎는 거 봤나? 고모가 되갖고 조카 머리 깎는 거, 아니지, 재혼하는 거 몬 도와주마 뭘 도와줄 낀데?"

"아 몰라, 그리고 선동이 쟈가 눈이 웬간해야 중신을 서든 말든 하지. 갱옥이년하고 좋아할 때도 어디 우리 말을 쪼매라도 들었남? 지 고집 꼴리는 대루 허구 다니는 게 이 집 장손주잖우? 그리고 흠따구 한 곳 없는 맨질맨질한 총각들도 장가가기 힘든 이 세월에 애 딸린 홀애비 중신서라꼬? 날 보고?"

그 말에는 일리가 있는지 할머니도 점직하니 앉았더니 갑자기 말을 고쳤다.

"니 말도 맞다. 그람 선동이 저것은 우선에 놔두고 후동이 저거라도 보내뿌자."

"뭐 후동이? 요즘 뭐나 다 흔해도 고양이 뿔하고 처녀가 귀해 빠졌다는 말 못 들었수? 그렇게 귀헌 걸 나보구 어디 가서 구해오라고 생뿔 같이 후동이는 또 후동이야? 엄만 손주들 장가보내는 일이 그렇게 식은 죽 먹기인 줄 알았수?"

"듣기 싫다, 그라모 저놈을 총각 귀신 맨들꼬?"

"글세, 총각 귀신을 맨들든지 몽당 귀신을 맨들든지 맘대로 하슈. 쌀 없는 밥을 난 몬 허니까."

"이년아, 그거이 고모 되는 니가 헐 쏘리가?"

"글쎄 내가 할 소리는 아닌 줄 나도 알지만 그럼 엄마는 날더러 어디 가서 없는 처녀를 맨들어 오란 소리요?"

"맨들어 오든지 불들어 오든지 네년이 채금지고 찾아내야 혀! 안 그랬다간 내가 죽어서 각다귀 귀신이 되어서라도 네년을 가만두나 봐라 어디!"

고모는 할머니와 한나절을 그렇게 입씨름을 하다가 돌아갔다. 고모를 보내고 뒤를 봐야겠다며 움쭉 자리에서 일어서던 할머니가 갑자기 밑둥 잘린 통나무 넘어가듯 그 자리에 쓰러졌다.

　　마을 의사는 할머니의 눈거죽을 뒤집어보기도 하고 맥을 짚어보기도 하더니 뇌출혈이라고 했다. 링거 주사를 달고 찬물로 뇌 부위를 냉각 찜질을 하는 등 일련의 구급 과정을 거쳐 할머니는 게슴츠레 눈을 떴다. 그리곤 초점 잃은 눈길로 퀭하니 한 곳만 응시했다.

　　"일단 회복된 듯 보이는데 마음상 준비들을 하십시오. 이런 상황 하에서 치료를 한다 해도 자리에서 일어날 가망은 없을 것 같습니다."

　　의사의 충고에 식구들의 눈길이 서로 부딪쳤다. 고모를 비롯한 녀인네들은 엇갈아가며 할머니의 머리맡에 눌러앉아 벌써부터 눈물을 흘리기 시작했다. 후동이가 할머니 곁에 다가가자 할머니의 처진 눈가가 푸르르 떨렸다. 말라든 입술도 움찔움찔 움직이려고 떨고 있었으나 말이 나오지 않고 끄륵끄륵 하는 담 끓는 소리만 간헐적으로 흘러나왔다. 옆에서 지켜보던 고모가 그 뜻을 알아채고 입속말로 구시렁거렸다.

　　"그예 그놈의 장가 소릴 할라꼬 그러는구마 잉. 엄마! 손주들 일은 내가 알아서 헐 테니께 그만 시름 놓으셔!"

　　고모의 말이 끝나자 과연 할머니는 시름이 놓이는 양 두 눈을 지그시 감았다.

6.

며칠 후 고모는 과연 후동이 신붓감을 물색해 왔다. 가져온 사진을 보매 외모도 괜찮았다.

"어디서 이런 처녈 구했어요?"

누구보다 분이 숙모가 좋아하는 눈치였다.

"고가점(高家店)에서 구했다."
"고가점에서요?"

삼촌도 놀라는 기색이었다.

"와? 고가점에서 구하면 안 되노?"
"그럼 한족 처녀란 말이 아니예요?"

분이 숙모의 어마지두 놀라는 표정에 고모가 되물었다.

"올케, 지금 찬밥 더운밥 가릴 처지가 아니지라. 한족이면 어따? 말이야 시집와서 배우면 되구. 말은 바른대로 우리 후동이가 이런 자리라도 장갈 안 가면 정말 총각 귀신이 되네요. 잘생기고 빠릿빠릿한 총각들도 처녈 못 구해 환장들을 하는 판이란 걸 자네들도 영 모르는 판은 아니잖은가? 그라고 후동이 에비야 원창 한족이고 뭐고 가리지 않는 사람이니 헐 말은 없겠네만 올케는 쪼매는 서운할 줄로 알고는 있구만. 그렇지만 자리 보고 발을 펴라고 그동안 내가 남몰래 후동이 선 자리 안 알아본 것도 아니고 아무리 둘러봐야 산 좋고 물 좋고 정자 좋은 곳이 있다던가?"

분이 숙모는 몹시 뜻밖의 일이라는 기색이었으나 반박할 만한 말은 찾지 못했는지 서운한 기색을 감추지 못하고 고모의 입만 쳐다보고 있었다.

"그나저나 엄마 듣는 데서는 모두 비밀일세. 마지막 가는 길을 편케 해 드리자구."

모두가 그 말에는 동감인지 머리를 끄덕이는 바람에 분이 숙모는 더 이상 입을 열지 않았으나 얼른 찬동은 할 수 없는지 웃방으로 올라가 등을 돌리고 드러누워 버렸다. 그러나 말거나 서른 고개를 바라보는 후동이가 장가 비위를 못 참아 그렇게 하겠다고 쉬이 대답을 해버리니 분이 숙모인들 별 수가 있으랴?

할머니의 후사 준비가 바쁜 와중에서도 고모는 당사자 맞선보기에 이어 량가 상견례 일정까지 잡아 놓았다. 총각 집에서 처녀 컨으로 찾아가야 옳을 듯했지만 병환에 계시는 할머니 때문에 식과 법을 고쳐서 처녀 컨 부모들이 총각 집으로 건너와 상견례 일을 치르게 약조가 되었다.

사돈 될 사람들이 오는 날 식구들은 찻물부터 준비해 두었다. 한족 사돈을 맞아들이는 이상 그들의 손님 접대 방식으로 해야 된다며 고모가 미리 일러둔 탓에 사람들이 당도하자 분이 숙모는 찻물을 끓여 넣은 보온병부터 안고 나왔다.

"처녀 키가 너무 크다 했더니 이제 보니 부모님을 닮았네요."

인사치레가 끝나기 바쁘게 분이 숙모가 삼촌 쪽으로 얼굴을 돌려 귓속말을 속삭였다. 할머니의 방으로 건너간 사돈네들은 고모의 권유대로 아무 말도 하지 않고 할머니를 마주 향해 앉아 있었다. 모든 인사치레와 의사 표달은 고모 혼자 찧고 빻고 다 했다. 양쪽이 다 말을 하지 못하니 고모가 그렇게 할 수밖에 없었다. 할머니는 초점 잃은 두 눈을 퀭하니 뜨고 방 안에 들어온 이방인들을 의식 없이 쳐다보았다.

손님들이 돌아가고 고모도 돌아갔다. 할머니 방에 군불을 넣고 올라오는 분이 숙모에게 삼촌이 말을 걸었다.

"맘에 들어? 사돈이?"

분이 숙모는 일시 대답을 찾지 못하고 이부자리만 열심히 펴는 것이 아직도 썩 내키지는 않는 듯해 보였다.

"사돈이야 맘에 들면 뭐 하고 안 들면 또 어쩌겠어요? 그저 며느리 될 사람이 우리말 우리 풍속을 하나도 모르는 한족이라는 걸 생각하면 이 목구멍에 생선 가시가 콱 박힌 것처럼 새길수록 여기가 아픈 것뿐이예요."

분이 숙모는 많은 것을 참는 눈치가 럭연했다.

"우리 엄마 팔자야."

삼촌이 지나가는 말처럼 중얼거렸다. 분이 숙모가 웃옷을 벗다 말고 그러는 삼촌을 올롱한 눈으로 쳐다보았다.

"그게 뉘 딸인줄 알아?"
"뉘 딸이라니? 우리가 아는 집 딸이예요?"
"음."

삼촌이 신음 같은 소리를 뱉았다.

"그게 누구죠?"
"누군 누구야? 쑤즈네 딸이더라."
"뭐라구요?"

분이 숙모의 눈은 갑자기 화등잔이 되어 삼촌을 바라보고 있었다.

"그럼, 낮에 왔던 안사돈이 쑤즈란 말이예요?'
"그래. 그렇더라구."
이튿날 분이 숙모는 고모를 만나자 바람으로 걸고 들었다.
"형님, 형님도 알고 있었어요? 우리 며느리 될 사람이 쑤즈의 딸이란 걸?"

고모는 기다렸다는 듯이 덤비지도 않고 대답을 했다.

"와 쑤즈 딸이면 안 되나?"
"어쩜 이럴 수가 있어요? 기가 막혀서…"

"뉘 집 딸이면 뭐라 카노? 이제 와서 그게 쑤즈 딸이락꼬 안 된다는 말 할려는 건 아니것제? 다 지나간 일 갖고 자꾸 그러면 자네만 나쁜 사람 되는 거 알제?"

분이 숙모는 더 할 말을 찾지 못하고 입만 딱 벌린 채 이윽토록 고모를 쳐다보았다. 쑤어놓은 죽이란 걸 분이 숙모는 누구보다도 잘 알고 있었기에 합당한 말이 떠오르지 않는 모양이었다.

"저쪽에서 결혼 형식은 꼭 우리 식으로 해달라 캤으니 갖출 건 빠짐없이 갖추도록 하고. 함은 선동이 니가 메고 가야제? 하모."

7.

　드디어 후동이의 결혼 날이 닥쳐왔다. 근년에 들어볼 수 없었던 행사
라 동네 안팎이 들썩했다. 온 동네의 어른 아이가 다 모여와 례식 구경
을 했다. 례식장이래야 마당에다 돗자리를 내다 펴고 병풍 대신 실탄자
를 드리우고 다리 긴 밥상을 빌려다 돗자리 중앙에 올려놓은 게 전부였
지만 어쩌다 구경하는 동네 안 잔칫거리라 제법 흥미가 진진했다. 폭
죽 소리가 요란한 가운데 드디어 현성(縣城)에서 세내어 몰고 온 빨
간색 신부차가 뜨락 안으로 들어섰다. 차 문이 열리며 신랑인 후동이
가 모습을 드러냈고 뒤이어 신부가 차를 내리는데 파랑색 저고리에 다
홍치마를 받쳐 입은 것이 영낙 없는 조선족 새각시 모습이다.

“챙겨 놓으니 조선 처녀 뺨 치겠네 잉. 되놈 티를 쪼매도 찾아볼 수 없
　구만이라.”

　구경꾼들의 절찬 속에 례식이 시작되었다. 신랑 신부의 맞절이 있고
례물 교환으로 반지가 오고 가고 례빈 축사에 뒤이어 량가 어른들의 답
사가 있을 차례인데 신부 쪽에서는 친정어머니인 쑤즈가 나왔다.

“예로부터 깨끗하고 례의 바르고 문명한 민족으로 소문난 조선족과
　인척 관계를 맺게 된 걸 영광으로 생각합니다. 오늘부터 저의 딸이
　당당히 한씨 가문의 일원으로 되었으니 금후 집안 어른들은 물론 동
　네 어른분들께서도 많이 가르치고 좋은 본보기를 보여주시면 감사하
　겠습니다.”

"말 한번 잘하네그려."

"저 여자가 후동이 에비자테 시집오려 했던 여자라며?"

"끈질긴 인연이야. 어쩜 그렇게 또 얽혔다?"

구경꾼들이 귓속말로 쑤알거리는 소리가 여기저기서 들려왔다.

8.

　　후동이의 결혼 잔치를 치르고 사흘이 지나 할머니가 운명을 했다. 잔치날 누운 몸으로 손주며느리의 인사를 받을 때 이미 의식을 잃고 깊은 잠에 골아떨어진 듯 드렁드렁 코만 골았던 할머니였다. 송장이나 진배없이 반듯이 누워있는 할머니를 향해 새 손부는 어디서 배웠는지 두 다리를 사리고 곱게 큰절을 올렸다. 그리고 나서 처음으로 입을 열었다.

　　"나이나이!"[3]

　　　　　　　　　　　　　　　　　　　1999년, 『송화강』

―――――――
3) 중국어 '나이나이(奶奶)'는 '할머니'.

03
둥지

송화강 원줄기를 따라 현성과 10리나 상거해 있는 벽동툰에도 작년부터 전화가 들어왔다. 우리 아버지를 비롯한 동네 청장년들이 하나, 둘 해외 로무 송출 대오에 들어 마을을 떠나면서 촌장인 야림이 아버지가 현 전신국과 연락을 주선한 덕분이었다. 마을 사람들은 촌장이 이번만은 촌민들을 위해 쓸 만한 일 한 가지를 해놓았다 칭찬을 했다.

나도 그렇게 생각했다. 전화가 없을 때 엄마는 120리를 뻐스를 타고 현 우전국에 가야 아버지의 전화를 받을 수 있었지만 간벽을 사이 둔 이웃인 야림이네 집에 건너만 가면 곧 아버지의 목소리를 들을 수 있게 되었으니 말이다.

대구시인가 하는 데서 일을 한다는 아버지는 첫 두 달은 전화도 자주 오고 돈도 2천원 씩 두 번 부쳐왔다. 치약을 비롯한 생활필수품을 회사에서 다 배분해 주기에 자신은 돈이 필요 없다며, 그래서 월급을 한 푼도 다치지 않고 그대로 부친다고 했다.

3년 후면 떠날 때 저당 잡힌 외삼촌네 벽돌집 집조와 그동안 간간이 빌려 쓴 빚을 다 돌려주고도 얼마간의 목돈도 벌어갈 수 있을 거란 희망의 메시지도 함께 보내오군 했다.

아버지한테서 처음 돈이 왔을 때 나는 엄마에게 돈으로 색 텔레비전을 사자고 했다가 퉁을 맞았다. 살림살이에 물샐틈없기로 소문난 엄마가 섣불리 그 돈을 깨여 쓸 리가 없었다. 두 번째로 돈이 왔을 때 나는 우리도 남들처럼 전화를 놓자고 했다가 역시 거절을 당했다. 엄마는 내 운동화 한 컬레를 산 후 나머지는 몽땅 야림이네 빚을 갚는 데 넣어버렸다. 아버지가 길을 떠날 때 로비로 꾼 돈이라고 했다. 그래서 우리는 지금까지 14인치 흑백 텔레비전을 보고 있고 전화도 옆집인 야림이네 집에 가서 받아야 했다.

야림이네는 25인치 색 텔레비전도 있고 전화도 마을에서 맨 먼저 놓았다. 요즘은 또 마을 네거리에다 2층으로 된 새 기와집까지 짓는다고 한족 청부업자들이 풀방구리에 새앙쥐 드나들듯 들락거리고 있었다.

"진수 옴매 있내? 날래 와서 전화 받으라우. 진수 아바지래 전화 왔어
　야. 도카꾸나 야."

야림이 엄마는 우리 아버지한테서 전화가 올 때마다 창문을 열어젖히고 우리 집 쪽을 향해 이렇게 소리친다. 그러면 우리 엄마는 "네." 하면서 끌신을 찰찰 끌며 부리나케 야림이네 집으로 건너간다.

엄마에게 있어서 아버지한테서 오는 전화는 삶의 활력소이고 생의 희망이고 인생의 전부인 것 같았다. 그런데 첫 몇 번은 그런대로 전화 심부름에 열성을 보이던 야림이 엄마가 그 후론 그게 대단히 귀찮은 모양, "이 보라우, 전화 받으라우 야." 하고 짜증 섞인 목소리로 몽종하게 소리를 지르지 않으면 그것보다 더 줄여서 단마디로 "전화!" 하고 고함을 지르기가 일쑤다. 그것이 송구스러워서 부름을 받는 즉시로 엄마는 설거지를 하던 손이면 물 묻은 손 그대로, 텃밭에서 기음을 메던 손이면 흙 묻은 손 그대로 달려가며 연신 허리를 갑삭거렸다.

아버지는 돈을 더 많이 벌려고 친구 따라 서울로 올라왔다는 소식을 보내온 이후로 이상하게도 전화가 뜸하다. 돈을 더 많이 버는 일자리를 찾았다고 하면서도 돈은 그 이상 더 부쳐오지 않았다. 어머니는 요즘 그 때문에 잔뜩 화가 나 있었다. 어제저녁도 나와 엄마는 이웃집에서 전화벨 소리가 울려 나올 때마다 촉각을 곤두세우고 대기하고 있었지만 야림이 엄마의 "전화 받으라우 야." 하는 부름 소리는 끝내 듣지 못한 채 나는 꼴깍 잠이 들어버렸다.

엄마의 얼굴은 오늘 아침까지 굳어 있었다.

"오늘 기말시험을 치른다고 햇?"

엄마가 아침 밥상을 봐 가지고 구들로 올라오며 묻는 말이었다. 엄마가 나의 공부에 대해 이렇게 관심을 가지는 것은 아주 오래간만의 일이었다. 엄마는 요즘 아버지의 소식 말고는 다른 일에 별로 관심을 갖지 않고 있었던 것이다. 개학 날 교과서 대를 타 갈 때에도 "엄마, 돈." 하고 손을 내밀었더니 "요즘 애들은 공부 좀 하는 게 왜 이리두 돈이 든대니? 우리네 쩍엔 단돈 5원이면 한 학기를 버텼구만은. 그나저나 돈을 밑으로 펑펑 낳아도 시원치 않을 판에 돈 벌러 나갔다는 놈은 살았는지 뒈졌는지 강원도 포수[1]처럼 소식도 없고. 내가 미치고 환장하겠구나 아!"

그러면서 나를 쩨려보았던 엄마다. 아버지한테서 돈이 오지 않는 것이 마치 그 피를 이어받은 나 때문이기라도 한 듯 말이다. 남편이 미우니 그 새끼도 고운 데 없는지 엄마는 아버지 때문에 받은 열화를 요즘 나에게 풀고 있었다.

"이 집 샥시 집에 있남?"

뒷집에 사는 칠성이 할머니가 정주 문을 따고 들어오며 기척을 보냈다.

---

1) '강원도 포수'는 '산이 험한 강원도에서 포수가 한번 사냥을 떠나면 돌아오지 못하는 수가 있다'는 뜻으로, '나갔다가 오래도록 돌아오지 않는 사람'을 비유적으로 이르는 말.

"날래 들어오시라요."

엄마는 밥상을 한쪽으로 밀어놓으며 응답을 했다.

"상구 아침 밥상이구만이래. 이 집 장국 내미 한번 도쿠나야. 집구석이
폐난하믄 장맛도 좋다구 했지와? 진수 아바지래 돈 많이 벌구 있는
갑구나. 긴데 말이야, 갱아지두 부지런한 갱아지가 더운 똥 얻어먹는
다구 했잖구 뭐내? 논머리 장콩밭이레 범이 새끼 치게 생겼더라우
야. 오늘 낼루 손을 좀 봐야 쓰갔더라. 안 기랬다간 씨콩도 몬 건져 야.
요즘 진수 옴매두 기눔의 화투판에 낄쑥낄쑥하는 것 같더라만 그따우
데 신경 쓰믄 집안 조지구 돈만 날리디. 깡마른 촌구벅에 살면서 장독
이래두 두둑허야디 된장마저 없음 겨우내 뭘 먹구 살간? 비 맞은 낭구
도 햇발 좋은 오늘 같은 날엔 툭툭 틀어만 놓으믄 한것에 다 마르갔구
만."

몸도 정신도 80 난 노인 같지 않게 짱짱한 편인 칠성이 할머니는 동
네 안 뉘 집 살림살이든 삐치지 않는 곳이 없어 동네 아낙네들이 얼마
쯤 미워하기도 하고 겁을 내기도 하는 존재였다. 철 따라 동네 구석구
석을 돌며 동네 아낙네들에게 살림살이에 관한 지휘도 잘했고 꾸지람
도 아끼지 않았으며 바쁜 일손을 돕기도 잘하는 칠성이 할머니는 소나
기 퍼붓듯 잔소리를 한 줄금 쏟아놓고는 이쪽의 대답은 기다리지도 않
고 뜨락을 가로질러 삽짝문을 나서고 있었다.

다른 때 같으면 네네 하며 마당 끝까지 배웅을 했을 법한 엄마가 오늘
은 만사가 귀찮은지 심드렁하니 장국에 만 밥을 맛없이 입안에 뚜벅뚜
벅 떠넣고 있을 뿐이다.

마을 네거리엔 이웃 동네인 따린즈에서 출발해 현성으로 가는 봉고차가 벌써 와 대기하고 있었다. 지나는 길목도 아니고 국도에서 2킬로쯤 들어와 앉은 벽동촌이었으나 유별나게 출장이 잦은 이 조선 동네를 한족 기사 아저씨는 코스를 돌려 하루도 거르지 않고 꼭꼭 들러 주었다. 그래서 편리하긴 했지만 그 대신 차비는 2원을 더 얹어 받았다. 출장 차림의 야림이 엄마가 대문에 열쇠를 잠그며 나에게 소리쳤다.

"우리 야림이 보거던 나 개성 갔다구 알려다우!"

굽 높은 구두를 신은 발이 불편한지 별스레 뒤뚱거리는 야림이 엄마의 엉뎅이가 오늘따라 더 커 보였다. 언제 보나 맵씨는 갓 뜯어온 군밤 둥우리 같았지만 현성 백화점을 통째로 들어왔는지 입고 다니는 옷가지는 벌벌이 볼 때마다 새것이다. 동네치고 야림이 엄마만큼 현성 출입이 잦은 녀인네도 드물었다. 나들이를 자주 할 뿐만 아니라 사들이는 물건도 많았다. 거금을 들여 일본으로 류학을 보낸 아들이 학업이 끝나고 이젠 제법 돈도 척척 잘 번다고 자랑을 널고 다니지만 내막을 좀 아는 사람들은 남아도는 촌의 토지사용권을 람용하는 촌장이 남몰래 벌어들이는 돈을 렴치 없이 마구 써대는 녀편네라고 뒤에서는 쏙떡거린 지가 오래다. 남편이 촌의 권위겠다, 아들이 돈을 벌어다 주겠다, 우리 엄마 말마따나 못생긴 여인이 복은 억수로 많은 것 같다. 사철 논밭 일은 야림이 아버지가 일군을 대여 쓰다 보니 자기 집 논밭이 어떻게 생겼는지조차 모를 만큼 야림이 엄마의 팔자는 싸리나무 밑의 개 팔자처럼 편했다. 봉고차를 타는 사람들은 야림이 엄마 외에도 병식이와 덕산이 그리고 동네 아낙네 몇이 더 있었다.

"병식이 이놈아야, 니는 쌉쌀개매로 어디로 맨날 이렇게 싸다니노?"

덕산이가 병식이의 뒤통수를 한 대 쥐여박으며 뇌까리는 말이었다.

"내가 요즘 챈쩡2) 받으러 다닌다 아이가, 챈쩡!"
"또 그놈의 챈쩡 타령이가? 인제 입에서 신물도 안 나나?"
"쳇, 쇠공이 갈아 바늘 맨든다는 소리 몬 들었나? 나올 때까지 끈질기
게 해야제. 그기 그렇게 쉽게 터지마 이 벽동 바닥에 코 박고 살 놈 하
나도 없다마. 그치요?"

병식이가 옆에 선 야림이 엄마에게 동감을 구하듯 묻는 말이다.

"하긴 야림이 엄마는 등 떠밀어도 안 가겠지만도. 돈 잘 벌어다 주는
아들 있겠다, 남한테 뺏기기 아까운 남편 있겠다, 안 그라예?"
"하모, 이제 벽돌집도 고래등같이 덩실하니 짓고 가긴 어데로 가겠노?
넘들은 이 마을을 다 떠나도 야림이네만은 이 벽동벌에서 앙이가 돈
도록 살아야겠십더. 그치요?"

덕산이도 합세를 해서 야림이 엄마를 올려추고 내려준다.

"미친놈들!"

야림이 엄마가 그러는 병식이와 덕산이를 향해 밉지 않은 욕으로 화

---

2) 중국어 '챈쩡(簽證)'은 '비자'.

답을 한다. 봉고차는 그렇게 시끌벅적 떠들어대는 사람들을 주어 싣고 마을 밖으로 빠져나가 버렸다.

학교 마당엔 웬 뜨락또르가 들이닥쳐 부르릉거리고 있었다. 기름이 뒤발린 작업복을 입은 낯선 기사가 뜨락또르 뒤쪽에 달린 보습 날을 점검하고 있는데 시동이 걸린 채 서 있는 뜨락또르는 여기가 학교 운동장이란 것도 잊은 듯 들그러운 엔진 소리를 시름 놓고 내지르고 있었다.

교실엔 학생들이 벌써 다 와 있었다. 다 왔다고 해야 일곱 명, 이것이 벽동소학교의 전체 재교생 수다. 1학년생은 하나도 없고 2학년 학생이 하나, 3학년 학생이 둘, 4학년 학생이 나까지 해서 둘, 그리고 5학년 학생이 하나, 6학년 학생이 하나, 그게 전부다. 작년까지만 해도 학생이 열두 명이 있었지만 부모들을 따라 큰 도시로 전학해 간 학생도 있고 부모들이 외국으로 돈벌이를 떠나면서 이모 집으로 큰아버지 집으로 맡겨져 외지 학교로 가버리는 학생이 비일비재 생겨나 이젠 일곱 명밖에 남지 않았던 것이다. 게다가 개학 초기 한어과를 맡았던 총각 선생마저 싸이판인가 하는 데로 돈벌이를 떠나다 나니 학교는 전 같지 않게 썰렁하고 스산하다.

시험 칠 준비에 떠들썩할 줄로 생각했던 교실 안은 의외로 호젓했다. 내가 자기 자리를 찾아 앉기를 기다리던 담임 선생님이 생뚱맞게 시험지를 발급할 대신 음악 시간에만 열던 낡은 발풍금 두껑을 천천히 열어젖혔다. 그러는 선생님의 얼굴은 오늘 아침 우리 엄마의 얼굴만큼이나 굳어 있었다. 우리 아버지의 담임 선생님으로도 지내신 적이 있다는 선생님은 교장 선생님과 부부간으로 30년을 이 마을 학교에서 쭉 교편을 잡고 있었는데 슬하에 자식이 한 명도 없었다. 아기를 낳지 않은 게 아니라 낳지를 못한다고들 했다. 선생님의 손끝에서 우리가 다 아는 곡이 흘러나왔다.

나의 살던 고향은 꽃피는 산골
복숭아꽃 살구꽃 아기 진달래
울긋불긋 꽃 대궐 차리인 동네
그 속에서 놀던 때가 그립습니다.

우리는 무언중 노래를 따라 부르기 시작했다. 옆에 앉은 칠성이는 종이비행기를 접어 앞에 앉은 야림이의 머리 우에 얹어놓고 시물거리고 있었다. 언제 보나 지꽂고 얄미운 놈이다.

꽃동네 새 동네 나의 옛 고향
파란 들 남쪽에서 바람이 불면
내가의 수양버들 춤추는 동네
그 속에서 놀던 때가 그립습니다.

선생님은 드디어 건반에서 손을 떼고 일어섰다.

"학생 동무들, 이번 시간은 동무들이 이 학교 이 자리에서 마지막으로 받는 수업입니다. 오늘로 우리 벽동소학교가 그 력사적 사명을 드디어 끝내는 날이 되였습니다. 다음 학기부터 동무들은 현성에 있는 학교에 편입되여가 거기서 공부하게 됩니다."
"우~~~"

아이들은 이구동성으로 이상야릇한 소리를 질렀다. 전 같으면 버릇이 없는 소행이라고 막 야단을 쳤을 선생님이 오늘은 한마디 꾸중도 하지 않았다.

"그래서 오늘은 시험을 치르지 않고 우리 벽동소학교에 관한 이야기
를 들려주려고 해요."

이야기라는 말에 모두가 금방과 달리 반짝 좋아하는 눈빛들이 되어
선생님의 얼굴을 쳐다보았다. 이야기라면 나부터도 도시락을 싸 들고
나올 만큼 굶주려 있는 시골 학생들이었던 것이다. 선생님의 이야기는
천천히 시작되었다.

"우리 마을은 조선의 평안북도 벽동이란 곳에서 살다 온 여덟 호의 집
단 이주민들이 세운 마을이었습니다. 그래서 마을 이름이 처음엔
'팔가자'로 불리우기도 했지요. 벌이 너르고 마를 줄 모르는 송화
강이 곁에 있어서 벼농사를 하기에 안성맞춤한 자리라고 여겼기 때문
에 마을의 원로분들이 여기에다 봇짐을 풀었던 것입니다. 생각과 같
이 논농사도 잘 되었고 특히 송화강에서 자연 번식하는 물고기들이
흔해서 논꼬에 비끄러맨 발채마다엔 크고 작은 물고기가 넘쳐나군 했
답니다. 농부들은 아침마다 그 물고기들을 거두어 가가호호에 한 대
야씩 돌리는 게 큰 골치거리일 정도였지요."

여적 보도들도 못한 천방야담(天方夜譚)3) 같은 태고연한 소리에
아이들은 입을 하 — 벌리고 선생님의 입만 쳐다보았다.

"1954년에 마을에 소학교가 설립되였는데 그때부터 마을 이름도 '벽
동'으로 바뀌었고 학교 이름도 '벽동소학교'로 불렀습니다. 비록 교

---

3) '천방야담(天方夜談)'은 『아라비안나이트』, 혹은 비유적으로는 '허황하
고 터무니없는 이야기'.

통은 말할 것 없이 불편했지만 논농사가 기막히게 잘 되고 특히 물고기가 흔하다는 소문이 퍼져서 이주민들이 쓸어들기 시작했는데 70년대 초반에 이르러 마을의 주민 호수는 100가구를 넘겼고 학생 수도 200여 명이나 되었지요. 교원들도 처음의 두 분에서 열한 분으로 불어났구요. 이게 바로 그때 찍은 전교 사생(師生) 집체 사진이랍니다."

선생님은 마분지로 만든 갈색 봉투 안에서 색이 바랜 16절지 크기의 흑백사진 한 장을 조심스레 꺼냈다. 4간 초가 교사를 배경으로 하고 찍은 실외 사진이었는데 주위의 나무가지가 앙상한 걸로 보아 초봄이 아니면 늦가을인 듯 싶었다. 200여 명 학생을 렌즈 안에 다 담으려고 얼마나 죄여 앉았는지 어떤 학생들은 얼굴만 빠끔 빌려주고 몸뚱이 전체가 옆의 아이들에게 푹 묻혀 있었다. 푹 퍼진 솜신을 신고 있는 아이, 이쁘게 나오려고 인상을 쓴 아이, 개털 모자를 이마빡까지 눌러 쓴 아이, 짧은 치마자락으로 판난[4] 무릎을 가리우려고 모지름을 쓰다 옆모습만 찍힌 아이…. 사진 속의 아이들의 모습은 가관이었다.

"비록 60년대 후반과 70년대 초반이 동란의 년대이긴 했었지만 우리 벽동소학교는 전에 없는 전성기를 누렸지요. 학생들마다 스케이트를 참 잘 탔는데 학생들에게 스케이트 타는 법을 가르치려고 겨울이면 교원들이 학교 운동장에 빙장(氷場) 만드는 일을 도맡아 하셨습니다. 그리고 해마다 6·1절을 맞아 진행되는 향 운동대회에서는 우리 벽동소학교 학생들이 경기 종목마다 맡아놓고 1등을 하는 바람에 한족 학교 학생들은 그저 입을 짝 벌리고 쳐다보기만 했답니다."

---

4) '판나다'는 '해지다'의 방언.

어제 날 그 영광, 그 희열 속으로 되돌아간 선생님의 얼굴은 상기되어 있었고 목소리는 흥분에 젖어 떨고 있었다.

"그 무렵 학생 수가 급속히 불어나서 이 4칸 초가집으론 다 같이 수업을 할 수가 없었어요. 그래서 저급 학년이 오전 수업을 보고 고급 학년은 기다렸다가 오후 수업을 보아야 하는 형편에까지 이르렀답니다. 그래서 마을 분들은 가가호호에서 돈을 갹출하여 지금의 이 교실청사를 세우기로 했답니다. 마을치고는 맨 처음으로 지은 벽돌집이었어요. 이 풍금도 그때 산 것이랍니다. 이젠 고물이 되어 소리도 잘 어우러지지 않지만… 그때 이 벽돌집을 짓고 사람들은 기뻐서 하루종일 마을잔치를 벌였댔답니다."

선생님의 얼굴엔 행복이 가득 서려 있었다.

"그런데 그 후론 학생 수가 더 붇지 않았어요. 오히려 점점 줄어들기 시작했답니다. 나라에서 '산아제한' 정책을 실시해서부터였답니다."
"선생님, '산아제한'이란 건 무엇이지요?"

2학년생인 차옥이가 선생님의 말씀을 중동무이하고 질문을 내놓았다.

"그건 말이죠, 매 집에서 아이 하나만 기르기를 제창하는 제도였죠. 인구가 너무 많은 것이 사회경제를 발전시키는 데 방애가 된다고 나라에서 내린 국책이었답니다. 그땐 아이를 많이 낳으면 벌금을 안기기도 했는데 한 집에서 얻는 일 년 수입만큼이나 벌금액이 많았어요. 그래서 누구나 무서워서 아기를 더 낳지 않았답니다. 그리고 아기를 많이 낳지 못하게 동네 어머니들을 집단으로 병원에 데리고 가 단산 수술을 받게 하기도 했답니다. 그래서 동네엔 아기들이 많이 태어나지 못했답니다."

그 시기 우리 외가집 숙모가 딸아이만 줄줄이 셋을 낳아서 대를 이어야 한다고 닥달하는 외할아버지의 고집에 못 이겨 아들을 하나 더 낳으려고 딸아이를 둘씩이나 자식 없는 한족 집에 주어버린 과거가 있다는 이야기를 엄마한테서 들은 적이 있다. 그땐 어딘가 애석하기도 했고 분개하기도 했었는데 선생님의 말씀을 듣고 보니 외숙모의 행위가 얼마간 리해가 될 것 같기도 했다.

"우리 어머니도 그 수술을 받았나요? 저에겐 동생이 하나도 없거든요."

차옥이가 또 종알거렸다.

"안야요. 동무네 어머니들은 그 수술을 받지 않았어요. 차옥이 어머니 세대들은 하나만 낳아서 많이 배려하며 키우려고 자원적으로 아기를 더 낳지 않은 것뿐이랍니다."

나에게 형도 동생도 없는 게 우리 엄마가 나를 배려해서였을까? 동생이 있었으면 나하고 같이 놀아도 주고 형이 있었으면 나의 뒤심이 되어 나를 업신여기려는 눈치가 있는 저 칠성이 놈에게 겁도 주고 했을 수도 있지 않은가? 나는 선생님의 이야기를 들으면서 그렇게 제 좋은 생각을 굴려 보았다.

"그런데 그렇게 번창했던 벽동소학교가 오늘은 그 막을 내리게 되는 군요. 아쉽게도 동무들은 이렇듯 유서 깊은 벽동소학교의 마지막 급 학생들이 되었습니다. 동무네도 서운하겠지만 선생님의 마음은 형언할 수 없을 만큼 슬프답니다. 래일부터 이곳은 더는 우리의 학교가 아니고 저 운동장도 더는 우리가 뽈을 찰 수 있는 운동장이 아니예요. 래일부터 이곳은 이웃 한족 동네의 양들이 잠을 자는 양우리가 될 것이고 저 운동장엔 양들이 먹을 사료용 풀이 무성하게 자라날 것입니다. 이 방학이 지나고 새 학기가 시작되면 동무네는 경기툰과 쌍하촌에서 올라오는 학생들과 함께 한 교실에서 수업을 받게 된답니다."

교실 안은 물 뿌린 듯 잠누룩해졌다.

"거기엔 차가 붐비고 행인도 많아서 지금처럼 아무 데나 쏘다녀서는 안 되요. 그리고 처음으로 하는 기숙사 생활이기에 친구들과 다투지도 말고 잘 어울려야 합니다. 춥거나 아프거나 할 때는 서로 배려하는 법도 배워야 하구요. 집을 떠나면 한마을에 살던 친구들이 바로 친형제인 것이랍니다."

선생님은 마치 먼길을 떠나는 자식을 타이르듯 오밀조밀 부탁도 많았다. 나는 선생님의 두 눈에 물기가 번지는 것을 보아낼 수 있었다. 어디선가 코물을 자꾸 들이키는 소리가 듣그럽게 들려왔다. 맨 뒷줄에 앉은 6학년 학급의 여학생이 울고 있었다. 그 울음소리는 홍역처럼 옆의 애들에게로 옮겨져 크지 않은 교실 안에 슬픔을 그득먹 채워 놓았다.

나의 코마루도 문득 찡해 나는 느낌이 들었다. 눈굽 어느 쪽에선가 물기가 스물스물 배여 나와 눈확을 꽉 채웠다. 눈까풀을 조금만 깜박여도 그 물기가 눈확을 촬랑 넘어서며 부서진 구슬알처럼 아래로 주르륵 떨어질 것만 같았다. 나는 그것을 떨구지 않으려고 숙였던 고개를 천천히 뒤로 젖혀 올렸다.

얼결에 창밖이 내다보였다. 기름때가 찌든 작업복을 입은 기사 아저씨가 뜨락또르 엔진실로 들어가더니 헨들을 잡은 손을 한껏 가슴 앞으로 잡아당겼다. 그러자 뜨락또르의 육중한 기체가 저돌적으로 앞을 향해 돌진하며 뒤에 매달린 보습 날을 끌었다. 보습 날이 천천히 아래로 내려지며 딴딴하고 반듯하던 운동장을 발기발기 찢어놓기 시작했다. 습기가 다분한 검은 흙이 굴뱀처럼 꿈틀꿈틀 뒤집혀 올랐다가 이랑을 지으며 고스란히 옆으로 나누였다.

하학종이 울렸다.
여느 때 없이 처량하게 울렸다.
그리고 여느 때보다 갑절 길게 이어졌다.
다른 날 같으면 벌써 "우야 —" 하고 교실 문을 박지르고 밖으로 줄달음쳤을 학생들이 긴 종소리가 다 끝나도록 누구 하나 자리에서 먼저 일어서질 않았다. 선생님은 손수건을 꺼내어 부지런히 눈가를 문질렀다. 그리고 하학을 선포했다.

"이 시간… 이만… 돌아들… 가시오."

바깥에선 뜨락또르가 신나게 운동장을 누비고 있었고 낯선 사나이 몇이 포족한 듯한 웃음을 띄우고 손짓 발짓까지 해가며 이야기에 꽃을 피우고 있었다. 교장 선생님은 교무실 안의 짐을 정리하느라 여념이 없어 우리가 열린 창 너머로 들여다보는 줄도 모르고 계셨다.

집으로 돌아오는 내 발걸음은 발부리에 바위돌이라도 처맨 듯 무겁기만 했다. 평소에 그렇게 짓궂기만 하던 칠성이 녀석도 오늘만은 그럴 기분이 안 나는지 머리를 수긋하고 내 뒤를 따라 터벅터벅 걷기만 할 뿐 그 어떤 짓궂은 장난을 개시할 눈치가 통 보이지 않았다. 그 뒤로 눈가가 벌겋게 익은 야림이가 아직도 그 기분에서 헤여나오지 못하고 눈가를 찔끔찔끔 문지르며 따라오고 있었다.

나는 오늘이 마치 동네 집에 초상난 날 같다고 생각했다. 아니, 동네 할아버지 할머니가 이 세상을 떠나던 날도 우린 이렇게 침울하진 않았었다. 애도곡을 울리며 떠나가는 령구차를 그저 먼발치에 서서 입을 다물고 구경만 했었지 이렇게까진 기분이 쓸쓸하진 아니했었다. 마을 안은 생명이 있는 것은 일시에 모짝 떠나가 버린 듯 별스레 조용했다. 조용하다 못해 스산하기까지 했다. "광 났다! 광!" 하며 짝짜그르 떠들어 대던 아낙네들의 웃음소리마저도 오늘은 들리지 않았다.

엄마는 문에 자물쇠도 잠그지 않은 채 어디론가 가버려 방 안은 호젓하고 괴괴했다. 파리 몇 마리가 가마목에 앉아 있다가 놀라 윙 하고 자리를 떠버렸다. 가방을 벗어 구들목에 던진 후 텔레비전을 켤까고도 생각했다가 그만두었다. 방안에 그대로 죽치고 앉아 있을 수가 없었다. 창문을 꽁꽁 걸어 닫은 탓인지 가슴이 답답해났다.

마당 끝에 있는 곳간에 들어가 낡은 모기장을 뜯어 만든 반두를 끄집어냈다. 이런 땐 시원한 물가에 가서 노는 게 최상일 것 같았다.

야림이가 대문 밖에 앉아 있었다. 열쇠가 없어 집 안으로 들어가지 못하는 것 같진 않았다. 아직도 무거운 그 기분에서 헤여나오지 못하는 것 같았다.

"느거 엄마 개성 간다구 했어."

나는 그제야 야림이 엄마의 부탁이 생각났다.

야림이는 대답도 없이 나를 빤히 쳐다보았다. 그러다가 내가 삽작문을 나서자 뒤에서 불렀다.

"니 어데 가?"

아직도 코맹맹이 소리가 다분했다.

"미꾸라지 건지레. 왜? 너두 갈래?"

야림이가 고개를 끄덕이며 내 뒤를 스적스적 따라나섰다.

들은 좋았다. 풀색 도료를 엎지른 것처럼 들판은 어디라 없이 푸른색 천지였다. 마을 안도 그랬지만 들판도 사람 그림자 하나 찾아볼 수 없이 고즈넉했다. 만도리가 끝난 벼논은 바야흐로 이삭을 잉태하며 검푸르게 짙어가고 있었다. 어디선가 가끔 뻐꾸기 울음소리가 귀맛 좋게 들려왔고 이름 모를 풀벌레들이 풀숲을 소요하고 있었다.

논틀 밭틀을 가로세로 지르며 가끔 뒤를 돌아다보니 야림이가 그냥 그대로 곱다란이 따라오고 있었다. 미꾸라지가 있음 직한 곳을 나는 알고 있었다. 3년 전 모내기를 하는 엄마와 아버지에게 물심부름을 나갔다가 논머리에 있는 퇴수에 빠진 적이 있었는데 알고 보니 작은 자연늪이었다. 그때 거기엔 미꾸라지가 바가지로 퍼낼 수 있을 만큼 박신거리고 있었다.

멀리 논밭 한가운데 있는 풀막이 보였다. 우리 아버지가 손수 지어 놓은 A자형 풀막이었다. 떼장을 떠다 기초를 쌓고 가둑나무 가지로 지붕을 서린 풀막은 네 사람이 편히 누울 수 있을 만큼 그 안이 꽤 널렀다. 일을 하다 비를 피하는 요긴한 장소이기도 했고 모내기 때나 벼가을 철엔 싸간 참밥을 먹고 잠시 허리를 펴는 유일한 휴식 장소이기도 했었다. 마른 풀을 두툼히 깔고 비닐 장판지까지 펴 놓아 제법 아늑하기까지 했었는데… 그러나 아버지가 돈벌이를 떠나고 이웃 마을 왕가가 우리 집 논밭을 양도 받아 가면서 풀막도 왕가의 소유가 되어 버렸다.

논머리의 물웅덩이는 그대로였다. 바지가랭이를 걷어붙이고 물 복판에 들어가 두 손에 반두 채를 나누어 들고 뒤번 물속을 휘휘 내둘렀다. 3년 전 우리 아버지가 이렇게 이 반두로 여기서 미꾸라지를 잡았던 것이다. 그대로 흉내를 내본 것뿐인데 과연 새끼손가락만큼 한 미꾸라지가 세 마리나 걸려 나왔다.

"있다, 있어!"

나는 뚝가에 멀거니 서 있는 야림이를 향해 환성에 가까운 소리를 질렀다.

"증말? 얼마나 커? 나 좀 보자!"

야림이는 방금과 달리 얼굴에 웃음꽃을 활짝 바르고 뚝 아래로 천방지축 달려 내려왔다. 반두 그물 속에 든 세 마리의 미꾸라지를 확인한 야림이는 손뼉까지 짝짝 쳐댔다.

"더 해봐, 빨리 더 건져봐!"

송화강 물을 먹고 서식하던 우리 할아버지 때의 그 고기들의 후손이 틀림없으렸다. 물줄기를 따라 따라 논꼬며 개울이며 늪이며에 그 서식처를 옮기던 족속들이 이 좁은 웅뎅이 생활환경에 적응을 할 수 있는 놈은 살아남고 그렇지 못한 놈들은 그 씨가 말라버렸는가 보다. 노획물은 기대했던 것보다 많았다. 그물 속에 든 놈들을 옮겨 담고 좀 더 깊은 곳을 훑어보고 싶었다.

"이걸 어디 담을 데 없남?"

내가 담을 그릇을 찾아 헤매자 야림이가 자기의 치마폭을 벌였다. 그 바람에 분홍색 빤쓰가 로출되며 내 눈을 자극했다. 그런데도 야림이는 서두르기만 했다.

"안야, 저기 풀막 안에 가봐. 거기에 밥그릇을 싸 왔던 비닐봉지라도 있을지 몰라."
"알았어, 내 얼른 갔다 올께."

야림이는 허둥지둥 풀막 쪽으로 뛰어 갔다.
미꾸라지 몇 마리를 포획한 것이 이처럼 흥분되는 일일진대 팔딱시5) 같은 고기들이 발채마다 꼴똑 꼴똑 넘쳤다는 그때는 얼마나 거득하였을까? 우리 아버지도 언젠가 그렇게 말했다. 벼가 익어 논물을 뺄 무렵이면 시꺼먼 매기 따위들이 꼬리로 벼대를 마구 갈겨대군 했는데 개구장이들이 그 소리를 따라 벼밭을 마구 무질러 놓아 어른들한테 볼

---

5) '팔딱시'는 '팔뚝'.

기짝을 수태 얻어맞았다고 했다.

"야림아! 야림아!"

홀연 풀막 쪽에서 야림이 아버지의 목소리가 들려왔다.

고개를 들고 보니 얼굴이 파리하게 굳어버린 야림이가 초경(樵逕) 길을 따라 마을 쪽으로 냅다 뛰어 가고 있었다. 그 서슬에 놀란 개구리들이 풀쩍풀쩍 논밭 속으로 내리꼰졌다. 야림이의 하늘색 치마꼬리가 깃발처럼 휘날렸다.

나는 반두를 든 채 뚝 우로 기어 올라갔다. 낯색이 지지벌개진 야림이 아버지가 나를 똑바로 쳐다보지도 못한 채 내 곁을 총총 스쳐 지나갔다. 별로 찌물쿠는 날씨도 아닌데 넌링그 바람인 야림이 아버지의 이마 머리엔 땀방울이 송골송골 돋혀 있었다.

반두를 든 채 풀막으로 들어가 보니 이상하게도 엄마가 거기에 있었다. 오늘따라 볶은 머리가 애푸수수해 보였고 발목을 조인 통 너른 바지를 입은 옷매무시가 어수선했다.

"엄마!"

내가 그렇게 불러도 엄마는 나와 눈길을 부딪치려 하지 않고 두 손으로 애매한 머리만 이리저리 우미고 있었다. 그게 더 이상했다.

막 안은 예전보다 스산했고 구질구질했다. 습기인지 발꾸린내 같은 퀴퀴한 냄새가 감돌았다. 엄마는 움쭉 일어나 문 어구에 놓아두었던 손호미를 챙겨 들고 풀막을 나섰다. 칠성이 할머니의 꾸중을 듣고 마음먹고 콩밭 기음을 메던 중이었는가 보다.

다른 집들에서 저녁을 한창 쓰고 있을 무렵. 야림이 엄마가 꺼멓게 일그러진 얼굴을 해갖고 우리 집 정주에 벌컥 들어섰다. 자발 없는 여인인 줄은 알고 있었으나 오늘은 례사가 아닌 듯 싶었다. 분기가 탱중한 것이 곧 떠박질이라도 할 것 같은 성난 황소상이었다. 점심을 대충 끝내고 오후 내내 나오는 마주보기도 싫은 양 벽 쪽을 향해 누워만 있던 엄마는 그때야 늦은 저녁을 짓고 있었다.

우당탕 하는 소리와 함께 문가에 두었던 뜨물통이 야림이 엄마의 발길에 날려 저만치에서 나뒹굴었다. 뒤이어 부엌에서 쓰는 쪽걸상이 엄마의 면전을 향해 날아갔다. 엄마는 얼굴을 싸쥐고 그 자리에 주저앉았다. 양재기며 사발 따위의 식기가 정주칸 바닥에 패댕이쳐졌다. 이남박의 쌀이 사방으로 튕겨 나갔고 미꾸라지가 담겼던 초롱이 엎질러지며 쏟겨져 나온 미꾸라지들이 락엽처럼 발밑에서 나뒹굴었다.

"언제부터가?! 언제부터 배가 맞아 돌았내?! 쌍간나이 새끼들, 먼 곳에 냄편 일하래들 보내 놓구 기래두 되는 거내?! 환장들을 했구나 야, 기것두 시퍼런 대낮에 애새끼들한테 좋은 꼴목싸니들을 뵈서 도착꾸나, 야. 얌전한 갱아지가 부뚜막 우에 올라가 똥 싼다구, 네년이 바로 기렇구나 야. 한 용마루를 쓰구 사는 처지에 이런 식으루 날 놀려두 되는 거내? 내래 언제부터 눈친 좀 채긴 챘다만 기래두 설마설마 했디 뭐간?! 아무리 목이 마르기로서니 날 이렇게 우숩게 여기믄 안 되지, 긴데 이게 뭐내? 네년이 내 손에 뒤디고 싶어 기랬지? 기래슬라므니 발광들을 했지?!"

야림이 엄마는 미꾸라지가 토해낸 분비물 같은 껄쭉한 거품을 량쪽 입가로 구질구질 내물고 바락바락 소리를 질렀다. 야림이 건너와 자기 엄마의 팔을 잡아당겼다.

"이것 노으라우! 내 오늘 저깟 년들을 다 무질러 버려야갔어!"

야림이 엄마는 말리는 야림이를 뿌리치고 또 한 번 엄마에게로 육박해 가 이번엔 두 손으로 엄마의 머리끄댕일 덥석 잡았다.

"아갸갸!"

엄마가 비명 같은 소리를 터뜨렸다.

이런 땐 어떻게 해야 하는 걸까? 나는 더 생각할 새 없이 패댕이쳐진 양재기 따위들을 집어 들고 야림이 엄마에게로 던졌다. 그리고 소리쳤다.

"물러가! 물러가란 말이야!"

야림이도 울며 자기 엄마의 옷자락을 한사코 당겼다. 앞집의 귀머거리 할매까지 알고 달려올 만큼 동네 사람들이 마당으로 모여 와 수군거렸다. 그렇게 법석을 떨어도 야림이 아버지만은 코끝도 뵈지 않는 게 이상했다.

야림이 엄마는 얼마를 더 그렇게 기승을 부리다가 동네 아낙네들에게 끌리워 자기 집으로 건너갔다.

살천스럽기만 하던 야림이 엄마는 집으로 돌아가자 체통에 걸맞지 않게 이번엔 서럽게 서럽게 펑펑 울어댔다. 울면서 하는 주담 같은 사설이 간벽을 사이 두고 간간이 들려왔다.

"넘들은 나를 두덩 우에 누운 소 팔자라고들 허지만 내래 넘들 안 썩이는 속을 요렇게 썩고 사누나. 이건 동네 씨돼지도 아니고 절구통이래도 치마만 둘렀다 하면 죄다 걸쳐 보는구나 야, 기래두 내래 챙피해서 입 다물고 있는 줄은 모르고 난 그저 집 지키는 된장독인 줄로만 알디… 엉엉… 집구석에 돈 좀 있는 거 동네 밑 파는 년들 치마 밑에 다 밀어 넣고 기래두 일촌지장이랍시구 꼬들락거리고 다니는 꼴상판이야. 내래 븐해서 살간? 븐해서 살갔나 말이야?!"

　자정이 되어서야 야림이 엄마의 푸념 같은 넋두리는 드디어 끝이 나고 사위는 괴괴해졌다. 엄마는 밤새 큰 숨소리 한 번 내지 않고 아래목에 가만히 누워 있었다. 나는 엄마에게 지금 무슨 일이 벌어지고 있는지 물을 수도 없었고 묻기도 싫었다. 낮에 풀막에서 무슨 일이 있었는지를 조금 알 것 같기도 했다. 정주간 흙 봉당에서 흙을 고물처럼 뒤집어 바른 미꾸라지들이 뒤척이며 내는 소리만 없다면 집안이 꼭 무덤 속 같다고 생각했다. 무덤 안이 바로 이럴 것이리라. 소리도 없고 빛도 없고 희망도 없고 움직이지 않는 시체 말고는 아무것도 없는 그런 것 말이다. 문뜩 아래목에 누워 있는 엄마가 시체같이 느껴졌다. 어쩜 저렇게 미동도 하지 않고 장밤 누워 있을 수가 있을까? 이제 날이 밝으면 야림이 얼굴을 어떻게 대할까? 알은 체를 해야 하나 모른 체를 해야 하나? 아버지의 전화는 이제 어디 가서 받아야 하나? 나에겐 그것이 제일 큰 걱정이었다. 저녁을 먹지 않아서인지 시장기가 밀려들었다. 그러나 저녁을 짓지 않은 부엌엔 먹을 만한 게 아무것도 없지 않는가?

　그렇게 궁싯거리다가 흐리마리하게 잠이 든 것 같은데 눈을 떠보니 밖은 날이 활짝 밝아 있었다. 커텐도 치지 않은 탓에 뒤창으로 해살이 뻗쳐 들어 방 안은 명랑했다. 아랫목을 쳐다보니 엄마는 없고 베고 누웠던 베개만 덩그마니 엎드려 있었다. 여느 때 같으면 밥 짓는 냄새가 몰몰 풍겼을 정주가 굿 해먹은 집처럼 스산하고 조용했다.

끌신을 꿰고 막 밖으로 나가려는 때 엄마가 들어왔다. 왼쪽 눈언저리가 썩은 과일처럼 시퍼렇게 터져 있었다. 그 뒤로 때아닌 식전에 이웃 마을 왕가가 따라 들어왔다. 왕가네 집에 가서 왕가를 데려온 것 같았다.

"입는 옷가지만 빼고 가장집물을 몽땅 넘길 테니까 알아서 보라니깐."

데리고 오면서 먼저 무슨 얘기가 있었댔는지 엄마의 말을 왕가는 듣는지 마는지 집안 구석구석을 들여다보고 또 바깥으로 나가 지붕을 올려다보고 그러기를 한참 하더니 식지와 중지 두 손가락을 펴들었다.

"2천이요."
"콩밭은?"

엄마가 물었다.

"꿰서 그렇지."
"콩밭꺼정 해서 2천이라구?"
"그까짓 솥뚜껑만 한 콩밭이 뭐가 값 간다구?"
"그래두 2천은 너무 애하다니까."
"싫으면 고만 두슈. 난 바쁜 게 하나두 없슈."
"썩어질 새끼."
"에이, 욕하지 마슈. 사달라고 조른 건 아주머니니까."

왕가는 다른 것은 못 알아들어도 욕하는 것만은 신통히도 잘 알아듣

는 한족이었다. 말끝마다 아주머니 아주머니 하며 게여올려서 붙임성
이 무척 좋아 보이기도 하고 비굴하기까지 해 보이더니 관건적인 시각
엔 매몰찬 데가 있었다. 매를 꿩으로 본 것 같았다.

엄마가 큰 결심이라도 내린 듯 모두 숨을 내쉬며 수락을 했다.

"좋아."

"그럼 그렇지, 기실은 나두 매일 논일 하러 다니기가 좀 불편해서 사는
    것뿐이지, 이까짓 초가집을, 그것두 독집도 아닌 것을 욕심이 나서 사
    는 게 아니잖우. 이 왕가니까 그래두 이만한 가격으로도 사주지 다른
    사람 같으면 턱이나 있수? 안 그렇슈, 아주머니?"

왕가는 설레발을 쳤다. 그러면서 점심에 와서 계약서를 쓰고 돈을
주마고 했다.

"꼭 현금이여야 한다니까."

"알았슈."

왕가가 돌아간 뒤 엄마는 입을 만한 옷가지들을 주섬주섬 가방에 쑤
셔 넣기 시작했다. 짐 두 짝을 만들어 놓고 엄마는 부엌에 불을 지폈다.
밥이 끓기 시작하자 엄마가 정색을 하고 나를 불렀다.

"진수야, 엄마가 집을 팔았다."

나는 엄마의 담담한 얼굴을 뚫어지게 쏘아보았다. 엄마가 어딘가 무
치하다고 생각되었다.

"어차피 다음 학기부턴 너도 현성에 가 학교를 다녀야 한다더구나. 현성에 가서 공부하는 데는 돈이 무척 든다더라. 느거 아버지가 죽었는지 살았는지 소식도 없으니깨 이젠 엄마가 나가서 돈을 버는 길밖에 없다. 개학 때까지 외가집에 가 있어라. 돈이 빌리는 대로 부쳐줄게."

나는 엄마 말이 다 끝나기도 전에 문을 박지르고 나왔다. 엄마가 오늘같이 가증스러워 본 적이 없었다. 밖은 해살이 좋았으나 나는 딱히 갈 데가 없었다. 발길이 향하는 데로 터벅터벅 걸었다.

갈이가 끝난 학교 마당은 드디어 검은 흙밭으로 변해 있었다. 저곳에서 우린 얼마나 재미있게 뛰어놀았던가. 일군 몇이 갈아 번진 운동장 둘레에 비닐 실로 뜬 그물을 늘이고 있었다. 양 무리를 가두어 넣으려는 심산인 것 같았다. 밤도적을 경계해서 망치로 창문에 널판지를 첩박는 소리가 메아리로 들려왔다. '벽동소학교'라고 썼던 학교 간판이 도끼날에 두 쪽으로 쪼개져 교실 창문 우에 거꾸로 덧박혀 있었다. 글소리 랑랑하던 교실이 이제 이렇게 양우리가 되는 것이로구나. 나는 초연해지는 기분을 어쩔 수 없었다. 문득 저 집에 들어올 양들이 나보다 훨씬 행복하다는 생각이 들었다. 나는 있던 집도 없어졌는데 양들은 좋은 벽돌 기와집이 생겼으니 말이다.

까치 두 마리가 백양나무 우둠지에 둥지를 틀며 알아들을 수 없는 말로 재깔이는 소리가 자냥스럽게 들려 왔다. 누군가 그렇게 섰는 내 곁으로 다가와 내 어깨에다 손을 얹었다. 뒤돌아보니 칠성이 녀석이었다. 이상하게도 여느 때 없이 푸근한 소리가 칠성이의 입에서 흘러나왔다.

"울지 마."

2005년, 『도라지』

04
목욕탕에
온 여자들

두 주일에 한 번씩 씻겨드리던 일을, 요즘 들어 모든 의욕을 묵살시키기에 십상인 날씨도 날씨려니와 무의무식 간에 까닭 없이 누흙어가는 내 심기 때문에 언제부턴간 석 주일에 한 번씩, 어느 땐 그보다 더 늘구어 한 달에 한 번씩 목욕을 하게 되는데도 엄마는 그 찝찝함과 가려움을 호소할 줄도 모르고 있다. 아니, 모르는 게 아니라 세상 사람들이 하나같이 공인할 만큼 질긴 엄마의 그 와이야 줄 같은 인내성이 엄마의 입을 봉해버린 아교가 되었는지도 모른다고 나는 가끔 생각을 한다.

엄마보다 퍽 잘생긴 아버지가 밖에서 바람을 피워 동네에 소문이 파다했어도 아버지와 야료 한번 부리지 않은 엄마였고 술을 잘하는 아버지가 사흘이 멀다 하게 고주망태가 되어 밤늦게 돌아와 취후의 이런저런 성가신 심부름을 시켜도 대꾸 한마디 없이 완벽하게 시중을 해 드렸던 엄마이고 보면 석 주일 동안 씻지 않은 먼지 때나 한 달 동안 눌러붙은 땀내에 못 견뎌 "나 목욕 좀 시켜도고!"하고 호소할 리는 백번도 없는 우리 엄마다.

어려서부터 보아 온 엄마의 질기딘 질긴 인내성에 자연스레 입맛이 길들여진 나의 행위 방식은 부지불식간에 보채는 아이에겐 젖을 물리고 순둥이 아이는 다독여 잠재우듯 아무래나 말이 없는 엄마의 일상을, 일방적으로 방치해 두어도 괜찮은 쪽으로 치부하기에 이르렀다.

이른 아침에 꼭 닫겨 있던 엄마 방의 문을 뚝 떼고 보니 밤새 갇혀 있다가 출구를 찾아 쏟아져나오는 늙은이 특유의 악취가 내 코를 쿡 쑤시고 들어와 머리속이 어질저질해났다. 들숨을 정지하고 재빨리 엄마의 이부자리를 걷는 도중 오늘은 하늘이 무너지는 한이 있어도 엄마의 목욕만은 꼭 시켜야겠다는 결심이 말쿠지처럼 가슴 복판에 턱 들어와 박혔다.

맛없게 받아넘기는 밥을 억지로 몇 술 떠먹이고 나무토막처럼 경직

된 엄마의 오른팔 오른다리를 추슬러 겉옷을 입히고 자꾸 무너져내리려는 오른쪽 옆구리를 부추겨 아파트 계단을 내려 밖으로 나왔을 땐 이르지도 늦지도 않은 오전 아홉 시의 태양 볕이 머리 우에서 화사하게 쏟아지고 있었다.

대통로 하나만 넘어서면 닿을 수 있게 가까이에 있는 목욕탕이건만 외다리 외팔이나 다름없는 엄마의 몸을 이끌고 차량들이 씽 — 쌩 — 오가는 대통로를 넘는 일이란 참말이지 홍군(紅軍)이 대도하(大渡河)를 넘는 것만큼이나 험난한 일이 아닐 수 없었다. 이 대통로를 넘는 일이 번거로워 내가 엄마의 목욕을 차일피일 미루어 왔는지도 모르겠다. 근년에 들어 각종 차량이 기하급수로 불어나서 대통로 한번 건너기가 여간 힘든 게 아니건만 육교나 별도의 건널목 장치도 없고 차량을 안내하는 교통경찰도 없다. 손님을 다투어 주으려고 택시들이 술취한 놈들처럼 대통로 복판에서 거리낌 없이 비틀거려도, 또 저그만치 학교가 두 소(所)나 집거되어 있는 큰 동네여서 아이들이 저마끔 길을 건너다 다치는 일이 비일비재 빈발해도 사람들은 별 불평 없이 저마다 아무 데서나 용감하게 도로를 횡행하고 있다. 그래서 매번 이 대통로를 건널 일이 있을 때마다 질서 의식이 밑바닥인 이 나라 국민성과 그리고 그에 못지않게 물렁한 이 나라 법치에 불 받고 벌렁벌렁 끓어오르는 밥 가마처럼 한참씩 분노에 끓어보군 하는 게 바로 나다.

그러나 말거나 대통로 량 옆으로 즐비하게 늘어선 상가의 이마빡엔 알록달록한 가게의 옥호들이 밥 타러 나와 선 유치원 애들처럼 촘촘히도 붙어 있다. 마트, 은행, 진료소, 약방, 안마소, 목욕탕, 당구장, 커피숍, 게임방, 문구점, 식당, 세탁소, 꽃집, 심지어 구두닦이 방까지 상가의 한 자리를 차지하고 거리의 행인을 노리고 있다. 목욕탕만 해도 대중목욕탕 하나와 원룸식 고급 목욕탕 하나, 그 외에도 공가(公家) 돈을 축내는 치들이 선호하는 수영장이 딸린 사우나 집까지 합치면 이백 미터 거리 안에 세 곳이나 있으니 이 동네 상가 가격이 하늘 높은 줄 모르고 올리솟는 게 그리 이상할 것도 없다 싶다.

날개를 활짝 편 봉황의 형태를 은은하게 빗겨 넣은 대중목욕탕의 우유빛 유리문을 밀려고 손을 뻗었는데 안으로부터 핑크색 가운을 입은 30대 초반의 호스티스가 나오며 손님이 들도록 날렵하게 대신 문을 열어 주었다. 이 집의 도어는 여느 집과 달리 밖에서 미는 게 아니라 당겨 열게 되어 있다는 걸 처음 이 집에 오던 날 손잡이 부근에 써 붙인 메시지를 읽고 익혀둔 지 오래건만 그 글을 무시한 채 번마다 밀려고 손을 뻗는 내 고집도 보통 고집이 아니다. 나처럼 습관 된 동작을 일삼는 손님을 고려했는지 아니면 이 동네 인구의 절반 이상을 웃도는 조선 사람을 배려했는지 어느새 '튀이(推)' 대신에 '밀어 주세요'로, '라(拉)' 대신에 '당겨 주세요'란 한글로, 그것도 대단히 큰 싸이즈의 메시지로 바꾸어 쓴 주인의 재치가 살랑살랑 돈을 무척 벌게도 생겼다고 나는 속으로 은근히 감탄을 터뜨렸다.

현관에서 신을 벗고 끌신을 갈아신는 동안 핑크색 가운의 호스티스가 철저히 복무를 해 주었다. 끌신을 내어주고 벗은 신발을 받아 신발장에 얹고 호패 같은 탈의실 열쇠 두 개와 흰 타올 두 개를 건넸다..

"춰 조우마?(때를 밀어드릴까요?)"

전에 없던 복무 사항이었다.

호스티스는 그런 것도 있느냐 하는 내 눈길을 받자 탕 안엔 때밀이꾼이 대기하고 있으며 복무비는 5원이며 값은 지금 함께 계산한다는 걸 알아듣기 쉽게 설명해 주었다.

김이 서려 시루 속 같은 탕 안에서 경직된 엄마의 몸까지 두 사람의 몸뚱이를 살살이 밀어 씻고 나면 나는 곧잘 현기증을 느끼군 했다. 어느 땐간 지친 데다 위경련까지 와서 잠깐 혼미했었던 적도 있었는데 엄마가 굳어진 혀 아래 소리로 옆 사람들에게 구원을 청해 한바탕 소동이 인 일도 있었다.

나는 큰맘 먹고 목욕값 10원에다 1인분 때밀이 돈까지 5원을 더 얹어 주고 탈의실로 들어갔다. 목욕 한 번 하는데 통닭 한 마리 값이 휘딱 날아가 버렸지만 여느 곳에 비기면 그래도 여기가 제일 싼 곳이기에 좀 아까워도 별수는 없다. 목욕비가 비싸다고 목욕을 아니 할 수도 없는 노릇. 동료들이 샤워기를 한 대 갖추라고 조언을 해준 지가 오래건만 세탁기 하나와 변기 한 틀, 작은 세면조를 들여 놓고 나니 돌아설 자리도 없을 만큼 작은 화장실을 갖고 사는 우리 집 형편이니 샤워기란 애인같이, 갖추고는 싶어도 아주 들어앉히기엔 마깟잖은 호사품일 수밖에 없는 것이 일단 시원도 하고 섭섭도 하다.

탈의실은 조용했다. 쿠션 우에 깔아놓은 시트도 백설같이 흰 게 마음에 들었다. 한쪽 팔다리가 삶아놓은 통닭의 날개처럼 가드라붙어 버린 엄마의 몸에서 옷을 벗겨내는 일은 그 몸에 옷을 입히는 일 못지않게 힘에 부치고 짜증 나고 그래서 더욱 번거롭다. 마지막 속옷까지 다 걷어내자 엄마는 아직은 쓸 수 있는 왼다리를 오른쪽 다리 곁으로 옮겨 두 다리 사이를 좁혔다. 기억과 사유의 시스템 어느 곳엔가 고장이 생겨 언어 표달 수준이 3살박이 어린아이만큼도 안 되게 엉망이 되어버린 엄마였지만 이렇게 알몸이 될 때마다 상투적 행동을 취하고 하는 걸 보면 여자 특유의 본능적 부끄러움이란 것이 아직도 엄마의 가슴 어느 한 곳에 깊숙히도 뿌리를 내리고 파묻겨 있는가 보다.

여름엔 남들의 눈을 피해 심야를 기다려 마을 밖 개울가에 나가 달빛을 빌어 몸을 씻었고 겨울엔 자기 집 부엌 쪽에 숨어 오지독에 더운물을 퍼붓고 들어가 목욕이랍시고 해버리던 그 세월, 같은 여자애들끼리라 해도 남에게 자기의 벗은 알몸을 보여주려 하지 않았었고 그래서 자기 몸 말고는 남의 알몸을 구경한 적이 없었던 나다. 그만큼 보수적이었던 고로 처음 공중목욕탕에 들어올 때도 벗는 일에 부자연스러웠고 벗고 도 몸 둘 바를 몰라 쩔쩔맸던 일이 나에겐 별로 오래된 일이 아니다. 그렇게 현대화 물결에 편승하는 데도 남보다 한 박자씩 늦은 늦둥이였던 나인데 하물며 야학을 다니며 3종(從) 4덕(德)부터 전수 받았던 엄마이고 보면 그러는 편이 더 어울리는 엄마다운 제스처가 아닐까? 한량이었던 아버지 때문에 끓인 속이 숯덩이처럼 꺼멓게 타 들어가도 몸가짐 한 번 흐트러진 적 없는 엄마였고, 얼굴엔 마냥 자상한 웃음이 떠 있었어도 반대로 말문만은 무척 무거웠던 엄마다. 좀해서 열리지 않는 입이었기에 재가 되도록 타는 가슴속의 연기는 분출구를 찾지 못해서 속에서 더 요동을 쳤을 것이고, 그래서 아픔은 곱절로 불어났을 텐데도 말이다. 아버지에게 여자가 그렇게 많았던 까닭이 엄마의 그 무서우리만큼 지나친 인내와 수용의 자세가 자초한 것이 아니라고 나는 지금도 부인하지 않는다. 때로는 흐르는 석간수 같기도 하고 때로는 예리한 벌의 주둥이 같기도 해야 하며 때로는 포효하는 암펌 같은 데도 있어야 남편이라는 들말을 제대로 몰고 갈 수 있었을 텐데도 말이다. 3종 4덕은 잘 알아도 그 점을 모르시고 사신 게 엄마 일생의 최대 비극이 아닐가?

그렇게 부끄러움에 몸을 송사리는 엄마를 이끌고 욕실 문을 밀고 들어갔는데 휴일이 아니어서인지 탕 안엔 세 살 좌우되는 여자애까지 합쳐 목욕하는 손님이 셋밖에 없었다. 등받이가 없는 비닐 쿠션 우에 갓 잡아 엎질러놓은 돼지 모양으로 네 활개를 펴고 시름없이 누워있는 여자, 그 여자의 사타구니 쪽을 열심히 밀어 씻어주고 있던 때밀이 여인이 흰 이를 활짝 드러내고 반겨주었다.

"콰이 라이, 따제.1)(어서 와요, 언니.)"

　중국 사람들에겐, 안면이 없는 사람의 일엔 하늘이 두 쪽 나도 눈꼽만 한 관심도 보내지 않는 차가운 면과 안면이 조금이라도 있거나 리해 관계에 조금이라도 저촉되는 사람을 만나면 가볍게 언니 동생하고 불러주며 후덥게 대해 주는 뜨거운 면이 공존하고 있다. 자기 집을 찾아온 귀한 고객을 대하는 주인으로서의 아량 있는 례절이 아니라 돈을 짜내고 싶어서 안달을 떠는 호들갑스러운 얼굴 같아서 어쩐지 기분이 묘했다. 요즘 들어 이런 리해 관계의 계산이 무척이나 빨라진 것이 전과 달라진 중국 사람들의 모습이다. 그에 반해 우리는 아직도 신 씻는 데 쓰는 쑤세미처럼 까슬까슬하고 뻣뻣한 데가 많아 남보다 흠이 하나 더 많다.
　어린 계집아이는 바닥에 앉아 비누 곽으로 물장난이 한창이고 샤워기 밑에 서서 머리를 감고 있던 여자는 우리가 들어서자 바로 증기막 안으로 들어가 버렸다. 갓 쪄낸 찐빵같이 부풀어 오른 엉덩이가 유난히도 오기를 뿜고 있는 게 같은 여자인 내 눈에도 못내 어지럽다. 굳이 신분을 밝히지 않아도 벗은 몸매만 보고도 나는 어느 여자가 미혼의 여성이고 어느 여자가 아줌마인지 분간할 만하다. 미혼 여성은 아래배가 깎아지른 듯이 편편하다. 편편하지 않고 좀 도드라졌다 해도 절대적으로 탄력이 있는 모습이다. 그러나 애를 하나라도 낳은 여인은 십중팔구 아래배와 허리둘레에 군살이 쌓여 마치 물을 담아 드리워 놓은 비

---

1) "快來, 大姐."의 중국어 발음.

닐 주머니처럼 느슨하다.

탕 속에 엄마를 들여앉히고 감응에 의해 흐르게 된 샤와기 앞에 다가
서서 흘러내리는 물로 몸 구석구석을 적시며 나는 물 먹은 건빵처럼 옆
으로 퍼지기 시작하는 내 몸을 물끄러미 내려다보았다. 처녀 땐 퍼그나
날씬하다는 소리를 듣고 산 몸인데 세월 앞에선 장사가 없다고 했던가?

때밀이 여인이 네 활개를 뻗고 누웠는 손님에게 몸 뒤집기를 권장했
다. 여인은 그동안에도 한잠을 잤는 모양 선하품을 하며 비둔한 몸체
를 굴려 비닐 쿠션 우에 엎드렸다. 누웠을 때보다 어딘가 더 둔탁해 보
였다. 때밀이 여인이 때를 밀어 올릴 때마다 필요 이상으로 붙은 고기
덩어리가 덜 된 돼지껍질묵처럼 쿠션 우에서 좌우로 출렁거렸다. 그렇
게 엎딘 채로 여인이 바닥에서 물장난에 성수나 있는[2] 계집아이를 불
렀다.

"야단아, 엄마 물병 갔다 주라."

계집아이는 두말없이 쫑드르르 달려가 선반 우에 올려 놓은 광천수
병을 집어 엎드린 여인의 손에 쥐어 주었다.

"에그, 이쁜 것. 엄마에겐 우리 딸 야단이 밖에 없다니까. 느거 아버지
가 야단이 절반만 해 주어도 이 엄만 소원이 없겠구만은."

그러면서 병마개를 따고 소 뜨물 켜듯 꿀떡꿀떡 병굽에 남았던 물을
다 마셔 버렸다.

---

2) '성수나다'는 '신명나다'.

"체중이 늘 땐 물 한 모금도 살이 된다 했어요. 고만 마셔요."

때밀이 여인이 근심스레 충고를 던졌다.

"괜찮아요, 난 먹어서 찐 살이 아니라 스트레스를 받아 찐 살이에요. 몸을 불리지 않을려고 애도 배를 가르고 낳았는데 그게 다 허사가 되였지 뭐예요? 이젠 될 대로 되여라 그러는 중이예요."
"애기 아버지한테서는 아직도 소식이 없으세요?"

두 사람 사이는 초면이 아닌 것 같았다.
엎드린 여인은 묵묵부답이다.

"자꾸 독촉해요, 남자들은 돈 많으면 잘못되기 십상이니까."

때밀이 여인이 이번엔 엎드린 여자의 등에 비누 거품을 바르고 종주먹으로 다듬이질하듯 두드려댔다. 근육의 탕개를 풀어주는 나름대로의 안마 방법인가 보다.

"그러다 아줌마를 버리겠다면 어떡하지? 애는 어쩌구? 멀거니 앉아 기다리는 건 수가 아니예요, 그리고 살 좀 빼세요. 요즘 남자들 예전 같지 않아서 덩치 큰 여자 좋아 안 해요, 나처럼 이런 힘 빼는 일을 할 거면 몰라도."

엎드렸던 여인이 기분 나쁜 듯이 벌떡 일어나 샤워기 밑으로 들어가 버렸다. 다리 저는 사람더러 절름발이라고 하면 덜 좋아하는 법이다.

덩치가 커서 감응도 큰지 별스레 그 샤워기에선 물이 폭포처럼 소리를 내지르며 마구 흘러내렸다.

증기막간 문이 열리며 안으로 들어갔던 여자가 물방울이 송골송골 돋힌 몸을 해갖고 나왔다. 무의식중 그녀와 눈길이 부딪는 순간 어색한 공기가 흘렀다. 작년까지 내가 맡았던 학급의 학생이었다. 벗은 몸으로 학생들과 부딪지 않으려고 시간을 골라 골라 왔건만 끝내 이렇게 너나없이 어색한 장면을 만들고 말았다는 실락감에 별스레 기분이 더러워지는 건 주체할 수 없다. 이럴 땐 년장자답게 먼저 눈인사래도 해야 하나 말아야 하나 머뭇거리는 사이 여자애는 부끄러운 기색 한 점 없이 가슴을 딱 펼치고 눈길 한 번 돌리지 않은 채 왁새처럼 내 앞을 활보해 지나갔다. 현기증이 날 정도로 짙은 냄새가 내 코구멍으로 쓸어 들어왔다. 비누 향내였다. 알은체를 한다 해도 벗은 몸으로 그 인사를 받는 것이란 그리 즐거운 일이 아닐 테지만서도 정작 안하무인이 된 제자의 무례한 거동에 불시에 내가 하고 있는 일의 가치 여부에 잠시 회의까지 드는 건 나로서도 어쩔 수 없었다. 하긴 수업 시간이 되었는데도 건방지게 입안에 껌을 넣고 짝짝 소리 나게 씹어대서 눈알이 휘딱 뒤집히도록 욕사발을 퍼먹인 적이 있었던 학생이고 보면 그쯤의 불쾌감을 만들어 주고도 남을 법한 녀석임을 짐작하지 못한 것도 아닌데 말이다. 차림새도, 하고 다니는 짓거리도 학생다운 데가 보이질 않아 개별담화도 많이 해 주었건만 그때마다 웬 상관이냐는 눈길로 곱다라니 받아들이는 눈치는 전혀 아니었던 문제아이였었으니 말이다. 잘사는 척하는 사람 앞에선 별로 주눅이 든 적이 없었는데 마땅히 있어야 할 군기가 빠져 있는 덜 된 학생 앞에선 이상하게 분노 대신 갑자기 비참해지는 건 또 왜서일까?

"도와드릴까요?"

때밀이 여인이 쿠션 우에 새 타올을 바꿔 깔며 그렇게 위축 받고 멀거니 섰는 나에게 소리쳤다.

탕 속에 잠그어 두었던 엄마의 몸을 때밀이 쿠션 우까지 견인하는 일은 사고 난 차를 후미진 골짜기에서 끌어올리는 일 못지않게 힘에 부쳤다. 다행하게도 때밀이 여인이 방법 있게 손을 도와서 그나마 한결 쉬웠다. 8년간의 지병은 엄마 몸에서 근육과 지방을 척결이라도 해버린 듯 쿠션 우에 누운 엄마의 알몸은 뼈에 가죽밖에 남지 않아 내가 보기에도 처량했다. 반나마 털어먹은 팥 자루처럼 처져 있던 젖가슴은 반듯이 누워버린 자세 때문에 써레질이 금방 끝난 논바닥처럼 평평했고 그 가운데 썩은 밤알같이 댕그라니 남은 두 유두가 그 가슴을 더 바보처럼 보이게 했다. 이 젖가슴으로 여섯 자식을 품어 키웠다고 하면 믿을 사람이 있을까? 그러나 믿지 아니할 수 없다. 우리 여섯 자매는 바로 엄마의 이 가슴에 매달려 엄마의 사랑을 먹고 이렇게 어른으로 자라났으니까 말이다. 하다면 요즘처럼 많이도 아니고 달랑 하나만 낳고 체형 때문에 모유도 아니 먹이는 요즘 여자들의 젖가슴은 파파 할머니가 되어도 산봉우리처럼 봉긋 솟아 있어야 할 텐데…

때밀이 여인은 날렵하게 손을 놀렸다. 엄마의 몸에서 밀려 떨어지는 것은 때가 아니라 죽은 표피 덩어리가 더 많았다. 동구 밖에 있는 자세우물[3])의 물을 초롱으로 길어다 먹으면서 안으로 굽기 시작했다는 엄마의 오른다리는 왼다리와 평행을 이루지 못하고 악목(惡木) 가지처럼 우스꽝스레 휘여 있어 더욱 볼썽사나웠다. 어렸을 땐 종아리가 너무 굵어 남들 보기 부끄러워 정강이 우로 올라오는 치마는 종래로 입지 않았

---

3) '자세(자새)'는 '얼레'를 뜻한다. '자세우물'은 '도르래를 이용해 물을 길어 올리는 우물'.

다던 엄마의 두 다리였다. 그런데 그 굵었다던 다리는 어데로 갔을까? 거미는 새끼를 낳으면 새끼들의 먹이로 자기 몸을 바친다고 했다. 그러니까 새끼들은 바로 자기를 세상에 낳아준 어미의 뼈와 살과 피와 골수를 파먹으며 유년기를 완성한다는 것이다. 남 보이기 흉할 정도로 굵었다던 엄마의 다리가 이제 그 뼈 말고 가죽밖에 남지 않은 것을 어찌 무심한 세월이나 무정한 병마 탓이라고만 하랴. 우리는 새끼 거미처럼 엄마의 몸을 젖으로 짜 먹고 사랑으로 녹여 먹은 것이다. 한 달 사이에도 눈에 뜨이게 수척해진 엄마의 신상을 내려다보며 때밀이 여인을 도와 엄마의 몸 구석구석을 밀어 씻으면서도 석 주일간이나 밀렸던 때를 시원히 씻겨낸다는 거뿐함 대신에 자책감 같은 것이 새롭게 가슴 한쪽을 할퀴고 지나갔다.

일 년 사철 땀을 동이로 흘리면서 들일에 몸을 혹사시키면서도 그 땀과 피로를 쑤욱 씻어낼 만큼 제대로 된 목욕 한 번 못하고 늙어버린 인생, 일을 하다가 더우면 쉼참을 타 한둘씩 짝을 무어 인적 드문 퇴수물 숲속에서 서로 등짝을 밀어주며 그나마 받을 수 있는 물의 세례에 만족하며 살아온 세대들이었다. 엄마는 일 년 365일을 인민공사 합작 로동에만 출근을 하면서도 일 년에 돼지 두 마리쯤은 손쉽게 사육을 해서 가사에 보탬을 많이 했다. 그래서 쉼참마다 남들은 논두렁에 누워 허리쉼이라도 했지만 엄마는 돼지에게 참을 떠먹이려고 먼 일터에서 달음박질을 해서라도 집까지 왔다 가군 했다. 그야말로 엄마의 쉼참은 쉼참이 아니라 달리기 경주 시간이었고 숨가쁜 로동의 연장이었다. 우리 엄마뿐만 아니라 우리 동네의 아낙들은 거개가 다 그렇게 부지런히 살았다.

큰길 하나를 사이 두고 우리 마을과 나란히 살던 한족 동네가 있었는데 그 마을 남정들은 춘하추동 그렇게 달음박질해 다니는 우리 엄마의 뒷모습을 바라보며 조선 동네 여인들은 일도 잘하고 정갈하기도 하고 여자답기도 해서 보배라며 부러워들 했다. 그러면서 조선 동네 처녀를 며느리로 삼아야겠다고 노래처럼 흥얼거렸다. 그러나 괜히 말만 듣기 좋아 그렇지 정말로 조선 동네 처녀를 넘보진 못했다. 중국 땅에 살면서도 한족 사람과의 통혼만은 패가망신으로 간주하던 조선 동네의 철칙 같은 례법이 있었기 때문이었다. 그러한 조선 동네의 례법을 너무나도 잘 알고 있는 한족 사람들이었기에 조선 사람과의 혼인을, 복권에 당첨되기를 바라면 바랐지 감히 생각도 못 하는 줄로 알고 살았고 우리 동네 사람들도 그들의 콧노래 같은 소리를 그저 미친놈 씨나락 까먹는 소리만큼이나 우습게 듣고 넘겼다.

두 여자가 목욕을 끝내고 탕 안을 빠져나갔다. 가랭이 짜른 반바지에 브래지어만 걸친 때밀이 여인의 몸은 땀과 물로 온통 젖어 있었다.

"하루에 몇이나 씻어요?"
"고정된 게 없어요, 오늘 같은 날엔 열대여섯이 고작이구요, 휴일 같은 날은 또 힘이 모자라서 못다 밀어 주는 형편이지요. 조선 사람들은 깨끗한 걸 좋아해서 목욕을 자주 하다나니까 크게 힘들지 않아 좋은데 우리 한족 사람들은 그와 좀 다르잖아요. 한족 사람 하나 미는 힘이면 조선 사람 둘을 밀 수 있어요. 그래서 난 같은 값이면 조선 사람들이 목욕하러 오기를 기다려요."
"보수는 어떻게 계산하는 건가요?"
"사람 당 3원을 받게 되어 있어요, 언니도 아까 들어올 때 5원을 물었었지요? 거기서 2원은 주인이 먹는 거구요."
"2원이나? 착취하는구만요?"
"착취라고까진 생각지 않아요. 저희들에게 일자리를 창출해 주었잖아요. 약재 공장이 망해 퇴직금 한 푼 받지 못하고 나왔을 때 하늘땅이 핑그르르 도는 것 같았어요, 당신네 조선족처럼 한국 나가 돈이나 벌 수 있어요, 밑천이 있어 장사나 할 수 있어요? 이제 어떻게 사나 하고 생각하니 나뭇가지에 목이라도 매고 싶더라구요. 근데 인쩬 아니예요. 차가 산 앞에 이르면 필시 길이 있다4)고 하는 말 하나도 틀린 데 없어요."

"그럼 수입은 꽤 짭짤하겠어요?"

"그리 못 해 먹을 노릇은 아니예요, 때시걱이 드레가 없는 나쁜 점 빼고 는."

"그럼 식구들 때시걱을 어찌하나요?"

"처음엔 애아버지가 다 알아서 했었어요. 그런데 남탕에서도 때밀이 군을 요구해서 애아버지도 이 일을 같이 해요. 아이는 담임 선생님 댁 으로 하숙을 들였구요. 하숙비가 만만찮지만 들이서 버니까 그쯤의 투자는 그리 문제가 되지 않아요."

남탕 쪽에서 때밀이가 끝나고 근육을 풀어 주느라고 잔등을 두들기 는 소리가 간벽 너머로 듣그럽게 들려왔다.

"남탕 쪽도 수입이 비슷하겠지요?"

"그럼요. 남정내들이라 돈 아까운 줄을 모르고 팍팍 뿌려서 오히려 아 쪽보다 수입이 더 좋아요."

때밀이 여인은 신들린 무당처럼 묻지도 않는 말을 주절주절 주워섬 겼다.

---

4) 중국 속담에 "車到山前必有路"라는 말이 있다. '궁하면 통한다'는 뜻.

"금방 나간 애기 엄마 직업이 무엇인 줄 아세요? 마작이에요. 그놈의 마작을 얼마나 잘 치는지 프로 급이에요. 출국한 남편이 돈을 부쳐오지 않아도 그 여자 굶어 죽진 않아요. 날마다 마작 같이 놀아주고 밥 사주는 남정네들이 쌔고 버렸어요. 우리 옆집에 세 들어 살아서 내가 좀 아는데 그거 노는 데 정신이 팔려서 딸아이가 뜨물통에 거꾸로 박히는 것두 몰랐던 여자예요. 그래서 그 귀여운 계집아일 하마트면 죽일 뻔했다니까요."

"숙분이, 손이 쉬면 얼른 나와 우유나 한잔 마시고 해요!"

남탕 쪽에서 웅글진 소리가 들려 나왔다.

"알았어요. 이제 나갈게요."

때밀이 여인은 남편이 부른다며 밖으로 나갔다. 여인이 나간 후 엄마는 탈진 상태에 든 사람처럼 꼼짝없이 누워있었다.

"엄마, 요즘 세월 많이 좋아졌지? 가만히 누워 있어도 때를 다 씻어 주는 사람이 있구. 그치?"

엄마는 입귀만 약간 일그렸다. 웃는다는 게 그게 전부의 표정인 줄 나는 안다.

"그래두 엄마, 난 오지독 안에 들어가 하던 그때 그 목욕이 더 좋았던 것 같수."

섣달그믐날 저녁이 되면 이튿날 차례상 준비를 끝낸 엄마는 돼지죽 가마를 비우고 맑은 물을 넘치게 퍼붓고 씽씽 끓여서는 우리 자매들의 목욕을 잊지 않고 챙기셨다. 들어서면 내 한 키가 더 되는 오지독에 목욕물을 퍼넣고 제일 어린 나부터 차례대로 몸을 씻겨 주었다. 맨 마감에 맏언니까지 다 씻고 나면 자정이 훨씬 넘는 때도 있었다. 그래도 엄마는 지켜 서서 일일이 아이마다 등을 밀어 주었고 목욕이 끝난 후엔 부엌 아궁이의 불볕에 머리를 말리워 앞가리마를 곱게 내어 외태를 땋는 것까지 도와주었다. 다른 날은 몰라도 초하룻날만큼은 꼭 그런 머리를 빗도록 독촉을 했는데 처녀애들은 외태를 땋아야 정숙해 보이고 여자다운 데가 있다는 것이 엄마의 고루한 고집이었었다.

문이 열리며 새 목욕 손님이 들어왔다.

"때 밀어 주는 사람 어디 갔나 보죠?"

갓 들어온 손님이 먼저 그렇게 말을 걸어 와서

"방금 간식 먹으러 나갔어요, 곧 올 거예요."

그렇게 대답하며 정면으로 여인을 쳐다보니 다름 아닌 둘째 언니네 맞은켠에 사는 여인이었다. 언니네 집으로 드나들면서 계단에서 몇 번 얼굴을 마주쳐도 서로가 종래로 인사 수작은 하지 않았던, 우린 그저 그런 사이였다.

둘째 언니의 말에 의하면 이 여인은 3년간 외국 나들이를 다녀왔는데 어떻게 돈을 벌었는지 이 동네 상가 건물만 해도 두 채나 사 두었고 연해 도시에다도 살림집 한 채를 사 놓았으며 친정집 남동생에게는 자가용차까지 한 대 뽑아준 여인이란다. 아무리 주먹구구를 해 보아도 3년 사이에 복권에 당첨되었거나 그렇지 않으면 도둑질을 했거나 그 두 가지 중의 하나를 하지 않은 이상은 불가능한 일인데 그 불가능을 가능한 일로 되게 한 이 여인에겐 도대체 어떤 경로가 있었던 것일까? 그것이 오래동안 체증처럼 둘째 언니의 연구과제로 남아 있었댔는데 요즘 누군가의 입에서 나온 소문인지 여인은 외국에 나가 있는 동안 어린애 없는 부자집 부인 대신 아기를 낳아 주고 그 보상으로 거액을 받아 챙긴 것이라고 한다나? 그러나 소문은 어디까지나 소문일 따름이어서 그 진가(眞假)는 누구도 모르지만 둘째 언니의 세심한 관찰에 의하면 여인은 가끔 출입문을 열어둔 채 집안에서 서성거리는 때가 많은데 그때마다 입고 있는 잠옷도 모두 고급제라고 했다.

여자답지만 눈에 거슬리게 요염하지 않은 얼굴과 비대하지도 않고 마르지도 않은, 풍만하다고 하면 딱 어울릴 만큼, 보는 이의 눈을 즐겁게 해 주는 저런 몸매를 가졌고 보면 씨받이로 선택될 자연조건을 충분히 구비한 여인이라는 생각이 들었다.

이웃집에서 그렇게 뜬금없이 벼락부자가 되어버리자 슬그머니 안이 단 건 그 옆집에 사는 둘째 언니였다. 과일을 사도 우리들처럼 근으로 사오는 게 아니라 빡스채로 사들이고 먹고 버린 쓰레기마저 자기 집 것과 다른 차원의 쓰레기를 버리는 이웃집의 모든 것이 부럽다 못해 심술까지 들 정도란다. 그러면서 종종 엄마에게 롱반진반의 투정을 하기도 하는 둘째 언니이다.

"내리내리 딸만 낳는 집안의 딸들은 선녀의 정기를 받아 대개 모두 이쁘다고들 하더구만 우린 왜 잘생긴 아버지는 닮지 못하고 울퉁불퉁 이렇게 지지리 못 생겼수? 혹시 아버지 몰래 다른 영감하고 눈이 맞아 우릴 낳은 건 아니지? 허긴 뭐 여섯 개나 줄줄이 남의 씨를 도둑질 하도록 우리 아버지가 가만있었을 리는 없는 거고… 혹시 우리 아버지 아이 못 만드는 바보는 아니었지?"

말은 못 해도 듣는 데는 별 지장이 없는 엄마가 시설시설 주어대는 둘째 언니의 말에 어이가 없는지 일그런 입귀로 허구픈 웃음을 흘렸다. 로동이 없는 부에 대한 둘째 언니의 흠모는 엄마가 살아온 인생에 대한 모욕이나 다름없었으나 엄마는 혀가 굳어지는 병을 만나 그런 딸년을 호되게 꾸짖을 수도 없는 몸이 되었다. 아니, 말을 할 수 있었다고 해도 엄만 아마 그저 저렇게 웃어 버렸을런지도 모른다. 엄마는 위낙 그렇게 말을 무척 아끼는 타입이기 때문이다. 하물며 부에는 모두 다 그에 대등한 대가가 따랐다고 주장하는 둘째 언니이니까 말이다. 그것이 바로 엄마 세대와 요즘 세대 사이의 차이점이 아닐가?

지금 여인이 쓰는 샴푸도 외제고 가져온 타올도 역시 명품인 걸 나는 한눈에 보아냈다. 좌우지간 이 여인은 숨은 이야기가 많은 여인 같았다. 탈의실을 나왔을 때 핑크색 까운을 입은 호스티스가 알록달록한 머리끈으로 금방 드라이어를 끝낸 여학생의 머리를 묶어 주고 있었다. 우리 엄마처럼 외태를 땋아 주는 것도 아니고 몇 오리씩 감아쥐고 새끼를 꼬듯 비틀어 꼰 다음 다시 가랑머리로 쪽을 져 갈라 묶고 있었다. 내 눈엔 무대 우의 꼭두각시의 머리같이 보였다.

우리가 옷을 다 입자 여학생의 머리도 다 묶어졌다. 여학생은 1원짜리 두 장을 테이블 우에 던져 놓고 탈의실을 나갔다.

"여기서는 머리도 묶어 주는가요?"
"암요, 옆집 미장원에 사람이 차서 기다리기가 싫다고 이렇게 여기서 묶는 애들이 많아요. 대신 돈을 받죠."

"한 번에 2원씩이나?"

"요즘 애들 돈 2원을 돈같이 보는 줄 아세요? 방금 나간 학생은 머리를 한 번도 제 절로 묶지 않아요. 번번이 미장원에 들어가 묶지 않으면 이렇게 여기서 묶고 가죠. 아버지가 외국에서 하루에 500원 벌이를 한다면서 그깟 2원이 뭐 대수냐, 그러면서 그냥 묶어 달래요. 나야 좋죠, 돈을 버니까."

이 동네 상가 값이 왜 그리 비싼지 알 것 같기도 했다. 저마다 하나같이 돈 버는 재미에 미쳐 무척이나 즐거워하고 있었다.

자꾸 무너져 내리는 엄마의 몸을 부축해 우유빛 유리문을 밀고 밖으로 나왔을 땐 뜨거운 정오의 태양이 정수리 우에서 자글자글 끓어번지고 있었다.

2006년, 『도라지』

05
마이허

1.

　멀리서 보면 상수리나무 숲을 등에 업고 높은 언덕받이에 올라앉은 마을과 그에 비겨 한 키 낮은 지대에 내려앉은 그 남쪽 마을 사이로 제법 넓은 강 하나가 바람에 나부끼는 비단 띠같이 자유로운 자태로 흘러 지나고 있는 것이 한눈에 안겨 온다. 사시장철 마르지 않고 흐르는 이 강을 두 마을 사람들은 하나같이 '마이허'라고 불렀다. '마이(螞蟻)'란 중국어로 개미라는 뜻이고 '허(河)'는 강이라는 뜻이다.[1] 강줄기의 모양새가 개미허리같이 짤록짤록한 곳이 여러 곳 있다고 해서 그렇게 부른 것인데 기실 제일 짤록한 곳이라고 해도 그 폭이 20미터는 실히 된다. 강 북쪽 마을은 상수리나무 숲이 있다고 해서 상수리 촌이요, 강 남쪽 마을은 강의 남쪽에 위치해 있다고 해서 물남 마을로 이름이 통해 있는데 강 하나를 사이 두고 마을 이름이 다를 뿐만 아니라 생활 풍속도 판판 다르고 그들의 혈맥을 이어준 선조도 각이한 즉, 상수리는 한족 마을이고 물남은 현(縣) 내에서도 유일무이한 조선 동네라는 것을 원근에서 알 사람은 다 알고 있다.

　민족이 다르면 언어도 다른 법이다. 그러나 말을 시켜보지 않고도 마이허 강가에 나와 빨래질을 하는 모습 하나만 보고도 어느 여인이 상수리의 여인이고 어느 여인이 물남 마을 여인인 줄 대뜸 알아맞힐 수 있다. 먼저 빨래하러 나서는 모습부터가 다르다. 상수리의 여인들은 큰

---

1) '마이허'는 '마의하(螞蟻河)'의 중국어 발음이다. 마이허는 호북령(虎北嶺)에서 발원하여 북류하다가 상지시(尚志市)에서 다시 동북쪽으로 방향을 꺾어 연수현(延壽縣)을 지나 방정현(方正縣)에서 송화강에 합류하는 실제 지명이다.

대야에 빨랫감을 넘치게 담아 옆구리에 끼고 나오지만 물남의 여인들은 빨랫감을 담은 대야를 똬리까지 받쳐서 머리 우에 이고 나온다. 상수리 여인들은 임을 이는 습관이 없다. 물남 마을 여인들의 키가 작달막하고 다리가 안으로 휜 것이 다 그 임을 이는 버릇 때문에 비롯된 것이라고 굳게 믿는 상수리 여인들이었다. 상수리 여인들은 강가에서 썩 떨어진 곳에 멀찍이 물러앉아 대야에 물을 떠 놓고 대야 안에서 빨래를 꿀쩍꿀쩍 문질러 씻지만 물남의 여인들은 돌쪽이나 널쪽을 개울가에 물려 놓고 흐르는 물에서 빨래를 방치로 두드려 씻는다. 얼마나 힘있게 두드려 대는지 멀리까지 방치질 소리가 메아리친다.

　상수리 여인들은 그러는 물남의 여인들을 보고 옷을 두드려 못쓰게 만든다고 웃었고 물남의 여인들은 빨래를 그따위로 할 거면 집안에서 씻을 것이지 힘들게 강가까진 왜 나왔느냐고 상수리 여인들을 빈정거렸다. 물남의 여인들은 이불 빨래나 진때가 묻은 흰옷은 속벌이든 겉벌이든 가마에 넣고 삶아낸 후 하얗게 되도록 재 빨래질을 하지만 상수리 여인들은 음식을 하는 가마에 빨랫감을 넣고 삶아 대는 물남의 여인들을 이상하게 쳐다본다. 물남의 여인들은 한겨울에도 강가에 나와 얼음을 까고 강물에 옷을 뽀득뽀득 씻어 가지만 상수리 여인들은 그런 물남의 여인들을 반 정신이 나간 사람으로 치부하기가 일쑤다. 청명 전엔 핫바지를 벗는 법이 없는 상수리 여인들은 찬물에 손을 담그면 세상이 뒤집히는 줄로 알고 있다. 그래서 물남의 여인들은 산후 몸조리도 일주일에서 열흘이면 끝나지만 상수리 여인들은 한 달 동안 변소 출입도 조심하고 100일을 집안에 박힌 채 앉아서 밥을 받아 먹는다. 물남의 여인들은 미역국으로 산모를 대접하지만 상수리 여인들은 좁쌀죽과 달걀로 100일을 채운다. 그만큼 상수리 여인들은 자기 몸을 아낀다는 말이다. 상수리 사람들은 좀해서 랭수를 마시지 않는다. 한여름에도 물을 펄펄 끓여 훌훌 불어가며 천천히 마신다.

그러나 물남 사람들은 갓 길어 올린 물을 그 자리에서 바가지로 떠서 꿀꺽꿀꺽 마시는 건 약과 쩍하면 랭수에 밥을 말아 먹지 않으면 김치나 오이를 채 쳐 넣고 랭수를 부어 랭국을 만들어 먹는다. 상수리 사람들이 덮고 자는 이부자리는 물남 여인들이 만든 이부자리와 비교도 안 될 만큼 얇다. 물남의 여인들이 만든 열두 근 솜을 둔 이부자리를 보고 그거 무거워서 어떻게 덮고 자느냐고 근심을 한다. 물남 사람들은 크고 두꺼운 이불 하나를 구들 우에 쫙 펴놓고 둘이고 셋이고 식구대로 같이 덮는 습관이 있으나 상수리 사람들은 아무리 정이 좋은 부부래도 한 이불을 덮는 법이 없이 한 구들에서도 이부자리가 각자 따로따로다.

상수리 여인들은 남편을 개떡같이 여기는 습성이 있으나 물남의 여인들에겐 남편의 말은 성지로 받아들이는 미풍이 있다. 상수리 마을에서 여인들이 빗자루 꽁지를 추켜들고 남편의 뒤통수를 두드리는 것은 예사 중의 예사이다. 그러나 안해를 패서 문밖으로 쫓아내는 남자는 물남 마을 남성들뿐이다. 그래서 누군가 상수리 남자와 물남 마을 여인이 부부가 되면 천하 1등 짝꿍이 될 것이고 상수리 여인과 물남 마을 남성이 부부가 되면 사흘을 못 넘겨 이혼을 하게 될 것이라고 예언까지 했다. 물남 마을 남자들은 종래로 부엌칸에 들어가는 법이 없이 아내가 다 챙긴 밥상을 받쳐 들고 들어와 앞에 놓아 주길 기다리나 상수리 남자들은 열에 아홉은 부엌일에 능숙하다. 손님을 초대하거나 명절 음식을 만들 땐 아내는 아기를 안고 어르고 남편이 앞치마를 두르고 부엌에서 돌아친다. 가마에서 나오는 즉시 먹어야 제맛인 상수리 마을의 음식은 손님을 앉혀 놓고 하나씩 만들어 내야 하기에 부부 중 한 사람은 식사가 거의 끝날 때까지 료리사 역을 감당해야 하는데 아이를 달래는 데는 여인이 방법이 있으니까 남편이 가마목을 잡는다는 것이었다.

그렇게 마음 씀씀이가 후덕한 만큼 상수리 남자들은 집을 지어도 크고 높게 지었다. 두 키가 훨씬 넘게 용마루를 높이 올려 지은 그들의 천정은 아무리 키 큰 남자가 손을 추켜들어도 닿을 수 없을 만큼 높고 시원하다. 그러나 물남 마을의 집들은 거개가 지붕이 낮아 키 큰 남자들이 집 안으로 들어갈 땐 언제나 고개를 수깃하고 문을 열어야 한다. 물남 사람들은 뜨락 주위를 막는 법이 없이 이웃과 통마당을 쓰는 데 습관이 되어 있지만 상수리 사람들은 집 짓기 전에 토담부터 쌓아 올린다. 상수리에서 뜨락이 없는 집은 마을의 소매점과 생산대 외양간과 정미소 같은 공용 장소뿐이다. 남을 경계하고 자기 것은 자기 구역 안에 한사코 몰아 넣어야 시름을 놓는 심리가 상수리 사람들의 뜨락 문화에서 그대로 나타난다. 물남 사람들은 도적질을 수치 중의 수치로 생각하지만 상수리 사람들은 임자가 눈앞에 보이지 않으면 남의 집 인분이래도 자기 집 뜨락으로 끌어들이려는 욕심이 있다. 그래서 "도적질을 하지 않으면 상수리 사람이 아니다."라는 속담 같은 말도 항간엔 떠돌고 있을 정도다. 그래서인지 뜨락 안은 매우 지저분하다. 거위와 오리가 농성을 피우듯이 뜨락 안에서 꿰닥거리며 소요를 하고 새끼 돼지를 거느린 굴암돼지가 뜨락 구석구석을 파헤쳐 놓아 가뜩이나 정돈이 아니 된 뜨락 안은 살벌하기까지 하다. 낮다란 버들 울타리로 들러쳐진 깨끗하고 소담한 물남 마을의 뜨락과는 완연 다른 풍경이다.

물남 마을 가옥들은 집안 전체가 부뚜막과 함실을 제외하고는 모두 온돌로 되어 있으나 상수리의 가옥들은 집안의 4분의 1이 구들이고 나머지는 모두 봉당이다. 구들 높이도 얼마나 높은지 다리 짧은 사람이나 아이들은 혼자서 구들 우로 오르지 못한다. 구들이 적고 봉당이 넓어서 집안이라고 해도 신을 신은 채 활동한다. 그래서 상수리 사람들은 좀해서 신을 벗지 않는다. 옆집에 잠깐 물건 따위를 빌리러 가서도 밖에서부터 신을 벗는 물남 사람들과 달리 상수리 사람들은 아침에 신을 신으면 밤이 되어 이불 속에 들어갈 때가 되어야 비로소 신을 벗는다. 밥을 먹을 때도 그들은 신을 신은 채 높은 구들 우에 올방자를 틀고 앉아 밥상을 받는다. 그래서 물남 사람들이 즐겨 신는 끌신이나 고무신과 달리 상수리 사람들은 고리까지 달린 헝겊신을 즐겨 신고 밭으로 나갈 때는 길다란 천으로 감발까지 한다. 감발을 제대로 하려면 시간이 많이 걸리기에 신을 잘 벗지 않는 습관이 생겼다고도 한다.

물남과 상수리는 정주칸의 구조도 다르다. 물남 사람들은 한 부엌에 뚜껑 달린 쇠솥을, 그것도 세 짝이나 네 짝을 같이 걸고 밥과 국을 한꺼번에 끓이나 상수리 마을의 부엌엔 달랑 뚜껑 없는 대야식 쇠솥 하나뿐이다. 그래서 상수리 사람들은 "솥을 깨뜨린다"라는 말을 제일 꺼린다. 하나밖에 없는 솥을 깨뜨린다는 말은 그것으로 그 집의 운명이 끝이 나는 것을 뜻하기 때문이다. 솥이 하나이기에 그들이 때를 끓이는 장면도 기이하다. 솥 안에다 국이나 죽을 끓이는 한편 옥수수가루 반죽을 둥글둥글 빚어서 끓고 있는 솥 둘레에 붙여서 구워내는데 떡이 구워지자 죽도 맞춤하게 끓어서 일거에 량득을 한다. 구워낸 떡을 수수대로 엮은 버치에 담아 밥상 중앙에 올려 놓고 큼직한 사발에 죽을 담아 식구대로 한 그릇씩 안겨 주면 주부는 더 할 일이 없다. 물남 사람들이 즐겨 먹는 김치와 국을 떠먹는 데 쓰는 숟가락은 상수리 마을 밥상에서는 찾아볼 수 없다. 떡 한입을 베어 먹고 젓가락 끝으로 죽을 휘저어서 식힌 다음 죽사발 전에 입을 가져다 대고 사발을 이리저리 돌리며 후르륵 후르륵 하고 죽물을 감아 먹는다. 그래서 상수리 사람들은 "죽을 먹는다"고 하지 않고 "죽을 마신다"고 한다.

물남 여인들이 여러 가지 김치를 담그느라 손이 바쁠 때 상수리 여인들은 쏸채(酸菜, 신배추절임) 한 대독만 담그면 겨울 준비는 그만이다.

여름엔 파와 된장이 주요 메뉴고 겨울엔 쏜채 한 대독이면 일 년 채소 준비가 끝나는 상수리 여인들은 그래서 편안하다. 편안해서인지 상수리 여인들은 담배를 지골로 피웠다. 여인들만 피우는 것이 아니라 어른도 피우고 아이도 피웠다. 물남 마을에서는 늙은이 앞에서 담배질을 했다간 후레자식으로 평판이 나기 십상이어서 젊은이들의 담배질은 때와 장소를 가려야 했으나 상수리 사람들은 담배 문화에서는 로소가 동락이다. 할아버지와 손주 사이에도 맞불질이 례사이고 부부 사이에도 호상 담배를 말아서 권장하며 피운다. 그러는 상수리 사람들을 물남 사람들은 '되놈'이라고 욕을 했다.

그러나 뭐니 뭐니 해도 상수리 사람들의 두부 앗는 재간 하나는 알아주어야 했다. 물남 여인들이 앗은 두부는 선떡처럼 부슬부슬하고 뜬뜬했으나 상수리 사람들이 앗은 두부는 희고 하들하들해서 양념간장에 찍어 입안에 넣으면 씹을 사이도 없이 목구멍 뒤로 살살 녹아 넘어갔다. 그래서 물남 사람들은 다른 것은 몰라도 두부만은 상수리 두부를 사다 먹었다. 물남의 입쌀 한 근으로 상수리 두부 두 모를 바꿀 수 있었다. 상수리 사람들은 쌀밥이 맛이 있다고 하면서도 입쌀 농사를 짓지 않았다. 수전 농사를 할 줄 몰랐던 것이다. 그래서 명절을 계기로 쌀밥을 한두 끼 먹을 일이 있으면 좁쌀이나 옥수수쌀 따위로 물남에 와서 조금씩 바꾸어다 먹었다. 입쌀 한 근으로 좁쌀은 두 근, 옥수수쌀은 두 근 반을 바꿀 수 있었기에 물남 사람들 중 식구는 많고 먹을 량식이 빠듯한 집들에서는 그렇게나마 변색을 해서 량식을 불려 먹으며 보리고개를 넘겼다.

그리고 또 한 가지 빠뜨릴 수 없는 것이 있으니 그게 바로 개고기이다. 개고기를 먹지 않는 상수리 사람들은 개를 큼직하게 키워서는 물남으로 끌고 왔다. 개 한 마리에 입쌀을 70근 좌우 바꿀 수 있었기에 상수리 사람들은 집집이 다 개를 키웠다. 개고기보다 돼지고기를 선호하는 상수리 사람들은 설 명절이 되면 집집이 돼지를 한 마리씩 잡거나 장마당에 가서 돼지고기를 사다 먹는다. 당면에 돼지고기를 넣고 끓인 료리는 상수리 사람들이 가장 즐기는 상등 료리였다.

2.

"시노가, 시노가이"

　도술 영감의 아내 안동댁은 딸 신옥이에게 상수리에 두부 바꾸러 가기를 아까부터 재촉하고 있었다. 무신 놈의 지집아가 어미가 한번 말하면 궁뎅이가 갑싹하니 들어 먹혀야 할 텐데 아까부터 몇 번을 불러도 대답이 없다며 정주칸에서 구시렁구시렁 바가지를 연속 긁고 있는 안동댁. 그러나 말거나 그 딸 신옥은 안방에 들어앉아 한창 코바늘 뜨개질에 여념이 없다. 코바느질은 시집갈 나이가 된 물남 마을 처녀들의 필수 과업이었다. 이불보, 회대보, 탁상보, 방석, 심지어 화장품을 넣어두는 주머니 아울러 모두 코바늘로 떠서 마련하는 게 그 무렵 물남 마을 처녀들 사이에 유행이었다. 신옥은 그런 것을 다 떠서 장만했고 지금은 남자 웃옷 깃 안에 다는 덧단을 뜨고 있는 중이었다. 학생용 줄자처럼 좁고 길게 떠서 깃 안에 붙이면 목깃이 어지러워지는 것도 방지할 수 있었고 그것을 부착한 옷 목깃을 슬쩍 젖혀놓으면 자기에게 그런 것을 떠주는 여자친구가 있다는 것을 은근히 내비치는 표적이 되어서 총각들마다 가지고 싶어 하는 장식품이기도 했다. 처녀들이 그것을 장만할 때는 약혼자가 있거나 한창 연애 중에 있는 남자친구에게 주려고 뜨는 것이다. 그래서 그걸 뜨는 동네 처녀들을 보면 마을 어른들은

　"와? 니 그새 중신 들어왔더나?"가 아니면
　"니 누구하고 연애하제?"

하고 물어서 부끄럼을 타는 처녀들은 그걸 내어놓고 뜨길 꺼려했다.

지금 신옥이도 그걸 남들이 보는 앞에서 뜨지 못하고 골방에 들어앉아 뜨고 있는 중이었다. 약혼자도 없고 내여놓고 사귀는 남자친구도 없으면서 그걸 내여놓고 만지기가 못내 멋적고 낯간지러웠던 것이다. 그러나 신옥의 마음속엔 은근히 그걸 떠 주고 싶은 사람이 따로 정해져 있었다. 자기에게 말 한마디 먼저 걸어주지 않는 사람, 그래서 더 듬직해 보이고 마음이 더 끌려가는 그 사람은 작년 가을에 마을로 돌아와 마을의 당 지부서기(支部書記) 직을 맡고 있는 퇴역 군인이었다. 검정색이 아니면 회색 따위의 따분한 색깔의 옷밖에 입을 줄 몰랐던 마을 사람들 속에 들어온, 쑥색 군복을 입은 그 사람의 의젓한 풍채는 온 마을 처녀들의 마음을 사로잡기에 처음부터 충분했다. 비록 영화 속에서 보던 빨간 령장과 모자에 달린 별을 떼 버린 퇴역 군인의 차림새였으나 작디작은 물남 마을을 떠나 유일하게 바깥 세계를 접하고 돌아온 사람이어서, 그래서 전에 비겨 아는 것도 많아 짜장 물남 마을 처녀들의 눈엔 백마를 탄 왕자일 수밖에 없었다. 이 장식품을 그 사람의 군복 깃에 달면 쑥색과 어울려 색다른 운치가 돋아날 것이다. 신옥은 그 모습을 상상하며 부지런히 손을 놀리고 있었다. 안동댁이 골방문을 드르르 열어젖히며 또 소리 소리를 질러서야 신옥은 뜨갯감을 부랴부랴 함농 안에 쓸어 넣고 일어서서 헛간으로 내려가 쌀을 퍼담아 들고 상수리로 향했다.

상수리와 물남 사이를 오고가는 데는 줄배 하나가 유일한 교통 도구였다. 겨울 한 철을 빼고 나머지 계절엔 모두 이 배를 타야 상수리는 물론 공사 마을과 현성으로도 나아갈 수 있어서 물남 사람들은 하나같이 줄배 타는 데 능숙했다. 녹이 쓴 철주엔 노도 없고 삿대도 없다. 강 량안으로 드리워진 와이야 줄을 잡고 끌어당기는 식으로 발밑의 배를 앞으로 이끌어 나아가면 되기에 어른 아이 할 것 없이 저마다 사공이고 저마다 선장이다.

쑨령감네 두부방은 아직도 두부를 앗아내느라 처땐 장작불 열기에 후덥지근했다. 안동댁이 근심했던 것처럼 두부는 다 팔리고 두부 찌꺼기만 한 초롱 댕그라니 남아 있었다. 동네 안에 결혼 잔치집이 있어서 두부는 아침나절에 앗아내자마자 다 팔려나갔노라고, 자기는 언제 가야 막내아들 잔치를 치러줄 수 있겠는지, 로파가 죽고 같이 살던 막내아들이 군에 입대를 해서 쪽쪽하기[2] 그지없다든지, 요즘 퇴대하여 온다고 편지는 왔는데 그게 어느 날이 되겠느냐, 그렇게 묻지도 않는 사설을 장황하게 깔고 있는 쑨령감에게 쌀바가지를 맡기며 신옥은 래일 나올 두부를 약속하고 두부방을 나와버렸다. 돌아오는 길에 신옥은 상수리 마을 복판에 위치한 소매점에 들렀다. 물남 사람들은 소금 간장 따위의 잔잔한 생활필수품을 다 여기서 구매했다. 신옥은 20전을 주고 시계꽃 무늬가 아롱아롱 돋친 손수건을 하나 샀다. 뜨개질이 끝나는 길로 이 꽃 손수건에 포장을 곱게 해 놨다가 어느 날 기회를 봐서 그 군복을 입은 사람에게 전해야겠다고 신옥은 속으로 감을 잡고 있었다.

집으로 되돌아오는 철주 우에서 신옥은 맞은켠 강가에 어깨를 나란히 하고 앉은 일남 일녀의 뒷모습을 보게 되었다. 남자가 입고 있는 쑥색 군복과 전두리 높은 군모를 신옥은 멀리서도 알아볼 수 있었다. 남자는 등 뒤로 늘어뜨린 여자의 머리태를 만지작거리고 있었고 여자는 그러는 남자의 어깨에 머리를 기대고 앉아 있었다. 긴 머리태의 여자는 옆집의 순희였다. 오래전부터 분세수를 곱게 하고 다닌다 했더니 끝내 자기 먼저 화려한 고지를 점령할 줄은 꿈에도 생각지 못한 신옥이었다. 신옥은 허수아비처럼 철주 우에 우두커니 서 있었다. 손맥이 없어 와이

---

2) '쪽쪽하다'는 '적적하다'는 뜻의 함경도 방언.

야 줄을 당길 수가 없었다. 세상이 허무하게 생각되면서 눈물이 흘러나오는 것을 어쩔 수가 없었다.

절인 파잎이 되어 집으로 돌아온 신옥을 보며 아무 때 없이 늑장을 부리더니 두부를 사 오지 못했다며 낼 아침은 일찌감치 다녀와야지 아버지 술안주가 없어 야단이 났다고 안동댁이 구시렁거렸지만 신옥의 귀엔 한마디도 들어오지 않았다.

신옥은 며칠을 그렇게 두문불출을 했다. 도술 영감의 귀따가운 두부 타령도 뒤전으로 한 채 자기 방에서 나오질 않았다. 썩어질 놈의 지지배 뭘 잘못 처묵었나, 염병 맞은 년처럼 축 늘어져 갖고 소 죽은 귀신이래도 들어붙었나? 와 맨날 고양이 낙태한 상통이고? 그러면서 안동댁은 딸 방의 창문 커텐을 와락와락 잡아 젖히고 창문을 활활 열어 놓았다. 남 다 오는 만주 땅으로 자리를 잡는다고 먼저 출발해 들어온 남편을 찾아 수중에 땡전 한푼 없이 젖먹이 딸 신옥이만 달랑 업고 뒤쫓아 들어왔는데 처음부터 행선지가 똑똑하지 않았던 남편을 찾기란 바다에서 바늘 찾는 격이어서 결국 오도 가도 못하고 있을 때 누군가의 소개로 나이가 훨씬 많은 도술 영감을 만나 물남에 둥지를 틀어버린 안동댁이었다. 그 후로 도술 영감과 살면서 주렁주렁 아이들을 셋이나 더 낳아 주었으면 할 도리는 다 한 것 같은데 마냥 이붓딸을 별 차별 없이 키워 준 도술 영감에게 감격하고 미안한 생각이 들어 남편의 분부라면 성지처럼 받들었고 매사에서 남편의 눈치대로 행하는 것이 이젠 굳어진 습관이 되었으며 신옥이 일로 해서 남편의 심기가 언짢아지는 일이 생길까 보아 속을 달달 끓이는 안동댁이었다. 술을 무척 좋아할 뿐만 아니라 산판을 돌며 벌목일도 했고 송화강에서 벌부 노릇도 해 봤으며 포연이 자욱한 전쟁터에서 담가 대원으로도 있었댔다는 도술 영감은 성격이 불같아서 신옥이는 물론 자기의 친자식들한테도 자상한 아버지는 아니였다. 반주 술안주로 모두부를 찾으며 끼니때마다 인상을 쓰고 있는 남편이 끔찍이도 마음에 쓰이는데 심부름을 다녀와야 할 신옥은 그 마음을 아는지 모르는지 갈비뼈를 내대고 방구석에 틀어박혀만 있으니 자연히 똥집이 다는 것은 안동댁 혼자일 수밖에 없다. 더 누워있을 계제가 못 되는 걸 눈치챘는지 부시럭부시럭 자리를 걷고 일어나 대충 머리카락을 손빗질하고 맡겨둔 두부를 가지러 상수리로 떠나는 신옥의 뒷모습을 바라보는 안동댁의 속도 속이 아니다.

쑨령감네 집은 여느 때와 달리 웬 사람들로 북적이고 있었다. 쑨령감의 군대 갔던 막내아들이 퇴대를 하여 마을로 돌아와서 동네 인사 잔치를 벌이고 있었다. 쑨가 성을 가진 그 떨레[3]들만 모여 왔다는데도 너른 봉당이 미어질 듯 사람의 수효가 많았다. 상수리엔 쑨가 성을 가진 사람이 대부분이다. 그래서 린근에서는 상수리를 쑨가툰(孫家屯)이라고도 불렀다. 자복에 대해 집착하는 상수리 사람들은 물남 사람들과 달리 자식 욕심이 많았다. 정부에서 산아제한 국책을 그토록 강조해도 피란을 다니면서라도 낳고 싶은 자식은 다 낳고야 마는 상수리 사람들이었다. 셋을 키우나 넷을 키우나 그게 그것이란다. 옥수수죽 가마에 물 한 바가지만 더 퍼붓고 젓가락 한 모만 더 갖추면 되는 일이라고 상수리 사람들은 아이 키우는 일을 쉽게 생각을 했다. 뜨락이 그렇게 지저분하고 반찬이라곤 된장에 생파밖에 없어도 상수리 마을의 애들은 큰 병 한 번 앓지 않고 물오이같이 쑥쑥 잘 자라 주었다. 쑨령감은 두부를 가지러 온 신옥을 보며 가는 날이 장날이라더니 왜 하필이면 오늘이냐, 오늘은 자기 집에서 두고 쓸 것밖에 남지 않아서 안 됐다며 난감한 표정을 지었다. 그때 쑥색 군복을 입은 쑨령감의 막내아들이 두 사람 사이에 끼어

---

3) '떨레'는 '사람들'을 낮잡아 부르는 말. '떨거지'.

들었다. 우리야 다른 반찬도 있는데 고객을 빈손으로 되돌려 보내서는 안 되지요 그러면서 날랜 솜씨로 신옥의 박바가지에 두부 두 모를 담아 신옥이에게 건네주며 한 눈을 찡긋해 보였다. 며칠을 두문불출하고 앓고 있던 신옥이의 텅 빈 가슴에 쑥색 군복의 익살스러운 표정은 감로수가 되어 살며시 흘러들었다.

3.

신옥은 전에 없이 상수리 소매점을 자주 드나들었다. 중국말을 일언 반구도 모르는 안동댁이 상수리 소매점에 갈 일은 모두 신옥이를 시키는 원인도 있겠지만 신옥은 소매점으로 갈 일을 알게 모르게 만들어 내어 자진해서 다니기도 했다.

신옥이가 상수리 마을의 쑨령감네 막내아들과 연애를 한다는 소문이 마을 안에 쫙 퍼졌다. 듣다 금시초문이라는 식으로 눈이 동그래지는 부류도 있고 내 진작 그럴 줄 알았다며 입을 비쭉이는 부류도 있었으나 "그거 참 잘됐네" 하고 기뻐해 주는 사람은 한 사람도 없었다. 마을 안은 금시 큰 사변이라도 난 것처럼 뒤숭숭해졌다. 뒤늦게야 소문을 들은 도술 영감이 구들 복판에 올방자를 틀고 앉아 불호령을 내렸다.

"시노가! 시노가이!"

범같이 험상궂은 도술 영감의 얼굴빛에 신옥은 벌써 사색이 되어 있었다. 도술 영감은 그렇게 나와앉는 신옥의 얼굴을 넉가래 같은 손바닥으로 보기 좋게 갈겨버린다. 신옥은 걸레짝처럼 방구석에 구겨박혔다.

"다리몽시를 탁 분질러 버릴 끼다."

도술 영감은 그러면서 다시 저만치 구겨박혀 옴짝을 않는 신옥의 머리채를 잡아 일으켜 세우더니 구들 우의 비자루를 거꾸로 움켜쥐고 인정사정없이 후려갈겼다.

"어메 어메, 이놈 두상 사람 죽일락카나? 이쯤 했으마 말로 하이소 말로. 좋은 말 놔두고 와 이카능교?"

안동댁이 몸으로 남편의 비자루 매를 대신 감당하며 맞고만 있는 신옥을 향해 욕설을 퍼붓는다.

"빌어 묵을 지집아가 죽을락꼬 환장이 났나? 무신 놈의 망신살이 뻗쳐 해괴하게 되놈이 뭐꼬 되놈이. 눈깔이 뛰집힜나? 오늘 니 죽고 내 죽고 그라고 마자고마. 이놈의 지집아야."

그러면서 아래턱을 달달달 떤다. 신옥은 그러는 두 사람의 발밑에 쭈그리고 앉은 채 미동도 않는다. 죽일려면 죽여 자시소 하는 그런 배짱인지 빨리 피하라는 뜻에서 발끝으로 직신직신 걷어차는 안동댁의 충고도 아는지 마는지 쇠고집을 피우고 있는 것이 어미 된 안동댁으로서는 더 답답하기만 하다. 그것이 더 화가 난다는 듯 도술 영감은 길길이 날뛰며 이리저리 중간에서 방패 노릇만 하는 안동댁의 몸을 훌쩍 들어 멀리 뿌려 던졌다.

"어이쿠, 사람 죽는다! 사람 살리소! 이 보소 들, 사람 좀 살리소!"

그러면서 창문을 열고 이웃의 방조를 구하니 가뜩이나 구경거리가 생겼다 싶어 모여온 이웃들이 딴은 말리는 모양이나 거개가 구경 쪽이 진짜다.

이튿날 신옥은 마을 풍기를 문란하게 했다는 이유로 마을 부녀자들에게 끌려갔다. 조무래기들이 구경거리라고 신옥의 뒤를 쫓아 마을 회관 쪽으로 밀려갔다. 부녀회 회장의 주최 하에 마을 부녀들은 신옥의 비행에 대해 침을 튕기며 공노했다. 동네 안에 총각이 없어 하필이면 상수리의 되놈이었더냐, 시집을 못 가 환장이 났더냐, 쑨령감네 두부방에서 같이 자기까지 했다던데 그게 정말이냐, 처녀자로서 얼굴 깎이는 줄도 모르는 년, 머리도 숙이지 않고 뭘 하냐, 동네 안에 나쁜 물을 들이기 전에 마을 밖으로 쫓아내야 한다느니 뭐니, 좌우지간 입 가진 아낙마다 한마디씩 질매를 하는데 악마구리가 따로 없다.

한나절이 지나서야 신옥은 두 눈이 퉁퉁 불어서 집으로 돌아왔다. 그런데 붙는 불에 키질이랄가 두부쟁이 쑨령감이 웬 빨래 꾸러미를 들고 와 도술 영감 앞에 펼쳐 놓고 야료 같은 협상을 벌이고 있었다. 피자국이 묻은 요데기 거죽이었다. 보다시피 자기 아들과 신옥이는 갈 데까지 갔으니 싫어도 깨진 사발 버리는 셈 치고 신옥이를 며느리로 달라는 것이었다. 도술 영감의 두 눈에서 불똥이 톡톡 튀고 한 뼘 자란 채수염이 턱 아래서 사시나무처럼 떨고 있었다.

다음 날 아침 미닫이문을 드르륵 열고 신옥의 방을 들여다보던 안동댁은 이부자리 속에 신옥이가 없는 것을 발견하고 사색이 되어 동네 안을 훑기 시작했다. 그러나 신옥이는 아무 데도 없었다. 오후 해가 썩 기울어서야 동네와 동떨어진 마이허 물굽이 쪽에서 신옥은 시신이 되어 발견되었다. 땋았던 긴 머리태가 풀려 온 얼굴을 뒤덮고 있어서 물귀신이 따로 없었다고 안동댁을 도와 신옥이를 찾아 나섰던 동네 장정들이 게두덜거렸다. 안동댁은 강가의 범소(犯所)에 퍼더버리고 앉아 두 손으로 땅을 허벼파며 꺼이꺼이 울어댔다. 반구는 절대 아니 된다는 마을 좌상들의 집요한 반대에 신옥의 시체는 강가에서 하룻밤을 묵고 상수리의 말 마차를 빌려 현성 화장터로 옮겨져 갔다. 그러나 안동댁의 애걸로 신옥의 골회는 마이허 하류 쪽에 뿌려도 된다는 동네 사람들의 허락이 떨어졌다.

동네 사람들은 딸아이 건사를 잘못한 안동댁을 나무랄 뿐 재무지에 떨어뜨린 두부처럼 닦아 먹지도 불어 먹지도 못하게 된 바 하고는 그편이 외려 합당하다는 듯 신옥이가 죽은 뒤에도 별로 애석해하는 표정은 누구도 짓지 않았다. 그 후에도 상수리 사람들은 예나 다름없이 쑨령감네 두부를 사다 먹었다. 덕분에 쑨령감은 상수리에서도 맨 처음 벽돌집을 지었다. 지붕도 자기네 식대로 예전처럼 들썽하니 높이 없고 흙 토담 대신 빨간 벽돌담을 한 키 넘게 쌓아 올린 쑨령감은 막내아들 내외에게 두부 앗는 비법을 물려준 후 뜨락에 앉아 소일하는 늙은이가 되어 버렸다. 그는 두부 사러 간 물남 사람들 앞에 쩍하면 아들이 입었던 쑥색 군복을 꺼내여 놓고 아까운 며느리감이 죽었다고 넉두리를 하기도 했다. 옷깃 안엔 신옥이가 손수 뜬 실뜨개 덧깃이 그때까지 붙어 있었다. 물남 사람들은 그러는 쑨령감을 노망이 들어도 단단히 든 뒤여질 영감이라고 욕을 했다. 욕을 하면서도 쑨가네 두부는 그냥 사다 먹었다. 쑨령감의 아들 쑈쑨(小孫)은 쑨령감처럼 앉아서 두부를 팔지 않고 아침저녁으로 두부를 앗아 멜대로 지고 강을 건너와서 팔았다. 물남 사람들은 그러는 쑈쑨을 돈 버는 데는 애비 찜쩌먹을 놈이라고 또 욕을 했다. 욕을 하면서도 전보다 편리해서 좋다고 쾌재를 부르기도 했다.

입쌀 한 근에 두부 두 모를 바꾸던 세월이 지나고 이젠 입쌀 한 근에 두부를 한 모밖에 바꿀 수 없었으나 물남 사람들의 아침 밥상엔 변함없이 두부찌개가 올랐다. 쑈쑨이 부르는 사구려 소리는 원근치고도 특이했다.

"떠우 퍼 ～""떠우 퍼 ～"

'마이허'를 건너면서부터 부르는 억양이 센 사구려 소리는 동네 안 어디서나 들을 수 있을 만큼 청청했다.

4.

　남의 말은 덕대 우에 올려놓고 하지 않는다고 신옥이가 죽어간 이야기는 이제 물남 사람들에게 까마득한 옛이야기가 되었다. 도술 영감과 안동댁을 비롯한 늙은이들이 거의 다 죽었고 그 당시 신옥이의 뒤를 따라 구경거리라고 쫓아다니던 또래들은 열에 아홉이 외국으로 돈벌이를 나가 버렸으며 그 아래 아래 되는 젊은이들은 일자리를 찾아 하나둘 마이허를 건너 물남 마을을 빠져나가다나니 마을 안은 다 파먹은 김치독처럼 휑댕그렁하다. 쭈구렁 밤송이가 된 파파 늙은 로파 몇과 별로 칠칠치 못한 노총각들이 남아 예전처럼 마이허 물을 퍼서 논농사를 하며 살아가고 있을 뿐이어서 새삼스레 그 일을 끄집어 내여 말밥에 올리는 사람은 이제 없다. 논농사를 포기하고 마을을 떠나며 방치된, 주인 없는 가옥들이 하나둘 비바람에 풍화가 되어 그 자리에 주저앉기 시작했다. 원래부터 키 낮은 가옥들이여서인지 쓰러지는 데도 빨랐다. 뜨락 둘레에 둘러쳤던 개암나무 울타리들이 삭아서 문드러졌고 깨진 유리 창틀만이 쓰러져가는 초가 속에 포혈처럼 남아 주인이 돌아오길 기다리며 지쳐가고 있다.

　언제부턴가 상수리 사람들이 방치된 물남의 빈집들을 헐값으로 사들이고 쑥대가 우거진 뜨락 터전에 찰옥수수와 두부콩을 잔뜩 심기 시작했다. 그리고 벽돌을 실어다 터밭 둘레에 담을 쌓기 시작했다. 그 때문에 개암나무 울타리를 세운 물남의 본토박이 집들이 더 초라해 보였다. 가을이 되자 마른 옥수수잎 부딪는 소리와 콩꼬투리 튀는 소리가 벽돌담 안에서 요란하게 들려 나왔다.

　어느 날 개암나무 울타리로 둘러싸인 뜨락 안에서 오래간만에 결혼식이 벌어지고 있었다. 요즘 뭐나 흔해서 좋은데 처녀 구하기가 고양이 뿔 구하기보다 어렵다며 우는소리를 하던 와중에 물남의 노총각 하나가 장가를 가는 것이다. 누나가 한국 가서 일해 보내준 돈을 신부 집에 젖값으로 뭉치채 가져다 바치고 총각 딱지를 떼게 생긴 귀식이라는 총각이다. 신부는 '마이허' 북쪽의 상수리 마을 처녀라고 한다. 상수리 사람들이 좋아하는 붉은 색깔로 머리부터 발끝까지 단장한 신부는 식장이라고 만든 돗자리 우에 서서 아미를 다소곳이 숙이고 있을 대신 빨리 담배불을 붙여달라고 법석을 떠는 하객들을 향해 히쭉벌쭉 웃음을 날리고 있다.

"다음은 신랑과 신부님의 맞절이 있겠습니다."
"씬랑씬냥 뛰이 빠이!4)"(신랑 신부 맞절)

주례는 조선말로 한 번, 중국말로 다시 한 번 같은 내용의 주례사를 곱씹느라 진땀을 빼고 있다. 왜 아니 그렇겠는가? 하객의 절반 이상이 상수리 마을 사람들인데. 딸자식을 시집보낼 때 하객으로 따라가는 친정 식구들의 수효에 의해 그 가문의 문풍과 위력이 과시된다고 여기는 상수리 사람들이 남녀로소 떼를 지어 '마이허'를 건너 물남 마을로 밀려온 것이다.

2006년, 『도라지』

---

4) "新郎新娘, 對拜!"의 중국어 발음.

06
썬딕이

대통하를 옆구리에 끼고 무연하게 펼쳐진 논벌 한복판에 새를 두텁게 얹어 마치 마른 표고버섯 같은 초가 몇 채가 가물에 콩 나듯 띠엄띠엄 널려 있다. 이 촌락이 바로 쌍하촌이다. 말이 촌락이지 떠날 사람은 다 떠나고 댕그라니 다섯 호만 남아 멀리서 쳐다보아도 외롭고 쓸쓸하기만 하다. 명색이 촌장인 봉규네와 양봉 일을 하는 덕에 '벌쟁이'라고 불리우는 태식이네, 마흔이 다 되도록 아직 여자 배 구경을 못 한 떠꺼머리 외아들을 거느리고 사는 교하댁네와 작년에 한국행 밀입국 배를 탄다고 떠난 후로 죽었는지 살았는지 함흥차사가 되어버린 남편을 이제나저제나 기다리며 사는 계월네, 그리고 현성 아들 집으로 옮겨가 살자고 손이 발이 되도록 빌어도 량주가 따로 사는 게 편타며 합가를 꺼리는 우리 아버지 어머니를 셈해서 이 쌍하촌의 실제 인구는 딱 열하고 하나가 전부다.

여건이 좋지 않은 시골에서 량주가 살아가는 형편이 궁금해서 두 주일에 한 번씩 어기지 않고 문안차 내려와 보는 마을, 내 몸을 키웠고 내 성장의 터밭이었던 고향 마을이건만 주인을 잃어버린, 살다 버리고 떠난 빈집들로 나날이 폐허가 되어 가는 마을은 굿 해먹은 집안같이 어수선해서 볼 적마다 낙막하다. 오늘은 그나마 집집의 굴뚝에서 피어오르는 밥 짓는 연기 때문에 그래도 얼마간 푸근해 보이는 것이 다행이다. 마을 복판에 자리 잡은 늙은 비술나무 둥치에 한문으로 쓴 광고장 하나가 나붙어 있는 것이 먼발치에서도 보였다. 써 붙인 지 꽤 오래 되었는지 누렇게 색이 바랜 바탕지의 한쪽 귀가 떨어져 바람에 너풀거리고 있었다.

"본촌의 계월네가 내여 놓은 논을 촌에서 회수했음. 이 토지의 사용권을 다시 양도하려 하는데 맡아 볼 의향이 있는 분은 신청을 해 주시

오. 외지인에게도 양도는 가능하지만 마을의 치안과 관리를 위해 조
선족에게만 한함. 촌장: 김봉규"

　학교 다닐 적엔 공부는 뒷전이고 코물을 훌쩍거리며 새 둥지 들추러
만 다녀 사흘이 멀다 하게 선생님들께 불리워 가던 봉규가 크나 작으나
쌍하촌의 촌장 자리에 위임이 되더니 사람이 됐는지 촌살림도 제법 잘
알아 하고 완력으로라도 일 처리 하나는 또깡또깡하니 맺고 끊는 데가
있다고 모두가 칭찬들이다. 이웃 동네들에서 버리고 떠난 주인 없는 논
밭들을 고식지계로 이웃의 한족들에게 무분별 양도해 주다나니 조선족
마을로 짓쳐들어온 한족 사람들이 조선족촌 법규에 어긋나는 짓거리들
을 하고 다녀도 속수무책이어서 야단났다는 소문을 풍편에 많이 얻어
들었던 모양, 그 전철을 밟지 않으려고 한마디로 똑 부러지게 선을 긋고
나오는 봉규가 봉규답다. 만나면 칭찬이라도 한마디 해 줘야겠다. 크게
는 마을 풍속이 망가지고 작게는 사소한 일로 분규가 끊일 날 없고 쩍하
면 물건이 잃어지는 일이 생기는가 하면 관혼상제 같은 대소사를 치를
때면 서로 다른 관습 때문에 패거리 싸움까지 일어나군 한다던데 정작
그런 국면이 되고 보면 어디 촌장 혼자서 수습할 길이 있다던가? 더구
나 야료를 잘 부리는 놈팽이라도 들여놓아 보라지, 촌장 대접은 고사하
고 촌장을 골탕 먹이는 일이 비일비재일 것도 불 보듯 뻔한 것이렸다.
　흰 종이에 검은 먹으로 옮겨 쓴 광고지는 우리 아버지의 낡은 테이블
우에도 한 장 놓여 있었다. 마을 한복판에 내다 붙인 것도 모자라 집집
마다 전단지로 돌렸는가 보다.

"이왕 맡은 논도 힘에 부쳐 떡을 치는 판에 누가 그걸 더 맡겠심녀?"
"내사 그 말이 아니더나? 그 논은 물길도 나빠서 임자도 얼떵 안 나설

끼구마."

"태식이네나 어떨가, 그라고 그 집 말고는 더 욕심낼 사람도 없는 기라예."

"계월네도 그렇다, 아즉 냄편이 죽었다는 소식도 확실치 않고마는 시
    집은 웬 시집? 신랑은 진짜 한국 사람이 맞긴 맞나 모르지. 요즘엔 하
    도나 가짜가 많아서."

"아무렴 국적꺼정 속이겠심껴? 하긴 나이는 친정아비 벌도 더 될 만치
    꽉 찬 사람이라지만. 잘된 일이 아닝교? 벌어야 애들 공부도 시키지
    예. 그 길마저 없으마 여자 몸 혼자서 우예 아이들을 키우능교?"

"내사 모리것다, 계월네가 하는 일이. 괜히 땅 팔고 밭 팔고 섯뿔리 움
    직이는 건 아닌지?"

"그렇다꼬 강원도 포수매로 아무 소식도 없는 서나를 언제꺼정 기다
    리기만 할 순 없지요. 풋배추맨키로 새파란 여자가 그만큼 기다렸으
    마 많이 기다렸다 아잉교? 6년 세월이 좀 적어예?"

"그러다 찬이가 살아서 돌아오마?"

"그 배 타러 간다고 떠난 사람들이 뚝같이 무소식이라잖능교? 그라고
    보마 십중팔구는 마카[1] 동해 바다 물구신들이 되얏지라, 하모."

"말 좀 삼가 허세, 그래도 난 언젠간 불쑥 나타날 사람 같으이. 내 느낌
    이 그래. 워떻게 살자꼬 벌어먹자꼬 떠난 사람이 그렇게 맥주가리 없
    이 죽을 수 있노?"

정주에서 저녁밥을 지으며 찧고 빻고 쑤왈거리는 양주의 소리가 벌
어진 문틈 새로 흘러들어왔다. 우리를 키울 땐 별로 어머니의 일손을
도와주지 않던 아버지였는데 다 늙어서 철이 드는지 마누라 밥 짓는 데
까지 따라 나와 불도 곧잘 때주고 뜨물초롱도 소리 없이 비워주신다며

---

1) '마카'는 '모두'의 강원, 경북 방언.

어머니의 입가는 오늘도 귀에 걸려 있다. 하긴 촌 의사로 지내시면서 먼 아랫마을까지 왕진을 다니셔야 했던 아버지였으니 언제 어머니의 일손을 도와줄 겨를이 있었으랴? 저녁 식사가 막 끝나갈 무렵. 뜨락 안으로 웬 낯선 사내가 들어섰다.

"찐따이푸 쟈바?"2)

정주 문을 뗀 사내가 고개만 집안으로 들이밀고 조심스레 묻는 소리였다.

"이 저녁에 웬 되놈이꼬?"

부엌에서 숭늉 그릇을 들고 나오던 어머니가 저녁 늦게 찾아온 불청객을 향해 되묻는 소리.

"쉐이야?"3)

전형적인 중국 농촌의 농군 차림을 한 그 사내는 그렇게 묻는 물음엔 대답을 않고 주밋거리며 밥상이 놓여 있는 구들목까지 다가왔다. 어딘가 여유 있게 늘쩡거리는 태가 의사인 아버지에게 왕진을 청탁하러 온 손님 같지는 않은데.

---

2) 중국어 '찐따이푸 쟈바(金大夫家吧)?'는 '김 의사(醫師) 댁이지요?'
3) 중국어 '쉐이야(谁呀)?'는 '누구요?'

"쓰워4), 썬딕이."

　사내가 식지로 자기 코끝을 가리키며 말했다.

"썬딕이?"

　어머니의 두 눈이 동그랗게 떠올랐다.

"니가 썬딕이라꼬?"

　어머니는 숭늉 그릇을 내려놓고 사내 앞으로 한 발 다가가 올려다보기를 한참, 그러다가 갑자기 환성 같은 소리를 질렀다.

"우메 그래 썬딕이, 그 썬딕이구마. 하이고, 니가 우예 죽지 않고 여적 살아 있었노? 그래 이 목줄기에 험딱지를 보니께로 썬딕이가 맞구마. 이 험딱지만 아니마 길에서 딱 부닥뜨려도 내사 몬 알아볼 번했구만."

　어머니는 사내의 두 손을 움켜잡고 연신 개탄을 하며 부산을 떨었다.

"영감, 와 모르겠능교? 쑨딕이 동상 썬딕이. 쩍하마 동네 밥솥을 뒤져 묵어 갖고 생 애를 먹이던 그 썬딕이 아잉교?"
"그래그래 알지. 애를 좀 자그만치 먹였어야 잊어묵지. 아직도 기억이 생생하구만. 근데 이게 얼마만인고? 워떻게 우리 집꺼정 찾아올 생

---

4) 중국어 '쓰워(是我)'는 '저예요.'

각을 다 혔나?"

아버지도 퍽이나 반가운 기색으로 사내의 람루한 손을 잡아끌었다.

"얼씨덩 일루 올라 안끄레이. 여보, 야가 아즉 저녁 전일 낀데 밥 한 그
릇 퍼뜩 떠오지 않고?"
"예예 하모요, 하모요."

어머니는 뭐가 그리 좋은지 둥실거리며 다시 정주로 들어가 남은 밥
을 양재기채로 들고 나왔다.

"찬은 없어도 밥은 많다. 어서 이리 올라온나."

어머니는 억다짐으로 사내를 구들 턱에 끌어앉히고 밀어붙이듯 그의
오른손에 숟가락까지 막무가내로 쥐어 주었다.

"별일도 다 있네. 이게 을매만이꼬? 우린 니가 어디 가서 죽었지 그라
고 싹 잊고 살았다 아이가? 그래 그사이 어디 가서 우예 살았노? 니
지금 조선말은 몬 하나? 다 까묵어뿟제? 시상에…"

사내는 수선을 떠는 어머니의 얼굴을 마주 보며 시물시물 웃기만 했다.

"웃는 걸 보이께로 쪼매 알아듣기는 듣는가 분데 참말로 다 까묵어뿟
나? 되놈 구벅에서만 살다 보이께로 그리 됐는갑다. 그래도 지 이름
만은 기억했는가 부네. 아이고 이놈 자슥…"

어머니는 사내의 등을 투닥투닥 두드리며 넋두리 같은 소리를 끝없이 주어섬겼다. 사내의 눈길이 나에게로 돌아와 내 얼굴에 고정되었다.

"타쓰 용이 바?(저 앤 용이지요?)"
"그래그래, 이젠 저렇게 커서 어른이 됐다. 현성 핵교서 선상질 한다 아이가. 니가 이 마을을 떠날 때 쟈가 요맨 했었제? 그래도 기억엔 있는갑네. 그라고 보니 썬딕이 니도 벌써 쉰이 훌쩍 넘었겠구마. 늙은 이들이 지 나이 묵는 것만 알고 이렇게 같이 늙어가는 썬딕이 니를 아즉도 열서너 살 적의 썬딕인 줄로만 생각한다."

똑바로 40년 전 여름 우린 부기라는 곳으로부터 이 쌍하촌으로 이사를 오게 되었다. 아버지의 의술을 탐낸 마을 사람들이 그 바쁜 농망기에 파격적으로 60리 상거한 현성 부둣가까지 우리의 이삿짐 마중으로 촌의 말마차를 보내 주었다. 그때 마차부로 나온 것이 바로 썬딕(선덕)이 형 쑨딕(순덕)이었다. 쑨딕이가 안내하는 대로 동구 밖에 자리 잡은 만족 식 4칸 외통집 맨 동쪽 칸에 우리의 이삿짐을 부리운 것은 땅거미가 어둑어둑 질 무렵이었다. 금방 전간(田間) 로동을 끝낸 생산 대장과 사원들이 오구작작 모여와 우리 어머니를 도와 쓸고 닦고 하며 환대를 해 주었는데 이상하게도 우리가 쓸 정주가 세 집이 함께 쓰는 공용 정주였다. 워낙 집을 크게 짓는 한족들이 지었다는 이 집은 동북 지방의 만족들이 사는 집을 모방해서 지은 집이라 세 집 네 집이라도 같이 쓸 수 있게 그 구조가 특이했다. 그러니까 외통집 한복판이 정주고 그 정주에서 동쪽으로 난 문을 열면 우리가 거처할 방이고 그 정주에서 서쪽으로 난 문을 열면 남쪽과 북쪽 뙤창 밑으로 높다란 온돌이 하나씩 놓여 있었는데 남쪽 온돌엔 한씨 성을 가진 쉰 남짓한 외톨이 노인네가 살고 있었고 그 맞은켠인 북쪽 온돌엔 쑨덕이가 동생 썬덕이를 데리고 고아로 살고 있었다. 알고 보니 이 외통집은 마을에서 의지가없는 불우한 대상이나 금방 이사를 와 거처할 곳이 없는 사람들에게 임시 제공해 주는 촌의 공유 가옥이었던 것이다.

세 가구가 함께 한 정주를 사용해야 했기에 퍼그나 불편할 법도 했으나 워낙 푸접 좋은 우리 어머니는 별 푸념 없이 서쪽켠 집 식구들과 무람없이 어울릴 줄 알았다. 떡붙이라도 만들면 똑같이 나누어 돌려먹었고 고기국이라도 끓인 날은 잊지 않고 한 사발씩 퍼 날라다 주군 했다. 쑨덕이와 썬덕이는 부모를 잃은 지 꽤 오래된 아이들이었다. 부모가 무슨 병으로 죽었는지 철없는 나이에 고아가 되어버린 아이들을 촌에서 많이 돌봐주고 있었다. 그때 쑨덕이는 폐병을 앓고 있었다. 갓 스무 살의 청년이 겨릅대처럼 버쩍 말라 있는 것이 얼핏 보기에도 병이 가볍지 않음을 알 수 있었다. 한밤중에 기침이 시작되면 날이 활짝 밝을 때까지 간헐적으로 짖어대서 남쪽 온돌에 사는 노인네나, 간벽을 두 개나 사이 두고 사는 우리까지도 잠을 설치군 했었다. 그러나 해가 떠 한낮이 되면 그런대로 일어나 쉬운 일을 할 수 있을 만큼 정신만은 올똘했다. 그래서 그의 병세는 한 용마루를 쓰고 사는 우리만이 정확히 알고 있을 뿐이었다. 하루 이틀도 아니고 밤마다 짖어대는 쑨덕이의 기침 소리에 깨어난 아버지는 가끔 페니실린 주사를 한 대씩 놓아주고 오기도 했지만 어디까지나 고식지계였지 뿌리를 뽑기엔 병이 너무 깊은 때였던 것 같다.

"아가 안 되겠구마. 올해를 넘길 것 같질 않아."

어느 날 한밤중 기침이 멎기를 기다리다 못해 건너가 주사를 놓아주고 되건너온 아버지가 잠자리에 누우며 어머니에게 하는 말이었다.

"딴 방법이 없겠심껴?"
"내가 보건댄 오래 갈 것 같지 않다마."
"넘들이 그라는데 아비 어미도 다 저 병으로 죽었다 카데예."
"저 병은 유전이니께 어짤 수 없능기라."
"전염도 시킨다 그카던데 괜찮겠능기요?"
"그것도 전염시키는 때가 따로 있능기라. 어른들은 괘안타만 애들은 주의를 좀 시키는 거이 나쁠 건 없제."

　아버지의 말은 귀신처럼 들어맞았다. 가을이 닥쳐오자 쏜딕이는 아주 방구들을 지고 드러누워 버렸다. 어머니는 삼시 세끼 밥을 지어 나르느라 분주했다. 그러나 아버지 분부대로 절대 식기 따위를 혼용하진 않았다. 먹고 되내놓은 그릇들을 가마에 넣고 오래오래 삶느라고 어머니는 날마다 번거롭기도 했겠건만 한 번도 내색을 내지 않았다. 락엽이 딩구는 쓸쓸한 벌판 우로 진눈까비가 쏟아지던 날, 쏜딕이는 드디어 숨을 거두어 버렸다. 좋지 않은 병이라며 마을에서는 후사 처리를 몹시도 서둘렀다. 독한 소독수를 쟁쳐 뿌리고 창문들을 있는 대로 다 열어 놓고 쏜딕이가 덮던 헌 이부자리와 옷가지들을 동내 밖 먼 곳으로 끌고 나가 다 태워 버렸다. 초상집이었지만 울음소리는 없었다. 마을 사람들은 모두가 안됐다는 표정들은 짓고 있어도 눈물을 흘리지는 않았다. 조선 마을이 선다는 소리를 듣고 사방에서 모여든 사람들이라 여지껏 남에게 폐만 끼쳐온 이 두 고아의 일에 심드렁해질 수밖에 없었던가 보다.
　썬딕이도 울지 않았다. 큰 눈에 겁을 잔뜩 집어먹고 출입문 뒤에 숨어 장례를 서두르는 마을 사람들의 모습만 지켜볼 뿐 입도 뻥긋하지 않았다. 을씨년스런 늦가을 날씨에 창문을 있는 대로 다 열어 놓았다고 맞은편에 사는 노인이 연방 욕설을 내뱉었다.

"씨팔, 이렇코롬 다 열어 노음 워떻게 혀? 추워서 어디 살간디? 빌어 처묵을 놈이 살기도 드럽게 살더니 죽어갖구도 드럽게 애를 믹이네 이. 싸게싸게 거시기하고 그 창문짝 좀 후딱 닫으랑께! 씨팔."

평생 장가도 못 가보고 쉰 살이 넘도록 외톨이로 살았다는 노인은 말끝마다 입버릇처럼 "씨팔" 소리를 달고 있어서 별명도 '씨팔영감'이었다. 성격이 괴벽한 데다 한쪽 다리까지 절어 전간 로동에 나가지 않다 보니 동네 사람들과 어울리는 일도 없고 딸린 식솔도 없다 보니 구애되는 일도 없어서 언행이 거친 것은 둘째 치고 '인민공사'가 자기 같은 장애 노인을 먹여 살리는 것을 너무나도 당연한 것으로 치부하는 그의 일거수일투족에 마을 사람들은 그를 있어도 되고 없어도 무방한 그런 존재로 여기는 터라 경우에 맞지 않게 터지는 그의 불미스러운 언행에도 누구 하나 개의치 않고 할 일들을 밀어부쳤다.

쑨덕이가 죽자 썬덕이의 귀속처가 문제시 되었다. 열두 살 난 아이를 거저 내버려 둘 순 없다며 마을 부녀들이 모여앉아 토론한 결과 '씨팔영감'에게 맡기자는 의견이 많았던 모양, 부녀회장에게서 그 결과를 통보받은 노인은 선불 맞은 노루처럼 풀적 뛰었다.

"씨팔, 내 몸땡이 하나도 구찮은디 워따 대고 애새낄 거두라능 기여? 나는 그리 몬 하지라, 몬 헌다니께로."

처음부터 대 굳게 나오는 노인을 부녀회 회장도 어쩔 방법이 없는지

혀만 끌끌 차며 돌아갈 수밖에 없었다. 이튿날 마을의 지부서기가 다시 노인네를 찾아왔다.

"영감, 영감은 여태 인민공사의 밥을 공으로 잡쉈수다. 그렇다면 우리에게 곤난이 있을 땐 영감이 좀 도와주는 것은 당연한 일이 아니유? 거저 거두라는 것두 아니고 애를 맡는 보수로 하루에 8부 공수5)를 기입해 줄 테니 다시 생각해 보슈. 그리 해 될 건 없을 거유. 맡겠수 안 맡겠수?"

한동네에 사는 이상 마을 지부서기의 비위를 맞추지 않았다간 앞으로 재미가 적을 것 같아서였는지 아니면 대신 보수를 준다는 말에 회가 동했는지 노인은 드디어 썬딕이를 맡아 기르는 일에 수긍을 했다.

'씨팔영감'이 외롭게 된 썬딕이를 맡아 기르기 시작하자 쌍하촌 사람들은 그를 '썬딕이 아버지'라고 불러주었다. 그도 '씨팔영감'보다는 그쪽이 듣기에 좋은지 내심 흐뭇한 기색을 감추지 못하고 얼굴 어딘가에 흘리고 다녔다. 그러나 썬딕이가 그를 아버지라고 부르는 소리는 한 번도 들을 수 없었다. 밥을 먹어도 썬딕이는 썬딕이대로 노인은 노인대로 자기가 먹고 싶을 때 솥을 뒤져 한 숟가락씩 떠먹군 했다. 찬은 특별히 해 먹는 것도 없었고 매일 봐도 우리 어머니가 건네다 준 김치 쪼박이나 건장아찌 따위가 전부였다. 그러니까 우리 어머니는 그동안 그들의 찬모 노릇을 톡톡히 했던 것 같다. 노인은 정면으로 우리 어머니가 건네주는 음식 그릇을 받으려 하지 않았다. 받으면서 인사를 하기 싫어서인지 아니면 남의 집 아낙이라는 데서 내외를 하느라고 그

---

5) '8부 공수'는 공적인 보수의 80%를 인정해 지급하는 것.

러는지 가만히 엿보면 가져다 준 음식을 먹기는 먹으면서도 잘 먹었다는 인사에도 몹시 린색했다. 그래서 어머니는 건네줄 음식이나 찬이 있으면 음식 그릇을 그들의 부뚜막 가에 놓아 주기만 하면 그만이었다. 한 정주에서 찬그릇이 비워지는 것을 대충 눈짐작했다가 다시 다른 반찬으로 채워 놓아주군 했다. 맛이 있는지 없는지 짠지 싱거운지 정면으로 받지 않았던 만큼 감사 따위의 치레어도 물론 없었다.

노인이 썬딕이를 찾는 일은 썬딕이가 잠잘 시간이 되었는데도 집으로 들어오지 않고 밖에서 도는 때였다.

"썬디가! 썬디가! 이눔의 자슥 워디로 갔지라? 썬디가!"

무거운 참나무 지팡이를 지심이 울리도록 쾅쾅 짚어대며 마을 안 여기저기를 샅샅이 훑을 때를 보면 위불 없는 새끼 잃은 어머가 그 새끼를 찾아 헤메는 모습이었다. 그러나 그렇다고 썬딕이를 친아들처럼 아끼며 옆에 끼고 자는 것도 아니고 서쪽 컨 문을 열고 들여다보면 썬딕이는 썬딕이대로 북쪽 온돌 우에 새우처럼 등을 꼬부리고 자고 있었고 노인은 노인대로 이불을 머리끝까지 뒤집어쓰고 남쪽 온돌 우에서 청승맞게 자고 있었다.

어느 날부턴가 쌍하촌 사람들은 썬딕이가 도둑질을 한다며 노인을 찾아와 고발을 했다. 뭘 도둑질했느냐고 물어보면 솥에 넣어둔 밥이 아니면 누룽지, 그리고 달걀이나 남새밭의 오이 따위라고 했다. 고발이 들어올 때마다 노인은 썬딕이의 귀를 비틀어 쥐고 힘껏 잡아당겼다.

"에게게!"

썬덕이가 비명을 지르며 아파해도 노인은 직성이 풀릴 때까지 손을 풀지 않았다. 그래서 썬덕이는 그 우악진 손바닥에 잡히기 전에 아예 36계 줄행랑을 놓군 했다. 지팡이를 짚은 다리 저는 영감이 열두 살 난 개구장이를 따라잡을 리가 없었다. 그렇게 나가면 썬덕이는 몇며칠을 집으로 돌아오지 않았다. 이웃집의 건초더미며 생산대 외양간이며 마을 방앗간이며 그런 것들이 썬덕이의 좋은 피신처가 되어 주었다. 그렇게 숨어 있으면 노인은 물론 동네 사람들도 찾아낼 수가 없었다.

이른 아침, 조반 지으러 일어난 아낙들이 나무 안으러 나갔다가 짚낟가리 속에 구겨 박혀 자고 있는 썬덕이를 발견하고 놀라서 비명을 지르며 뱃속의 아이를 떨군 여자들이 한둘이 아니었었다. 그러나 쩍하면 그렇게 밖에서 잠을 자도 고뿔 한 번 하지 않는다고 어른들은 칭찬인지 개탄인지 심심하면 썬덕이를 두고 쑤왈거렸다. 그런데 말이 씨가 된다더니 어느 날 썬덕이의 목 부위가 벌겋게 부어오르더니 급기야 누런 고름이 흘러나오기 시작했다. 그것도 우리 어머니가 먼저 발견하고 아버지에게 고자 바쳤다. 아버지는 썬덕이를 방으로 끌어들여 한참을 기웃거리며 상처를 들여다보더니 '연주창'이라고 병명을 내렸다.

"그게 무신 병인데예?"

눈을 슴뻑이며 묻는 어머니의 물음에 아버지는 아무 말도 하지 않고 가제 천에 약을 발라 썬덕이의 상처를 소독하고 무슨 약인가 발라 주었다. 썬덕이를 내어보낸 후 아버지는 어머니에게 차근차근 설명을 했다.

"림파결핵이란 건데 나두 저 병은 방법이 없구만. 저러다가 저절로 아물어서 낫는 수도 있응께 두고 보는 수밖에."

아버지가 감아준 붕대 바깥으로 스며 나오는 상처 속의 진물 따위 때문에 썬덕이의 몸에서는 늘 악취가 풍겼다. 그래서 아이들은 가뜩이나 기가 죽어 있는 그를 늘 놀려주었고 쩍하면 왕따를 시켰다.

"추잡은 새끼 저리 가!"
"똥내 나는 새끼 썩 꺼져!"

동네 아이들은 썬덕이가 먼발치에 서 있어도 그렇게 훈계를 했고 심지어 집쩍거려 손찌검까지 했다. 그러나 썬덕이에게 손찌검을 하는 장면을 '씨팔영감'에게 다들리우는 날엔 그 애가 바지에 똥오줌을 갈릴 정도로 노인에게 혼쭐이 나는 날이었다. 절름거리는 다리 때문에 때린 아이를 붙잡지 못하면 그 아이 집으로 찾아가 유리창이며 그릇이며 닥치는 대로 왕창 들부셔 놓군 해서 아이들은 노인을 몹시 무서워했고 어른들은 될수록이면 그와 엮이는 일이 없도록 노력했다. 똥이 더러워 피하지 무서워 피하나? 동네 사람들은 왕창 깨진 그릇들을 치우면서 억이 막혀도 제집 아이들의 볼기짝만 두들겨댈 뿐 '씨팔영감'과 시비를 거는 일은 없었다. 썬덕이를 괴롭힌 애가 뉘집 애란 걸 알기만 하면 꼭 집에까지 찾아가 행패를 하다 보니 애들도 나중엔 썬덕이와 어울려도 조심하려고 노력했다. 검정 목천으로 중국식 바지저고리를 해 입은 노인은 자주 씻지도 않는 얼굴에 검은 구레나룻까지 돋혀 있어서 지저분했을 뿐만 아니라 험상궂기까지 했다. 게다가 성이 나면 어른 아이 구분 없이 마구 휘둘러대는 참나무 지팡이 때문에 우는 애를 달래는 때도 "씨팔영감 온다! 뚝!" 하고 어르면 직방이었다.

그렇듯 무뢰하고 무섭기만 해 보이던 그가 하루는 우리 어머니더러 찐빵을 좀 해 달라며 밀가루 한 바가지와 소로 쓸 팥 한 사발을 건네 왔다.

"아줌씨 거시기 안 됐지만 이걸루 찐빵 좀 맨들어 주면 안 되겠소?"

일 년을 넘게 같은 정주를 쓰며 살아도 말 몇 마디 똑바로 건네지 않던 노인에게서 받은 제안이라 어머니는 흔쾌히 대답을 했다. 팥을 삶고 반죽을 숙성시키고 하루종일 준비를 해서 늦은 저녁녘에야 찐빵이 만들어졌는데 그걸 기다리는 동안 노인의 얼굴이 맛있는 음식을 기다리는 아이들의 얼굴처럼 그렇게 둥둥 떠 있었다. 그날 저녁 우리 두 집 식구는 처음으로 공용 정주간에서 겸상을 하고 저녁을 같이 먹었다. 아버지가 따라 주는 약주를 훌쩍훌쩍 받아마시던 노인이 스스로 말문을 열었다.

"거시기 이 동네에서 아무리 눈 씻고 찾아보더래도 이 집 아줌씨 맴만큼 착한 여잔 없구만이라. 으사 선상이 눈씨는 바로 백혀서 좋은 여자 딜구 산다 그거여. 왕년엔 나두 좋은 기집을 만났었지라. 헌디 우리 아부지가 그 기집이랑 혼인하믄 혀 깨물고 죽어븐다 캐서 고만뒀지라. 왜냐? 그 기집이 요리집 기집이었던 기라. 요리집 기집이믄 좀 어뗘? 허지만 우리 아부지가 죽어 자빠진다 그라는디 워떡혀? 내 고집대로 그냥 딜구 살 수도 없고 그래서… 그래서 둘이, 둘이 말이여 이 만주 땅으로 도망와 살자꼬 약속을 했지. 으사 선상 지금 내 말 못 믿겄소?"

상스럽고 조폭하기만 했던 노인에게도 그런 과거가 있을 줄은 몰랐던 아버지와 어머니는 그게 정말이냐는 듯한 눈빛을 하고 있었다.

"아니요. 아무렴 그렇게 보였어요?"

어머니가 바삐 해석을 가했다.

"내가 처암 이런 소리꺼정 헐 때는 다 으사 선상을 믿고 허는 말이랑게."
"알아요. 계속하세요."
"그란디 고마 요리집 주인헌데 다 들켜부렀어야. 그래서 그 기집은 몸
   을 몬 뺀 기라. 저당 잡힌 돈을 갚기 전에는 한 발짝도 몬 나간다 그라
   는디 워떡햐? 그래서 나만 먼저 만주로 들어왔구만. 만주는 돈을 깍
   지로 끌 수 있는 곳이라니께 그 기집 끄집어낼 돈만 벌어갖고 되돌아
   서기로 맴을 잡었지라."
"그래 돈은 벌긴 벌었능기라요?"

   술 한 모금 넘기느라 말이 끊어진 동안에 호기심이 많은 우리 어머니
가 다우쳐 물었다.

"벌긴 좀 벌었지라우. 돈을 질루 많이 준다는 벌목일로부터 내가 안 혀
   본 일이 없구만. 산판 일이 어떤 것인지 으사 선상 아시것나 몰라? 그
   게 말이여, 힘도 힘이지만 요령도 있어야 하는 일이었지. 게다가 성
   깔 드럽고 세상 무서운 것 모르고 사는 놈팽이들이 다 모인 곳이라
   한마디로 토비 새끼들매로 몬 허는 짓이 없는 놈들이 다 모인 그런
   곳이었다구라. 하루 죙일 산판을 누비고 톱질을 하고 통나무를 산 아
   래로 끌어내리고 그라고 나면 이 몸땡이는 죽은 놈 사지맨치로 뻣뻣
   해지는디 아따 그 마우제6) 같은 새끼들이 지약7)만 되문 또 술판을
   벌리는 거여. 술도 잔이 어딨어? 바가지로 퍼먹을 내기를 허는디 몬

6) '마우제'는 당시 조선인들이 러시아 사람을 얕잡아 부르던 말.
7) '지약'은 '저녁'의 함경도 방언.

먹고 앉았는 놈헌틴 모다들어 깔고 앉아 코를 쥐고 막 퍼묵이는 거 있제? 죽어도 몬 묵는다 그라마 지들 술판이 씩는다고 이번엔 막 줘패는 기라. 허긴 하루 벌어 하루 살아가는 놈들이 그렇게나 즐기지 않으마 무신 재미로 살았간디? 그렇게 퍼먹고도 남는 돈이 있으마 다음 날은 산을 내려가 이번엔 갈보집을 찾아가는 거여. 그놈의 갈보년들 밑에 한 달 번 돈을 그저 한꺼번에 탁 집어넣어 불고 또 다음날부터는 산판을 헤매는 겨. 첨엔 나도 돈을 꾀 모았지. 누가 뭐래도 나는 고향 가서 그 기집을 델구 와야 했응게. 그란디, 어느 날 고마 산판에서 굴러내리는 통나무를 몬 보고 미처 피하지 몬 해 다리를 찡가가 이놈의 다리가 요롷코롬 되여부렀지라. 그러다나이 그 일은 더는 몬하겠능기라. 약조한 시간은 하루하루 다 되 가는디 돈은 더 벌 수 없고 맴이 조급하이 화만 나고. 그라는 판에 고마 고향 가는 길도 맥혔다는 소식을 들었당게. 산속에 있다나이 시국이 돌아가는 형편도 몰랐던 거여. 좀만 싸게싸게 설쳤어도 내가 여기에 요롷코롬 있었겠나? 이래 뵈도 이 한갑식이도 왕년엔 흰 양복에 나부단추[8] 척 매고 개화장 짚고 경성서 부산꺼정 막 누비고 다녔던 놈이었는디. 그 기집이 그때 내 그 모습에 반해부린 거여.”

“안 봤어도 그랬을 것 같은 집작이 옵니더.”

어머니의 치하에 노인은 어깨가 으쓱해졌다가 이번엔 다시 락루를 하기 시작했다.

“허지만 누구나 남헌티 정을 준다는 거이 이거이 참 나쁜 긴기라. 내가 그 기집자테 붙인 정을 몬 잊어 요롷코롬 살고 있는 거 아닌감? 그래

---

8) ‘나부단추’는 ‘나비넥타이’.

서… 그래서 내가 저 썬덕이 저놈자테도 정을 안 준다 그거여. 정이란 건 들이는 날 그날부터 맴을 아프게 하는 것이여. 키우던 개도 죽어 봐, 맴이 아프쟈? 그쟈? 맴이, 여기가 아파, 여기가. 아파서 죽을 지경이더라구. 씨팔! 어허허…"

노인은 술이 너무 된 듯 나중엔 콧물 눈물 범벅이 되어 어머니의 독촉 하에 아버지의 부축을 받으며 방으로 들어갔다. 방으로 들어간 노인은 밤새 추태를 부렸다. 누군가에게 욕설을 퍼붓기도 하고 지팡이로 구들 목을 내려치기도 하고 그러다가 나중엔 먹따는 소리 같은 음성으로 노래까지 불렀다. 가사는 있는데 절주가 없어 노래 같질 않고 하소연같이 들렸다.

"고향이… 그리워도… 못 가는… 신세…
   저… 하늘… 저… 산 아래… 아득한… 천 리…"

그해 가을 우리는 생산대에서 마을 복판에다 진료소 겸 가정 살림집 을 지어준 덕에 3칸 초가집으로 이사를 했다. 그러다보니 만족식 외통 집에는 씨팔영감과 썬덕이만 살게 되어졌다. 마을 밖인데다 허전할 정 도로 큰 가옥에 가뜩이나 화기가 없는 식구만 남겨 놓고 나오는 우리 는 마음이 찡해서 눈물 헤픈 어머니는 끝내 눈물을 떨구고 말았다.

그 이듬해 봄 해토 무렵 노인은 자기 방에서 조용히 죽었다. 싸돌아 다니기만 하던 썬덕이가 마을에 알려서 마을 사람들이 들어가 봤을 때 시신은 벌써 굳어 있었다. 아버지의 사망 진단에 의하면 뇌출혈이라고 했다. 노인의 장례는 온 마을 사람들이 모여 대충 치렀다. 썬덕이만 허 리에 흰 띠를 두르고 입관을 할 때부터 매장을 하고 장례를 필할 때까지 꼭두각시처럼 옆에 대기하고 서 있었다.

　노인이 죽은 후 썬딕이의 거처는 또 문제가 되었다. 열다섯이라지만 못 얻어먹어서인지 키도 작은 데다 약골이여서 로력으로 써먹기도 안 됐고 게다가 목이 허는 병이 있어서 누구 하나 선뜻 맡으려고 하는 집이 없었다. 우리 아버지가 내린 '림파결핵'이란 병명은 마을 사람들의 빈축을 사기에 충분했던 것 같다. 괜히 불쌍하다고 식구로 들였다간 집 안사람들에게 피해가 갈가 봐 마을 사람들은 이런저런 구실을 대며 온 역신(瘟疫神) 같은 썬딕이와의 접촉을 되도록이면 피하려고 했다. 곪아서 진물이 나다가도 아물고 아물었다가는 또 곪아 터지기를 반복하며 썬딕이의 목둘레는 화상 같은 상흔이 년륜처럼 늘어갔다. 결국 촌에서 가가호호 순서대로 밥을 지어 날라다 먹이기로 결정을 했다. 그러나 때시격이 늦어지는 집에다 일에 바빠 순번을 까맣게 잊어먹는 집에다 이런저런 원인으로 썬딕이의 식사는 제때에 이루어지지 못하는 경우가 더 많았다. 동시에 마을 안은 지어놓은 밥을 도둑맞는 일이 비일비재 발생했다. 썬딕이의 소행이었다. 아침에 지은 밥을 점심에 먹으려고 가마솥에 넣어 두고 일하러 갔다 와 보면 밥 한 양재기가 온데간데없고 그릇만 휑뎅그렁 남아 있기가 일쑤였다. 그러면 그 집 아낙은 팔을 걷어붙이고 나와 고래고래 소리부터 질렀다.

　"에이 종자도 못 받을 놈, 썬딕이 여 썩 몬 나오나?!"
　"썬딕이 이 망할 자슥 베기만 해라, 모가지를 그저 콱 잡아 비틀어삔다."

　밥을 도둑맞은 아낙들이 아무리 악다구니를 해도 썬딕이의 도둑 행각은 고쳐지지 않았다.
　"저 늠이 와 콱 썩어뿌지도 않고 요렇게 애를 묵여 쌓는지 몰라라."

"이 보소 들, 오늘은 뉘 집 차렌지 정신 차려 애 밥 좀 챙겨 믹이소!"

어느 날 땜장이가 마을에 찾아왔다.

"쥐꿔 — 쥐깡 — (솥과 독 떼웁니다.)"

상여 나갈 때 소리처럼 길게 길게 뽑는 소리가 울려 퍼지자 아낙들은 깨진 솥이며 구멍 난 밥 양재기며 금 간 독항아리 따위를 들고 마을 복판에 있는 비술나무 밑으로 모여들었다. 땜장이는 한 해에 한 번씩 순례하듯 쌍하촌으로 찾아왔다.

"이놈 두상 죽지도 않고 또 왔어 잉?"
"외다리를 해갖고 재간도 좋아."

아낙들은 그렇게 땜장이와 알은체를 하고 나서는 가지고 온 자기 집 그릇이 수선되기를 기다리며 쑤왈쑤왈 수다를 떨기 시작했다. 구경거리가 없는 시골 마을에서 도부장수 들어오는 날과 땜장이가 오는 날은 마을 안이 명절같이 시끌벅적했다. 할 일이 없는 썬딕이도 사람들이 모여 있는 비술나무 쪽으로 기신기신 다가왔다.

"썬딕이 니 오늘은 또 뉘 집 밥 들쳐 처묵었나?"
"낼은 우리 밥 묵는 날잉게 찾아다니게 허지 말고 때가 되마 얼씨덩 와
　서 처묵어래이. 내가 갔다 줄 새가 없다 카이. 알었나?"
"이놈 자슥 또 우리 밥 들쳐 무 봐라. 다리 몽시를 탁 분질라뿌릴 끼다."
"모가지는 또 구진물이 허얘 다니네이. 그놈의 병 참말로 지지리도 오

래간다."

"천덕꾸러기는 목숨도 질기다 카더이 그 말이 꼭 맞십더. 지 아비 어미
명꺼정 다 물려받어 처묵었나? 그렇게 괄시를 해도 저렇게 편편히
살아 댕기네예."

조선 마을 아낙들이 쑤왈거리는 소리를 다 알아듣진 못해도 말눈치
를 챈 한족 땜장이가 아낙들의 말에 끼어들었다.

"저 애 임자 없수?"
"임자는 무슨 임자? 갸가 돼지 새끼유?"

아낙 하나가 퉁명스레 말을 받았다.

"내 말은 아비 어미가 없냐는 말이우다."
"그래유. 없어유. 아비 어미가 다 죽어부러 동네 사람들이 키우는 애물
거리유. 와 한번 키워 볼라우?"

땜장이는 일손을 부지런히 놀리면서도 돋보기 너머로 맞은켠에 서
있는 썬딕이의 몸을 간간히 눈빗질했다.

며칠 후 땜장이는 또 쌍하촌에 나타났다. 그리고 곧바로 촌의 지부서
기 댁으로 찾아가 썬딕이를 양자로 들일 테니 자기에게 허락해 달라고
청을 들었다. 두 마디 안짝에 마을의 지부서기는 그렇게 하라고 흔쾌히
대답을 했다. 그리고 썬딕이를 불렀다.

"이 중국 사람이 널 아들로 데려가겠단다. 따라가련? 이래 뵈도 이 사

람 돈은 많을 거다. 식구가 없이 혼자 사는 노인네라 따라가면 아들로 키우면서 새 옷도 해 줄 거구 밥도 배불리 먹여준다고 하는구나. 말해 봐, 따라갈 테여 말 테여?"

땜장이는 이때라고 호주머니 안에 꼬깃꼬깃 접어 넣었던 인민폐 한 장을 꺼내 썬딕이 손에 쥐어 주었다.

"나 따라 가자. 내가 너의 아비가 되어 주마."

이튿날 썬딕이는 땜장이를 따라 쌍하촌을 떠났다.

"저놈이 지금 저렇게 가도 되나 모리것네."
"이이구, 앓던 이 뽑은 것매로 시원하구만 뭐시?"
"그래도 끼고 자던 자슥이 떠나간 것 같구만."
"이보래이, 안 될 거이 뭐 있노? 그쪽이 백 배 낫제."
"하모, 꿩 묵고 알 묵고 둥지 털어 불까지 때게 생겼구만."

아낙들은 땜장이를 따라 멀어져가는 썬딕이의 뒤모습을 바라보며 한 마디씩 던졌다. 썬딕이마저 떠난 후 외통 만족 식 초가는 생산대(生産隊) 외양간으로 고쳐 버렸다. 마을과 좀 동떨어진 데다 초상을 곰비임비 치른 집이라 그 후로 누구도 다시 그 집에 들려 하지 않았기 때문이었다. 인민공사(人民公社)가 해체되고 호도거리9)가 시작되면서 지금

---

9) '호도거리'는 1980년대 중국에서 실시했던 농촌 개혁 정책인 '포산도호(包産到戶)' 제도를 가리킨다. 기존의 인민공사를 해체하고 농가별 생산 책임제를 실시한 결과 농업 생산이 폭발적으로 증가했다. 조선인 사회에서는 이 제도를 '집집마다 도맡아 수확했다'는 뜻에서 '호도거

은 터밖에 남지 않은 그곳에 '벌쟁이' 태식이가 과수나무를 여러 그루 심어 놓아 봄이면 그리 삭막하진 않았다.

밥을 먹으면서 썬딕이는 쌍하촌을 떠난 후의 신상 일을 우리에게 들려 주었다. 땜장이는 썬딕이에게 옷도 한 벌 사 입히고 자기를 아버지라고 부르게 했단다. 그리고 땜장이 기술도 가르쳐 주었는데 산재해 있는 마을 마을을 돌며 그릇을 수선해 주며 받은 돈으로 썬딕이 병에 좋다는 밀방(密方) 약들을 숱해 사들여 먹이더라는 것이었다. 하도나 많이 먹어서 과연 어느 약에 효험을 봤는지 알게 모르게 목병이 나았다고 했다. 그러구러 땜장이 왕씨가 죽게 되었는데 왕씨의 소원은 딱 하나 자기의 시신을 파묻어주고 청명 날에 잊지 말고 종이돈만 한 다발씩 태워달라고 했단다. 죽은 후 래세가 있다고 굳게 믿고 있는 한족들의 관습으로 볼 때 그것이 타민족, 그것도 병이 꽉 찬 남의 집 아이를 데려다 기르게 된 외톨이 왕씨의 진정한 이유였을 것이다. 그러구러 땜장이 왕씨의 솜씨를 배워낸 썬딕이가 혼자서 밥벌이를 다니던 도중 데릴사위로 들이려는 집이 생겨 비록 못난 언청이 계집에게나마 늦장가를 들어 아들도 둘씩이나 낳고 산다고 했다.

"됐다 됐어, 하느님도 무심친 않았구나. 니자테 귀속처가 생겼다는 거이 을베나 듣기 좋은 소식이고? 참 잘됐다."

아버지는 자기 일처럼 기뻐했다.

"근데 뭔 일로 오늘 예까지 왔노?"

리'로 일컬었다.

아버지는 썬덕이가 밥숟가락을 놓길 기다려 다시 물었다.

"이 마을에서 땅을 임대해 준다는 소리를 듣고 왔어요."

 썬덕이는 쉬운 말 정도는 좀 알아들을 수 있으나 조선말을 하는 것은 다 잊어먹었다며 그냥 중국말로 대답을 했다.

"그래서?"
"……"
"그래서 니가 지금 그걸 해 볼 욕심이라도 생겼단 그기가?"
"예."
"농사짓는 걸 배았노?"
"한전 농사는 자신 있는데 수전 농사는 안 해 봐서 잘 몰라요. 하면서 배우면 안 될까요?"
"땜장이 아비를 만나 땜장이 노릇만 배았나 했더이 어느새 농사일을 다 배았노?"
"처가집에 붙어살면서 배웠어요. 장인이 감농군이거든요."
"그래 농사야 배아서 해도 안 될 것도 없지. 그렇지만 니 오다가 몬 봤나? 촌장이 쓴 광고문 말이다."
"봤어요."
"그럼 와 조선 사람에게만 양도한다고 썼는지 알았나?"

 썬덕이는 대답이 궁한지 그 커다란 눈만 슴뻑였다.

"같은 조선 사람끼리는 한 마을에서 이웃으로 살아가는 데 무람없지

만 한족 사람하고는 그기 잘 안 되서 그라는 기다. 썬덕이 니가 그동안
쪽 중국 집에서만 살아왔잖노?"

"아저씨가 뭘 걱정하는지 알아요. 나는 조선말도 할 줄 모르고 한족 색
시를 얻었고 한족 아버지 밑에서 일을 배웠고 그리고 한족 말밖에 할
줄 모르는 아이들을 키우고 있어요. 하지만… 난 원래… 조선 사람이
잖아요."

"내가 그걸 몰라서 하는 말이가?"

"나 인젠 도둑질 안 해요, 그땐 너무너무 배가 고파서 그랬어요. 먹어
도 먹어도 자꾸 배가 고팠어요. 그땐 정말 그랬어요."

어머니의 눈에 눈물이 괴여 올랐다.
아버지도 코허리를 실룩거렸다.

"알었다, 이놈아. 가자! 내가 봉규자테 말해 주꼬마. 암, 그래야지. 이
일에 내가 안 나서마 누가 나서 주랴? 그쟈? 여보?"

어머니도 감개무량해서 머리를 끄덕였다.
봉규네 집으로 떠나는 두 사나이의 발걸음이 당차 보였다.

2007년, 『도라지』

07
찐구

고향 마을엔 이제 찐구만 남았단다. 숫기가 없는 데다 사람마저 별로 칠칠치 못해 학교 다닐 땐 늘 또래 아이들의 놀림가마리가 되었던 찐구다. 못난 나무가 강산을 지킨다더니 우리 동네로 이사 올 때가 찐구 나이 열한 살, 나와 동갑 나이였었는데 올해로 벌써 마흔하고도 다섯을 넘겼으니 이래저래 살던 동네를 버리고 다 떠나 버리는 요즘 같은 세월에 찐구는 앉은 자리에서 참으로 신물이 나도록 사는 셈이다.

방과 후 집에 돌아와 보니 간밤에 새로 이사를 온 집이 거처가 없어 아직도 식구대로 마을 회의실에 죽치고 앉아 있더라며 그러니 어쩌겠냐 아무래도 우리 집 북캉(북쪽 온돌)이라도 비워 줘야겠다고 그러면서 어머니는 북캉에 쌓아 두었던 쌀자루며 잡다한 살림 기물들을 주섬주섬 치우고 있었다. 마을로 새 이주민이 들어올 때마다 그들의 거처를 선처해 주는 것이 당시 마을의 부녀회장을 맡고 있던 우리 어머니의 과업이었던 것 같다. 대개 새로 이사 오는 집은 친분이 있는 집이나 친척의 소개를 통해 마을에 발을 붙이군 했었지만 유독 이 집만은 누구의 알선도 없이 무작정 들이닥쳐 받아 달라고 마을 지부서기에게 매달렸다고 한다. 그러니 거처 같은 것은 운운할 사이도 없었을 것이 당연했다.

사는 동네 말고 바깥 구경을 별로 못한 동네 아이들에게 있어서 마을에 새 이주민이 들어오는 것은 상당한 희사였고 그 집에 또래 친구 애라도 있거나 하면 더구나 금상첨화였다. 그랬기에 나는 어머니의 그 같은 결정이 좋았고 은근히 기다려졌는데 나의 두 누나는 그렇지 않은 기색들이었다. 다른 것은 몰라도 밤에 잠을 잘 때 봉당 하나를 사이 두고 남의 집 식구들과 한집안에서 불편해서 어쩌냐고 누나들이 어머니에게 질의를 했다. 어머니는 장롱문을 열더니 비축해 두었던 이불 거죽 두 개를 꺼내어 커텐 하나를 제꺽 만들어 내 놓았다. 그것을 우리가 쓰는 남쪽 온돌 언저리에 못을 박고 드리워 놓으니 연출할 때 무대 우에서 쓰는 휘장처럼 훌륭한 간막이가 되었다. 낮이면 거두었다가 밤이면 드리우고 그렇게 하면 그럭저럭 괜찮을 거라고 어머니가 두 누나를 설득했다.

새 이주민이 가져온 이삿짐은 이불 보퉁이 두 개와 가마솥 한 짝이 고작이었다. 아낙은 여자치고 거쿨진 체대의 소유자였고 그에 비해 남정은 키도 작고 몸체가 왜소해서 부부 같질 않고 오랍누이 같았다. 이불 보퉁이도 아낙이 한 손에 하나씩 들고 들어왔고 한참 후 남정은 가마솥 하나만 메고 들어오는데 그것도 힘에 부치는지 허리를 곧게 펴지 못하고 새우처럼 잔뜩 꼬부리고 들어왔다. 그 뒤로 오롱조롱 두 남자애가 따라 들어왔다. 키는 똑같았으나 생김새는 완판 달랐다. 보암보암 쌍둥이는 아닐 테고 어느 놈이 큰놈인지 어느 놈이 작은놈인지 첫눈에는 도무지 알아낼 수가 없었다.

아낙은 이불 보퉁이를 북캉 우에 던져 놓기 바쁘게 다리쉼도 하지 않고 부엌으로 나가더니 팔소매를 걷어붙이고 가마솥을 걸 준비를 서둘렀다. 푸접 좋은 우리 어머니가 가마솥 한 짝으로 어디 되겠냐며 우리 집 가마목에서 작은 솥 하나를 뽑아 넘겨주었다. 아낙이 남편을 향해 어디 가서 흙을 좀 파 와야 쓰겠다고 소리쳤지만 남편은 금방 부려놓은 이불 보퉁이를 베고 누워 일어날 넘은 않고 이 겨울에 어디 가서 흙을 파오느냐며 되려 역정을 부렸다. 우리 어머니는 그럴 것 없이 마침 바깥 곳간에 무져 놓은 마른 흙이 있다며 한 대야 퍼다 주었다. 마른 흙을 물에 이겨 가마솥 두 짝을 걸고 내친김에 가마목이며 가마목 주위의 바람벽에 물매까지 놓다나니 그날 저녁은 두 집 다 늦은 저녁을 짓게 되었다. 아낙은 이불 보퉁이를 끄르고 그 속에 넣어 가지고 온 식기 몇 점을 끄집어냈다. 이불 보퉁이 속에서는 큰 베개통만 한 쌀자루도 하나 나왔는데 흰 쌀자루가 그 원색을 알아볼 수 없을 만큼 울긋불긋한 천쪼박으로 노닥노닥 기워져 있었다.

"찐구야! 쫑구야!"

아낙이 저녁을 지어 놓고 바깥에서 가댁질을 하고 있는 두 아들애를
불렀다.

"뭔 놈의 이름이 그래유?"

우리 어머니가 아낙을 보고 웃으며 묻자 아낙이 헤식게 웃으며 해석
을 했다.

"큰놈은 진구, 쩍은 놈은 종군데 여태 그렇게 불렀슈."

이튿날 찐구와 쫑구는 마을 학교에 입학을 했다. 동생보다 두 살 우
인 찐구가 우리 반에 들어왔고 쫑구는 아래 학급에 들어갔다. 우리는
윤진구 윤종구라는 이름이 있음에도 찐구 어머니처럼 그들 형제를 찐
구야 쫑구야 하고 불렀다. 찐구는 아버지를 닮아 키가 작았으나 동생
쫑구는 그 어머니를 닮았는지 또래치고 키가 무척 컸다. 소학교를 졸업
할 무렵이 되자 쫑구가 형 찐구를 앞지르고 훌쩍 커버려 동네 사람들은
쫑구를 형으로 찐구를 동생으로 착각할 때가 많았다. 체대 상에서 비교
도 안 될 만큼 차이가 났기에 형제끼리 씨름 장난이 붙어도 언제나 찐구
의 패배로 끝나군 했다.

18년 만에 찾아간 고향 마을은 예전의 모습을 찾아 보기 힘들 정도로
망가져 있었다. 빼곡히 줄 서 있던 초가집들이 다 허물어져 그 터만 남
았는데 그마저 주위에 심어 놓은 옥수수 때문에 밭 속에 들어가 헤치고

찾아 보지 않으면 그 위치를 알아 볼 수 없었다. 호도거리 몇 년 만에 얻은 수입으로 마을에서 맨 먼저 지어 올렸던 기와집 몇 채만 드문드문 남아 있어 그나마 내가 살던 집터를 찾는 데 기준물이 되어 주었다. 아버지가 손수 지었던 집이고 20여 년을 하루같이 정 붙이고 살았던 집이라 그 벽체는 무너져 간 곳 없어도 전에 살던 체취가 그대로 빈터에 머물러 있는 것 같아 가슴이 쨍해났다. 구들장으로 썼던 벽돌 쪼박들이 여기저기 파편처럼 널려 있는데 주어 들고 손으로 만져 보니 그제날의 그 온기는 간 곳 없다. 의외로 정주 바람벽 옆에 자리 잡고 있던 우물이 그대로 있었다. 드레박으로 우물물을 길어 올려 밥을 짓던 어머니 모습이 우렷이 떠오르며 금새 눈물이 솟구쳐 올랐다.

"쉐이야?"

키 크고 다리 긴 한족 아낙이 입에 담배 개비를 질러 문 채 숲속에서 풋옥수수를 따다 말고 그렇게 추억을 더듬고 있는 내 쪽을 향해 소리쳤다. 뜬금없이 나타나 이곳저곳을 기웃거리는 내가 한족 아낙의 눈엔 이상한 사람으로 뵈었던 모양이다. 일시 대답거리가 없었다. 지나간 일을 얘기하면 알까, 내 이름을 대면 알까? 미안하다는 말만 남기고 돌아서는 내 등에 한족 아낙이 던지는 경계의 눈빛이 화살처럼 아프게 꽂혀 왔다.

외곽 상에선 아직은 별다름 없이 그대로 서 있는 동네 기와집들 앞을 지나며 들여다보니 한 번도 본 적 없는 한족 사람들이 마작판을 벌려 놓고 왁작지껄하며 놀음을 놀고 있었다. 주인이 바뀐 지 오랜 양 뜨락이며 집 주위가 그들 식대로 지저분한 것이 옛날에 살던 원주인의 자취는 어디서도 찾아볼 수 없었다.

쩐구 어머니는 제 아버지를 닮아 가뜩이나 왜소하고 성품 또한 양 같은 찐구를 계집아이 부리듯 부렸다. 밥상이 끝나면 설겆이도 곧잘 시켰고 가을철이 되면 식구대로 벼가을을 나갔다가도 저녁밥 지으려는 꼭 찐구를 들여보냈다. 남자가 집안에서 대접을 받지 못하면 나가서도 대접을 못 받는다며 우리 어머니는 나에게 아무 일도 시키지 않아서 나는 집안일이라고는 아무것도 할 줄 몰랐는데 찐구는 여자애들처럼 정주일에 막힘이 없었다. 가마솥을 씻어내고 쌀을 씻어 안치고 남새를 다듬어 국을 끓이는 등 그 솜씨가 제법 숙련되어 있었다. 또래 아이들은 그러는 찐구를 보며 남자가 부엌에서 구질구질하게 밥이나 하고 있냐면서 불알을 떼어 개나 주어라고 놀려 주었다. 찐구네는 우리집 북캉에서 우리 식구들과 3년을 더불어 살다가 드디어 자기 집을 장만해 나갔다. 마을 안에서 제일 작은 두 칸짜리 초가집이었으나 찐구네는 이사 나가는 날 산삼이나 한 뿌리 얻은 것처럼 식구대로 기뻐했었다.

호도거리가 시작되어 개인 영농을 하게 되자 들일은 쫑구와 찐구 어머니가 전담을 했고 찐구는 몸이 부실해서 어느 일 한 가지 시름 놓고 부릴 수 없어서 아주 집안의 부엌데기가 되어 버렸다. 일밭에 나가지 않는 사람은 찐구 말고도 찐구 아버지도 있었다. 찐구 아버지는 할 일 없는 상늙은이처럼 뒤짐을 지고 동네 안을 왔다 갔다 할 뿐 일을 겁내며 아예 전간으로 나가질 않았다. 일을 하지 않았을뿐더러 쩍하면 곳간에 들어가 쌀가마니에서 쌀을 퍼내 가지고 진거리 장마당으로 들고 나가 눅은 값에 휘딱 팔아서는 그 돈으로 음식점 밥을 사 먹고 오군 했다. 그런 날은 찐구 아버지가 찐구 어머니에게 변을 당하는 날이 되기도 했다. 쌀자루를 노닥노닥 기워 쓸 만큼 씀씀이가 굳기로 차돌 같은 찐구 어머니에게 찐구 아버지의 행각이 용인될 리가 만무했던 것이다.

"이 육실할 놈의 두상!"

이렇게 시작되면 찐구 어머니의 욕설은 좀해서 간단히 끝나질 않았다. 그 후부터 찐구 어머니는 쌀가마니가 있는 곳간에 주먹만 한 자물쇠를 잠그고 열쇠는 찐구에게도 주지 않고 자기의 허리춤에 차고 다녔다. 쌀을 더 퍼낼 수 없게 되자 찐구 아버지는 이번엔 마을 소매점에 가서 외상술을 사 먹었다. 지금처럼 안주거리가 흔한 것도 아니었던 때라 도대체 뭔 맛으로 술을 마시냐 싶어 따라가 보면 칠 떨어진 법랑 고뿌에 상점 아주머니가 따라 주는 술 한 종지를 받아 놓고 매대에 기대서서 술 한 모금을 삼키고는 마른 미역 줄거리나 소금 알 하나를 집어 입에 넣고 쩝쩝 감빨곤 했다. 어느 날 쫑구와 찐구 어머니가 들일을 나간 후 찐구 아버지가 마을 소매점에서 귤 통졸임 한 병을 옷섶에 감추어 가지고 돌아왔다. 그리고 그것을 정주에 서 있는 찐구 앞에 통째로 내밀었다. 다모토리1) 한 잔에 술이 좀 되었는지 벌거우리한 얼굴에 전에 없이 당당한 기색을 지으며 뇌까렸다.

"묵어라. 애비가 되 갖고 간지에 한 통도 몬 사주랴? 후딱 묵어뿌라. 즈것들은 안 묵어도 괘안타카이."

그날 저녁 찐구 아버지는 물론 찐구까지 찐구 어머니에게 한바탕 야단을 맞고 찐구는 문밖으로 쫓겨나기까지 했다. "외상으로 가져온 줄을 번연히 알면서 먹으란다고 그래 그대로 받아 처먹었느냐? 그 애비에 그 아들이다" 그러면서 찐구 어머니가 찐구에게 부지깽이 세례를 안겼다. 찐구는 매를 피해 문밖으로 나오긴 나왔지만 도무지 갈 데가 없는지 곳간 처마 밑에 우두커니 서 있었다.

---

1) '다모토리'는 '큰 잔으로 파는 소주'.

동네 안을 한 바퀴 다 돌았을 때 옥수수 숲에 묻혀 더우기나 키 낮아 보이는 초가집 안에서 귀에 익은 한국 가요가 흘러나왔다.

"앵두나무 우물가에
동네 처녀 바람났네
물동이 호미 자루
내몰라라 내던지고……"

위치 추정을 해 보니 바로 찐구네 집이었다.

"윤진구! 윤진구! 윤진구 집에 있니?"

열린 창을 향해 손나팔을 해 들고 불렀더니 한참 후 록음기 소리가 뚝 멎으며 창밖으로 사람 머리 하나가 나오는데 바라보니 틀림없는 찐구였다. 가뜩이나 작은 얼굴이 더 쪼아 있었고 머리카락은 벌써 희슥희슥 물갈이를 시작하고 있었다. 한 번도 제대로 불러보지 않은 진구라는 이름이 내 입에도 낯설었고 찐구 또한 그 이름이 기억에도 없는지 감동 한 쪼각 없는 얼굴로 내쪽을 응시했다.

"진구야, 나야 나."

내가 한참이나 손짓 발짓을 해서야 찐구는 뭔가 감이 좀 잡히는지 잠시 후 끌신을 슬럭슬럭 끌고 나오더니 있어도 되고 없어도 무방할 듯한 키 낮은 삽짝문을 열어주었다. 추레한 옷매무시로 보아 또 그놈의 록음기 노래를 듣고 있었던 모양이었다.

누구의 입에서 나왔는지 찐구 어머니가 남의 씨를 도둑질해 쫑구를 낳았다는 소문이 마을에 쫙 퍼졌다. 그러니까 찐구와 쫑구는 씨가 다른 형제라는 말이었다. 그 때문에 원래 살던 마을에서 더 배기지 못하고 우리 마을로 도망치듯 이사를 왔다고도 했다. 씨가 다를 뿐이지 다 찐구 어머니 배속으로 낳은 자식인 만큼 찐구 아버지도 아닌 찐구 어머니가 찐구에게 쪽을 놓을 리가 있겠냐마는 내가 볼 바에는 쫑구는 팥쥐였고 찐구는 콩쥐였다. 찐구가 항상 당당해지지 못하는 이유는 다 찐구 어머니의 그 인정머리 없는 편견 때문이라고 나는 생각했다. 엄마가 엄마 같질 않고 매일 성난 암퓜 같았으니 누군들 주눅이 들지 않으랴? 한날한시에 나온 손가락도 들쑥날쑥이라고 부모에게 있어서 다 같은 자식이라도 다 고운 것만은 아닌 것 같았다. 우리 어머니가 키우던 어미 닭도 보송보송하고 깃털이 이쁜 병아리는 어미의 입가를 톡톡 치며 재롱을 떨어도 성을 내지 않고 무난히 받아주었지만 피부가 헐었거나 아파서 주접이 든 못난 병아리는 분명 자기 품으로 품어 까 나온 새끼임에도 불구하고 부리로 쪼아 놓기도 했고 거느리고 다니지도 않았다. 계집아이도 아닌 찐구가 계집아이들이 하는 일을 전담했던 그때부터 찐구는 남자로서 남자다운 삶을 살지 못했던 것이다.

찐구는 체대나 외모나 어느 모에서도 동생 쫑구와 비교도 안 될 만큼 짝졌지만 노래 하나는 쫑구보다 썩 잘 불렀다. 피는 못 속인다고 찐구 아버지가 소리를 참 잘했던 것이다. 찐구 아버지는 그 덕에 동네 안에서 공술을 곧잘 얻어먹었다.

"낙양성 십리하에 높고 낮은 저 무덤은
영웅호걸이 몇몇이며 절세가인이 그 누구냐
우리네 인생 한번 가면 저기 저 모양이 될 터이니……"

작은 체구 어느 구석에서 나오는지 찐구 아버지는 술상에서 술만 한 잔 들어갔다 하면 주제가인 성주풀이에서부터 시작해서 줄줄이 대여섯 곡을 뽑고야 직성이 풀려 물러나군 했다. 남자로서 그 안해한테는 남편 대접을 못 받고 사는 찐구 아버지가 그때만큼은 가진 기량을 한껏 펼쳐 보이며 좌중의 긍정을 받기도 했었는데 불행하게도 그 명이 또한 짧아 찐구와 쫑구를 장가보낼 나이로 키우지도 못하고 일찍이 저세상 사람이 되어버렸다.

찐구 아버지가 죽은 후 술판에서 노래 부를 사람이 없어 모두가 아쉬워할 때 찐구의 노래 실력이 동네 사람들에게 알려졌다. 또래 총각이 장가가던 날 어쩌구러 찐구에게 노래 한마디를 시켰는데 생각 밖에 명창이었다. 숫기가 없어 노래 같은 걸 부를 주제도 못 되는 줄 알았는데 그게 아니었다. 평소엔 말 한마디 변변히 못 내뱉던 찐구가 노래만 시키면 신들린 무당처럼 스스럼이 없어지는 게 이상했다. 그 후로 동네 안 결혼 잔치집 오락판에는 찐구가 약국의 감초처럼 빠지지 않았다. 가사일 때문에 참석하지 못하면 일부러 찾아가 데려올 정도였다. 그렇게 호명되어 불려 다닐 때만은 찐구의 얼굴에도 다소나마 득의양양한 빛이 비껴 있군 했었다. '물방아 도는 내력', '페르샤 왕자', '갑순이와 갑돌이', '처녀 배사공'… 찐구가 부르는 노래는 일색 흘러간 옛노래였는데 저녁마다 록음기 옆에 앉아 가사를 일일이 베껴 가며 배워낸 것이라고 했다.

"찐구도 얼른 장갈 가야 쓰겠구만. 넘들 다 가는데 마냥 노래만 불러줄 순 없잖어?"

동네 아낙들이 찐구를 보며 중구난방 한마디씩 던지면

"헌신짝도 짝이 있다는데 때가 되면 가겠지요 뭐."

그랬던 찐구다.

그런데 마흔이 넘도록 아직도 그놈의 짝을 찾지 못하고 여태 떠꺼머
리총각 신세로 살고 있으니 말 그대로 찐구는 지금 헌신짝보다도 못한
삶을 살고 있는 게 아닌가?

찐구네 집안은 20년 전이나 별로 다른 점이 없이 그전 그 모습 그대
로였다. 호도거리 몇 년 만에 살림살이 군기로 동네에 이름난 찐구 어
머니가 벼를 수매하고 돌아오는 길에 뭔 생각으로 공소 합작사에 들려
안아 왔다던 합식[2] 록음기가 아직도 덕대 우 그 자리에 놓여 있었다.

"어머니는 언제 돌아가셨니?"
"재작년에."
"쫑구는?"
"나두 몰라. 어디 갔는지."
"그 앤 장가갔니?"
"아니, 여자가 있어야 장가를 가지."
"그럼 너 혼자 여적 농사를 했겠구나."
"그렇지 뭐."
"논은 얼마나 부치니?"
"우리 몫만 부쳐."
"왜 땅이 남아돈다던데 좀 더 맡아 해 보지 않구?"
"5무 8푼두 내 힘엔 부쳐."

---

2) '합식(盒式)'은 'cassette'의 중국식 표현.

"농사 수입 말고 다른 수입은 없니?"

 쩐구의 얼굴에 순간적으로 서글픈 미소가 지나갔다.

"없어. 재작년까지는 남의 집에 불 때 주고 푼돈을 좀 벌었는데…"
"뭔 불?"
"집을 비워 두고 동네를 떠나는 사람들이 집이 못 쓰게 될까 봐 하루에
  한 번씩 있는 벼짚으로 군불을 때 달라고 해서."
"응, 그랬구나. 수고비를 얼마나 주더니?"
"한 집에 하루당 2원씩 받고 다섯 집 불을 땠지. 그런데 작년부턴 모두
  되놈들한테 집을 팔아 버리더라구."
"그래서?"
"그래서 그때부턴 일거리가 없어졌지 뭐."

 쩐구의 얼굴에 아쉬운 표정이 력연했다.

"풋옥수수 삶아 팔아도 돈이 꽤 된다던데?"
"글쎄… 근데 난 사구려 소리를 못 하겠어."

 그랬다. 언감 사구려 소리를 지를 수 있는 쩐구였다면 여태 이렇게
살고 있지도 않았겠지. 쩐구 어머니 생전에 늘 그 애비에 그 아들이라
고 지청구를 했었지만 쩐구는 그 아버지보다도 못한 삶을 살고 있다.
쩐구 아버지에겐 비록 암펌 같았지만 앞에 나서서 살림을 살아 준 안해
가 있었고 반지기 자식 농사라도 자기를 아버지로 불러 준 아들들이 있
었지만 쩐구에겐 곧 쓰러져가는 초가집 한 채와 5무 8푼의 논마지기 외

에 아무것도 없다. 게다가 태생 약골인 몸땡이 속엔 남들처럼 살아보겠다는 의욕도 없다. 남자로 태어나 한세상을 살면서 남 다 가는 장가도 한번 못 가보고 찐구는 벌써 쇠락해 버렸다. 전생에 뭔 죄를 지었길래 자기의 반쪽도 가지지 못하고 이 세상에 왔을까?

지폐 두 장을 꺼내 호주머니에 찔러 넣어 주었더니 아니 받겠다고 찐구는 손사래를 쳤다. 오래간만에 만난 고향 사람인데 술이나 한잔하자고 만류할 줄도 모를 만큼 찐구의 대인 감정은 메말라 있었고 밖으로 열려 있어야 할 마음의 창은 언녕 꽁꽁 닫혀져 있었다. 원체 숫기가 없는 사람이었고 마을 밖이라야 제집 논바닥밖에 모르는 그가 여생을 말도 다르고 풍속도 다르고 관습도 다른 한족 사람들 속에서 어떻게 지탱해 갈가? 되돌아 나오는 내 등 뒤에서 또다시 노래소리가 잔잔히 흘러나왔다.

"산새도 울고 넘는 울고 넘는 저 산 아래
그 옛날 내가 살던 고향이 있었건만
지금은 어느 누가 살고 있는지
지금은 어느 누가 살고 있는지……"

2008년, 『흑룡강신문』

08
장손

형님이 죽었다.

나와는 사촌 간이고 우리 밀양 박씨 문중에서는 장손인 형님이 죽은 것이다. 사촌 간이라지만 어려서부터 한 동네에서 친구같이 쭉 함께 자랐기에 정으로 치면 친형님 못지않은 사이이다. "형님이 돌아갔음"이라는 문자 메일이 낯선 전화번호로 내 핸드폰에 들어왔을 때 나는 그것이 바로 사촌 형님의 부고 메시지임을 알 수 있었다. 사람이 어느 땐가는 꼭 죽는다는 사실만큼 더 확실한 것도 없고 또 언제 죽는가 하는 것보다도 더 불확실한 것도 없다지만 언제부턴가 사촌 형님이 오래 살지 못하고 곧 죽을 것이라는 상서롭지 못한 예감을 나는 늘 지니고 있었기에 부고 메일을 읽는 순간에도 놀라움보다는 드디어 올 것이 왔구나 하는 안도감이 한 발 더 앞섰다.

예상했던 죽음이었기에 놀라움은 없었지만 사람이 어렵게 한 번 태여나서 너무나 짧은 생을 살다 가느나 하는 아쉬움은 뻐스를 탔다가 너럭배로 갈아타고 다시 뻐스로 바꿔 타기를 거듭하며 문상하러 가는 도중의 다섯 시간 내내 가슴에서 떠나 주질 않았다. 주마등처럼 언뜻언뜻 시야를 스쳐 지나가는 차창 밖은 여름내 극성을 떨던 록색이 슬밋슬밋 자취를 감추고 누릿누릿한 가을 자락이 언죽번죽 자리를 깔기 시작하는 초가을 풍경이다. 높은 곳은 수수와 옥수수로 간작이 되어 있고 낮은 곳은 벼밭인데 멀리로 밀어보는 벼밭은 시골집 온돌장같이 반듯하고 일매지다. 수전 농사를 전혀 할 줄 몰랐던 사람들이 어느새 조선 사람 뺨칠 정도로 벼농사에 미립이 터서 올해도 작황이 무척이나 좋아 보인다.

큰아버지의 주선하에 신립(新立)이라고 부르는 새마을 소학교 교원으로 부임되는 아버지의 등에 엎혀 이 고장으로 이사를 들어오던 때도 바로 이 계절이었었다. 달랑 이불 보따리 두 개와 가마솥 두 짝뿐인 이 삿짐도 짐이라고 큰아버지가 마련해 내보낸 소달구지가 현성 부둣가까지 마중을 나오긴 나왔는데 때아닌 때에 왕창 쏟아부은 장마비로 죽가마가 된 농토 길에 수레바퀴가 빠져들어 수레 우에 탔던 사람들이 내려 밀고 당기고 씨름을 하며 걷다 보니 우리 일행은 땅거미가 뉘엿뉘엿 깃드는 저녁녘에야 마을에 들어설 수 있었다.

큰아버지의 의술 하나를 보고 큰아버지가 이끄는 한 두럭의 이민 부대까지 말없이 받아주고 신풀이를 할 생땅까지 무상으로 제공했던 이웃 마을의 중앙툰(中央屯) 사람들, 그 사람들에겐 다 죽어가는 사람도 되살려낼 만큼 좋은 의술을 가진 우리 큰아버지를 얻는 것이 다섯 가구의 이민호를 조건 없이 받아들이는 큰 대가를 치를 만큼이나 대단한 것이었던가 보다. 그렇게 발을 붙인 이민자들의 작은 부락으로 그 후 육속(陸續, 잇달아) 새 이민호가 밀고 들어오다 보니 나중엔 제법 자그마한 한 동네를 이루게 되었는데 그러다나니 자연 아이들을 가르칠 선생이 필요했던 것이다. 일색 한족인 중앙툰과 신작로 하나를 사이 놓고 이웃해 앉은 신립촌은 그때까지만 해도 열세 가구뿐이었다.

우리의 이삿짐은 일단 큰아버지네 집에 부리워졌다. 원목 몇 가치만 있으면 지을 수 있는 초가집이래도 그땐 형편이 여의치 않아 열세 가구 중 독집을 갖고 사는 집은 의사인 우리 큰아버지네뿐이었다. 두 집 식구가 북적대는 거처도 거처려니와 중앙툰 한복판에 덩실하게 지어 놓은 그 마을 회의실 옆 칸이 진료소로 쓰기엔 안성맞춤 하다며 큰아버지는 큰아버지네 안방에 진설했던 의무실을 중앙툰으로 옮겨 갔다. 중앙툰 사람들도 모두 퍽들 좋아하는 눈치였다. 누이 좋고 매부 좋은 격이랄가. 큰아버지는 하루치고 거의 대부분 시간을 진료소에 나가 있었다. 게다가 큰아버지의 일손을 도와 간호사 겸 산파 노릇까지 닥치는 대로 맡아 하는 큰어머니까지 늘 의무실에 나가 있었기에 사촌 형님은 하루 종일 중앙툰에 가서 살다시피 했다. 그랬기에 사촌 형님은 중국말을 참 잘했다. 얼음 우에 표주박 밀듯 입만 열었다 하면 중앙툰 애들도 감당하지 못할 말들을 주어섬겨 어른들이 혀를 차게 만들군 했다.

의사에 대한 무한한 공경심을 갖고 있던 중앙툰 사람들은 의사의 아들인 형님을 왕세자 모시듯 떠받들었다. 찰옥수수떡이며 해바라기씨며 들찔레기며 하여간 저희들이 귀하다고 생각하는 음식은 잊지 않고 남겼다가 형님에게 가져다 주었다. 사촌 형님은 장난이 심해서 쩍하면 고양이처럼 그들의 뜨락 안에 있는 건초더미며 곡식 다락 우에 기어 올라가 난장판을 만들어 놓기도 했고 길가에 놀러 나온 그 동네 거위 떼들을 휘젓고 다니며 동네 안을 소란스럽게 굴기도 했지만 중앙툰 사람들은 별말 없이 넘어가 주곤 했다. 적령기가 되었는데도 사촌 형님은 학교를 가지 않고 개구쟁이처럼 두 동네를 휩쓸고 다니며 자유자재로 놀기만 했다. 그는 부모님들의 지청구를 별로 겁내지 않아 했고 보암보암 큰아버지도 그런 아들의 방종을 별로 개의치 않는 눈치였다.

한 살 아래인 내가 소학교에 입학을 하던 날, 아버지는 마을 길에서 신나게 뛰여놀고 있는 사촌 형님을 붙들어 나와 같은 학급에 입학시켰다. 며칠이 안 돼 사촌 형님은 학교 가기를 거부했다. 두 동네를 넘나들며 실컷 놀아야겠는데 꼼짝없이 교실에 앉아 공부를 하려니 자연 오금이 쑤셨던 모양이었다. 그 일로 형님은 우리 아버지에게 매를 맞았다. 울고 싶을 때 뺨 맞은 격으로 그 바람에 형님에겐 학교에 가지 않을 핑계거리가 생겼다. 삼촌이 때리니까 삼촌이 있는 마을 학교엔 절대 가지 않겠다고, 굳이 보내려거든 중앙툰에 있는 한족 학교에 보내 달라고 제쪽에서 장훈을 불렀다. 의술은 좋아도 외아들에 대한 교육이 등한했던 큰아버지와 큰어머니는 아들의 이유 같지 않은 이유를 꺾지 못하고 그가 하자는 대로 중앙툰 한족 학교에 사촌 형님을 옮겨 넣는 데 합의를 보았다. 모르긴 몰라도 사촌 형님의 운명은 그때 벌써 중앙툰 사람들과 끊을래야 끊어지지 않는 *끈끈한* 인연으로 연결이 되었던 게 아닌가 싶다.

마을 밖에서부터 중앙툰 사람들이 장례 의식 때마다 불어대는 새납 소리가 기분 나쁘게 들려왔다. 어렸을 때부터 볼라니 중앙툰 사람들은 결혼 희사에도 새납을 불었고 장례식 때도 새납을 불었다. 희사 때 부는 새납 곡과 장례식 때 부는 새납 곡의 차이를 나는 아직 잘 모른다. 그저 좋은 날 들으면 귀에 즐겁고 슬픈 날 들으면 마음이 무거워지면서 울적해지는 새납 소리이다. 보나 마나 사촌 형님의 장례가 중앙툰 식으로 치러지는 모양이었다.

마을 길 한복판에 고사를 지내듯 제상이 진설되어 있었다. 다리 긴 네모 상 우에 사발만큼 크게 빚어 찐 밀가루빵 세 개와 주먹만 한 사과 세 알 그리고 두 눈이 딱 붙어 버리도록 잘 삶긴 돼지머리가 통째로 올라 있었다. 상 앞쪽에 놓인 향로에서는 실오리 같은 연기가 끊임없이 가물가물 하늘로 피어오르고 있었다. 마을 안에 상이 있음을 하늘과 그리고 마을 사람들에게 알리는, 말하자면 효시 같은 제사상이었다. 그 옆으로 새납꾼 둘이 나란히 비켜서서 신들린 사람들처럼 새납을 불고 있었다.

내가 당도했다는 기별을 듣고 형수 되는 여자가 눈물도 없는 마른 곡을 하며 나를 맞았다. 몇 번째로 맞아들인 여자인지 그 번지수가 얼른 가늠이 잘 안 되는 사촌 형님의 아내다. 중앙툰에 본가 집을 둔 이 녀인은 다리는 훤칠하니 길었으나 무척이나 복이 없어 보이는 그런 얼굴을 가진 여자였다. 녕령으로 말하자면 사촌 형님과 띠동갑쯤이나 될, 아니 그보다도 한참 더 어리면 어렸지 긍정코 더 많지는 않은 그런 앳된 녕령의 여자다. 하지만 큰아버지가 쌓아 두고 간 재산을 다 말아먹고 병든 몸뚱이 말고는 아무것도 남은 게 없는 형님의 옆에 오늘까지 있어 주었다는 그 점 하나만으로도 이 여자에게 형수 대우를 아니해 줄 이유가 나에겐 없었다. 가문은 넓어도 한국이다 일본이다 하며 자기 가고 싶은 곳으로 다 가 버리고 나니 문상을 올 사람도 없던 차 시댁 쪽 사람이라고는 유일하게 나타난 나의 출현이 내심 반가웠던지 형수는 구태여 묻지도 않는 말들을 쑤왈쑤왈 늘어놓았다. 장례식을 우리 식으로 치르려고 했지만 어떻게 하는 건지 알 수 없어서 일단 자기네 식대로 시작하게 되었다나.

사촌 형님의 빈소는 객실 한쪽에 차려져 있었는데 망자의 유체는 천금을 대신한 백포 한 자락으로 덮여져 있었다. 키가 큰 탓인지 아니면 백포가 짧은 탓인지 두 발이 감추어지지 못하고 삐죽하니 밖으로 나와 있었는데 손으로 누빈 것 같은 커다란 검정 헝겊 신이 신겨져 있었다. 유치하고도 화려한 색상의 연꽃무늬가 신바닥에 다닥다닥 수놓아져 있는 게 특이했다. 자는 시간 외에는 좀해서 신발을 잘 벗지 않는 중앙툰 사람들이라는 걸 익히 알곤 있었으나 죽어서 누워 있는 사람에게까지 신발을 신겨 놓는 풍습이 있는 줄은 처음 알았다. 하긴 다시는 돌아올 수 없는 먼 길을 떠나는데 신발이 없이 어떻게 가랴? 백포 자락을 젖히고 형님의 얼굴을 배알하려고 하자 나쁜 병으로 임종을 맞은 만큼 아니 보는 게 좋을 듯하다며 형수가 내 손을 말렸다. 남달리 멋있었던 그 얼굴만 머릿속에 남기는 것도 그리 나쁠 것 같지 않다는 생각에 나는 뻗었던 손을 거두어들였다.

왼팔에 검은 완장을 두른 사람들이 대여섯 명 쓸어 들어와 고개를 끄덕이며 나와 알은체를 하는데 도대체 알 만한 얼굴은 하나도 없었다. 완장을 두른 것으로 보아 일반 조문객은 아닌 것 같고 그럼에도 불구하고 모두가 초면인 걸로 미루어 보면 묻지 않아도 형수의 친정 쪽 풋내기들임을 지레짐작할 수 있을 것 같았다. 사람은 득실거렸지만 상가집엔 곡이 없었다. 여자는 많이 거쳐 갔어도 자식은 많이 낳질 않아 죽은 후 울어 줄 상주도 없는 박복한 종말로 형님의 인생극은 드디어 그 막이 내려진 것이다. 내 기분을 읽었는지 검은 완장을 두른 사람 중 하나가 다가와 곧 곡을 해 줄 사람들이 들이닥칠 터이니 수고비로 내줄 돈만 준비해 두면 된다고 아뢰었다. 곡을 해 줄 사람들이라니? 그러니까 남의 울음소리를 돈을 주고 사기로 했다는 말인가? 옷을 사고 물건을 사고 집을 사고 땅을 산다는 말은 들었어도 울음소리를 사고파는 일이 있다는 사실은 참말로 나에겐 금시초문이었다.

이윽고 울음꾼들이 도착했다는 전갈이 들어왔다. 창밖으로 내다보니 소위 울음꾼으로 왔다는 아낙들이 형수가 건네주는 흰 헝겊 띠를 받아 저희들의 허리를 질끈질끈 질러 묶으며 어떻게 울어야 하냐고 물었다.

"오라버니라고 우세요."

형수가 말했다.

"오라버니요? 알았수다."

울음꾼 중 대장인 듯한 아낙이 알았다는 듯이 머리를 끄덕이더니 이번엔 곡을 하려면 배가 고프니까 일단 먼저 먹을 걸 좀 달라고 부탁했다. 형수는 부엌간을 향해 밥상을 좀 봐 내오라고 소리쳤다. 이윽고 밥소반이 챙겨져 나왔고 밥상을 받기 바쁘게 아낙들은 걸신이 들린 사람들처럼 어느 음식도 마다치 않고 아귀아귀 입안에 쓸어 넣었다.

"많이들 먹어 두라구. 시작하면 배가 고파도 중도에서 쉬거나 할 순 없
　으니까."

　아낙 하나가 손에 남은 찐빵 쪼가리로 접시 바닥에 남은 반찬 국물을
꾹꾹 찍어 입 안에 걸어 넣으며 동료들에게 충고를 했다. 일단 식사가
끝나자마자 대장 아낙이 부하들을 거느리고 길 한복판에 차려 놓은 제
전상 앞으로 걸어 나가며 용케도 무척이나 빨리 울음을 토해내기 시작
했다.

"따꺼야(오라버니)! 어쩜 이리 간단 말이우? 따꺼야, 너무 일찍 가시
　는구려!"

　약속이나 한 듯 부하들도 일제히 울음소리에 합류했다. 저마다 오라
버니라고 부르며 호곡을 하는데 그 소리가 조잡해서 가까이에서 들으
니 까마귀 떼가 울부짖는 것 같았다.
　이상했다. 누구의 입에서 나오는 곡성이었든 곡성이 들리니 상가집
분위기가 제곬으로 들어서는 상 싶어 마음이 편해지는 건 웬일일까? 돈
을 주고 산 아낙들의 곡성이 마중물이 되어 드디어 내 눈에서도 눈물이
흘러나오기 시작했다. 한 살 연상의 형님 장례에 한 살 연하의 내가 유
일한 상주가 되어 우두커니 서 있다는 게 더없이 처량하기만 했다.

"크게, 더 크게 울라구. 소리가 크면 돈을 덧얹어 줄 테니까."

　검은 완장을 두른 사람이 울음꾼 아낙들 앞에 다가서서 자꾸자꾸 더
큰 울음소리를 주문하는 소리가 창 너머로 들려왔다. 옆방에서는 검은

완장을 둘렀던 사람들이 완장은 고사하고 입었던 옷가지도 성가신 듯 웃통들을 훌떠덕 벗어부치고 앉아 열심히 마작 쪽을 버무리고 있었다. 버무릴 때마다 참새가 우짖는 듯한 조잡한 소리가 난다고 해서 마작이라고 불렀다는 중국 사람들의 이 놀이는 요즘 손 가진 사람들은 모두 즐겨 노는 도박놀이이다.

"두 시간을 울었는데 어떻게 할갑쇼? 한 판 더 하랍니까?"

금방까지 사설을 하며 팔자에도 없는 상주 노릇을 열심히 하던 울음꾼 아낙 하나가 제상 앞에서 물러나 열린 창 너머로 머리를 들이밀고 마작을 놀고 있는 사람들에게 말을 걸었다.

"그래, 까짓거 한 판 더 하지 뭐."
"잘들 하라구. 열심히들 울어 주면 부탁하지 않아도 다음번 일거리를 내가 알선하리다."

마작꾼들은 고개도 돌리지 않고 저마끔 한마디씩 뇌까렸다.
시간당으로 계산되는 울음 장사는 1분의 오차도 없이 꼬박 네 시간을 울어 주고는 울음 값으로 주는 돈을 받아 챙기기 바쁘게 내가 언제 울었더냐 싶을 정도로 밝은 표정들이 되어 희희락락하며 물러들 갔다.

중앙툰 학교를 다니면서 형님은 친구도 중앙툰의 친구들을 더 많이 사귀었고 음식도 그 사람들이 먹는 음식을 더 즐겨 먹었다. 설이 되면 우리 어머니와 큰어머니는 몇 날 며칠 밤을 새워가며 식구들이 먹을 증편이며 시루떡이며 엿과자며 청주 따위들을 일일이 손수 만들었다. 그러나 사촌 형님은 그런 것을 입에 대지도 않고 중앙툰으로 건너가 그 사람들이 빚은 물만두며 쏸채 볶음 따위를 주문해 먹었다. 중앙툰 사람들은 그믐날이면 아무리 가난한 집이라도 물만두만은 꼭 빚어 먹는 철칙 같은 관습이 있다. 물만두가 옛날의 은전 모양을 닮았다고 해서 사람마다 그것을 먹어야 새해의 부운(富運)이 따른다고 생각하기 때문이다. 돼지 뼈다귀를 토막쳐 넣고 신 배추절임과 함께 오래오래 끓인 쏸채 메뉴는 사촌 형님이 특히 즐겨 먹는 요리이다. 쏸채를 다 건져 먹고 남은 뼈다귀에 다시 새 쏸채를 썰어 넣고 또 끓이고 그러면서 몇 끼씩 두고두고 우려먹는 중앙툰 사람들의 대표 음식인 그것이 어떻게 되어 형님의 입맛에 딱 들어맞았던가 본다.

사촌 형님은 생김생김은 깔끔하게 생겼어도 먹는 음식 습관은 아주 소탈했다. 그것은 아마 자기 어머니를 닮지 않았나 싶다. 우리 큰어머니의 식성이 그렇게 까다롭질 않았었다. 큰아버지 대신 동네 병자 회진을 나가거나 접산1)을 나간 큰어머니를 중앙툰 사람들은 구세주 모시듯 여간 대접을 잘해 주지 않았다. 큰어머니는 처음엔 병자의 상처를 처치하거나 아기를 받느라고 손과 옷에 묻은 피 냄새를 말리기 위해 조금씩 마시기 시작했다는 술 재간이 늘어 나중엔 남편인 큰아버지보다 술을 더 좋아하는 애주가가 되어 버렸다. 술 한잔이 들어가면 큰어머니는 중앙툰 사람들의 그 어떤 음식도 가리지 않고 맛나게 먹었고 그들과 어울려 웃고 떠들며 담소도 잘해서 중앙툰뿐만 아니라 린근 부락에서들까지 쩐제(김언니)라면 모르는 사람이 없을 정도였다.

중앙툰 사람들은 큰어머니에게 대접할 음식을 장만할 때는 사뭇 위생을 지키려고 노력을 하기도 했다. 그러면서 큰어머니가 쓸 젓가락이

---

1) '접산(接産)'은 '조산(助産)'.

며 밥공기들을 부러 행주로 열심히 빡빡 닦기도 했는데 그들의 행주래야 원색을 알아볼 수 없을 정도로 검게 그을은 헝겊으로 되어 있다. 죽고 나면 살아 있을 때 쓴 물의 량만큼 고생을 겪고야 비로소 천당이란 데를 간다고 믿고 있기에 중앙툰 사람들은 물을 람용하지 않는 습성이 생겼다고 한다. 아무튼 사람마다 씻고 닦고 하는 일을 잘 하지 않는 것이 바로 중앙툰 사람들이었다. 보기에도 구질구질한 그런 헝겊으로 식기를 쓱쓱 문질러 담아 주는 음식도 큰어머님은 개의치 않고 맛나게 먹었다. 면역력이 생겨나면 다 괜찮을 거라며 병자를 돌보는 사람답지 않은 소탈한 매너로 슬쩍슬쩍 건너뛸 줄도 알았다. 중앙툰치고 그런 행주래도 갖추고 사는 집은 그나마 괜찮은 집이다. 중앙툰 사람들은 행주 대용으로 몽당빗자루를 많이 썼다. 씻으려는 식기를 물속에 넣고 손가락으로 식기를 빙글빙글 돌리고 다른 손에 든 몽당빗자루로 그릇을 쓸어 씻기에 애당초 행주 따위가 필요 없다. 옥수수 전병을 먹을 때는 더욱 가관이다. 미리 구워 놓은 옥수수 전병이 메말라서 먹기에 거북하면 누긋누긋하게 하는 방법으로 물을 뿌려 재웠다가 먹기도 하는데 바로 그 몽당빗자루 끝에 물을 묻혀 분무를 했으니 말이다.

사촌 형님은 그렇게 보기에도 께름칙한 음식을 군소리 한마디 없이 얻어먹고는 그 사람들과 어울려 주패나 마작을 놀군 했다. 중앙툰 사람들은 자기 집에 온 손님에 대해서는 지극히 열정적이고도 극진하다. 그 뜨거운 열정에 형님의 구척 신장이 매일 녹초가 되어 있었던 게 아닌가 싶다. 어쩌다 형님을 따라 놀러를 가 보면 중앙툰 사람들은 우리가 들어서자 바람으로 담배부터 권했다. 긴 장죽을 입에 넣고 뻐끔뻐끔 빨던 늙은이들도 자기가 피우던 대통에 잎담배를 다시 꽁꽁 쟁여 불까지 붙여 우리에게 넘겨주군 했다. 마다하면 그렇게 내민 사람의 성의를 무시하는 것이 된다며 사촌 형님은 그걸 받아들고 제법 감칠맛 있게 몇 모금

빨고는 다시 주인장에게 넘겨주군 했다. 그러나 나는 도통 그것을 내 입에 넣을 수가 없었다. 평생 칫솔질 한 번 하지 않아 누런 치석이 꽉 긴 이빨로 즈려 물고 있던 그들의 그 댓찐투성이의 긴 장죽 부리를 내 입속에 덥석 밀어 넣을 수가 없었기 때문이었다.

섣달그믐날, 저녁밥이 끝나면 사촌 형님은 일찌감치 중앙툰으로 달아나군 했다. 굿 구경을 간다고 했다. 처음엔 난치병으로 시름시름 앓는 병자네 집에서부터 악귀를 몰아낸답시며 벌이군 하던 푸닥거리였는데 구경거리가 별로 없던 그 세월 그믐날 저녁이 되면 온 마을 사람들이 모여 오락처럼 즐기기도 했다. 그렇게 구경을 하다 보면 날이 새는 줄도 몰라 사촌 형님은 초하루 날 아침 차례제를 지낼 때까지도 집에 돌아오질 않았다. 그래서 늘 우리더러 찾아다니게 했는데 찾아가 보면 형님은 매캐한 담배 연기가 자오록한 방 안에 올방자를 틀고 앉아 사만이라고 자칭하는 뚱뚱하고 살집이 좋은 아낙이 지절대고 있는 이야기에 푹 빠져 우리가 들어서는 것도 감감 모르고 있었다. 물귀신처럼 머리를 풀어헤친 아낙은 방울을 주렁주렁 단 허리를 왈랑절랑 내흔들며 신들린 사람처럼 봉당에서 춤을 추기도 하고 손에 든 북을 투당투당 두드리며 지랄병 하듯 방안을 휩쓸기도 하는데 입으로는 연신 포함을 내질렀다.

"네놈은 전생에 불여우였어! 여자로 태어났으면 열두 명의 남자를 호리고도 남았을 놈이었는데 다행히 남자로 태어났구나!"

그러면서 호랑이 신이 내린 신부체가 되었다며 범처럼 날뛰면서 두 팔을 쫙 벌리고 이 사람 저 사람을 덮치기도 하고 천정이 높다 낮다 하며 길길이 올리 솟구치기도 했다. 그렇게 신명이 나서 요동질을 할 때마다 허연 허리 군살이 짜른 옷깃 밑으로 주체할 수 없이 흘러나와 구경꾼들의 눈을 부시게 했고 그러는 아낙을 바라보며 구경 온 사람들은 박장대소를 하기도 했다.

"네년은 채 죽지 않은 시아비를 내다 버렸어! 그 아비 귀신이 널 찾아 왔다."

사만이 이번엔 문설주에 기대여 서서 흥미진진하게 구경에 빠져 있는 동네 집 아낙의 면상을 삿대질하며 무섭게 호령을 했다. 그 아낙은 갑자기 낯빛이 사색이 되어 흙 봉당에 풍덩 주저앉았다.

"이년아, 네년이 한 짓을 네년이 더 잘 알겠다?"

이번엔 이상하게도 사만의 목소리는 고령의 로인 같은 허스키한 목소리로 바뀌어 있었다.

"용서해 주세요!"

동네 집 아낙이 두 손을 싹싹 비비며 애걸을 했다.

"용서를 받고 싶냐?!"

사만은 계속 허스키한 목소리로 따지듯 물었다.

"죽을 죄를 졌어요! 한 번만 용서해 주세요!"
"좋아! 그러면 돌아오는 귀신날 자정에 잊지 말고 마을 복판 네거리에

서 곡을 하며 지전을 태워다구. 네년이 날 준비 없이 저세상으로 쫓
아냈기에 난 아무것도 가진 게 없는 몸이 되었다. 억울하도다!"
"알았어요. 알았어요."

여인은 하라는 대로 하겠노라고 연신 사만의 발치에 엎드려 머리를
조아렸다. 집안은 방금과 달리 숙연한 기분이 되었다.

"형님, 빨리 가기오. 차례제 지낼 시간이오."

내가 불러도 사촌 형님은 얼른 엉덩이를 떼지 않고 미적대며 번마다
그 장소를 뜨기를 아쉬워하군 했다. 차례제 시행 절차는 언제나 그러
하듯 큰아버지와 아버지 다음으로 사촌 형님과 나를 비롯한 우리 형제
들의 순으로 이어졌다.

"우린 언제까지 이 제를 지내야 하우? 저레 중앙툰 사람들처럼 종이돈
이나 팍팍 태워 주고 말기우. 간단하게스리."

사촌 형님은 자기 순번을 기다리는 사이 큰어머님을 향해 늘 이렇게
구시렁거렸다. 하긴 사촌 형님과 내가 태어나기도 전에 벌써 고인이
되어 버린 할아버지와 할머니시니 사촌 형님이나 우리 형제들 모두에
게 별로 특별한 정이 없기는 매일반이었다.

중앙툰에는 사촌 형님이 양어머니라고 부르는 과부가 있었다. 중앙
툰 사람치고 위생이 그중 깨끗한 여인이었는데 생김생김도 그랬지만
맘씨가 얼마나 후더운지 관음보살 같았다. 큰아버지네가 처음 이곳에
발을 붙일 때 집이 없어 한동안 이 여인네 집 곁방을 빌려 있었다고 했

다. 그때부터 큰어머니는 그 여인과 언니 동생 하며 무람없이 가깝게 굴었던 모양이었다. 설이 되면 큰어머니는 잊지 않고 찰떡과 엿 따위를 그 여인네 집에 한 보자기씩 싸 보내 주었고 그러면 그 여인은 답례로 찰옥수수 찐빵이며 자기절로 심고 가꾸어낸 해바라기씨 따위를 부대들이로 날라왔다. 가령 큰어머니가 잊고 먼저 보내지 않아도 그 여인은 절대 빼먹지 않고 꼭꼭 보내올 만큼 마음이 꾸준하고 토마토처럼 속이나 겉이나 늘 일매진 여인이었다.

사촌 형님은 그 집을 제집보다도 더 무람없이 드나들었다. 그 집에는 쑈화라고 부르는 무남독녀 외딸이 있었는데 눈매가 얼마나 고운지 놀이감 인형 같았다. 양쪽으로 갈라 땋아 늘인 두 가닥 머리태는 잔등을 넘어 허리까지 치렁치렁했다. 어느 날 사촌 형님이 쑈화와 연애를 한다는 소문이 두 동네에 쫙 퍼졌다. 열아홉 살 먹도록 아들의 방종을 수수방관만 하던 큰아버지와 큰어머니가 급기야 사촌 형님 앞에 빨간 신호등을 추켜들었다. 갑자기 나타난 빨간불로 거침없이 내닫던 사촌 형님의 일상 행보에 브레이크가 걸리며 금속과 금속이 마주 긁힐 때처럼 아츠러운 소리를 냈다. 집안이 벌둥지같이 뒤집혔고 부모와 자식 간에 의견 격돌이 생기며 서로 지지 않으려고 마음속이 피투성이가 되도록 싸우고 또 싸웠다. 무기만 들지 않았을 뿐이었지 집안은 매일 전쟁판같이 화약 내가 진동을 했다.

결국 쑈화를 버리지 않으면 부모 자식 관계를 끊어 버리겠다는 마지막 장훈쪽을 던져서야[2] 우줅이기만 하던 사촌 형님의 기세가 드디어 잠누룩해졌다. 큰아버지의 경제적 후둔[3]이 없는 고립된 생활고를 헤쳐

---

[2] '장훈쪽을 던지다'는 (장기를 둘 때) '장군을 부르다'의 뜻. 평북 방언에서는 '장군'과 '멍군'을 각각 '장훈'과 '멍훈'이라고 한다.

나갈 수 있을 만큼 사촌 형님은 자립성도 없었고 근면한 데도 없었다. 어려서부터 무풍지대에서 근심 걱정 모르고 무위도식하며 살아온 생활 습관을 일시에 내어 버릴 자신이 없었던 모양이었다. 적당한 부족과 극복할 만한 가난이 오히려 사람을 빨리 철들게 하고 인간을 완성시키는 법인데 형님은 죽는 날까지 부족이라는 낱말을 모르고 살았으니 그걸 보면 사촌 형님은 분명 천생 부모 복만은 타고난 사람 같다.

사촌 형님이 잠시 주춤해 있는 사이 집안에서는 사촌 형님의 혼사를 서둘렀다. 더 이상 천방지축 날뛰지 못하게 고삐를 맬 든든한 말뚝을 마련할 셈들인 것 같았다. 매파들이 나서고 집안 어른들이 모여 퍼즐 맞추듯 이리저리 재고 맞추고 상론한 결과가 동네 안에 있는 농가 집 처녀와 결혼을 시키는 쪽으로 합의가 났다. 처녀는 허리가 긴 반면에 다리가 좀 짧은 것이 흠이면 흠이랄까 그래도 마을치고는 인물도 제일 환했고 친정집 또한 소박하고 무던한 집이어서 우리 박씨 가문의 장손 며느릿감으로는 안성맞춤인 듯했다.

사촌 형님이 결혼하는 날 신립촌과 중앙툰 사람들은 물론 린근 마을 사람들까지 결혼식을 구경하러들 와서 뜨락 안이 터질 지경이 되었던 기억이 난다. 축의금 대신 들고 온 세수수건이며 양말이며 옷감 따위가 안방에 차고 넘쳤고 실탄자만 해도 여덟 개나 들어와서 동네 아낙네들이 입을 딱 벌렸다. 중앙툰 사람들은 콩기름이며 노루고기 같은 방물을 들고 왔고 큰어머니의 손을 빌어 해산을 했던 사람들은 보온병이며 거울 같은 당시로서는 상당한 사치품이었던 물건들을 결혼 선물로 사 들고 와서 전례 없는 극성을 떨기도 했다.

결혼날 저녁 전례대로 동네 청년들이 모여 동네 오락판을 벌였는데

---

3) 중국어 '후둔(后盾)'은 '뒷배', '후원'.

사회자가 신랑 신부의 이인창을 주문하자 사촌 형님이 선줄을 그어 불렀던 노래가 중앙툰 사람들이 즐겨 부르던 경극 한 구절이었다. 그걸 맞추지 못해 새색시가 쩔쩔맸던 우스운 에피소드가 있다. 중앙툰 사람들은 사촌 형님의 노래를 들으며 잘한다고 연방 박수와 갈채를 보냈다. 사촌 형님은 그렇듯 어머니 아버지를 잘 만난 덕에 린근에 소문이 자자할 정도로 동네방네 만 사람의 축복을 받으며 결혼식을 올렸고 이듬해 그맘때는 아들까지 덜컥 낳았다. 번갯불에 콩을 볶아낸 셈이었다. 형님이 결혼식을 올리던 날 사촌 형님이 양어머니라고 부르던 여인은 딸 쑈화를 데리고 산동의 고향 집으로 돌아가 버렸다고 한다.

쑈화도 눈앞에서 없어졌겠다, 형님도 결혼을 해 아들까지 보았겠다, 그로서 여지껏 전전긍긍하며 근심해 왔던 일들이 다 완료된 줄로 알았는데 문제는 사촌 형님이 결혼이란 걸 하고 나서도 알게 모르게 안해 아닌 다른 여자들을 많이 붙여 다니는 그것이었다. 큰아버지를 닮아 이목구비가 출중한 데다 키꼴도 훤칠해서 잘생긴 외모만 보고도 치정을 느끼는 그런 무게 없는 여자들을 하나도 아니고 여럿을 달고 다녔다. 그렇게 달고 다니는 여자들을 일일이 뜯어내고 뒤처리를 하느라고 큰어머니는 지네 발에 신 신기기 식으로 쉴 새 없이 돌아쳐야 했다. 떨어지지 않겠다고 앙탈을 부리는 여자들에게 위자료를 쥐어 줘라, 배 속에 든 아기를 빌미로 거머리처럼 드러붙는 여자들을 설득해 아기를 지워 주라, 뗏돈을 노리고 야합을 하는 뜨내기들과 법원 놀음을 하라… 아무튼 중국말을 한족 사람들보다도 더 류창하게 구사할 줄 알 뿐만 아니라 웬간한 남정 저리 가라 할 만큼 완력 또한 좋았던 우리 큰어머니였기에 그런 일도 가능하지 않았나 싶다.

그러나 사촌 형님의 생활 태도는 그 식이 장식이어서 도무지 고쳐질 기미가 보이질 않았다. 그래서 형님과 형수 사이에는 부부싸움이 끊일

날 없이 이어졌고 그러다 지친 형수가 백기를 들고 나가떨어졌다. 속으로 낳은 아들도 내 몰라라 내동댕이치고 어느 날 집을 나가 버렸다. 얼굴처럼 마음도 여린 줄로만 알았는데 그게 아니었다. 지렁이도 밟으면 꿈틀한다고 참고 기다리기에 너무나 지쳐 버린 여자가 그동안 쌓였던 울분을 다 풀지도 않은 채 박씨 가문의 종가집 며느리 자리에 사표를 던져 버린 것이었다.

그 후에도 종가집 며느리 자리엔 여러 명의 여자들이 육속 들어왔지만 붙박이로 버티는 여자는 하나도 없었다. 어느 여자나 사촌 형님의 마지막 여자로 남을 수 있을 것 같이 처음엔 작심들을 하고 들어왔지만 그것은 어디까지나 그 여자들의 희망사항일 뿐이었다. 첫 형수가 낳은 아들애는 그렇게 릴레이하듯 계주봉을 넘겨받고 잇달아 들어온 여자들의 손에서 그럭저럭 동년을 보냈다. 낳아 준 엄마의 얼굴도 기억하지 못할 나이부터 아버지와 새엄마들의 시앗 싸움을 밥 먹듯 겪으며 자란 애는 학교 공부도 다 마치지 못하고 제 엄마처럼 집을 나갔다.

아무런 기미도 없다가 슬그머니 나가 버려 어딘가에서 남의 집 가정보모로 일하고 있다는 자기 생모를 찾아갔나 보다 그렇게 믿고 있었는데 누군가 어느 날 성 소재지 어느 유흥주점에서 웨이터로 일하는 그 애를 보았다는 소문을 내놓았다. 말 그대로 시원섭섭한 소식이었다. 사전에 생각 하나 들키지 않고 일을 도모했을 만큼 자기의 행동반경에 치밀한 애였다면 유흥주점이 아니라 그보다 좀은 나은 어떤 곳에 있어야 할 줄로 알았는데 개구리가 뛰어 봤자 논두렁 안이라더니 기껏 갔다는 곳이 유흥주점이고 그곳에서도 한다는 노릇이 웨이터란 말인가? 하긴 배운 게 있어야 그보다 나은 삶도 찾든가 말든가 할 게 아닌가?

그래도 그나마 제 아버지를 닮지 않아 자기 절로 제 밥벌이를 한답시고 세상 밖으로 발을 내디뎠으니 그것만으로도 짜장 대견하다고 봐 줘야 하겠다. 그렇게 온 집안 식구들이 박씨 문중의 유일한 대들보를 두고 애석해 하면서도 한편 잠시나마 안도의 숨을 몰아쉬고 있을 무렵 어느 날 집으로 날아온 소식은 마른 하늘에 날벼락이었다. 조카애가 살인을 했다는 것이었다. 법정 재판일과 재판 집행 지점을 밝힌 고지서를 읽다가 큰아버지는 모로 쓰러져 버렸다. 여섯 시간의 구급 치료에도 효험을 보지 못하고 그날 밤 큰아버지는 기어이 저세상으로 떠나가 버렸다.

주점 식구들에게 야료를 부리는 한 무리의 깡패들 속으로 조카애가 제잡담하고 식칼을 집어 들고 돌진해 들어갔는데 재수가 없게도 그 칼끝에 한 사람이 맞아 피를 과다하게 흘리고 죽어 버렸단다. 죽은 사람도 재수가 옴 붙은 놈이고 조카애 역시 재수가 없기는 매일반인 놈이었다. 그 칼은 본디 사람을 죽이려고 든 게 아니었다. 대방에게 겁만 주려고 주위 들었던 것인데 재수 없게도 그 칼끝으로 재수 없는 놈이 둔중하게 비껴갔던 모양이다. 아무렴 용기와 담량이 있는 애였다면 주먹이나 힘으로 하지 칼을 집어 들었으랴? 싸울 때 쟁기나 몽둥이를 주어 드는 놈만큼이나 나약하고 비겁한 놈이 있다던가? 으쌰으쌰 뒤에서 부채질을 하던 주점 주인은 일이 그 꼴로 되어 버리자 내 꼴 봐라 하고 꽁무니를 내빼 버렸고 어리숙하고 죄가 큰 조카애만 작은 그물코에 걸려 버렸던 것이다.

조카애는 9년 징역에 떨어졌다. 그동안 의사 노릇을 하며 적립해 두었던 가산을 헐어 변호사를 사고 할 수 있는 데까지는 다 해 본 결과가 그것뿐이란다. 사람의 한 생에 몇 개의 9년이 있다던가? 징역을 다 살고 나오면 조카애는 이립의 나이가 되는 것이다. 인생길에서 마땅히 목표를 세우고 생활 기반을 다져야 하는 나이이다. 가뜩이나 짧기만 한 인생 행로에서 남들은 가지 않는 그런 곳에 가서 그 아까운 묘령의 시간을 다 내던지고 빈주먹이 되어 돌아오면 조카애는 짜장 무슨 뜻을 세울 수 있으며 무엇을 이룰 수 있을까? 그러나 조카애에겐 충동과 무지가 저지른 업보의 결과를 터득할 수 있는 보람 있는 9년이 될지도 모른다. 충동과 무지가 빚은 악과가 그처럼 쓰겁다는 것을 조카애는 9년 동안 매일 가슴으로 느끼며 살아야 할 것이다.

동쪽 칸에서 마작 쪽 섞어대는 소리는 자정이 지나도 지칠 줄 모르고 들려왔다. 연속 하룻밤 하룻낮을 이어서 노는 것은 희귀한 일이 아니다. 요전번 뉴스에 72시간을 꼼짝 않고 앉아 이어 놀기를 해서 마작 력사상 최신 기록을 냈다는 풍문도 들었다. 그만큼 마작은 놀면 놀수록 인이 오는 놀이이다.

다 버리고 엷은 백포 한 자락만 덮고 누운 형님의 유체 곁에 나는 제석을 깔고 마주앉았다. 하고 싶은 말은 많았으나 들어줄 사람이 없었다. 예전에 마을에 초상집이 생기면 동네 어른들은 륜번으로 건너와서 상주와 더불어 령구를 지켜주며 상가집 번을 들기도 했었다. 허나 요즘 어느 마을이나 다 그러하듯이 인젠 그렇게 상가집에 찾아와 상주의 슬픔을 나누어 가지고 허전함을 말려주며 함께 조애를 할 만한 이웃들도 없다. 이가 옮도록 다닥다닥 붙어살며 아기자기 한동네에서 생활했던 사람들이 모두 타향으로 떠나갔다. 타향도 정이 들면 고향이라 했지만 이렇게 상을 당하거나 서러운 날엔 그들도 지금 나처럼 무가내로 홀로 버티고 있을 것이 아닌가? 그리고 보면 기쁜 일이 있을 땐 함께 나누고 슬픈 일이 있을 땐 같이 슬퍼해 주었던 그때가 짜장 사람 사는 것 같은 좋은 세상이었던 것 같다. 그렇게 옛 추억에 묻혀 침묵하고 앉아 있는 내가 청승맞게 보였던지 형수 되는 여자가 쪽걸상을 가져다 놓고 다가 앉았다.

"형님은 두 달 전까지만 해도 지팡이를 짚고서라도 중앙툰엘 마작 놀이를 다녔다구요."

형수가 말머리를 텄다.

"그런데 그 후부터는 걸어갈 맥이 없다며 마작군들을 집으로 불러들였지요. 베개를 가져다 등을 뻗치고라도 마작을 손에서 놓지 않았어요. 마작판에다 피를 토해 가면서도 말이에요. 숨지기 며칠 전은 거의 의식이 없었어요. 사경을 헤매는 것 같았는데 계속해서 헛소리를 하더라구요. 자기를 데리러 온 할아버지와 할머니가 그냥 저 문간에 대기하고 서 있다는 거예요. 그러면서 곧 따라갈 테니 조르지 말고 기다리라는 둥, 눈만 감으면 삼촌이 가시 몽둥이로 자기를 때리는데 그 가시가 온몸에 박혔다며 그걸 뽑아달라고 나를 붙잡고 애걸을 하기도 했어요."
"그래서요?"
"환각이었겠지요, 바늘이 있긴 어디에 있다구요? 그럴 때마다 내가 온몸을 어루만지며 가시 바늘을 뽑는 시늉을 열심히 했지요. 그러고 나면 얼마 동안은 안정을 되찾으며 다시 잠이 들곤 했어요. 아마 온몸이 바늘로 찌르듯이 몹시 아팠나 봐요. 그런데 그것도 장구지책이 아니었어요. 후엔 바늘을 뽑는다고 아무리 어루만져도 계속 고통을 호소하는 거예요."
"그래서요?"
"그래서 나중엔 굿판을 벌였어요. 어쩌겠어요? 될 법하다 싶은 일은 모두 다 해 볼 판이었지요. 왜 이전에 그믐날 저녁이면 하군 하던 그 푸닥거리 말이에요. 중앙툰에 아직도 그걸 할 줄 아는 사람이 하나 있어서 하룻밤에 백 원씩 주고 숨이 떨어지는 순간까지 그 짓거리를 이어서 했지요."

"그걸 하는 동안은 편해 했나요?"

"네. 희귀하게도 그걸 하는 동안은 심히 조용했어요. 우린 옆에서 덩달
아 부산을 떠느라고 숨이 넘어가는 것도 몰랐다니깐요. 정말 이상했
어요."

여자는 아주 먼 옛날에 있었던 전설을 말하듯 고개를 갸우뚱하고 담
담한 표정을 지었다.

뭔 놈의 앓을 병이 없어서 폐병을 앓았을까? 중이 제 머리를 못 깎는
다더니 남의 병은 곧잘 고쳐주던 큰아버지의 의술도 자식의 병 앞에서
는 무맥했으니 말이다. 폐가 나쁘다는 진단을 받은 후에도 형님은 병을
고치기 위해 노력하는 모습이 전혀 보이질 않았다. 나쁘다는 담배도 줄
창 피워댔고 먹으라고 주는 약은 먹지도 않고 방구석에 처박아두었다.
소문이 밖으로 날가 봐 온 집안이 쉬쉬했지만 자신은 전혀 개의치 않았
다. 개의치 않았을뿐더러 될수록 여자와 잠자리를 섞지 말라는 큰어머
니의 권유도 듣지 않았다. 오히려 더 기승스레 여자를 밝혔다. 마치 그
것만이 자기의 목숨을 연장해 갈 수 있는 유일한 끈처럼 붙들고 놓을 줄
몰랐다. 여자들은 형님의 병은 마다하지 않았지만 형님의 난봉은 참지
못하고 육속 나가 떨어졌다.

"피를 어떻게 속이겠냐? 저 할애비도 폐병으로 죽었고 저 애비도 폐가
좋은 사람은 아니였네라. 신체 소질만 닮은 게 아니고 여자 붙여 다
니는 것 아울러 어쩜 저렇게도 판박인지 모르겠다. 내가 시집와서 보
니 네 할아버지도 할머니 아닌 딴 여자가 있더구나. 그래서 할머니가
무척 속을 끓였는데 그 세월에 크게 행악질은 못 하고 방 안에서 당

신 혼자 할아버지의 목침을 다듬이방망이로 막 두들겨 패는 걸 내가 보았네라. 그래도 네 할아버지나 네 큰아버지는 조강지처 뜯어 팽개치고 다닐 정도로 난봉을 부리진 않았다. 모르긴 몰라도 저놈은 여자한테 환장한 귀신이 씌운 게 분명해."

큰어머니는 속상할 때마다 술 한잔을 마시고 나서 이렇게 푸념을 한마당씩 널어 놓군 했었다. 중앙툰을 비롯한 아래웃 동네까지 불려 다니며 수많은 아이의 접산을 맡았던 큰어머니는 그때마다 몸에 밴 피비린내를 가시기 위해 배웠던 술로 타는 가슴을 적시며 많지도 않고 딱 하나인 아들의 일로 허구한 날 애면글면하더니 재작년에 역시 뇌출혈로 큰아버지 뒤를 따라가셨다.

지금 이 여자는 큰어머니가 돌아간 다음 맞아들인 여자였다. 같은 중앙툰 여자였지만 형님의 첫사랑 쑈화와는 완판 다른 타입의 여자였다. 큰아버지가 죽은 후 진료소는 그만 접고 약방만을 경영하던 큰어머니가 약방 일군으로 들었던 처녀였는데 어느 사이에 두 사람 사이에 불이 붙어 버린 것이었다. 불혹의 나이를 넘긴 한낱 병자에 불과한 남자와 금방 몸에 물기가 오르기 시작한 처녀 사이에 참된 애정이 있었을 거라고는 믿기지 않는다. 기껏해야 점점 사위어 가는 주인집 병자에 대한 순진한 처녀의 련민 같은 것과 여자라면 오금을 못 쓰는 바람기 꽉 찬 로련한 남자의 집착이 한 시점에서 만나 발화가 되었을 뿐일 것이다. 어쨌거나 여자가 사촌 형님과 살을 섞으며 길지도 짧지도 않은 3년 세월을 살았으니 나에겐 형수님이고 박씨 가문의 장손부인 것만은 틀림없는 사실이다.

지병 때문에 많이 말라서 예전 같은 미모도 없고 큰아버지가 죽은 후로 가세도 많이 기울어 씀씀이나 위세가 전 같지도 않은 사촌 형님의 아내 자리로 이 여자는 자진해 들어왔다. 결혼 날 빨간 수건을 머리 우에 뒤집어쓰고 새납곡에 맞춰 큰집 뜨락으로 사뿐사뿐 걸어 들어왔다. 결혼식을 중앙툰 사람들 식으로 했기에 우리처럼 폐백상도 차릴 필요가 없었고 예단 놓고 인사 따위를 할 필요도 없었다. 전 같은 성세도 없었고 하객도 많지 않았지만 새 색시는 아주 만족하는 눈치였다. 기쁨을 노상 입가에 빼물고 아래웃 방 사이를 왔다갔다 하며 하객들에게 담뱃불을 붙여 주고 술을 따라 주었던 여자다. 부자는 망해도 3년은 뻗친다고 돈 많은 자를 적대시하던 세월, 남의 눈을 겁내어 돈다발을 단지 속에 넣어 뒤뜰에 묻어 두고 살았을 만큼 비교적 유족한 살림을 살았던 큰아버지네의 과거 이야기가 이 여자의 눈에는 그때까지도 지워지지 않는 후광으로 남아 빛을 뿌리고 있었는지도 모른다. 아무튼 두 사람은 죽고 못 사는 그런 열렬한 사랑을 전제로 결합이 된 건 아니었다. 말리는 사람도 없겠다, 너 좋고 나 좋으니 한번 살아 보자 하는 식으로 시작한 부부 생활이 오늘까지 찢어지지 않고 요행 이어져 온 것 뿐이었다.

크게 울어 줄 사람도 없는 사촌 형님의 장례는 이튿날 화장으로 끝내버렸다. 현성 화장 회사에 부탁한 운구차가 아침 일찍이도 찾아와 큰길가에서 빵빵 듣그로운 경적을 울리며 시간을 재촉했다. 곧 다른 상가집의 령구도 운송해야 되기에 단 일각도 늦출 수 없다는 것이었다. 그 바람에 되돌아올 수 없는 멀고도 먼 길을 떠나는 형님 령전에 발인제도 제대로 치르지 못하고 사촌 형님의 령구는 운구차에 실려져야 했다. 실렸다기보다 집어넣었다는 표현이 더 알맞을 듯싶다. 차체 뒤쪽으로 난 문을 여니 도르래가 달린 철판이 나왔다. 령구를 합판 우에 올려 놓고 손으로 밀자 생각 밖에 가볍게 안으로 빨려 들어갔다.

제문도 없었고 울음소리도 없었다. 처량한 새납 소리만 한동안 울리다가 운구차가 움쭉움쭉 시동을 걸자 그마저 시무룩이 잦아들었다. 상주들은 모두 다 웃칸으로 난 문을 열고 차에 오르라고 했다. 맨 뒷자리에 올라 걸상에 앉으며 바로 내 발밑에 형님이 누워 있다고 생각하니 앉음앉음이 편치가 않았다. 어려서부터 볼라니 마을에 상사가 생기면 마을 사람들은 짧아서 3일에서 길게는 7일장까지 치르며 죽은 사람에 대한 배려를 해 주었었다. 그리고 발인하는 날은 상여군을 불러 상여를 메어 냈었다. 상여꾼들은 고인을 저세상으로 보내주기 애석한 마음을 두 발 앞으로 내여 딛고 한 발 뒤로 물러서기를 반복하는 느린 보법으로 표달하며 령구를 묘소로 정해진 곳까지 정중히 모셔가곤 했었던 것 같다. 그런데 지금, 막상 상여는 아니래도 발인 행사가 이렇게 막되게 치러지다니 망자에 대한 례의가 아니다 싶었으나 애석하게도 그 또한 내 마음뿐이었다.

쓰레기 소각을 하듯 형님의 화장은 빨리도 끝났다. 빠알간 천 주머니에 담겨져 내 손으로 건너온 형님의 유골은 그때까지도 따끈했다. 골회를 날리는 절차만은 내 손으로 해 주고 싶어서, 아니 사촌 형님과의 마지막 고별을 나 혼자 하고 싶어서 형수 되는 여자와 검은 완장을 둘렀던 사람들을 다 돌려보내고 부두가 근처에서 할 일 없이 떠다니는 작은 고깃배 한 척을 세냈다. 별 볼일이 없었던지 고깃배 주인은 두말 없이 나의 주문대로 배를 부둣가에서 1킬로쯤 상거한 한적한 곳으로 저어다 주었다. 물론 삯전은 푸짐히 주기로 약조를 하고 말이다.

마를 줄 모르는 깊은 강 밑바닥에서 고기밥이 될는지 륜회설대로 다시 그 무엇으로 이 세상 어딘가에 환생을 할는지도 모를 사촌 형님의 골회를 한 줌 한 줌 배전으로 흘리면서 나는 맘 놓고 가슴이 후련하도록 울었다. 형님은 짧은 생을 살다 갈 줄을 미리 알았기에 그래서 그렇게 방종을 일삼으며 살았던 것이 아닐가? 마음만 먹었으면 타고난 총기와

재질로 많은 일을 해내고도 남음이 있었을 만큼 똑똑했던 사촌 형님이 아니었던가? 하느님은 지나치게 똑똑한 사람은 그에 견주어 그 생명의 길이를 잘라가 버린다고도 하더니 나의 사촌 형님이 바로 그 일례가 아닌가 싶기도 했다.

오후 해가 기울도록 나는 동으로 동으로 굽이쳐 흐르는 강기슭에 앉아 형님의 전부를 묻어 버린 수면을 하염없이 바라보았다. 큰아버지의 골회도 큰어머니의 골회도 그리고 우리 아버지의 골회도 다 이 강에 뿌렸다. 이제 사촌 형님도 비로소 그 죽음의 세계에 편입이 된 것이로다. 어쩜 그들은 지금 어느 한 곳에서 재회의 상봉을 하고 있는지도 모른다. 그리고 함께 할아버지와 할머니가 있는 저 머나먼 곳을 찾아 다시 먼 려정을 떠날지도 모른다. 그리고 보니 나만 혼자 이곳에 남은 것 같아 갑자기 외로움이 혹독하게 갈마들었다. 해가 서산 너머로 넘어가는 줄도 모르고 나는 외로움을 만끽하며 강물을 넋 놓고 바라보고 또 바라보았다.

죽을 사람은 다 죽고 떠날 사람은 이래저래 다 떠나버린 마을. 그 마을 한복판에 큰아버지도 없고 큰어머니도 없고 이젠 유일한 살붙이었던 사촌 형님마저 살아 있지 않는 나의 큰집이 멋적게 남아 있다. 아직도 그 어딘가에 돈 단지가 숨겨져 있을 거라고 생각했는지 검은 완장을 두르고 밤새 마작을 놀던 형수님의 친정 쪽 떨레들이 형님의 유물을 정리한답시며 집안 여기저기를 발칵 번져 놓았다. 버릴 것 따로 태울 것 따로 한쪽에 무져 놓은 유품들이 작히나 두 무지나 되었다. 별로 하는 일 없이 살아온 사람이라 사연 깊은 유물 같은 것은 있을 리 있겠냐마는 그래도 형님의 손을 거쳤던 것이라고 생각하며 다시 쳐다보니 만감이 교차되기도 했다.

가장 값나가는 것은 렵총이었는데 큰처남 된다는 작자가 벌써 맡아

가졌고 가죽점퍼와 목 긴 가죽구두는 둘째 처남 되는 자가 챙겨 들고 가버린 뒤였다. 유일하게 남은 오토바이의 주권을 두고 막내처남과 형수님이 옥신각신 입싸움을 벌리고 있었다. 달라고 떼질 쓰는 사람이나 팔아서 돈을 챙겨야겠다고 고집을 꺾지 않는 형수나 나의 존재 따위는 언녕 안중에도 없었고 나 또한 그따위 일들엔 끼어들고 싶지도 않아서 큰어머니가 쓰던 동쪽 방으로 건너와 버렸다.

오랫동안 불을 넣지 않았는지 구들장이 랭랭했다. 어느 때 바른 것인지 누렇게 뜬 벽지가 주인의 손길을 기다리고 있었고 방안 구석구석엔 거미줄이 그물처럼 늘어져 있었다. 퇴색한 사진 액자 하나가 허섭쓰레기 같은 옷가지에 휘말려 나뒹굴고 있는 게 눈에 들어왔다. 주어 들고 보니 설날 아침이면 차례상 우에 모셨던 할아버지와 할머니의 영정 사진이었다. 유물을 정리한답시며 여기저기를 마구 뒤지는 통에 한데 끼잡혀 나와 흘려진 게 분명했다. 솜 두루마기를 입은 할아버지와 앞가리마를 곧게 내여 깔끔하게 빗어 붙인 머리를 한 할머니가 똑같은 시선으로 나를 올려다보고 있었다. 어렸을 땐 차례제를 지내면서도 무섭다고 똑바로 쳐다보지도 않았던 사진이었다. 그러다 후에 철이 들면서 차차 익숙해져 다시 정을 가지고 대했던 할아버지와 할머니의 유일한 사진이었는데 이렇게 이곳에 흘려져 있을 줄이야.

나는 메고 온 가방에 사진 액자를 챙겨 넣고 벌떡 일어섰다. 시계를 올려다보니 이제라도 출발하면 집으로 가는 막차를 잡을 수 있을 것 같았다.

2008년, 『연변문학』

09
아파트

내가 사는 아파트는 6층으로 된 낡은 아파트다. 90년도에 지었다는 집이 겉 양식이나 내부구조가 현재 짓고들 있는 아파트와는 비교도 안 될 만큼 초라하고 어설프다. 그래도 이 아파트는 셋방으로 내여 놓기 바쁘게 쓱싹쓱싹 잘도 나간다. 우리 집이 있는 3단원만 보아도 그렇다. 1층의 동서 두 집과 2층의 서쪽 집, 그리고 4층의 서쪽 집만 원주인이 살고 우리 집을 포함한 나머지는 일색 월세를 들어 사는 세입자들이다. 마을 학교가 현성 학교와 합병이 되면서 폐교가 되자 나도 울며 겨자 먹기로 현성 학교로 올라오긴 했으나 아직 내 이름으로 된 집까지 마련할 형편은 못 되어 임시로 학교 부근에 있는 이 아파트에 세를 들었다. 학교와 가까운 점을 내여 놓고 이 아파트는 아무런 우점도 없건만 세방은 한 칸도 비워져 있지 않고 초겨울 김치독처럼 꼴똑꼴똑 차 있다.

1층의 동쪽 집은 필씨라고 하는 한족이 살고 있는데 베란다 쪽에 출입구를 내여 소매점을 하고 있고 서쪽 집은 역시 부씨라고 하는 한족 나그네가 사는데 그는 찐빵 장수다. 2층의 서쪽 집은 '해바라기씨'네 집이다. 볼 때마다 해바라기씨를 까고 있어서 내가 그렇게 이름을 붙인 것이지 그게 그의 본명은 아니다. 4층의 서쪽 집은 '애완견 부인'이 살고 있다. 바깥출입을 할 때마다 흰 애완견을 안고 다녀서 역시 내가 붙여 놓은 이름이다. 그러나 그들이 듣는 데서는 절대 "해바라기씨", "애완견 부인"이라고 부르진 않는다. 그들과 말을 섞을 일이 없으니 그렇게 부를 일도 없거니와 또 불러서도 안 된다는 걸 나는 잘 안다. 그들에게도 그들 나름대로의 진짜 이름이 있을 터이니 멍덕꿀이 아닌 이상 남다른 그런 별명을 듣기 좋아할 리가 없을 것이다. 우리네처럼 세들어 사는 립장이 아니고 명실공히 자기 이름으로 된 제 집을 쓰고 살아서인지 '해바라기씨'와 '애완견 부인'의 태도는 그 걸음걸이에서부터 다르다. 목에 힘을 빳빳이 넣고 가슴을 쑥 내밀고 활보를 하는 그 자태는 우리와는 차원이 다른 사람이란 것을 보여주기라도 하듯이 언제나 당당하고 시위적이다.

더우기 '해바라기씨'는 바로 그 웃층인 3층을, 그러니까 우리 집 맞은켠 집을 세까지 놓고 사는 사람이다. 한국 길이 터지자마자 약장사로 돈을 꽤 벌었다고 하는데 누구 말대로라면 해열 진통제 한 알을 한국 돈 만 원에도 팔아먹은 사람이라니 그의 통장에 돈이 얼마나 쌓여 있는지는 그밖에 누구도 모를 일이다. 여자는 돈이 없으면 나쁜 짓을 하고 남자는 돈이 있으면 나쁜 짓을 시작한다고 '해바라기씨'는 돈이 많아지자 바람기도 생겨나서 동네 수캐처럼 발에 걸리는 대로 이 여자 저 여자 다 찔러 보고 다녔는데 그 안해가 그 꼴을 보다 못해 더는 눈꼴이 시어 못 보겠다며 한국으로 도망가 버려서 지금 '해바라기씨'는 시원섭섭하게 홀아비로 살고 있다. '해바라기씨'가 세놓은 집에는 한 돌이 지났을까 말까 한 어린 여자애를 키우는 젊은 여자가 세 들어 산다. 여자다운 몸매에 아련한 얼굴을 한 이 여자는 언제 보나 조용하다. 그 남편은 딸아이가 태여나기 퍽 전에 한국으로 갔다는데 벌이가 시원찮은지 그달 그달 생활비나 겨우겨우 부쳐오는 정도이고 요즘은 두 달째 그것마저도 도착이 안 된다고 한다.

'애완견 부인'은 원래 남편과 같이 한국에 가서 노가다 일을 했었는데 그 남편이 '곰빵'[1] 일을 하다가 사고가 나서 졸지에 과부가 된 여자다. 남편을 그렇게 잃고 받은 돈이 저그만치 인민폐 60만 원이라고 한다. 남편이 추락사한 장면을 현장에서 두 눈으로 똑똑히 목격한 그녀는 혼비백산해서 사람이 살아야 얼마를 살겠냐며 일이고 뭐고 다 때려 치우고 돌아와 남편 목숨하고 바꿔 온 그 돈으로 자그마한 가게방 하

---

1) '곰빵'은 '막노동'.

나와 바로 지금 살고 있는 집을 현찰을 주고 샀다고 한다. 그녀가 하는 일이란 우리 집 바로 웃층, 그러니까 자기 집 맞은켠 집에 가서 마작이나 놀고 일 년에 한 번씩 가게방 임대료나 챙기러 다니고 그렇지 않으면 낮잠을 자는 게 고작이다. 요즘은 애완견을 한 마리 사들이더니 이틀에 한 번꼴로 애완견과 같이 거리를 산보하는 일과가 하나 더 생겨 과부치고는 그리 외로워 보이진 않는다.

우리 웃집은 작년에 부부가 함께 한국 방문 취업제 시험을 치러 놓고 그 결과를 기다리며 밤낮으로 마작이나 노는 사람들이다. 80평방이 되나 마나 한 집에 마작 상을 네 개나 차려 놓고 마작군들을 불러들여 하루종일 마작을 논다. 처음엔 소일거리로 시작한 것이 요즘엔 마작군 한 사람당 5원씩을 받는다고 하는데 그 벌이가 꽤 쏠쏠한지 그 남편이 하는 말이 추첨에 걸려도 한국을 아니 가고 마작판을 운영하겠다고 한다나? 마작군들은 출근족들과 똑같이 7시 반이면 모여들었다가 밤 10시면 헤어져들 간다. 마작군들이 원하면 점심과 저녁 두 끼를 주인집에서 끓여 주기도 하는데 그러면 또 한 사람당 5원씩을 더 내야 한단다. 주인집 부부는 그 때식을 갖추는 일 외에 구메구메 손님들을 배동하여 같이 놀기도 하는데 둘 다 때식 갖추는 일을 하지 않고 서로 다투어 마작 상에 앉으려고 하다 보니 쩍하면 부부간에 티각태각 언성이 높아지군 했다. 그러더니 나중엔 손수 짓던 밥을 걷어치우고 요즘엔 분식점에 곽밥[2])을 시켜 날라오게 해서 요즘 그 집으로 오르내리는 사람 수효가 하나 더 늘어났다.

한낮은 그렇다손 쳐도 한밤중까지 듣그럽게 들려오는 마작 쪽 버무리는 소리는 참으로 이가 갈리도록 귀찮다. 밑 집에 사는 우리는 물론

---

2) '곽밥'은 '도시락'.

그 웃집에 사는 늙은 량주는 그 소리 때문에 밤잠도 설치는 적이 한두 번이 아니란다. 소학교 5학년생인 손주를 공부시키기 위해 시골집을 비워 두고 올라왔다는 량주는 손주 돌보는 일 외에 하루종일 하는 일이 없어 심심해서 죽을 지경이라고 했다. 시골에 있으면 논농사는 못 해도 닭이나 돼지라도 한 마리 치느라고 온돌장에 궁둥이 붙일 사이가 없이 돌아쳤을 텐데 다락 같은 5층 집에 갇혀서 먼 하늘만 쳐다보고 사는 게 똑 죽을 맛이란다. 아들 내외가 걸음발을 겨우 떼는 어린것을 할미 할애비에게 맡겨 두고 한국을 간 지 10년 철이 된다는데 처음엔 떼어 놓고 간 아들애가 보고파 썩어진다고 울고불고 지랄을 하던 며느리마저 이젠 그 정이 가물가물 멀어지는지 요즘엔 다달이 생활비만 보내올 뿐 귀국할 기미가 통 없어서 량주가 시골로 돌아갈 희망이 점점 멀어지고 있단다. 돈이 뭔지 사람살이가 이렇게 어려워서야 어떻게 하냐며 별난 세상, 기찬 인생을 다 살고 있다고 량주는 뜨락 한복판에 있는 화단 가에 나란히 걸터앉아 푸념들이다.

점심시간이 되자 학생들이 학교 대문이 미여터지게 밀려 나온다. 그 주류에서 흘린 물갈래처럼 몇몇 학생들이 우리 아파트 골목으로 흘러 들어 오는데 대부분이 우리 3단원 5층에 하숙을 하는 애들이다. 부모가 모두 한국으로 간 고아 아닌 '고아'들이다. 5층 베란다 문이 드르륵 열리더니 머리를 뽀글뽀글 볶아 얹은 주인 아낙이 그 머리를 밖으로 쑥 내밀며 올라오는 길에 간장 한 병을 사 오라고 하학하고 돌아오는 애들 중 머리 큰 애에게 심부름을 시켰다. 그러자 큰애는 자기보다 작은애에게 그 심부름을 떠맡기고 그 심부름을 떠맡게 생긴 작은애는 또 자기보다 더 어린 여자아이에게 그 중임을 양도한다. 그렇게 실랑이질을 하던 와중 그래도 머리 제일 큰 애가 '필씨네 소매점'에 들어가 간장 한 병을 사 들고 나와 아파트 계단을 노루처럼 뛰어오른다. 필씨가 외상 싸인을 해 놓고 가라고 소리쳤지만 심부름을 하는 애는 벌써 저만치 계단을 올라간 뒤다. 많지도 적지도 않게 여덟이나 되는 학생을 거느리고 있다는 5층 집의 볶은 머리 아낙은 뜨락에서 나와 마주칠 때마다 그 여덟 명 아이가 모두 시댁 쪽 조카들과 친정집 조카들인데 자기는 립식 옷걸이처럼 사방에서 걸어주는 짐을 다 떠맡아 앉지도 못하고 서서 산다고 했다. 그러면서 고추떡도 남보다 뒤서너 발은 더 말리워야 하고 고추장도 한두 단지로는 태부족이여서 가을이 되면 겨울 채소 장만에 손발이 닳아 떨어질 지경이란다. 너무나 넌더리가 나서 올해까지만 조카들 시중을 하고 이젠 자기도 나가 벌고 싶어 방문 취업제 시험 쳐 놓았으니 조만간에 한국을 가긴 갈 것인데 그 후임이 아직 나서질 않아 빼도 박도 못하는 형편이라며 장바같이 긴 넉두리를 널어 놓군 했다.

그 웃층인 6층에 사는 졸업반 학생도 오전 공부가 끝난 모양, 계단 입구로 들어가다 말고 되돌아서서 '필씨네 소매점'에 들어가더니 건빵이며 쏘세지며 라면 따위를 한 아름 사 안고 나왔다. 세련된 복장에 기름을 바른 헤어스타일을 봐선 어느 모에서도 학생다운 티가 나질 않는다. 량 부모 다 한국에 가 있고 혼자 자취를 하고 있다는 학생은 3년째 재수를 하고 있는 '빵대가리'라고 담임을 맡은 선생이 나에게 말했다. 그러고 보면 나이도 꽤 들었을 법한데 빨래는 전부 앞집 '왕씨 세탁소'에 맡기고 때식은 분식집 밥을 배달시켜 먹지 않으면 저렇게 늘 인스턴트 식품을 사 안고 다닌다. 부모가 보내주는 돈이 매달 기한 전에 거덜이 나서 담임 선생님한테서 가불해 쓴 적도 한두 번이 아니라는데 내가 보건대는 음식값에만 돈이 드는 것같질 않았다. 쩍하면 CD장이나 빌려 들고 다니고 주말이면 어중이떠중이 친구들을 불러다 술추렴이나 하는 것 같더라고 했더니 담임선생님은 그러면 그렇지 3년 재수를 한다는 애가 매일 책은 들고 있어도 뭘 생각을 하는지 수업 시간에 집중력도 엉망이고 쩍하면 아프다고 휴가를 낸다나? 그러면서 부모 등 골이나 녹이는 빌어 처먹을 놈이라고 담임선생님은 격분해서 욕설을 감추지 않았다.

그 맞은컨 6층에 사는 '폐병쟁이'가 고기소를 넣은 찐빵을 사러 1층의 부씨네 집에 왔다가 빈손으로 돌아간다. 고기소를 넣은 찐빵은 벌써 다 팔리고 없단다. 식전 아침에 한 가마, 점심 전에 한 가마를 쪄낸다는 찐빵은 쪄내기 바쁘게 주문이 들어온 대로 배달하고 나머지는 부씨가 자전거 짐받이에 싣고 나가 골목골목을 누비며 팔아 버린다. 부씨는 아침에 찐 찐빵을 아무리 늦어도 점심 몫을 찌기 전에 다 처리하고 돌아온다. '폐병쟁이'가 빈손으로 돌아가자 부씨는 저으기 안됐다는 표정을 지으며 래일부터는 고기소를 넣은 찐빵을 한 가마 더 쪄야겠단다. 그 고기소가 진짜 고기소인지 찐빵처럼 통통하게 생긴 부씨의 얼굴만 봐서는 누가 알까만 그래도 사람들은 의심 한 점 없이 없어서 못 사 먹는 형편이다. 방금 '폐병쟁이'도 그렇다. 일부러 파장을 할 무렵까지를 기다려 고기 매대에 찾아가서 팔다 남은 미주알 같은 찌꺼기 돼지고기를 헐값에 사 들고 오는 부씨를 매일 두 눈으로 보면서도 하루에 한 끼는 꼭 그걸 사 먹는다. 소 넣은 찐빵을 사면 반찬을 할 필요가 없어 간편해서 그런다나? 하는 일 없이 자기 입에 들어가는 반찬 한 끼 만들기 싫다니, 하긴 7척 남아가 소매부리를 적시며 정주칸에서 물행주를 주물럭거리는 꼴이 썩 보기 좋은 것은 아니다. 키는 장승처럼 커도 얼굴에 피기 한 점 없이 핼쑥해 있는 모습을 보면 그의 몸 상태가 그리 썩 좋은 것이 아니란 것을 대충은 알 수 있을 것 같다. 듣건대 폐가 나쁘다고 하는데 기침을 깋는 꼴은 한 번도 보지 못했다. 촌에 있는 땅을 헐값으로 남에게 양도하고 그 돈으로 방세를 물면 딱 맞다고 한다. 그의 안해는 몇 년 전에 한국으로 위장 결혼차로 나갔는데 말로는 가짜 결혼이라던 것이 덜컥 진짜 결혼이 되어 버려 그는 어망결에 홀아비가 된 사람이다. 시골의 땅 외에 아무런 수입래원이 없는 그의 생활비는 청도인가 어딘가에서 일을 하고 있는 딸아이가 전담한다고 한다. 고마운 것은 그가 마작판에는 일절 골을 들이밀질 않는다는 것이다. 대신 10전 내기 화투 놀이는 한다나? 그러더니 요즘에는 화투 놀이도 그만두고 교회 출입을 시작했단다. 찐빵 사러 1층으로 내려오고 성경책을 옆구리에 끼고 교회로 한 번 다녀오는 것이 그의 유일한 일과다.

우리 집 아래층에 세 들어 사는 총각은 요즘 장가를 간다고 입이 팥자루가 되어 다닌다. 한국 로무길에 올라 5년간 고깃배를 따라다녔다는데 돈을 얼마나 모았는지 값이 제일 안 나가는 2층을 18만 원이나 주고 사기로 했다나? 18만 원이면 새로 짓는 집도 살 수 있는데 왜 하필이면 남이 쓰던 중고를 사냐고 물었더니 새것을 사면 집안 장식을 해야 하는데 그럴 시간은 없고 결혼식은 급히 올려야겠기에 그렇게 되었다고 한다. 결혼식을 급히 올려야 할 진짜 이유는 예비 신부가 임신을 한 것이란다. 결혼 날 식을 필하고 집으로 돌아오는 신부를 보니 아닌 게 아니라 배가 롱구공같이 불쑥 솟아 있었다. 한복을 입으면 적당히 눈가림이 되었을 법도 하건만 빨간 드레스 자락을 치렁치렁 끌며 걸어오는 걸 보니 신부는 빨간 장갑에 빨간 구두에 귀밑머리도 빨간 꽃으로 단장을 한 한족 여자였다. 조선 남자가 한족 여자에게 장가드는 일이 이곳에선 이젠 그리 희귀한 일이 아니니 누가 흉볼 것도 못 되고 말릴 일은 더구나 아닌 예상사가 되었다. 결혼 이튿날부터 신부의 친정집 떨레들이 문돌쪽[3]에 불이 일게 들락거리는데 어떤 날은 낡은 경운기를 타고 온 집안 식구들이 단체로 들이닥치기도 했다. 신부는 시골치고도 제일 가난

---

3) '문돌쪽'은 '문돌찌귀'.

하기로 소문난 노루골이란 마을에서 데려왔다고 하는데 촌에 사는 사람들이 도회지에 딸 하나를 시집 보내 놓고 이래저래 여러 가지로 덕을 톡톡히 보려는 심산들인가 보다.

　마작꾼들이 헤어져 복도 계단을 내려가는 발자국 소리가 들렸다. 나는 언제나 그 동정을 알람 시계처럼 기준하여 커텐도 내리고 보던 텔레비전도 끄고 전등도 끈다. 일찍 누워 봐야 마작 쪽 섞는 소리에 어차피 잠을 이룰 수 없으니 말이다. 아들애를 껴안고 막 잠을 청하는데 어딘가에서 여자의 괴성이 들려왔다. 예전에 지은 집이라 방음 처리가 되어 있질 않아서 아래웃층은 물론 이웃집의 웃음소리나 말소리, 변 보고 물 내리는 소리 아울러 귀를 강구지 않아도 다 들리는 것이 이 아파트의 최대 흠집이다. 소리는 우리 침대머리가 닿인 간벽 너머에서 들려왔고 분명 흥분에 떠는 여자의 교성이었다. 홀로 사는 젊은 여자 집에서 교성이라니? 혹시…? 에잇, 그 집 애기의 울음소리일 거야. 나는 그렇게 믿고 싶었고 또 그렇게 믿으려고 사로를 바꾸어 보기도 했다. 그러나 그 소리의 톤이 높아갈수록 나는 그것이 분명 돌이 지난 애기의 울음소리도 아니고 트집을 부리는 철없는 아이의 칭얼거림은 더구나 아님을 확신할 수 있었다. 가물가물 막 잠 속에 빠져들려던 아들애가 눈을 딱 떠버리며 이게 무슨 소리냐고 나에게 물었다. 나는 일시 대답거리를 찾지 못하고 한참을 망설였다. 고양이 소리라고 해야 하나? 아니면 애기의 울음소리라고 해야 하나? 그래 애기의 울음소리라고 둘러대자. 내가 아래층에 사는 새신부가 아기를 낳는 모양이라고 하자 철없는 아들애는 그런가보다는 표정을 짓더니 래일 아침 갓난애기 구경을 가야겠단다.

　교성은 어루짐작 한 반 시간 이상 이어지다가 어망결에 끝이 나 버렸다. 시원섭섭했다. 그 소리에 아들애가 잠이 못 들가 봐 두 손바닥을 쫙 펴서 아들애의 두 귀를 틀어막고 전전긍긍했는데 그 소리가 더 들리지 않자 외려 서운한 건 왜서일까? 금방까지 들렸던 소리가 흥분에 떨며 내질렀던 여자의 소리라면 간벽 건너 저 방에는 분명 남자가 있다는 말이 된다. 남편 없이 홀로 사는 젊은 여자의 집에 남자가 들어 있다면 그건 분명 외간 남자일 것이고 그렇다면 저 방에서는 금방 불륜이 벌어졌다는 소리가 된다. 불륜이든 인륜이든 그것은 성인 남자와 성인 여자가 생리 욕구를 해소하는 정상적인 행위이고 인간 본능의 소일이다. 그처럼 극히 정상적인 소리였지만 그 소리는 남편을 한국으로 일하러 내보낸 후 오랫동안 잠자고 있던 나의 이성에 대한 욕구를 불러일으키기에는 충분한 것이었다. 어떻게 잠이 들었는지 날이 밝자 아침잠이 없는 아들애가 나 먼저 튕기듯이 자리에서 일어나 웃옷만 걸치고 아래층으로 달음박질쳐 내려갔다. 그렇게 내려갔던 아들애가 시무룩해서 되돌아왔다. 아래층 신부가 아이를 낳은 것이 아니더라고, 아래층 신부가 롱구공 같은 배를 안고 소매점에 주스 사러 가는 걸 자기 눈으로 똑똑히 봤다고 아들애가 말했다.

아래층 신부는 매일 주스 사러 다녔고 웃층에서는 끊임없이 마작 쪽섞어대는 소리가 요란하다. 늙은 량주는 오늘도 뜨락의 화단 가에 앉아 기름값이 올랐소 고기값이 올랐소 하며 푸념을 널고 있고 볶은 머리 아낙은 아이들 먹을거리를 장만한다며 하루에도 '필씨네 소매점'을 수십 번 들락거린다. '애완견 부인'은 가뜩이나 털이 길어 더워 보이는 개한테 오늘은 레스 달린 등거리까지 입혀가지고 산보하러 나왔고 필씨는 외상값 정리하라고 웃층에다 대고 고래고래 소리질이다. 찐빵 장수 부씨는 고기소 넣은 찐빵을 한 가마 더 만드느라고 김이 꽉 서린 정주에 서서 눈이 아홉이 되어 설쳐대고 '해바라기씨'는 여전히 할 일이 없는지 해바라기씨를 틱틱 까 던지며 고개를 쳐들고 해만 쳐다본다. 시간 가는 것이 몹시 더디다는 표정이다. 우리 맞은켠 집의 젊은 여자가 쇼핑을 했는지 휴지며 과일이며 튀긴 닭다리 따위를 넣은 비닐봉지를 두 손 넘치게 들고 돌아온다. '폐병쟁이'는 고기소 넣은 찐빵이 다 쪄지기를 문 어귀에 서서 기다리고 자취생활을 하는 고중 학생은 또 '필씨네 소매점'에 뛰어 들어간다…

밤공부를 나갔던 학생들이 아홉 시가 되자 하나둘 돌아오면서 계단은 한동안 시끌벅적했다. 드디어 마작군들도 다 집으로 돌아가고 사위는 고요해졌다. 가끔 뒤 집에서 출입문 여닫는 소리가 난다. 커텐을 내리고 텔레비전을 끄고 현관 등까지 끄려고 현관으로 나가는데 스적스적 가볍게 계단을 올라오는 발자국 소리가 복도 쪽에서 났다. 발자국 소리는 우리 맞은켠 집 출입문 앞에서 멎더니 뒤이어 빠른 손기척 소리가 들려왔다. 이 밤중에 누굴까? 순간 어제 밤 여자가 질러대던 교성이 뇌리를 치고 지나갔다. 출입문에 난 감시 구멍으로 내다보니 전기도 없는 복도에 웬 남자가 꼼짝 않고 서 있는데 아쉽게도 내 눈엔 그 뒤모습만 비쳤다. 좀 지나서 걸쇠 따는 소리가 나고 드디어 문이 빠꼼히 열리는데 문을 열어주는 젊은 여자의 몸에 화려한 잠옷이 걸쳐져 있다. 순식간이었다. 사나이는 바람처럼 문 안으로 스며들어 갔고 문은 다시 닫겨 버렸다. 얼마 지나지 않아 역시 어제저녁에 들던 그 교성이 또다시 간벽을 타고 간간이 들려왔다. 곤혹스러운 불면의 밤이었다.

어렵사리 잠이 살풋이 들었는데 어디선가 여자의 비명소리가 들려왔다. 간벽 너머에서 들려오는 소리겠거니 했는데 다시 귀를 강구고 들어보니 그게 아니라 소리는 계단 쪽에서 나고 있는 것 같았다. 잠결에 방향을 외껴 간벽 너머의 소리를 계단 쪽에서 나는 소리로 착각하진 않았나 다시 귀를 도사려 보니 분명 복도 계단 쪽에서 이상한 동정이 들려오고 있었다. 방금 들은 것은 여자의 교성이 아니라 여자의 비명소리였다. 순간 머리카락이 쭈뼛 일어서며 가슴이 싸늘하게 얼어들었다. 뭘

까? 누굴까? 무슨 일일까? 수많은 물음표가 머릿속에서 맴돌기만 할 뿐 발걸음은 문 어귀로 옮겨지질 않았다. 내 심장이 뛰는 소리를 내 귀로 이렇게 분명히 들을 수 있다는 게 이상하기까지 했다.

여자의 비명 소리는 또 한 번 들려왔다. 분명 "쮸밍아 ―(사람 살려요)" 그러는 것 같았다. 그런데 이상하게도 누구 하나 아는 척하질 않는다. 발뱀발뱀 현관 쪽으로 다가가 출입문에 난 감시 구멍에 한 눈을 가져다 대고 밖을 살펴도 누구 하나 문밖으로 나오는 기척이 없다. 층계 쪽에서는 분명 뭔 일이 일어나고 있는데 닭을 잡을 때 용을 쓰듯 푸드덕거리는 소리만 간간이 들리는 걸 봐서 일은 1층이나 2층쯤에서 벌어지고 있는 듯했다. 나는 용기를 내어 출입문을 열어젖혔다. 워낙 전등이 없는 계단은 어두컴컴할 뿐 아무것도 보이지 않았다. 누가 뒤에서 몽둥이로 정수리를 내려치는 듯해서 내디뎠던 앞발을 다시 거두어들일 때 웃층들에서 웅성거리는 소리가 나고 뒤이어 손전지 불이 좌악 아래로 내려오고 있었다. 누구야? 뭔 일이야? 저마끔 중구난방 한 마디씩 거들며 내려오는데 5층의 볶은 머리 여인은 제법 주방용 식칼을 왼손에 들고 있었다. 마작 집 나그네가 팬티 바람에 손전지를 켜들고 내려왔고 '폐병쟁이' 아울러 밀걸레 대를 꼬나들고 어정쩡해서 내려왔다. 늙은 량주가 계단을 붙들고 서서 아마 도적이 들은 게라고 쑤알거렸다. 그러나 누구 하나 아래층으로 내려가 볼 용기가 없는지 똥마려운 강아지들처럼 우리 문 앞에 몰켜 서서 중구난방 추측들만 람발할 뿐 누구 하나 선뜻 내려가지를 못하고 서성대고 있었다. 그래도 6층에서 자취를 하는 고중 학생이 운동복 바람에 뛰어 내려오더니 마작 집 나그네의 손에서 손전지를 빼앗아 들고 겁대가리 없이 아래층으로 텀벙텀벙 내려갔다. 그때 바깥 출입문 여닫는 소리가 "쾅!" 하고 나고 누군가 뜨락 복판을 꿰질러 허름한 대문을 나서는 모습이 계단 창문으로 얼핏 보였다. 시간은 새벽 2시. 다행히 어스름 새벽달이 있어서 밖은 사람의 형체를 알아볼 수는 있을 정도였다.

그제서야 사람들은 아래층으로 몰려 내려갔다. 고중 학생이 한 손에는 손전지를 들고 한 손으로는 한 사람을 부축해 올라오는데 다름 아닌 4층의 '애완견 부인'이었다. 씨름을 한판 겨루고 난 사람처럼 황소 숨을 몰아쉬는데 옷은 여기저기 찢겨져 있었고 머리는 까치 둥우리처럼 부수수했다. 뭐야? 누구야? 왜 이래? 사람들은 입 가진 대로 한마디씩 뇌까렸다. '애완견 부인'이 사시나무 떨듯 손발을 와들와들 떨어대며 하소연을 했다. 친구와 꼬치구이를 먹고 헤여져 돌아오는 길인데 열쇠로 대문을 따고 들어서자 누군가 기다렸다는 듯이 뒤에서 덮쳐들어 핸드백이며 목걸이이며 두 손에 낀 두 개의 금반지 그리고 두 손목에 걸었던 옥팔찌까지 하나도 남기지 않고 모조리 훑어갔다는 것이었다. '애완견 부인'은 강탈을 당하면서 그렇게 구원을 청하는데도 누구 하나 얼른 얼굴을 내밀지 않았다며 화를 내고 있었다. 말이 꼬치구이이지 새벽 2시까지 어디 가서 뭔 일을 하다가 돌아오는 길인지 누가 알까만 1층에서부터 2층으로 계단을 기어오르며 1층과 2층의 출입문을 그렇게 여러 번 두드리기도 했다는데 1층은 물론 2층에 있는 사람들마저 여태 머리도 내밀지 않는다는 것이 내가 생각하건대도 좀 너무했다 싶었다.

이튿날 '애완견 부인'이 강탈당한 일이 빅 뉴스가 되어 온 아파트 단지가 떠들썩했다. 파출소에서 경찰 두 명이 현장 검사를 나와 여기저기를 대충 살펴보는 척하다가 아파트 전체 식구들을 모아놓고 군중 검거를 들겠다고 했다. 기록부를 든 경찰이 1층에 사는 필씨와 부씨에게 왜 그렇게 구원을 청했는데도 모르는 척했냐고 물었다. 그랬더니 필씨와 부씨는 도적은 쫓는 것이지 잡는 것이 아니라며 핑게 아닌 핑게를 댔고 2층의 신혼 신랑은 자기 색시가 남의 일에 쓸데없이 작작 삐치라고 욕설을 퍼붓는 바람에 그냥 이불 속에 있었다고 했다. 하다면 2층의 '해바라기씨'는 왜 나오지 않았단 말인가? 경찰이 '해바라기씨'에게 묻자 '해바라기씨'는 자기는 그 시각 집에 없었다고 딱 잡아뗐다. 그럼 그 시각 당신은 어디에 있었냐고 물으니 '해바라기씨'는 어망결에 3층 여자네 집에 있었다고 대답했다. 젊은 여자의 얼굴은 순간 딸기 빛이 되어 버렸고 온 아파트 식구들의 눈이 졸지에 둥그래졌다.

경찰들이 돌아간 후 사람들은 매 집에서 돈을 갹출하여 부실한 대문을 새것으로 바꾸어 달고 경비를 세워야지 이대로는 안 된다고 떠들어댔다. 그러나 필씨와 부씨는 저희들은 창문마다 방도 시설을 해놨기에 거기엔 돈을 더 내지 않겠다고, 내려면 늦도록 밤마실 다니는 당신들이나 내라고 했다. 그게 몇 푼 된다고 좀스럽게 빠질 생각을 하냐고 비난을 하자 대문이 헐어서 도적을 불렀느냐, 당신들의 씀씀이가 도적을 불렀지, 그러면서 막무가내로 도리머리를 홰홰 내저었다. 그 바람에 당장 개선될 것 같던 치안 계획은 쟁개비처럼 바르르 끓어 번지다가 그만 흐지부지해졌고 사람들은 또다시 자기의 일상으로 돌아가 버렸다.

필씨네 소매점 안은 여전히 고객들로 붐볐고 부씨는 하루도 쉬지 않고 찐빵을 쪄냈으며 '해바라기씨'는 계속 자기의 해바라기씨나 까고 다녔고 '애완견 부인'은 계속 자기의 애완견이나 안고 다녔다. 그리고 웃집의 마작 쪽 섞어대는 소리도 여전하다. 다른 것이라면 2층의 새색시가 아기를 낳았는데 아기의 울음소리가 자주 흘러나오는 그것이었다. 아기를 다룰 줄 모르는 새색시가 친정 엄마를 모셔다 애를 보이는데 그 친정 엄마 되는 여인이 글쎄 아기의 다리를 참대처럼 곧게 키우려면 어릴 때부터 끈으로 묶어 두어야 한다며 아기의 두 다리를 헝겊오리로 꽁꽁 묶어 놓아 애가 더 운다는 것이었다. 그 말을 하면서 아기 아버지는 다른 것은 다 참을 수 있는데 그것만은 참고 넘길 수가 없어 매일 장모 되는 여인과 말다툼을 하게 된다고 뜨락에 나와 아파트 식구들에게 하소연을 했다.

선달 스무사흘이 되자 필씨와 부씨가 폭죽을 한아름 사다 뜨락 안에서 터뜨리기 시작했다. 선달그믐날 자정까지 장장 일주일을 매일같이 한 번씩 터뜨릴 것이라고 했다. 따발총을 갈기듯 자지러지게 울리는 폭죽 소리에 2층 집 아기가 놀라 울음을 터뜨렸고 매일같이 울리는 그 소리에 아파트 식구들은 신물이 나서 못 듣겠다고 욕설을 퍼부었지만 필씨와 부씨는 내기라도 하듯 겨끔내기로 뜨락에 나와 폭죽 꿰미에 불을 달아 붙였다. 폭죽 소리가 요란할수록 새해 재물운이 왕성하다나?

2009년, 『연변일보』

10
계명워리

명월네가 남편 없이 병신 아들 하나를 데리고 홀로 살아가고 있는 일은 어제오늘 이야기가 아니다. 남편 동춘이가 10년 전 한국으로 가는 밀항 배를 타러 떠났다가 종무소식이 되면서부터 명월이는 갑자기 과부가 되었다. 여자 얼굴에 광대뼈가 감자알같이 툭 삐여져 나와 있으면 과부 팔자라고 하더니 명월이는 그걸 증명이라도 하듯이 너무도 일찍이 과부가 되었다. 과부로 사는 10년 사이 재가를 하라고 옆에서 권유도 많이 했지만 명월이는 여태 재가를 하지 않고 그러고 산다. 하긴 다리 하나를 제대로 쓰지 못하는 병신 아들애까지 딸린 여자를 누가 선뜻 데려가랴? 명월네가 그 아들애를 낳을 때 공교롭게도 난산이었는데 나중에 의사가 집게로 아기의 머리를 집어 당겨냈다고 한다. 그러면서 어느 신경을 다쳐놓았는지 아들애는 서너 살이 되도록 걸음을 걷지 못하더니 결국은 한 다리를 살룩거리는 절름발이가 되어 버렸다. 병원을 찾아 시시비비를 따질 줄도 모르는 어리무던한 촌사람들이라 아들애의 일이 그렇게 되었는데도 그것으로 체념해 버리고 남편 동춘이는 한국으로 가는 배를 탄다며 집을 떠났다. 돈을 많이 벌어 와야 아들애의 병을 고치든지 말든지 할 게 아니냐면서 말이다.

　남편이 떠나면서 이웃 마을의 왕개네 돈을 빌려 썼다. 일가친척들에게서 조금씩 꾸어 들인 것으로는 브로커들이 요구하는 액수에 턱 부족이었던 것이다. 그렇게 빌린 돈이 새끼를 치고 또 쳐서 5년 후 명월이는 손수 붙이던 7무의 논을 왕개에게 넘겨 버리지 않으면 안 되게 되었다. 왕개는 자기 집 한전 밭은 여편네에게 떠맡기고 홀로 아주 이곳 수남촌으로 옮겨와서는 명월네한테서 넘겨받은 논을 붙여 먹으며 산다. 그 외에 농한기마다 손잡이 뜨락또르를 몰고 6리 상거해 있는 진(鎭) 거리나 30리 밖의 현성 거리로 다니며 부업도 하고 동네 안 잡심부름도 하며 야금야금 돈을 챙기기도 한다. 하고 다니는 꼴은 그닥잖은데 그의 주머니에는 꿍져 놓은 돈이 있다. 수남촌 사람들은 급히 돈을 돌려쓸 일이 있으면 그를 찾는다. 적게는 일이십 원 푼돈에서 많이는 몇천 원까지의 목돈도 그는 다 빌려준다. 돈을 신처럼 여기는 왕개가 돈을 빌려줄 때는 꼭 차용증을 받는다. 일이십 원도 어김이 없다. 왕개의 돈은 공짜가 없다. 리자가 있다. 차용증을 쓸 때는 리자까지 계산해 엎친 수를 쓴다. 그래서 차용증만 보아서는 리자 돈이라는 표가 나지 않는다. 그러나 그 돈을 못 갚을 시에는 무엇을 담보로 내여 놓는다는 추가 조건을 잊지 않고 덧붙인다. 그리고 꼭 싸인을 하게 하고 손도장까지 이중으로 받아낸다. 『백모녀(白毛女)』의 황세인(黃世仁)처럼 말이다. 그럴 때 보면 돈을 꾸러 간 사람은 위불 없는 양백로(楊白勞)이다.[1]

나트막한 명월네 초가집 안에서는 마작 쪽 버무리는 소리가 요란하다. 원래 별로 크지 않았던 마을인 데다가 이래저래 다 떠나고 나니 젊은 여자라고는 이제 명월이 하나밖에 남지 않았다. 여자뿐만 아니라 젊은 남자도 몇 안 남았다. 그래서 마작을 놀려 해도 얼른 한 팀이 무어지질 않아 골머리를 앓았는데 요즘 한국 갔던 만식이가 돌아와서 그 걱정은 없어졌다. 만식이와 명월네 그리고 촌장인 종석이와 사람 됨됨이가 그리 칠칠치 못한 재덕이가 왈그락 달그락 한창 마작 쪽을 버무리는 마당에 왕개가 들어섰다. 왕개는 들어오자 바람으로 명월네 옆에 바싹 다가앉으며 훈수 들 차비를 했다.

"저 새끼는 어째 개 씹에 보리알 끼우듯이 만날 한 번씩 와서 끼우는지 모르겠다."

만식이가 아니꼬운 눈길로 왕개를 흘겨보며 한마디 하자

---

1) 『백모녀(白毛女)』는 1950년대 중국의 혁명 가극. 황세인(黃世仁)과 양백로(楊白勞)는 각각 극에 등장하는 악덕 지주와 소작농의 배역 이름.

"워 더우 팅둥."2)

　하며 왕개가 느물거린다. 치솔질을 하지 않아 이 사이에 끼인 음식 찌꺼기가 그대로 남아 있는 입을 허물없이 벌리고 느물거리는 꼴이 막 구역질이 날 지경이다.

"아적부터 누기 보자는 것처리 바라왔소. 에구에구 대가리나 좀 씻구 다니지, 취취하게스리…"3)

　명월이가 입안에 오그랑떡이라도 문 것처럼 일부러 알아듣기 힘들게 혀 아래 소리로 웅얼거리자 눈치 빠른 왕개가 넘어오는 공 받듯 받아친다.

"다 들리게 그게 말하우."

　그러면서 손바닥으로 명월의 엉덩이를 툭 친다.

"빌어먹을 새끼 어디다 손목대기질이니?"

　명월이 갑자기 얼굴을 붉히며 소리치자 왕개가 놀란 듯 주춤 한 뼘 뒤로 물러앉으며 헤식게 웃는다.

"언지기는 가만히 있어 놓구두."

---

2) 중국어 '워 더우 팅둥(我都听懂).'은 '나도 다 알아듣는다.'
3) '취취하다'는 '냄새가 고약하다'는 뜻의 함경도 방언.

왕개가 무안해서 중얼거리자 맞은 켠에 앉았던 재덕이가 킬킬거린다.

"너는 무스개 우쨉다구 가달두새 대가리 처박구 낄낄거리니?"

명월이 웃고 있는 재덕이 아울러 싸잡아 욕을 퍼부었다. 그럼에도 재덕이는 기가 죽지 않고 오히려 언죽번죽 명월에게 반문한다.

"그나저나 오늘 점심은 뭐요?"
"꽈맨4)이다."

명월이 아직 분이 가시지 않은 듯 퉁명스레 소리친다.

"또 꽈맨이요? 밥 해주. 아침마다 팡뺀맨5)만 먹어서 국시는 어전 새
  나서 보기두 싫소."
"얻어 처먹는 주제에 개소리 작작 쳐라! 국시래두 얻어 먹으므 오감이
  지. 무스거 이거 아이 먹소 저거 아이 먹소 주래질이니? 원래 꼬락서
  닌 별랗지 못한 것들이 음식 타발이 더 많더라이. 아이 처먹겠으므
  니 혼자 집에 가서 절루 해 처먹어라!"

명월이 재덕의 앞으로 마작 쪽 하나를 탁 집어던지며 축객령을 내렸다.

"소리 좀 낮추오. 어제저녁 왜가리 괴기 삶아 먹었소? 시에미 역정에
  개 배때기 찬다더니 어째 나하우 아부재기요?"

─────────

4) 중국어 '꽈맨(挂面)'은 '마른 국수'.
5) 중국어 '팡뺀맨(方便面)'은 '라면'.

재덕이가 볼 부은 소리를 하자 이번엔 만식이가 껄껄거린다.

"조선족 아줌마들 목소리 큰 건 알아주어야 한다니까. 서울 거리에서
   도 언성 높여 얘기하는 사람은 열에 아홉이 교포 아줌마들이라니깐.
   영사하게스리…"6)
"넓은 땅에 살면서 커진 게 소리밖에 더 있겠니?"

종석이가 마작 쪽을 던지며 말을 받는다.

"형님에, 그러지 말고 오늘은 생활 개선 좀 하기요. 만날 일 시키구 팡
   밴맨만 메기구 이거 어디 썰썰이 나서7) 사람 살겠소? 양?"

재덕이가 종석이를 향해 애걸하는 투로 말하는데 그 모습이 짐짓 정
색이다. 부모를 일찍 여읜 데다가 그리 똘똘치 못한 편이어서 재덕이는
서른하고도 일곱인데 아직 장가도 못 갔다. 하긴 신수 멀끔한 놈들도
장가가기 힘든 이 모진 세월에 어디 재덕이 몫까지 있으랴? 시키는 일
은 그런대로 수걱수걱 하는데 일머리를 틀 줄 몰라 자기 몫의 논도 제대
로 다루지를 못해 아예 촌장인 종석이에게 맡긴 후 종석이가 시키는 대
로 일만 해 주고 종석이에게서 월급을 타 쓰며 살고 있는 재덕이다. 누
가 보아도 그게 재덕이에겐 더 리로워 보였다. 그러던 차 종석이 안해
가 한국으로 돈 벌러 떠나가자 재덕이는 그 참에 이불 짐까지 아예 종석
이네 집에 들여놓고 본격적으로 행랑살이를 시작했다. 아침은 종석이

---

6) '영사하다'는 '남 보기 부끄럽다'는 뜻의 함경도 방언.
7) '썰썰하다'는 '속이 빈 것처럼 시장한 느낌이 있다'.

가 끓이는 라면이나 묵은 밥으로 때우고 점심과 저녁은 거의 명월네 집에 와서 얻어먹는다.

명월이는 7무 남짓하던 논을 왕개에게 내어준 후 할 일이 없게 되었다. 그래서 그녀는 마작꾼들을 불러들여 마작을 놀고 때가 되면 밥을 지어서 먹이고 그리고 그들이 내는 밥값을 받아 그럭저럭 살아간다. 병신 아들이 현성에 있는 조선족 학교에 며칠 다니더니 반급 애들이 자기를 조롱한다며 이불 짐을 짊어지고 집으로 돌아와 이웃 마을 한족 학교를 다니고 있기에 아침마다 아들애 도시락 통을 챙겨주는 일 외에 하루 종일 별로 하는 일이 없는 명월네로 말할 때 이 직업은 꿩 먹고 알 먹는 일이었다. 가끔 종석이가 향에서 내려오는 간부나 파출소 사람들의 점심을 시키고 그 대가로 돈을 계산해 주기도 해서 명월네는 쌓아 놓은 돈이 없어서 그렇지 임시 먹고 살기는 그리 불편치 않았다.

"왕개야!"

종석이가 명월의 옆에 앉아 있는 왕개를 불렀다.

"왕개 아니고 왕카이."

왕개가 언짢다는 표정을 지으며 종석의 부름을 시정했다.

"짜식이, 개나 카이나 그게 그거구만 꼭 이렇게 토를 단단 말이야. 현성에 가서 석탄 한 돈 실어 와라. 그리고 밀갈기 한 포대하구 쇠고기 목살로 닷 근만 사오나. 알았니?"
"알았소. 돈 주우."

왕개가 종석이를 향해 손바닥을 펼친다.

"사 온 다음에 줄게."
"또 써장(외상) 하믄 안 되우."

신을 찾아 신고 나가다 말고 왕개가 뒤를 돌아보며 한마디 보탠다.

"그럼 보리알은 가보겠소."

그러는 왕개의 뒤통수에 대고 명월이가 소리친다.

"내 꽈맨두 사 오나."
"알았소. 밥이나 먹지 만날 긴 거만 좋아하더라이."

그렇게 할 소리 안 할 소리 지절대는 왕개의 뒤를 처다보며 만식이가 중얼거린다.

"저 새끼 어전 못하는 소리 없구나. 와늘."
"그래. 요즘은 까마귀가 사람 소리하고 개 꼬리가 황모 되는 세월이다."

종석이가 마작 쪽을 던지며 쿡 웃는다.

한국 방문 취업제 소식은 수남 마을을 다시 뒤숭숭하게 만들어 놓았다. 남편 동춘이가 한국으로 간다며 엄청난 리자 돈을 꾸어가지고 떠난 후로 명월은 자기 입에 한국이란 말도 담으려 하지 않았다. 괜스레 한국 바람이 불어 평온하던 마을은 굿해 먹은 집구석처럼 어수선해졌고 단란하던 자기 집도 풍비박산이 났기 때문이다. 남편이 남의 말 하나만 가볍게 믿고 그렇게 섣불리 행동하지만 않았어도 이 지경은 아니었을 텐데 말이다. 자취를 감춘 남편의 소식을 자나 깨나 손꼽아 기다리며 그래도 첫 몇 달은 설마설마했었는데 함께 떠난 친정 마을 사람도 소식이 없다는 소리를 전해 듣고 나서 명월은 시름 놓고 꺼이꺼이 울었다. 하늘이 무너진 것 같았다. 그동안 참아 왔던 초조와 불안을 한꺼번에 말아 쏟아내는 소리여서 옆에서 듣는 사람까지 슬퍼질 만큼 참 많이도 울었다. 나중에 목이 쉬어 소리가 더 나가지 않을 때까지 명월은 방안에 죽치고 앉아 울고 또 울었다. 그렇게 한꺼번에 눈물을 다 쏟아버려서인지 그 후 명월은 다시 더 울지 않았다. 울 눈물이 없었다.

시험을 쳐서 한국을 갈 수 있다는 말을 종석에게서 처음 들었을 때 명월은 앙천대소를 했다. 귀신 씨나락 까 먹는 소리를 하고 있다고 생각했다. 그리고 그는 그것이 설사 신문에 실린 소식이라고 해도 기편(欺騙)이라고 생각했다. 수년 전 신문에 나온 광고를 보고 한국으로 로무를 간다고 떠벌이다가 돈만 떼운 사람들이 수남촌에도 여럿 있었기 때문이다. 몇만 원을 들이고도 못 간 한국을 달랑 시험 한 장을 치르게 하고 공짜로 보내준다니 누가 들어도 소 웃다 꾸레미 터질 일이 아닌가 말이다. 명월은 이웃집 나그네가 시험 치러 간다고 떠나는 뒤모습을 바라보며 뒤에서 코웃음을 웃었다.

그런데 울지도 웃지도 못 할 일은 그렇게 시험을 본 이웃집 나그네가 얼마 후 진짜로 한국을 나가게 된 것이다. 하늘의 별을 따 온 셈이었다. 귀신이 곡할 노릇이었다. 이웃집 나그네가 받아온 비자와 비행기 표를 자랑삼아 그녀에게 보여주었을 때 명월은 우레 소리를 들었을 때처럼 귀가 뻥 뚫리고 번개 빛을 보았을 때처럼 눈앞이 아찔해남을 느꼈다. 그 순간 남편 얼굴이 또다시 아삼아삼 떠올랐다. 10년이나 소식이 없었으니 이젠 이 세상 사람이 아니라고 생각은 하면서도 주검을 보지 못했기에 혹 남편이 죽지 않고 어딘가에 살아있는 건 아닐가 하는 실낱같은 미련이 가끔 그렇게 그녀를 꼬실 때가 있었다. 그런 남편을 찾아 열두 번도 더 가 보고 싶은 한국이었지만 돌다리가 아니면 절대 건너지 않겠다고 뼈 물고 다짐했던 명월네가 아니였던가? 그렇게 단단히 걸어 잠그었던 마음속 한 귀퉁이에 살며시 쪽문이 열리고 있었다. 이웃집 나그네 같은 산 증거가 눈앞에 있는데 이제 뭘 더 보고 자시고 할 게 있단 말인가?

명월네가 방문 취업제 시험 신청을 하러 현성에 있는 여행사에 다녀온 날 저녁. 찾지도 않은 재덕이가 덜래덜래 찾아 들어왔다.

"밥 없소? 밥 먹기요."

명월네보다 한 살 지하인 재덕이는 언제나 이렇게 허물이 없다. 그게 명월네를 더 편하게 하는지도 모르는 일이다.

"아직두 밥두 못 얻어 먹구 뭘 했니?"
"온날 일 했지무."
"일한 사람 밥두 아이 메기구 그래 너네 주인은 뭐 하니?"
"상해 갔소."
"상해?"
"어째 모르오? 오늘 아침에 갔는데."
"상해는 무시래?"
"훈이가 집으 샀다오. 상해에다."
"무슨 집으?"

"무슨 집이긴? 훈이 장가가서 살 집이지."

"훈이 엄마 돈으 잘 버는 모애지? 상해에다 집으 다 사구?"

"훈이 번 거랑 합하구 은행 대출두 받구 그렇게 샀답데. 근데 쫭슈8) 할 돈이 모자라서 여기저기서 꿔 갑데. 내 돈 아불라 다 훑어 갔소."

"아 자제 볼은 밥알 뜯어 먹겠다."

"그러게 말이요. 그나저나 밥이나 빨리 주우. 배고파 죽겠소."

"돈두 없다메 무슨 밥으 먹겠다구?"

"먼저 얻어 먹으랬소. 상해에서 돌아오므 다 계산해 준다구."

"언지기 온다데?"

"아마 한두 달은 걸릴 게요."

　재덕이가 가져온 종석이의 소식은 명월네의 가슴을 싸늘하게 식혀 놓았다. 여행사에서는 시험 등록을 대신 해 주는 비용으로 인민폐 3천 원을 요구했다. 컴퓨터로 하는 작업이고 또 신청자가 많아서 자그마한 여행사 안은 발 디딜 자리도 없이 머리가 터질 지경으로 붐비고 있었다. 시험 등록을 하는 날은 이제 딱 닷새가 남았는데 그전에 돈을 가져온 사람에게만 대리 신청을 해 준다고 여행사 직원은 상론해 볼 여지도 없이 한마디로 일축해 버렸다. 옆집 나그네가 신청을 할 때는 280원의 수수료밖에 내지 않았다는 말을 들었던 기억이 있었기에 명월네는 집에 있던 돈 300원만 들고 갔던 것이다. 그 바람에 말도 붙여보지 못하고 돌아와 버렸다. 종석에게서 더 얻어 래일 다시 가 보리라고 속구구를 하고 있는 판이었는데 자기에게는 재록신(財祿神)이나 다름없는 종석이가 방정맞게 외출을 하다니? 그리고 재덕이의 돈 아울러 다 가져갔다는 것

---

8) 중국어 '쫭슈(裝修)'는 '내장 공사', '인테리어'.

으로 보아 종석의 수중도 자기가 믿고 있는 것만큼 그리 두텁지 않은 것은 불 보듯 뻔한 것이 아닌가?

재덕이가 돌아간 다음 명월은 장밤 궁싯거렸다. 어디 가서 모자라는 돈을 빌릴 것인가? 친인척들에게서는 이제 더 빌릴 면목이 없다. 남편이 빌려 간 돈도 아직 갚아주지 못하고 있는 판에 얼굴에 철판을 깔지 않은 이상엔 또 그들에게 손을 내밀 수가 없다. 잔나비도 낯짝이 있다고 하지 않았던가? 생때 같은 남편을 떼우고 살아가는 자기를 가엾게 여겨 그 빚을 빨리 갚으라고 독촉을 하지 않는 것만으로도 그들이 얼마나 감사한지 모르겠다. 아무리 올리 훑고 내리 훑어봐야 이 동네에서 돈 3천 원을 자기에게 선뜻 내어 줄 만큼 수중이 넉넉한 집이 종석이 외엔 한 집도 없다는 것이 명월네로서도 생각할수록 한심했다.

그렇게 궁싯거리다가 새벽녘에야 명월은 만식이를 생각해냈다. 아차! 내가 왜 그를 잊어먹었던가? 그래, 아무리 단속에 걸려 쫓겨 왔다고 해도 한국에 가서 7년이나 벌었으니 그로 말할 때 돈 3천 원이야 새발에 피나 다름없을 것이다. 남들이 하는 말을 들어보면 한국 가서 벌어 온 사람들이 전과 달리 무척 좀스러워져 돈 빌리기가 쉽지 않다고들 했지만 아무리 서울깍쟁이가 되어 왔다 해도 만식이는 자기가 부탁하면 거절하진 못할 것이다. 요 며칠 마작 친구가 되어 같이 놀고 같이 먹은 정도 있고 또 만식이 동생 만녀와 명월은 어렸을 적부터 극진한 사이였으니 동생 면목을 봐서라도 차마 아니 소리는 못 할 것이다.

이튿날 저녁 명월은 만식이를 불러들였다. 다른 날보다 반찬도 한 접시 더 만들고 주식도 꽈맨이 아니라 물만두를 빚어 밥상을 풍성하게 만들었다. 작부처럼 진하게 화장을 한 명월의 얼굴을 쳐다보며 만식이의 눈이 둥그래졌다.

"어째 이러니?"

손수 술까지 붓는 명월의 행동에 만식의 눈길이 갈팡질팡하고 있었다.

"무스거? 만녀 오빠가 한국에서 돌아온 후 언지기부터 밥 한 끼 해야
  지 해야지 그래다가 오늘에사 틈이 난 것뿐인데…"
"아쉼채이타야.9) 밥이사 여기서 만날 먹었재이니?"
"그래두 그건 그거구. 오늘은 우리 둘이서만 먹기 싫어서… 자, 건배!"
"야. 니 자꾸 이래지 말아라. 어째 무섭다야…"

그러면서도 만식은 명월이 부어주는 술을 마다치 않고 훌쩍훌쩍 받
아 입안에 털어 넣었다.

"술은 장모가 부어도 여자가 부어야 맛이 있다더니 니가 부어주는 술
  이 맛이 있구나!"
"에게게, 만녀 오빠가 나르 여자로 보아주네. 자. 그럼 그런 의미에서
  또 한 잔!"

주량이 별로인 명월이가 먼저 혀 꼬부라진 소리를 하자 만식이도 취
기가 오는지 묻지도 않는 말을 횡설수설 주워섬겼다.

"내가 여자를 좀 아는데 원래 먼저 술잔 들고 권하는 여자들이 속셈이
  다 따로 있어서 그래거든. 그래 명월이 오늘 니 속셈은 도대체 뭐니?

---

9) '아쉼찮다(아심찮다)'는 '폐를 끼치게 되어 미안하고 고맙다'.

십 년 동안 과부로 살아서 남자가 그리운 거니 아니면 내 주머니에 관심이 있는 거니? 남자가 그리우면 내 하룻밤 여기서 묵어 주지… 그런데 말이다. 난 도이 없다. 빈털털이다. 7년 동안 헛 벌었다. 다 그 년 밑구멍에 넣어버렸다. 못 믿겠으므 한국에다 전화해 봐라. 우리 안까이한테… 어따, 여기 우리 안까이 전화번호 있다."

만식이가 그렇게 주절대고 있을 무렵 출입문이 열리며 재덕이가 들어왔다.

"맛있는 술으 어째 저들끼리만 먹소?"

그러면서 재덕은 구들 우로 올라와 만식의 곁에 다가안는다.

"너느 오늘 같은 날에 좀 빠지므 아이 되니?"

명월이 재덕을 향해 눈을 흘겼지만 술이 곬은 재덕이의 귀에 그 소리는 개방귀만큼이나 시시한 소리였다.

"내 없으므 술이 맛이 있소?"
"마침 잘 왔다. 우리 또 깐빼이 하자."

만식이 게슴츠레해진 눈을 억지로 치켜뜨며 재덕이 앞으로 술병을 내민다.

"양, 깐빼이 좋지므."

재덕이 그 술병을 받아들고 병채로 입가에 가져가는 걸 명월이 보고 있다가 독수리 병아리 채듯 채가며 소리친다.

"이 취세 없는[10] 새끼. 삽쌀개처럼 바라다니지 말구 빨리 가서 잠이나 자래?!"

명월의 성화에도 재덕은 고까운 기색 한 점 없이 능글능글한 웃음을 잃지 않는다.

"어째 내까는 이렇게 하는 양 하는지 모르겠다이. 종석이 형님이 상해 간 지 이제 며칠 됐다구 벌써 밤 친구를 바꿨소? 정 이러므 내 종석이 형님이 돌아오므 다 읽어바치겠소."
"썪어질 새끼, 무스거 어찐다구? 읽어바치겠다구? 그래 무스거 읽어바치겠니? 동네 나그네랑 술 먹었다구? 내 술 내 먹는데 어째? 난 내 마음대로 술 먹을 팔자두 아이 되니?"
"그게 아이구, 좋은 술 가지고 사람으 골라가며 괄세하지 말라는 말이오. 내 말은."
"괄세하믄 어째? 괄세 받지 말자면 너두 돈 벌어래? 도이 있어봐라, 누기 너를 괄세하겠니? 괄세를 받자 해두 아이 한다. 아니?"
"알재이쿠, 이 세상에 도이 할밴 게 무슨."
"아는 게 지금 개나발 불구 있니?"

그렇게 주거니 받거니 하다 보니 만식이가 어느새 술상 밑에 너부러져 있었다. 묻지 않아도 술이 과했는 모양이다. 달도 보기 전에 날이 밝

---

10) '취세(취새) 없다'는 '채신없다'의 함북 방언.

아버린 꼴이 되어 버린 게 재덕이 탓만 같아서 명월이는 젓가락으로 재덕이의 뒤통수를 갈겨 버렸다.

"널래 될 일두 아이 된다! 야!"

재덕이는 뒤더수기를 긁적거리며 명월에게 대여든다.

"이 형님을 불러들여서 뭘 어쩌겠다는 게요? 남자가 생각나믄 차라리 나를 부르는 게 낫지. 이 형님은 양? 맞아서 남자 노릇도 못 한다오. 한국 건너가서 얼마 안 되 술집 아가씨를 친했는데 꼼에 빠졌는지 그 아가씨 빚보증인가 뭔가 서줬다오. 그런데 양? 알구 보니 그게 사채업자들 돈이었다는가? 그 아가씨는 어디루 달아나구 이 7년 동안 그 사채업자들한테 붙잡혀 꼬박꼬박 그 빚을 다 물었다재이요? 정말이요. 제 각시까는 부끄러우니까 경마장에 드나들어서 그렇게 됐다구 둘러댔지만 각시가 따라 나가 보이까 그게 아이지. 그래서 각시한테 리혼까지 당했다재이요? 정말이요. 종석이 형님까 하는 얘기 내 옆에서 다 들었소. 못 믿겠으므 종석이 형님이 돌아온 년에 물어보오. 내 거짓뿌리 하는가…"

들다 금시초문이었다. 만식이가 불법 체류자 단속에 걸려 붙잡혀 돌아온 것까지는 명월네도 알고 있었지만 그 뒤에 그렇게 억장이 무너지는 한심한 이야기가 숨어 있은 줄은 재덕이에게서 처음 듣는 명월이다.

날이 밝았다. 만식이는 그때까지도 시름겨운 얼굴을 한 채 술에서 깨여나지 못하고 가끔 입속말을 시부렁대며 자고 있었다. 명월이는 다시 고민에 빠졌다. 믿었던 도끼에 발등을 찍혔다고 해야 하나? 마침 생각해 낸 사람이 그렇게 거지 중에 알거지였을 줄을 어찌 알았으랴? 이제 등록 날짜까지는 사흘밖에 남지 않았다. 교포에 대한 정책 변덕이 죽 끓듯 하는 한국 쪽에서 이와 같은 우대 정책을 언제까지 계속 이어갈 것이라는 보장은 어디에도 없다. 이번을 끝으로 우대 정책을 마무리지어 버리면 이 계명월이는 닭 쫓던 개 지붕 쳐다보는 격으로 넋 놓고 바라볼 수밖에 없게 된다. 어떻게 하나 이번에 돈을 구해 등록을 마쳐야 한다.

명월이가 마지막으로 생각해 낸 사람은 왕개였다. 왕개는 돈이 있다. 리자가 좀 비싸서 그렇지. 남편의 사변 때문에 왕개에게 온 식구의 목숨이 달려 있는 논까지 넘기고 나서 명월네는 다시는 왕개의 돈을 쓰지 않으려고 다짐했는데 별 수 없이 또 왕개를 찾게 될 줄이야.

왕개는 제집 뜨락에서 손잡이 뜨락또르를 뜯어 제껴 놓고 한창 보수 점검을 하고 있는 중이었다. 명월네가 나타나자 왕개는 기름때가 개발 린 얼굴을 쳐들고 헤식게 웃어주었다.

"무슨 일루 여기까지?"
"돈 좀 드려 쓰자구…"

명월이는 다른 때와 달리 가라앉은 소리로 입을 열었다.

"돈?"

왕개의 눈이 반짝 빛났다.

"요즘 다 꿔워 나가구 없는데…"

왕개는 일부러 늘쩡늘쩡 말끝을 흐리며 명월의 기색을 살핀다.

명월의 기색이 간절한 것을 보아낸 왕개가 한참 후 다시 입을 열었다.

"얼마나 쓰려구?"

"3천."

"언제 갚으려구?"

"한국 가서 벌어서 주지 뭐."

"헤헤… 그건 너무 오란데…"

"니 리자 좋아하재이니? 리자 불이래마?"

왕개의 눈이 명월의 전신을 훑고 있었다.

"이렇게 하기요. 리자는 아이 부치겠소. 원금만 2년 후에 주면 되우."

이번엔 명월의 눈이 커졌다.

"개 뼈대 같은 소리는 그만하구! 되겠니 아이 되겠니?"

"농담 아이요. 그 대신 조꺼이 있소."

"조건? 그래 무슨 조건?"

명월이 다그쳐 묻자 왕개가 일손을 놓고 일어서더니 명월의 옆으로 다가와 그녀의 귀볼에 입을 가져다 대고 또박또박 말을 뱉었다.

"나하구 한번만 자기요."

"찰싹!"

명월은 한발 물러서며 어망결에 왕개의 왼 볼을 후려쳤다. 그리고는 와들와들 떨었다. 분해서 떠는지 놀라서 떠는지 자기로서도 가늠이 안 되었다. 집으로 돌아오는 명월네의 두 다리가 허청대고 있었다. 무슨 정신으로 집까지 왔는지 가슴만 세차게 풀무질하고 있었다. 개새끼라고 욕까지 덧얹어주지 못한 것이 못내 후회되었다. 돌아오자마자 어제 저녁 먹다 남은 술을 꺼내 사이다 마시듯 꿀꺽꿀꺽 다 마셔 버렸다. 그리고 불도 때지 않은 아랫목에 누워 깊은 잠이 들어 버렸다.

　　이튿날 아침 명월은 잠에서 깨어나자 왕개에게 전화를 걸었다.

"니 말대로 한다. 도느 가지고 와라!"

　　왕개는 어스름이 깃들자마자 돈과 차용증을 만들어 가지고 일찍이도 찾아왔다. 명월은 아들애에게 구실을 만들어 밖으로 내어보내 놓고 왕개를 방으로 맞아들였다. 명월이 거두절미하고 웃옷 단추부터 끄르려 하자 왕개가 준비해온 돈뭉치와 차용증을 꺼내 명월이 앞에 내어 놓았다.

"챈쯔11)부터 하구…."

　　명월은 왕개가 내어 미는 차용증을 훑어보았다.

"금일 돈 3천 원을 빌렸음. 2년 후에 돌려줌. 만약 약속을 어길 시 지금 살고 있는 초가삼간과 그 터를 볼모로 내여 놓는다. 2008년 2월 12일"

---

11) 중국어 '챈쯔(簽字)'는 '서명'.

명월은 왕개가 내어 미는 볼펜을 받아 왕개가 식지로 가르치는 차용증의 맨 밑에 자기의 이름 석 자를 비뚤비뚤 써넣었다. 왕개가 다시 한번 차용증 내용을 복창했다. 그리고 찬사까지 덧붙쳤다.

"桂明月(계명월) 이름이 좋소."

왕개는 차용증을 채곡채곡 접어 웃옷 호주머니 속에 깊숙이 넣었다. 그리고는 기름때가 채 가시지 않은 시커먼 손으로 벗다 만 명월네의 웃옷 단추를 끌러나갔다.

밖에서 출입문 당기는 소리가 두 사람을 놀래웠다. 얼마나 드세게 잡아당겼는지 안으로 잠근다고 잠근 문고리가 끊어지면서 그렇게 들어온 사람은 생각밖에 재덕이었다. 재덕의 뒤에 명월의 병신 아들이 몸을 숨기고 서 있었다. 갑자기 나타난 불청객 앞에서 왕개는 어찌할 바를 몰라 허둥대고 있었다. 재덕이의 분노가 얼굴에 그대로 씌어 있었다. 무식한 자가 용감하다고 성이 나면 불도 물도 모르고 덤비는 재덕이의 우직한 성격을 잘 알고 있는 왕개는 재덕의 분노를 그대로 읽었는지 찍소리 한마디 없이 부랴부랴 일어나서 옷매무시를 추스리고는 쫓기우는 개처럼 꼬리 빳빳이 밖으로 사라졌다.

홀랑 벗은 채 일어나 앉은 명월네 앞에 빨간 지폐 30장이 그때까지 그대로 놓여 있었다. 전 같으면 "취세 없는 새끼"라고 욕을 바가지 바가지 했을 명월이 재덕의 존재 따위는 알은 체도 않고 오똑하니 앉아 있었다. 그렇게 부끄러움 한 오리 걸치지 않고 앉아 있는 명월네를 향해 재덕이 황소 울음소리 같은 소리를 내질렀다.

"계명워리! 이 쎄쓰게[12]야! 내 어전 진짜 다 읽어바칠 테다!"

재덕이가 제아무리 고함을 질러도 여자는 미동도 없다. 그것이 더 화가 나고 얄미웠지만 재덕이 재간엔 더 이상 어쩔 수 없는 것이 가슴이 터질 정도로 답답하고 도륙을 내고 싶을 정도로 한심할 뿐이었다. 재덕이는 괜히 혼자 그렇게 누룩 먹은 돼지처럼 씩씩거리다가 명월네 집을 나와 버렸다.

　이튿날 아침. 명월네 집으로 밥 얻어먹으러 갔던 만식이는 썰렁한 가마목을 보고 놀랐다. 병신 아들만 구들 우에서 딜딜 구을며 텔레비전을 보고 있었고 명월이는 어디 갔는지 보이지 않았다.

"야, 니 엄마 어딜 갔니? 밥두 안 해 놓구?"
"모르우."

　병신 아들은 무뚝뚝하게 한마디를 던지고는 계속 자기 볼 것만 보고 있다. 그때 재덕이가 딜래딜래 들어왔다.

"야, 쥔댁이 없다야. 오늘 밥 얻어먹기는 코집이 글렀다."[13]

　만식이 재덕이를 향해 허구픈 웃음을 웃으며 하는 말이다.
　재덕이의 얼굴이 금세 굳어진다.

"어딜 갔을까? 야, 니는 알지에? 이 안까이 어딜 갔는지?"

　고개를 좌우로 기웃거리던 만식이 이번엔 멍하니 서 있는 재덕이에게 캐고 들었다.

---

12) '쎄스게'는 '미치광이'라는 뜻의 함북 방언.
13) '코집이 틀렸다(글렀다)'는 '일이 잘되기는 틀렸다'는 뜻.

"내 어떻게 알겠소? 내 안까이두 아닌데?"

재덕이 얼굴을 붉히며 신경질적으로 나오자 만식이는 뒤더수기를 긁적거리며 혼자소리처럼 중얼거린다.

"하긴 요즘 여자들이 좀 행방이 없긴 없지."
"근심 마우. 아무리 그래두 저런 아들 둬 두구 멀리는 안 갔을게요."

재덕이는 말은 그렇게 했지만 자신도 명월네의 행방이 궁금하긴 마찬가지였다. 혹시 어제저녁의 일로 수치심을 느낀 명월네가 짧은 생각을 해버린 건 아닐가? 괜히 종석이에게 고아바치겠다고 으름장을 놓은 일이 후회되기도 했다. 하긴 그따위 으름장에 나긋나긋 고개 숙이고 꼬리를 내릴 명월네도 아니지만 말이다. 두 남자는 명월네도 없는 스산한 집 안에 우두커니 앉아 서로 대방의 얼굴만 멀뚱멀뚱 쳐다보고 있었다. 명월의 존재가 이렇게 소중한 것인 줄을 다는 몰랐던 것이다.

아침 해가 높이 솟아올랐다. 새로운 하루가 시작된 것이다.
명월의 이야기는 전 같으면 날개라도 돋힌 듯 순식간에 동네 안이 짜하게 퍼져나갔을 법도 한데 이젠 그런 건 뉴스거리도 아닌 양 누구 하나 명월의 일을 두고 입방아를 찧는 사람이 없다. 하긴 워낙 이런 일엔 주로 입 싼 아낙들이 나서서 말을 날라 가고 날라 오는 법인데 명색만 아낙이지 이젠 귀가 멀어 웬간한 소리는 가려듣지도 못하는 늙은 할망구들만 몇 남아 있는 동네이니 그것 또한 그리 이상할 일은 아니었다.

2009년, 『연변문학』

11
어머니의 이야기

1.

어머니는 맏딸로 태어났다. 외할머니는 거의 해마다 임신을 했고 해마다 해산을 했는데 모두가 대를 끊는 계집아이들뿐이었다. 아들애를 보자고 자꾸 낳는 것도 아니고 그저 자꾸 생겨 낳았다. 이젠 마감이라고, 이젠 그만 낳자고 다섯 번째 계집아이 이름을 마감 '말' 자를 따서 말순이라고 지었는데도 효험을 보지 못하고 그 후로도 끝순이 죽순이를 더 낳고도 외할머니는 또 배가 남산만 해 다녔다. 그것이 마치 누구의 탓이기라도 한 것처럼 외할아버지는 쩍하면 까래구들1) 우에서 뒹굴어대는 딸아이들을 향해 욕설을 퍼붓군 했다.

"이늠의 지집아들아, 밥만 처묵고 할 지랄도 디기도 없다. 불 찬 머슴애들매로 이기 뭐꼬? 다리몽시를 탁 분질러 부릴란다."

그러면 계집아이들은 "와!" 하고 고함을 지르며 밖으로 냅다 뛰어나가선 그 모양 그 본새로 장난질에 여념이 없다. 그러는 것이 못내 민망스러웠던지 외할머니는 아이를 가질 때마다 배속의 것을 없애 보려고 쓴 꽈리탕을 끓여 먹는다, 간장 물을 들이킨다 하며 부산을 피웠으나 일 점의 효험도 보지 못하고 때가 되기만 하면 아기는 어김없이 그 조그마한 초가집에다 고고성을 울려주군 하였다.

"응아응아…"

---

1) '까래구들'은 '까래(삿자리)를 펴놓은 구들'.

들었는가? 여덟 번째 아기가 또 이 초라한 초가집에다 호적을 붙인 것이다.

"뭐락꼬?! 또 지집아락꼬?!"

일밭에서 돌아온 외할아버지는 금방 낳은 아기가 또 계집아이라는 소리에 방 안에도 들지 않고 마당 끝에 서서 벼락 같은 소리를 질렀다.

2.

"여보, 이걸 넘자테 집어 줍시다."

장밤 엽담배만 빠는 남편의 꼴이 가긍했던지 딸아이들이 잠에 골아 떨어지자 외할머니가 조심스레 말을 꺼냈다.

"이 문둥아, 내 새끼 밉다꼬 넘 주면 넘은 니 새끼 곱다 카더나?"
"새끼 없는 집에 집어 주면 되잖능교?"
"당치도 않을 쏘린 고만해라, 이 문둥아."

랑주 마주 앉아 한숨으로 밤을 패더니 이튿날 맏딸인 어머니를 불렀다.

"얘, 상순아, 상순아! 이리 와 본나!"
"와 그라예?"

어머니는 흙먼지로 얼룩 간 손등으로 코밑을 문지르며 방 안으로 뛰어 들어왔다.

"니 지금 및 살이꼬?"

외할아버지가 한참이나 머뭇거리더니 딸에게 묻는 말이다.

"열 셋이완데예."

"거시기 말이다."

외할아버지는 자못 갑자르며 말머리를 쉬이 트지 못했다.

"와예? 갑째기 지 나이는 와 묻십니껴? 앞집 박초시 아들매로 일본 글
   방 보내 주실라 그카는갑지예?"

어머니는 심상치 않은 량주의 눈치는 못 채고 제 맘에 싶은 소리를 골
라서 물었다.

"니… 니 말이다. 그거 뭐시기… 서방 안 할래?"

그렇게 철없는 소리를 하는 딸에게 외할아버지는 더 에두르지 않고
본론으로 들어가는데.

"서방예? 서방은 해서 뭘 하는데예?"
"시집을 가랑 기다."
"시집? 시집이믄 뉘 집이지예?"
"이년아 시집도 모르나? 머리 얹고 가는 집 말이다."
"그라모 지더러 머리 얹고 뉘 집 가라능 긴데예?"
"서방이 을 집에 오능 기라."
"서방이 을 집에 온다꼬예? 그라모 지는 그냥 말쑨이랑 바꿈살이 놀아
   도 되겠네예?"
"머리 얹은 지집이 놀음이 다 뭐꼬? 서방 섬기고 살림도 하고 그카야
   재."

외할아버지의 말을 듣고 한참이나 주밋거리던 어머니는

"그라모 나 그 서방이란 거 안 할란다 고마."

그러면서 밖으로 뛰어나가 버렸다. 그 바람에 노한 것은 외할아버지였다. 그는 목침으로 까래구들을 두드려 대며 맏딸이 나간 문 쪽을 향하여 호통을 쳤다.

"이 문둥아, 이젠 이 아비 말도 안 듣것다 그거제? 마카 콱 뒤져부러라
　고마."

안이 단 것은 외할머니였다.

"여보 — 참으셔유. 동네 웃기겠니더. 저기 뭘 알기나 하겠능교?"
"뭐라 캐도 우짤 수 없다. 내사 마 이늠의 지집아들을 혼자서는 묵여
　살리지 몬 한다. 그러니께로 임자도 그리 알도록 캐라."

3.

철부지 상순이가 시집을 간다는 소문은 한 입 건너 두 입으로 퍼져나가 온 동네가 짜했다.

"저기 시집을 간다 카네."
"기집 구실이나 하겠능교?"
"와? 열싯이면 알 것도 알겠구마는."
"그래도 아즉 피 보기도 안 했다는구만은 뭘?"
"그래도 닥치마 다 넘어가능 기라."
"글쎄 우리도 그 나이 쩍에 시집을 왔잖능교?"

동네 아낙들이 지나가며 뜨락에서 동생들과 놀고 있는 어머니를 두고 찧고 빻고 했으나 어머니는 어머니대로 죽순이를 잔등에 둘쳐업고 바자굽 밑에서 소꿉장난을 하기에 여념이 없었다.

며칠 후 외할아버지는 과연 어머니의 서방 될 사람을 집으로 데려왔다. 서방이란 사람은 키꼴이 훤칠한 사내였는데 수염이 더부룩해서인지 외할아버지보다 별로 젊어 보이지 않더란다. 장가를 온 신랑이 가져온 '지참품'이란 멜대의 량쪽 끝에 꿍쳐 맨 헌옷 꾸러미 두 개가 전부였다. 계집아이들은 큰 구경거리나 만난 듯 언니의 서방을 둘러싸고 서서 짝짜그르 떠들어 댔고 서방은 서방대로 그 속에서 신부를 찾으려는 듯 뚜릿뚜릿 사위를 살피는데 우묵한 두 눈이 큰 코날개 때문에 더 깊어 보였다.

외할아버지가 어머니를 끌어다 신랑이 될 남자 앞에 마주 세우며 맞

인사를 시켰다.

"자, 이 사람이 니 서방이고 이것이 자네 지집 될 사람이여. 낭중에 싸
　우지들 말고 잘들 혀 봐."

　말을 마친 외할아버지가 딸의 궁둥이를 툭 쳤으나 어머니는 아예 서
방 쪽을 쳐다보지도 않았다. 서방은 민망한 듯 입을 실룩거리더니 두
손만 마주 비벼댔다. 그걸 보고 계집아이들이 킬킬거렸다. 성이 난 외
할아버지가 넉가래 같은 손을 쫙 펼쳐 들고 어린 딸들의 엉덩이를 사정
없이 족쳐댔다. 외할머니가 밥상을 챙기다 말고 뜨락으로 나와서 말려
서야 외할아버지는 손을 거두었다. 어머니는 그 틈에 툇마루에 올려놓
은 서방의 보꾸러미를 훌쩍 들어 삽짝문 가로 내동댕이쳤다. 그리고는
외할아버지를 향해 소리쳤다.

"어디서 저런 꺼라지를 데려왔어예? 난 저런 꺼라지하고 서방 안 할란다."
"어따 대고 하는 소리꼬? 후딱 주어 온나!"

　외할아버지가 벽력 같은 소리를 질렀으나 어머니는 들은 척도 아니
하고 힁 하니 삽짝문을 박차고 나가 버렸다.

4.

　며칠 후 마당에 멍석이 깔리고 마을 사람들 몇이 모여 왔다. 추수 후에나 례식을 올리자던 애초의 결정을 뜯어고쳐 신랑 신부가 막걸리 한 그릇을 떠 놓고 맞절을 하는 것으로 혼례를 끝내자고들 했다. 그런데 이웃들이 모여 와 웅성거리는 틈을 타 맞절을 해야 할 신부가 마을 밖으로 뺑소니를 쳐서 다시 한 번 동네 사람들을 경악케 했다.

　한밤중이 되어서야 외할머니는 맏딸을 얼러 신방에 들게 하였다. 신방이래야 웃목에 거적을 드리워 눈가림을 한 곳이었다. 서방은 잠이 든 듯 벽 쪽으로 돌아누워 있고 동생들과 외할아버지도 퍼그나 깊은 잠에 든 듯했다. 어머니는 구들 언저리에 우두커니 섰다가 외할머니가 시켜 준 대로 서방의 발치에 꼬부리고 누워 버렸다. 달빛이 거적 사이로 밀고 들어와 신방을 얼룩얼룩 물들여 놓았다.

　사위가 고요해지자 어머니는 그만 잠이 들어 버렸다. 헌데 어떤 손이 자기의 괴춤을 어루쓰는 느낌에 눈을 떠 보니 어느새 서방이란 사람이 자기의 등 뒤에 다가와 누워 있고 손 임자 역시 그 서방이었다. 마침 새로 지어 입은 바지에 외할머니가 든든한 띠를 달아 주었고 아까 밖에서 단단히 곱쳐 매 놓았으니 망정이지 잠든 사이 서방의 손에 띠를 풀리워 망신할 뻔한 일을 생각하니 어머니는 등골에 식은땀이 쭉 돋았다. 어머니는 서방의 손을 밀치고 바지 끈을 다시 한 번 곱쳐 맸다. 헌데 그 서방이란 작자도 고집은 있었다. 시금털털한 막걸리 냄새를 풍기며 풀지도 못할 끈 매듭을 풀려고 무진 애를 쓰는 것이 아닌가?

　어머니는 참다못해 벌떡 일어나 새된 소리를 질렀다.

"꺼러지는 꺼러지다. 베 바지도 첨 보는가배?!"

 그 소리에 서방은 불에 덴 듯 인츰 손을 거두고 돌아눕더니 숨이 진 듯 다시는 아무런 기척도 없다. 아랫목 쪽에서 외할머니의 흐느낌 같은 한숨 소리가 간간이 들려왔다. 시간이 얼마나 흘렀는지 서방이 가볍게 코를 골기 시작해서야 어머니는 다시 한 번 곱쳐 맨 허리끈을 확인하고 비로소 눈을 붙였다.

 이튿날 어머니는 서방을 따라 논밭으로 나갔다. 외할아버지가 따라 가라고 하니 그저 따라나서는 수밖에 없었다. 논에 다 닿자 서방은 주저 없이 논에 들어서서 기음을 뽑기 시작했다. 물끄러미 섰던 어머니는 자기도 치마꼬리를 말아 입에 물고 첨버덩 물속에 들어섰다. 그러자 서방이 말도 없이 흙덩이 주어 옮겨 놓듯 어머니를 건뜩 들어 논뚜렁 우에 올려놓고 그냥 기음만 뽑아댔다.

"나도 일 좀 할란다."

 어머니가 그러면서 또 물에 들어서려고 서두르자

"고마 거기 앉아 얘기나 해라."

 하며 서방이 말렸다.

"난 얘기 같은 거 할 줄 모른다."

어머니가 퉁명스레 한마디 하니

"아무 쏘리나 해라."

서방이 한마디 받고

"아무 쏘리나 우얘 하노?"

하니

"그라모 혼자 바꿈살이나 놀지."

하고

"혼자서 그걸 우얘 노노?"

하니

"혼자서 다 하모 되재."

이렇게 신랑 각시가 말씨름을 하다나니 어느새 낮밥 시간이 다 되어 꿍져 온 밥보자기를 펼쳐 놓고 점심을 먹었다.

오후 해는 퍼그나 길었다. 어머니가 지루한 듯 집으로 가자고 졸라대는 바람에 서방은 이기지 못하고 일찍 집으로 돌아왔다. 돌아오는 길에 서방은 묻지도 않는 자기의 신상 정황을 쭉 얘기하는데 어미 아비는 벌써 이 세상 사람이 아니고 어려서부터 형수 집에 쭉 얹혀살다가 데릴사위 자리가 있다고 해서 형수의 눈치밥이 싫었던 차 무작정 따라온 것이 이렇게 되었다고 했다.

하루해 동안 두 사람은 퍼그나 친숙해졌지만 그날 저녁부터 사내는 더는 신부의 괴춤을 더듬지 않았다. 그래서 어머니도 더는 그것 때문에 신경을 도사릴 필요가 없었다.

5.

이듬해 봄. 씨붙임이 갓 끝난 어느 날 저녁. 서방은 자정이 훨씬 넘어서야 집으로 돌아왔다. 어머니는 그것을 잠결에 느꼈다. 이윽고 서방이 외할아버지와 주고받는 말소리가 두런두런 들려왔다.

"지가 신청을 했심더. 이참에 그렇게 해 볼랍니더."

서방의 웅글진 목소리다.

"안 가모 안 된다던교?"

외할머니의 근심 어린 물음이었다.

"한동네에서 셋은 나와야 한다꼬 그랬심더. 이 동네치고 순덕이하고
팔복이하고 그라고 나 말고 또 있심니꺼?"
"자네 지금 그거 말이락꼬 해 쌓나?"

외할아버지의 근엄한 물음이었다.
서방은 한동안 아무런 대답이 없다.

"자네가 와 죽을란지 살란지도 모리는 전장판에 자진해서 나갈라꼬
허는지 내가 쪼매 알 것 같다. 허지만 좀만 기달려 봐. 좀만 기다리마
상순이 저넘도 후딱 커 버리는 기라."

서방은 그래도 가타부타 말이 없다.

"대답이 없는 걸 보이께로 그냥 가기로 작심이 섰나 보이?"

외할아버지가 다시 한번 따져 물었다.

"앞집 팔복이도 기집 두고 가는 거 아입니꺼?"

서방은 고집을 꺾을 양이 없다.

"자네가 팔복이하고 같은교? 팔복이는 쌔끼를 둘씩이나 낳았잖능교?"

외할머니가 애가 타서 하는 말이었다.

"쌔끼가 있으니 더 발이 안 떨어지겠지예? 장모님께서 시방 무얼 근심하는지 지가 잘 압니더. 지가 떠나 있는 동안 상순이도 철이 좀 들 끼고 그렇게 다녀오면 동네 체면도 설 끼고. 그기 좋을 듯 싶어서 그라는 기라예."
"내사 모리것다. 우리 상순이를 위해 어예 하는 기 좋은 긴지? 어이구 내 팔자야."

외할머니는 오밤중이란 것도 잊었는지 사설까지 하며 흐느꼈다. 며칠 후 과연 서방은 행장을 꾸렸다. 동구 어구에서는 팔복이 색시가 떠나가는 남편의 옷자락을 부여잡고 어찌나 우는지 바램 나왔던 동네 아낙들까지 옷고름으로 눈굽을 찍어대며 쿨쩍거렸다. 그러나 어머니는 부엌에서 아침 먹은 그릇들을 부시기에 여념이 없었다. 삽짝문께까지 나갔던 서방이 웬 영문인지 발길을 되돌려 정주로 들어와 어머니의 등 뒤에 슬며시 다가섰다. 그리고는 나지막히 말했다.

"날 한번 쳐다보아라."

어머니는 서방을 힐끔 뒤돌아보고 나서 다시 그릇을 부셔댔다. 서방 은 한동안 멍하니 섰더니 주머니에서 잎담배를 끄집어내여 부시럭부시 럭 말기 시작했다. 그리고는 부뚜막 우의 성냥을 끌어다가 어머니의 손 에 쥐어 주었다.

"담배 피게 불 좀 켜 다우."

철없는 어머니는 물 묻은 두 손을 치마폭에다 쓱쓱 문지른 다음 성 냥곽을 받아 들고 득 — 하고 소리 나게 그어 사내가 문 담배 끝에 불 꽃을 가져다 댔다. 노란 불꽃이 어머니의 손끝과 서방이 문 잎담배 끝 사이에서 초점(焦點)을 두고 빠끔 타오르다가 맥없이 꺼졌다. 어머니 는 계속 그릇을 부셔댔다. 서방이 삽짝문을 거쳐 성큼성큼 밖으로 나 가는데도 개의치 않았다.

6.

꽃이 피고 꽃이 지고 다시 꽃이 피고 꽃이 졌다. 그렇게 4년이란 세월이 어머니의 신상을 거쳐 갔다. 그 세월은 어머니를 이팔청춘 꽃나이로 만들어 주었다. 꽃노을이 곱게 피는 어느 여름날 저녁, 어머니가 개울가에서 토닥토닥 방치질에 여념이 없는데 말순이가 헐레벌떡 뛰여오며 소리쳤다.

"형, 엄마가 빨리 오락 칸다."
"또 와 그라노?"

어머니는 방치질을 뚝 그치고 말순이를 돌아다 보았다.

"그기 말이다, 웬 아자씨가 왔는데 이따마케 큰 총을 둘러메고 왔다 아이가."
"뭐락꼬? 총을 메고 왔다꼬?"

어머니는 갑자기 가슴이 활랑거렸다. 손에 쥐였던 방치가 손에서 떨어져 나가 저만치 개울물에 떠내려가고 있었지만 어머니는 그것을 주을 넘도 않고 하던 빨래를 대충 마무려가지고 일어섰다. 그러다가 어머니는 다시 빨래 함지를 개울가에 내려놓고 쭈그리고 앉더니 길게 땋아 늘인 외태를 풀어 개울물에 헹구기 시작했다.
어머니가 뜨락에 들어서니 말순이가 아저씨라고 불렀던 그 사내가, 다시 보아도 틀림없는 자기의 서방이 한창 밥상을 받고 있었다. 어머니는 재빨리 사랑채로 들어갔다. 딸들이 자꾸 커 가자 외할아버지가 이태 전에 큰 힘을 들여 지어 놓은 사랑채다. 격식을 다 갖추어 차려 놓은 집 안은 아니었지만 어머니와 여동생들이 함께 쓰기엔 그리 불편치 않은 방인데 집들이를 하기 전날 외할머니는 이 방을 큰딸 내외의 방이라고 명토를 박아 주었던 것이다. 어머니는 수건을 벗겨 머리의 물기를 걷어낸 다음 선반 우에 얹어 놓았던 동백기름 병을 내리워 검고 숱 진 머리채에다 조금씩 골고루 발랐다. 그리곤 재빨리 외태를 다시 땋고 끝에다 어머니가 물려준 빨간 갑사댕기까지 드리웠다.

"저쪽 방으로 가이소. 상순이가 거기 있을 꺼구만."

안방에서 외할머니의 말소리가 들려왔다.

"그럼 건너가 볼 꺼구먼요."
"하모, 하모…. 얼떵 가 보이소."

이어 이쪽으로 걸어오는 남자의 발걸음 소리가 저벅저벅 힘차게 들려왔다. 어머니는 가슴이 활랑거리고 숨이 가빠져 화다닥 문을 열고 나와 개울가로 줄달음쳤다.

외할머니가 뒤따라 나왔다. 이젠 집으로 들어가야 할 때라며 딸을 얼렀다. 어머니는 5년 전 그때처럼 외할머니에게 등을 밀리워 뜨락에 들어섰다.

"상순아, 이제는 고마 들어가능 기다."

외할머니는 딸의 등을 가볍게 밀어 서방이 앉아 있는 방 안으로 들여보내고는 안방으로 들어가 버렸다.

어머니는 달빛을 등지고 그린 듯이 앉아 있었다. 남편은 아무 말 없이 뚫어져라 이쪽을 지켜보는 것 같았다. 4년 만에 만난 부부 사이의 인사가 바로 무거운 침묵이었다. 안해는 꽃같이 피었고 남편은 늙은 듯했다. 안해는 철이 든 듯했고 남편은 노숙해진 듯했다. 남자가 손을 뻗어 여자의 무릎을 잡고 자기 앞으로 쭉 — 끄당겨 갔다. 어머니는 한없이 부끄러웠으나 전처럼 서방을 밀치지는 않았다. 이윽하니 안해의 얼굴을 들여다보던 남자가 말없이 여자의 옷고름을 풀기 시작했다.

어머니는 그때 처음으로 남자를 알았다.

날이 밝았다.

외할머니와 외할아버지가 마당에서 씨암탉을 쫓아다니는 소리에 어머니는 잠에서 깨어났다. 수염이 더부룩한 남자가 자기의 옆에서 혼곤히 잠들어 있었는데 홍두깨 같은 왼팔이 어머니의 허리를 감고 있었다. 시한폭탄을 제거하듯 그 팔을 살그머니 내려놓느라고 했는데도 남자가 그걸 알고 눈을 뜨더니 몸을 빼내오는 어머니를 다시 끄당겨 품속에 넣어 버렸다. 싫지만은 않은 남자의 거동에 빠끔 행복에 젖었던 어머니가 한식경이 지나 다시 옷을 주워 입고 조용조용 부엌으로 들어가니 외할머니가 씨암탉을 잡아 다 끓여 놓고 딸과 사위가 기침하기만을 기다리고 있는데 그 얼굴 대하기가 그렇게 민망스러울 수가 없었다.

"벌써 가능교?"

아침상을 물리자마자 주섬주섬 떠날 차비를 하는 사위를 보고 외할머니가 묻는 말이었다.

"예. 지나가던 짬에 잠깐 들린 깁니더."
"전쟁은 이제 끝났다고 했잖능교?"

외할머니는 자꾸 꼬치꼬치 캐어물었다.

"글쎄, 그렇긴 그렇지만 아마 어디 또 가야 할 싸움터가 있능가 봅니
더. 그라길래 군복 벗으란 말이 없지요. 어디로 간다고 말도 없이 집
에만 후딱 들렀다가 빨랑 되돌아오락 카는데 저도 잘 모르겠심니더.
우리가 살던 고향 땅에 전쟁이 났다고 하기도 하고 고기 아니라 다른
쪽이라고도 하고 좌우간 낭중에 알게 되겠지예."
"그라모 쌈 끝나마 또 올라능교?"

외할머니는 치마꼬리를 들어 눈굽을 연신 찍어내며 사위에게 물었다.

"그라믄예. 그라이깨로 너무 상심 마이소."

서방은 외할머니와 외할아버지 앞에 큰절을 올리고 나서 성큼성큼
삽짝문을 나섰다. 어머니는 떠나는 남편을 따라 동구 밖으로 나오긴 나
왔지만 딱히 할 말도 못 찾고 병아리 어미 닭 쫓아가듯 한 발 앞선 서방
의 뒤잔등만 멀거니 바라보고 걷고 또 걸었다. 앞서 걷던 서방이 돌아
보며 인젠 그만 돌아가라고 일렀으나 어머니는 들었는지 말았는지 대
답도 없이 묵묵히 발걸음을 옮겼다.

"고마 들어가락카이."

서방이 또 한 번 재촉해서야 어머니는 발길을 멈추고 외태 끝만 주물 럭거렸다. 그걸 보고 있던 서방이 갑자기 뭔가 생각난 듯 저만치 갔던 길을 되짚어 오며 품속에서 뭔가 부시럭부시럭 끄집어내는데 꺼낸 걸 보니 탄피를 쪼아 만든 작은 비녀였다.

"참, 이 정신 봐. 임자를 줄라고 이걸 맨든 지가 언젠데 깜빡 잊었군 그랴."

그러면서 그걸 어머니의 손에 쥐여 주었다.

"서방을 했으면 이젠 머리도 얹어야 하능 기라. 그라고 내가 돌아올 때 꺼정 기다릴 만허재?. 이것이 바로 임자가 내 사람이라는 징표니께 로 이젠 어데로 도망도 몬 간데이?"

서방은 다짐을 따듯 어머니의 귓볼에 입을 가까이 대고 속삭였다. 그 리고는 다시 훌쩍 돌아서서 씨엉씨엉 걸음을 옮겼다.

"쪼매 기다리예."

갑자기 어머니가 부르는 소리에 서방은 걸음을 멈추고 뒤돌아보았 다. 거기엔 어느새 숱가마 같은 머리를 똬리 틀어 얹은 안해가 자기를 바라보고 서 있었다.

"이걸 꽂아 주고 가지예."

어머니가 탄피 비녀를 내밀며 청을 들었다. 서방은 달려가 그것을 받아 들고 어머니의 등 뒤로 다가가 조심스레 똬리 튼 머리에다 꽂아 주었다.

이듬해 봄, 단 하룻밤 정사에 농익어 버린 열매가 어머니 몸에서 태어났는데 그게 바로 나다. 딸부자 집에 내가 유일한 남자아이로 태어난 것이 신기하기만 했던지 외할아버지는 입을 다물지 못하고 하루종일 포대기를 펼쳐 놓고 나의 고추만 들여다보다가 흥분이 과했던지 이튿날 저세상으로 떠나셨단다.

세월은 개울물 흐르듯 조용히 흘렀다. 세월이 그렇게 흘렀지만 전쟁이 끝나면 곧 돌아온다던 서방은 아니, 나의 아버지는 다시는 돌아오지 않았다. 아버지는 어머니에게 남자를 알게 해 놓고 바람처럼 사라지더니 연기처럼 날아가 버렸다. 그러던 어느 날 어머니에게로 빨간딱지 한 장이 전해졌다. 촌 서기에게 이게 뭔가고 물었더니 그게 최돌석이란 사람의 사망 증명서이기에 그 안해인 어머니가 지참하고 있을 의무가 있으며 이제부터 어머니는 렬사 가족 대우를 받을 것이라고 하더란다. 어머니는 그렇게 과부가 되어 버렸다. 그것도 스물두 살 꽃나이에 말이다. 말 그대로 청상과부가 된 것이다. 여기까지는 나도 우리 어머니한테서 얻어들은 이야기이다.

7.

　어머니는 그때부터 렬군속(烈軍屬) 대우를 받았다. 우리 집 문설주에는 '렬사 가속(烈士家屬)'이라는 팻말이 365일 붙어 있었다. 내가 일곱 살 나던 해 어머니는 나를 데리고 외가집 마을을 떠나 남천문이라는 동네로 이사를 했다. 외가집과 함께 살았으면 좋으련만 왜서 낯설고 물 선 타지방으로 기어이 이사를 해야 하는지 알 길이 없었다. 그렇게 이사를 해서도 '렬사 가속'이라는 팻말은 그냥 우리 집 문설주 우에 걸려 있었다. 그 팻말 덕분에 설이 되면 정부에서 내려보내는 신년화 그림 종이가 어김없이 도착했고 마을 안의 학생 아이들이 심심하면 한 번씩 와서 유리창을 닦아 놓기도 하고 마당을 쓸어 놓고 가기도 했다. 초사흘이나 늦어도 초닷새 께가 되면 향(鄕) 문화소에서 조직한 한족 양걸춤꾼[2]들이 우리 집 뜨락에 몰려와 위문 공연을 한답시며 쿵쾅쿵쾅 한바탕씩 놀아 주고 가군 했다. 그때마다 어머니는 미리 만들어 비축해 두었던 엿 과자를 꺼내여 춤꾼들의 수고를 호로(犒勞) 했다. 그래서 한족 마을 춤꾼들은 춤을 추고 나서는 으례 우리 어머니가 만든 엿 과자를 먹으려니 믿고 있었다. 때문에 우리 어머니는 설 명절을 맞아 그 힘든 엿 고는 일을 한 해도 게을리 할 수가 없었다. 쌀을 불리고 물망질을 하고 밤을 새워 엿 죽을 끓이고 동네 아낙들을 데려다 엿을 켜고… 아무튼 그 짓거리는 우리 집 문설주에 박혀 있던 렬사 가족 칭호가 몰수되던 해까지 줄곧 이어졌다.

---

2) '양걸춤'은 '양거리춤'. 중국 민속 무용의 하나로, 명절 때에 민속 의상을 입고 추는 군무(群舞).

겨울철 정미소 일은 춥고도 고되어 농촌 일치고도 대단히 수고로운 일이었다. 그래서 동네 사람들은 누구도 그 일을 하려 들지 않았다. 두 사람씩 짝을 무어 교대로 나가야 하는 일인데 그중 기계를 볼 줄 아는 사람이 하나는 꼭 끼여야 했기에 보통 일남 일녀가 짝꿍이 되는 수가 많았다. 부부간을 짝꿍으로 무어 주면 제일 좋으련만 찧은 쌀을 제 집으로 날라갈까 보아 생산 대장은 절대 부부간을 한 팀으로 무어 주질 않았다. 어머니가 정미소 밤일을 나가는 날은 나 혼자 집에서 잤다. 어느 날 자다가 오줌이 마려워 일어났는데 여느 때와 달리 바람이 창호지를 건드리는 소리가 애처롭게 들려왔다. 어린 아기가 우는 소리 같기도 하고 밤 고양이가 우는 소리 같기도 한 그 소리는 이불을 아무리 뒤집어쓰고 있어도 계속해서 내 귀를 간지럽혔다. 나는 견디지 못하고 이불 속에서 나와 모자도 쓰지 않고 겉옷만 대충 걸친 채 어머니가 일하는 정미소로 한달음에 달려갔다.

꼭 닫기지 않은 정미소 대문 사이로 흘러나오는 불빛이 나를 유혹했다. 그러나 이상하게도 기계의 동음이 들리지 않았다. 가끔 기계가 고장이 나서 손을 보느라고 정지시키는 때가 있어서 아마도 또 그런가 보다 하며 정미소 널문을 밀고 들어갔는데 그곳에 있어야 할 어머니가 보이지 않았다. 전 같으면 등겨 먼지를 함뿍 뒤집어쓰고 키를 들고 쌀을 퍼 담고 있거나 아니면 한쪽에 밀린 등겨를 쓸어 모으거나 하며 일손을 다그치고 있어야 할 어머니였는데 어디로 갔을까? 정미소 안을 이리저리 둘러봐도 어머니뿐만 아니라 함께 일하는 사람도 보이지 않았다. 혹 소피 보러 갔다손 쳐도 짝꿍으로 함께 일하는 사람은 있어야 할 것이 아닌가? 막 되돌아 나오려는 내 귀에 어디선가 이상한 소리가 들려왔다. 병자가 내는 신음 소리 같기도 하였고 무거운 물건을 운반하느라 끙끙 갑자르는 소리 같기도 했지만 그것이 도대체 어느 쪽에서 나는 소리인지 인즘 분간이 되질 않았다. 무서우면서도 한편 호기심이 동해 발벝발벝 정미소 구석구석을 돌던 내 눈앞에 이상한 정경이 펼쳐졌다. 담처럼 키 높게 쌓아 놓은 등겨 마대 뒤에서 두 사람이 씨름하듯 한 덩이로 엉켜 붙어 있었는데 밑에 깔리운 것은 어머니였고 다른 한 사람은 함께 일하던 수봉이 아버지가 아닌가? 두 사람 모두 저희들이 하고 있는 일에 정신이 까무룩해서 내가 내려다보고 있는 줄도 모르고 있었다. 나는 그곳에 그냥 그러고 있으면 안 된다는 생각이 펄쩍 들어 부랴부랴 정미소 대문을 나와 버리고 말았다. 금방 보았던 그 광경이 바람에 창호지 떠는 소리보다 더 무서웠다. 어머니는 왜 그렇게 무서운 일을 하고 있는 걸가?

어머니는 날이 희붐히 밝아서야 돌아왔다. 언제 보나 똑같은 시간이었지만 나는 어머니의 귀가 시간이 그날만은 무척 늦어지는 듯싶었다. 어머니는 돌아오자마자 아궁이에 불을 지피고 나서 손을 내 이불 속에 넣었다. 찬 손이 내 잔등에 대였을 때 나는 너무도 놀라서 흠칫 진저리를 떨었다. 전 같으면 "엄마" 하며 어머니의 목이라도 끌어안아야 할 내가 달팽이처럼 몸을 안으로 사리자 어머니는 다시 찬 손을 들어 올려 내 이마 전을 짚어 보았다.

"와 오라노?"

어머니가 그렇게 물어왔지만 나는 응기도 없이 침묵을 지켰다. 어머니가 낯이 설었고 어머니가 내 어머니 같질 않았다. 혹시 금방 내가 꿈을 꾼 건 아닐가? 꿈에서 정미소를 찾아갔다 온 건 아닐가? 그러나 꿈치고는 너무나 무서운 꿈이었다. 씨름하듯 필사적으로 남자를 끌어안고 질러대던 어머니의 그 신음 소리와 어머니 몸 우에서 곰같이 뭉그적

대던 수봉이 아버지의 뒷모습이 내 머리속에서 지워지질 않고 오랫동
안 나를 괴롭혔다.

8.

어느 날 동네 부녀들이 우리 어머니를 생산대 회의실로 끌고 갔다. 끌고 가서 머리카락을 뭉턱뭉턱 잘라내기도 하고 신짝을 벗어 들고 잔 등이며 얼굴이며를 가리지 않고 사정없이 두들겨 팼다. 그중에서도 수 봉이 어머니가 앞장을 섰는데 손에는 큰 가위가 들려 있었다. 평시 어 수룩해 보이던 수봉이 어머니였으나 악을 바락바락 쓰며 어머니의 머 리채를 휘여잡고 이리저리 패댕이를 치고 있었다. 아낙들은 말리지도 않고 잘코사니를 부르며 가세를 하기도 했고 어떤 아낙은 수봉이 어머 니가 우리 어머니의 머리카락을 자르도록 한 손 도와주기도 했다.

"맞아도 싸! 맞아도 싸! 바람쟁이 년은 맞아야 해!"
"저년이 우리 동네로 오기 전에도 뉘 집 남정을 훔쳐 먹었다누만. 고질
    이야. 이참에 혼꾸녕을 내줘야 해!"
"저런 년이 뭔 열사 가속이야? 열사 가속이란 이름에 먹칠이나 하는
    년! 에라 이 더러운 년아!"

아낙들은 그렇게 저마다 한마디씩 씹어 대며 백주에 거리에 나온 쥐 때려잡듯 어머니를 공격했다. 어머니는 넝마 쪼각처럼 동네 아낙들이 휘두르는 대로 굴러다녔다. 그렇게 밤늦도록 동네 아낙들에게 시달림 을 받던 어머니는 한밤중이 되어서야 집으로 돌아왔다. 문둥병 환자처 럼 뭉턱뭉턱 잘리운 머리를 나에게 보이기 싫었던지 어머니는 수건을 꽁꽁 여며 쓴 채 내 발치에 이불도 덮지 않고 꼬부리고 누워 있었다. 나 는 이불을 뒤집어쓰고 숨소리마저 죽이고 있었다. 동네 아낙네들에게

얼어맞고 다니는 어머니가 창피했고 그렇게 맞고도 신음 소리 한마디 내지 않고 누워 있는 어머니가 무섭기도 했다.

이튿날 수봉이 아버지는 '군속 여자를 봤다'는 죄명을 쓰고 현 공안국 사람들에게 끌려갔다. 사흗날 마을 부녀회 회장이 우리 집으로 찾아와 래일 현 공안국에서 조사 조가 내려온다는데 당사자인 우리 어머니가 강간이 아니라 화간이라고 한마디만 하면 수봉이 아버지는 인츰 풀려나올 수 있고 그렇게 해주지 않는 날엔 수봉이 아버지가 영낙없이 십 년 도형에 떨어지게 되었다며 알아서 하라고 귀띔을 해 주고 갔다. 부녀회장이 시키는 각본대로 우리 어머니가 따랐는지 보름 후 수봉이 아버지는 풀려나왔고 대신 우리 집 문설주에 걸어 두었던 '렬사 가속'이라는 팻말이 뜯겨져 나갔다. 어머니 머리에 꽂혀 있던 탄피 비녀도 그때부터 보이지 않았다. 머리가 다 깎였으니 어디다 꽂을 데도 없었던가 보다.

9.

　그해 설부터 우리는 더는 정부로부터 신년화 그림 종이를 받을 수 없었고 학생들도 더는 우리 집 마당을 쓸어 주거나 유리창을 닦아 주러 오지 않았으며 설이 되어도 양걸춤꾼들이 찾아오지 않았다. 다른 렬군속 집 뜨락에서 흥이 나서 몸을 흔들어 대는 양걸춤꾼들의 춤사위를 먼발치에서 바라보면서 나는 몹시 서운해 났다. 양걸춤꾼들이 오지 않으니 어머니는 더 이상 엿을 고을 필요가 없었고 더 이상 엿을 만들기 위해 힘겨운 물망질을 하지 않아도 되었다.

　내가 열한 살 나던 해 어머니는 누구의 중매로 지금의 아버지와 결혼을 했다. 자기를 늘 없수이 보고 야유하는 한 호조조(互助組) 간부의 집에 불을 지르려다가 붙잡혔고 그 죄로 9년이나 북안(北安)이란 곳에 가서 감옥살이를 했던 사람이라고 했다. 동네에서 '반혁명 분자'라고 부르는 그 사람을 어머니는 나더러 아버지라 부르게 했다.

　아버지는 감옥에서 로동 개조를 하는 동안 옷을 마르고 옷을 짓는 재간을 배워 두었던 보람이 있어 우리 집에 오자마자 물방울무늬가 돋힌 꽃 천으로 어머니의 적삼과 나의 웃옷을 한 견지씩 지어 주었다. 비록 낮은 설었지만 다행히 나를 대하는 태도가 그리 나쁘지 않아 나는 인츰 새아버지와 친해지게 되었다.

　어머니와 새아버지는 그렇게 새살림을 시작했고 동네에서 '과부집'이라고 부르던 어머니의 대명사도 '점만이 엄마'로 불리워졌다. 그때에야 나는 남편이 있는 여자는 '과부'가 아니라 누구의 엄마가 되는 줄을 알았다. 어머니와 새아버지는 그 후 내 밑으로 아들만 내리내리 다섯을 낳았다. 내 이름이 점만이였던 바람에 '만' 자를 돌림자로 희만이, 길만이, 석만이, 배만이, 복만이를 낳고도 어머니는 또 배가 남산만 해 다녔다.

단오를 쉰 이튿날 생산대에서는 새아버지를 비롯한 장정 몇 사람을 동원해 생산대 정미소 수리 작업에 들어갔다. 낡은 지붕을 걷어내고 새 이엉을 얹으러 장정들이 지붕 우에 올라가서 얼마 안 되 낡은 지붕 전체가 전병장처럼 내려앉았다. 너무나 순식간에 일어난 일이라 지붕 아래에 서 있던 일군이 한식경이나 멍해 있다가 무너진 집 더미 속에서 아우성 소리가 나서야 정신이 들어 마을 사람들에게 알렸고 그렇게 뒤늦게 당도한 마을 사람들은 흙더미 속을 파헤치고 조난자를 구출하기 시작했다. 새아버지와 함께 올라갔던 다른 장정들은 그나마 크게 작게 외상만 입은 상태였으나 우리 새아버지만은 머리에 피를 흘리며 중태에 빠져 있었다. 함지박 같은 배를 안고 뒤뚱거리며 달려온 어머니가 새아버지의 머리를 부둥켜안고 "점만이 아버지! 점만이 아버지!" 하고 여러 번을 불렀지만 새아버지는 미동도 하지 않았다. 생산대장은 생산대의 말 마차를 불러 새아버지를 현 병원으로 실어 갔다. 가뜩이나 상황이 좋지 않은 도로에서 말들이 얼마나 들추며 달렸는지 새아버지의 머리를 부둥켜안고 있던 어머니가 갑자기 진통을 호소하며 해산 기미를 보이기 시작했다. 말 마차가 병원 마당에 들어서자 구급하러 나온 병원 의사들은 새아버지는 오는 도중 벌써 숨이 진 사람이었다며 구급실 안으로 들여놓지도 않고 곧추 태평실로 옮겨갔고 대신 어머니만 병동으로 들여 해산을 시켰다.

그렇게 낳은 아기의 이름을 어머니는 '유복'이라고 지었다. 태여나기 전에 아버지를 잃은 아이를 유복자라고 한다고 했다. 우리 어머니는 새아버지와의 사이에 아들만 여섯을 낳고 또다시 과부가 되어 버렸다. 그리고 마을 사람들은 또다시 우리 집을 '과부집'이라고 불렀다.

2009년, 『연변문학』

12
작은 진(鎭)의
이야기

지도에는 표기도 되어 있지 않는 작디작은 대산진이었으나 부근의 시골 사람들에겐 유일한 도회지였고 제일 큰 시가지였다. 그곳에는 음식점이 하나 영화관이 하나 백화상점이 하나 우전소(郵電所)가 하나 병원이 하나 신용사가 하나 사진관이 하나 그리고 량식 배급소와 파출소가 하나씩 있었고 그 외에 리발소와 복장점도 한 집씩 있었으며 신 기워 주는 곳도 한 집 있었다. 그리고 기차가 있고 제재소가 있고 가장 중요한 건 장마당이 있다는 그것이었다.

　장날이 되어 닭알 바구니나 남새 바구니를 들고 장에 가는 어른들의 뒤꽁무니에 붙어 대산진 거리에 나들이를 갔다 온 아이는 며칠 동안은 또래 중의 왕이 된다. 장거리가 얼마나 붐비더라는지 백화상점이 얼마나 크더라는지 하며 서울 구경이라도 하고 온 듯이 자랑을 늘어놓아 조무래기들의 귀를 부쩍 가셔 놓았으니 말이다. 어느 날, 먹다 남은 배추김치를 한 대야 담아 이고 진 거리 장마당에 가는 어머니를 따라 나도 대산진에 갔더랬는데 점심 먹을 시간이 다 되어서야 김치 열 포기를 한 포기에 20전씩 모두 팔아 버릴 수 있었다. 생산대의 일을 하루 나가 봐야 40전 벌이를 할 때였으니 2원이란 수입이 결코 적은 것은 아니었다.

　어머니는 나를 데리고 장마당 맞은편에 있는 '인민 음식점'으로 들어갔다. 진 거리에 딱 하나뿐인 이 음식점에는 열 사람이 앉을 수 있는 두리상 여섯 개가 놓여 있었다. 우리가 들어섰을 때는 이미 상마다 고객이 만원인 상태였고 자리가 없는 사람은 한쪽켠에 선 채로 식사를 하고 있었다. 어머니는 나더러 걸상 하나를 맡아 놓으라 하고는 찐빵을 파는 매대 앞에 가서 한 식경이나 줄을 서서야 하나에 5전씩 하는 찐빵 두 개를 사 들고 왔다. 그나마 찐빵은 표떼기를 하지 않아 줄을 섰다가 돈과 량표를 내고 받아오면 되었지만 건두부볶음 같은 료리라도 한 접시 시켜 먹으려면 줄을 서서 표를 뗀 후에도 그 요리가 만들어지기를 한

식경이나 기다려야 주문한 음식이 나오는데 주방 쪽 간막이 안에서 흰 까운을 입은 복무원이 "23호! 건두부볶음!" 하고 외치면 부리나케 달려가 손에 들었던 표를 확인시키고 나서야 받아 내올 수 있었다.

어머니가 찐빵을 사 올 때까지 나는 걸상을 맡아 놓지 못하고 멍하니 서 있었다. 누군가 식사를 끝낸 것 같으면 남이 가져가기 전에 얼른 다가가 그 사람의 궁뎅이 밑에서 잽싸게 걸상을 나꿔채 와야 하는데 비위가 없는 시골 아이였던 나는 그러질 못하고 한쪽에 우두커니 서 있었으니 그럴 수밖에. 어머니는 창문턱에 찐빵 두 개를 올려놓더니 무상으로 공급하는 간장 종지에서 간장을 조금 찌워 들고 와 나더러 어서 먹으라고 재촉했다. 배가 몹시 고팠던 차라 찐빵을 뜯어 고기 국물도 아닌 간장을 찍어 먹는데도 그게 별맛이었다. 어머니는 5전이면 하나를 살 수 있는 그 찐빵도 사 먹기가 아까워 맞은켠에 우두커니 서서 내가 먹는 것을 지켜보고 있었다. 이튿날 나도 이웃집 아이들에게 대산진에 갔다 온 자랑을 늘어놓기 시작했다. 찐빵이 얼마나 부근부근하더라는지 밥상이 얼마나 크더라는지 진 거리가 얼마나 번화하더라는지 하는 것들을 말할 때 이웃집 아이들은 입을 하 — 벌리고 내 얼굴만 쳐다보았다.

내 또래 조무래기들에겐 이렇듯 신비로운 대산진이었으나 우리 석도 마을 청년들은 쩍하면 끼리끼리 떼를 지어 대산진으로 영화 보러 다니군 했다. 그러나 그들이 돌아와 하는 이야기를 들어보면 그들이 본 영화란 번마다 「사가퐁(沙家浜)」 같은 경극이 아니면 「평원유격대(平原遊擊隊)」 같은 전투편이었다. 「사가퐁」이라는 경극 영화를 얼마나 여러 번 보았는지 그들 중 극중의 대사나 경극 한 소절을 신통히 외워 내는 청년들이 많았다. 그들이 원단 날 밤에 동네 사람들 앞에 선보인 경극 「아경 아주머니의 찻집 阿慶嫂的茶店」은 거의 영화 장면이나 진배없어서 그 극단 소조는 부근의 한족 마을에까지 요청되어

간 일도 있다.

대산진에는 소학교 외에 중학교도 하나 있었는데 대산진을 포함한 아근의 최고 학부였다. 다행히 나 같은 조선 마을 애들도 그 학교에 편입될 수 있다고 해서 나는 소학교를 졸업한 그해 가을부터 석도에서 대산진까지의 15리 길을 통학하는 시름을 겪게 되었다. 동네 집 닭이 첫 홰를 치면 어머니는 학교 가는 나의 조반을 짓느라고 다 낡아빠진 손풀무를 찔구럭찔구럭 돌려댔다. 달착지근한 새벽잠은 언제나 그 귀찮은 풀무 소리 때문에 동강나군 했다. 눈보라가 기승을 부리는 겨울로 접어들면서 나의 통학 길은 더더욱 힘겨워졌다. 밥보자기가 든 책가방을 둘러멘 채 바람을 안고 15리 길을 걷다 보면 숨이 턱에 닿았고 두 뺨은 능금알처럼 빨갛게 얼어 있었다. 그렇게 헐금씨금 진 외곽에 위치한 제재소 입구 부근까지 다달아 보면 수건을 쓴 머리통은 성에꽃이 만발하여 마치 설국에서 갓 빠져나온 사람 같아 그 꼴이 자못 가관이었다. 거기에서 썼던 수건과 입마개를 풀고 숨을 좀 돌리느라면 골 안에서 아름드리 통나무를 만재하고 오는 짐차가 육중한 차바곤[1]을 끌고 지심이 울리도록 용을 쓰며 진 거리 한복판으로 육박해 들어오는데 멀리서부터 울리는 기적소리는 마치 황소가 영각을 하는 것 같기도 했고 늙은 당나귀가 놀라서 울부짖는 것 같기도 했다. 한 번도 아니고 여러 번을 뽑아 올리는 그 극성스러운 기적소리 때문에 그때마다 자그마한 대산진이 더 왜소해 보이기도 했다.

이 기차는 대산진과 외계를 이어주는 유일한 교통수단이었다. 시발점은 물론 이 대산진이요, 종점은 하얼빈과 가목사(佳木斯) 구간에 있는 흥륭진인데 어떤 사람이 하는 말이 이 구간의 레루[2]가 중국에서는

---

1) '바곤'은 '차량(車輛)'을 뜻하는 북한말. 러시아어 'вагóн'을 음차한 것.

물론 세계에서도 가장 긴 단행 삼림 철도라고 했다. 농담인지 진담인지 그 말의 정확 여부는 도무지 알 수 없었으나 '人'자 형으로 놓인 이 철길은 대통하골 안에서 대산진까지 원목을 실어 들이는 한 가닥과 대산진에서 가공된 반제품을 다시 흥룡진까지 실어 내가는 다른 한 가닥이 전부였다. 하루 건너 한 번씩 흥룡진으로 나가는 짐차바곤 뒤에는 우전차실까지 합쳐 그 수효로는 세 개가 되는 객차바곤이 꼬리처럼 달려 다녔다.

객차라고 해야 석탄 연기에 그을릴 대로 그을린 검푸른 캐스를 씌운 짐차바곤이 이른바 객차였다. 각목으로 만든 걸상 몇 개가 차창 옆으로 횡대로 놓여있고 승무원도 없고 승무 경찰은 더구나 없는 그런 원시적인 기차였다. 푸름한 아침에 발차를 해야 땅거미가 지기 전에 겨우 그 종점 역까지 가닿을 수 있을 정도로 기차의 속도는 느렸다. 때를 건너 달리면서도 객차 안에는 식당은 고사하고 배설 설비도 없어 그 누구나 이 기차를 탈 때는 그날 하루 동안 먹을 음식과 물을 장만해 가지고 올라야 했고 차가 가다가 임의로 멎는 곳이 바로 변소여서 누구든 변이 마려워도 기를 쓰고 참아야 했다. 가는 도중엔 한 곳의 간이역도 없어 변을 보아야 할 사람에 대한 배려가 아니라면 한 번도 멎지 않고 내처 앞만 보고 달리는 기차였다. 늦지도 빠르지도 않게 구을러 가는 차바퀴의 요란하고 단조로운 소음을 자장가처럼 들으며 하루해를 이 기차 안에서 지워본 사람은 하루해가 얼마나 긴 것인가 하는 것을 새삼스레 터득하게 될 것이다.

제재소 철조망 안으로 들여다보면 원목을 다듬으면서 켜낸 귀밥나무나 옹이나무가 산더미처럼 쌓여 있었으나 교실의 난로엔 언제나 불

---

2) '레루'는 '레일(rail)'.

쏘시개가 모자랐다. 빈 드럼통의 옆면을 구멍 뚫어 얼추 만들어 놓은 난로에서는 매캐한 석탄 연기만 서려 오를 뿐 그것이 발산하는 열기란 것이 너무나 미약해서 교실 안은 하루종일 신발 구르는 소리가 그치질 않았다.

"참을지어다. 참을지어다. 못 참을소냐? 참아낼지어다."

학생들이 발을 굴러댈 때마다 고대 한문을 배워 주는 어문 선생님은 늘 이렇게 한마디씩 하군 했다. 한겨울 내내 때가 찌들어 번들거리는 검정 솜옷을 입고 한 다리가 부러져 검정 타래실로 그걸 대신한 돋보기를 코등에 걸고 공자 왈 주공 왈 하며 알아듣지도 못하는 고대 한문을 랑독하기 좋아하는 그는 겨울이면 늘 콧물을 훌쩍거려 우리는 그를 공을기(孔乙己)라고 불렀다. 그가 수업을 시작하면 제 흥에 겨워 늘 하학 시간을 질러먹군 해서 학생들은 그를 싫어하고 미워했다. 하학 시간이 연장되면 그만큼 나의 밥그릇을 덥히는 시간이 짧아져 언 밥덩이를 씹기가 십상이었기에 나도 오전 마지막 수업에 고문과가 있는 것이 정말로 싫었다. 종이 쪼각으로 거멓게 시그러든 난로 불을 다시 일궈 언 도시락을 덮혀 먹느라면 한 시간이란 제한된 점심 식사 시간이 언제나 빠듯했기 때문이다.

점심을 교실에서 건너는 사람은 나 외에도 아방이와 산산이가 있었다. 아방과 산산이는 둘 다 진 거리에 집을 둔 애들이었으나 아방은 학교와 집이 좀 멀었기에 나처럼 점심밥을 도시락으로 싸 왔다. 그러나 산산이는 집이 그리 멀지 않은 장터 부근이라 하면서도 집으로 돌아가지 않았다. 알고 보니 집에서 하루 두 끼만 먹는 식사 규정이 있어 그는 집이 있어도 돌아가질 않고 교실에서 소일하며 때를 넘기고 있었다. 다시 말하면 점심에 집으로 돌아간다 해도 먹을 점심거리가 없기에 그냥 교실에서 단념을 하는 것이란다. 내가 도시락 뚜껑을 열어 놓고 아무리 같이 먹자고 권유를 해도 산산이는 함부로 남의 숟가락을 들지 않고 고집스레 사양을 했다. 아방이가 싸 가지고 온 도시락은 아이들 주먹만 한 강냉이떡 두 개가 아니면 샛노란 조밥 한 덩이가 고작이었다. 때론 감자와 배추를 반반 섞어 볶은 반찬도 밥곽 한 귀퉁이에 담아 왔으나 떡 한 입을 베어 물고 채소를 두서너 젓가락씩 집다니 언제나 떡 두 개를 다 먹기 전에 반찬은 굽이 났다. 조밥을 먹을 땐 더욱 가관이었다. 불면 날아갈 듯한 좁쌀알 덩이를 한 숟가락 입에 떠 넣고 씹다가 일단 입을 조금 벌리며 웃기라도 하면 샛노란 좁쌀 알갱이들이 정미간 왕겨 불려 나오듯이 입 밖으로 뿜겨 나와 마주 앉아 먹는 나의 얼굴에까지 들씌워지군 했다. 그런 조밥을 먹을 때마다 아방이는 내가 가져간 도시락을 들여다보면서 너희들은 매일같이 쌀밥에 김치 볶음을 먹어서 좋겠다고 나를 부러워했다. 그래서 나는 가끔 아방이와 점심 도시락을 바꿔 먹기도 했다. 아방이는 내 도시락을 조심스레 받쳐 들고 한 숟가락 떠먹어 보더니 참 맛이 있다고 연신 경탄을 했다.

"참 맛있구나. 너희들은 매일 이런 것을 먹겠지?"
"벼농사를 하니까 흰 쌀밥이야 늘 먹고 있지."

나의 대답에 아방은 흠모의 눈길로 나를 바라보았다.

"흰 쌀밥도 맛이 있겠지만 그래도 고기소를 넣은 죠즈(餃子)보다는
   못할걸. 고게 얼마나 맛이 있는 것이라구?"

교실 한쪽 구석에 앉아 책을 뒤적이고 있던 산산이가 한마디 참견을 들었다. 고양이 손도 빌려 쓴다는 봄철과 추수가 한창인 가을철이 되면 학교에서는 전교 사생들을 동원하여 농촌 생산 지원을 나가군 했다. 전교 학생을 조로 나누어서 요청이 들어온 각 생산대로 내여 보냈는데 학생들은 물론 선생님들도 우리 마을로 배당되기를 원했다. 전 현(縣)치고 유일한 조선족 마을인 우리 마을로 오면 흰 쌀밥을 먹을 수 있기 때문이었다. 산산이네 집처럼 식구들 때식도 건너뛸 만큼 먹을거리가 부족했던 그때 흰 쌀밥을 량껏 먹을 수 있다는 것은 하나의 커다란 유혹이 아닐 수 없었다. 우리 마을로 배당된 학생들은 이불 짐을 하나씩 둘러 메고 성수가 나서 호호탕탕하게 걸어 들어왔다.

생산대장의 지시대로 우리 어머니를 비롯한 마을 아낙 다섯 명이 촌 회의실에 림시로 주방을 마련하고 지원 나온 학생들이 먹을 밥을 짓군 했는데 때가 되면 학생들은 떼거지로 몰려들어 걸신이 들린 사람들처럼 밥을 입안에 쓸어 넣었다. 밥은 얼마든지 있으니 천천히들 먹으라고 식모로 나선 아낙들이 아무리 권유를 해도 아이들은 귓전으로 흘리며 서로 많이 먹을 내기를 했다. 어떤 학생은 너무 많이 먹어서 배가 불러 허리를 굽히지 못해 오후 일을 나가지 못하고 숙소에 누워 있는 애들도 있었는데 그 중엔 류산산이도 있었다. 어쩌다 한족 대대로 분공이 되어 가 보면 옥수수쌀을 삶아 찬물에 씻어 주군 했는데 죽도 아니고 밥도 아닌 그것을 먹고 나면 위가 아픈 것은 물론 끈기도 없어 언제나 때 전에 배가 꺼져 힘을 쓸 수가 없었다. 그러니 누군들 흰 쌀밥에 김치를 마음대로 먹을 수 있는 우리 마을로 다투어 오려 하지 않으랴? 그때까지만 해도 흰 쌀밥은 우리 마을을 대표하는 대명사였고 간판이었으며 그래서 반급에서도 내 별칭은 '흰쌀'이었다. 한 해 가을을 우리 마을에 내려와 일을 해보고 나서야 류산산이는 조선식 솥으로 지어낸 흰 쌀밥이 저희들이 먹는 죠즈만큼 맛이 있다고 머리를 끄덕였다.

어느 하루 산산이가 등교하자 바람으로 나의 귀에 입을 가져다 대고 이렇게 속삭였다.

"얘 흰쌀. 오늘 우리 집에서도 점심을 먹는단다. 우리 아버지의 생일이
라고 우리 엄마가 달걀 넣은 밀국수를 삶는다지 않아?"

산산이는 온 오전을 싱글벙글해서 콧노래까지 흥얼거리는데 역시 「아경 아주머니의 찻집」에서 나오는 그 곡조였다. 그리고 오전 수업이 빨리 끝나기를 고대하는 눈치가 얼굴에 력연하여 안절부절못했다.

"참을지어다. 참을지어다. 못 참을소냐? 참을 수 있을지어다."

하학 시간이 다가오자 술렁대는 학생들을 안정시키기 위해 공을기는 또 그 고문투의 말을 몇 번이고 되뇌였다. 바로 그때 현관 밖에서 노크 소리가 들려왔다. 누군가 산산이를 찾는다고 했다. 산산이는 튕기듯이 자리를 차고 일어나 문밖으로 뛰어나갔다.

"네가 류산산이냐?"
"네, 내가 류산산이예요."
"빨리 가자! 네 아버지가 통나무에 치여 죽었단다!"
"뭐라구요?!"

산산이와 어떤 사람의 주고받는 말소리가 교실 안까지 들려왔다. 학생들은 갑자기 술렁대기 시작했고 공을기 선생님도 난생처음 수업을

다 마치지 않은 채 교과서를 덮더니 하학을 선포했다. 우리가 밖으로 뛰어나갔을 때 산산이는 자기를 데리러 온 사람을 뒤에 버려두고 혼자 천방지축 철길 방향으로 달려갔다.

이튿날부터 산산이는 학교에 나오지 않았다. 산산이 아버지는 제재소 운반공이었는데 통나무를 실은 기차바곤의 와이야 줄이 끊어지면서 밑에 서 있던 운반공들을 깔아 놓았다고 했다. 다행히 눈치 빠른 사람들은 모두 피했으나 뭔 생각을 하는지 멍하니 서 있던 산산이 아버지만 흘러 떨어지는 통나무를 보지 못하고 그 자리에서 압사를 당했단다. 후에 알고 보니 산산이는 아버지 대신에 제재소 공인으로 들어가고 학교 공부는 더 하지 않는다고 했다. 그때 다달이 월급을 받는 제재소 공인이 되기란 하늘의 별 따기나 다름없었다. 우리는 모두 산산이를 부러워했다. 산산이가 받는 월급 28원으로 '인민 음식점'의 찐빵을 몇 개나 살 수 있을까를 환산해 보면서 나는 우리의 부모님들은 왜 애초부터 월급을 받는 공인이 되지 못하고 일 년 365일 들에서 허리를 굽히고 하루에 40전 벌이를, 그것도 년말에 가서야 돈잎을 쥐어 볼 수 있는 농사짓는 사람이 되었는지 못내 한스럽기도 했다.

우리의 부모는 두더지처럼 엎드려 땅만 뚜지는 농민이지만 내 인생은 더 이상 궁벽하고 불편하고 락후해서 영화 한 편도 마음대로 보지 못하는 농촌 바닥에 탈아 박아 놓을 수 없다는 생각이 그때부터 집요하게 찾아들었다. 나가자, 시골을 뛰쳐나가자. 절대로 365일 엎드려 일만 하는 농민은 되지 말자. 나는 매일 그렇게 생각하며 15리 길을 통학하는 고초를 견뎌냈던 것 같다. 비록 고문을 가르치는 선생님이 수업 내내 알아들을 수도 없는 고문을 랑독했지만 나는 하루도 빠지지 않고 학교에 다녀왔다.

누군가 흥릉진으로 나가 가목사 쪽으로 가면 조선족 학교가 있는데 기숙사가 있기에 통학을 하지 않아도 된다고 했다. 나는 어머니에게 그런 학교로 가게 해 달라고 졸랐다. 어떻게 연줄이 닿았는지 집안 집 삼촌벌 되는 사람을 통해 나의 전학이 이루어졌다. 나는 마을에서 유일한 고중생이 되어 짐을 싸 들고 흥륭진으로 나가는 기차를 탔다. 기차가 달리며 내는 기차 바퀴의 동음을 들으며 나는 머리속에 나의 앞날을 무지개색으로 수없이 그리고 또 그렸다. 시골 마을과 대산진을 벗어난다는 것이 마치 무슨 질곡에서 벗어나는 것처럼 그렇게 시원하고 후련할 수가 없었다.

흥륭진에서 동쪽으로 가는 기차를 갈아타고 보니 그게 진짜 기차였다. 비록 저녁 못 얻어먹은 시에미 상통 같은 얼굴이지만 "이게 내가 타야 하는 기차가 맞느냐?"고 물어볼 수 있는 승무원이 있었고 걸상도 새것은 아니지만 대산진의 기차와는 차원이 다른 인조 가죽을 씌운 걸상이 즐비하게 놓여 있었으며 머리를 들고 보니 천정에는 짐을 올려놓는 덕대까지 있는데 각양각색의 려행 가방과 짐짝들이 비좁게 올라앉아 있었다. 제일 신기하고 반가운 것은 차량마다 수세식 변소가 있는 그것이었다. 변소에 물이 충족하지 않은 것만 빼고 기를 쓰고 변을 참을 필요가 없이 수시로 리용할 수 있다는 그 점이 그렇게 신기하고 고마울 수가 없었다.

삼촌네 집에 당도해 보니 아들 둘에 딸 하나 삼남매를 키우는 삼촌네는 삼촌 한 사람의 박봉으로 살아가는, 시내 살림치고도 빈한한 집안이었다. 식량도 국가에서 주는 배급량을 타 먹는 터여서 삼시 세끼 옥수수쌀이나 좁쌀 같은 잡곡을 섞어 먹었다. 옥수수밥은 그나마 괜찮았는데 조밥은 정말로 먹기가 힘들었다. 찰기라고는 꼬물도 없는 밥덩이를 씹으면서 나는 새삼 집에서 먹던 흰 쌀밥을 생각하지 않을 수 없었다. 그나마 그런 밥도 넉넉치 않아서 나 같은 객식구가 한 끼씩 끼울 때면 늘 밥이 모자라서 숙모 되는 사람은 옥수수가루를 반반씩 넣고 찐 밀빵을 한두 개씩 사다 보태어 넘기군 했다.

나는 학교에 도착하여 짐을 풀기 바쁘게 책 속에 파묻혔고 그렇게 하루 스물네 시간을 쪼개며 공부하는 내가 밤마다 썰썰할 것이라며 어머니는 차입쌀을 가루 내어 미숫가루를 만들어 인편으로 보내주기도 했고 누룽지를 말려 때식에 보태어 먹으라고 우편으로 보내 주기도 했다. 그런 것들이 있었기에 나는 힘든 외지 공부 생활에도 흔들리지 않고 고중 공부를 마칠 수 있었고 2년 재수를 한 끝에 성(省) 중의약학원에 입학하여 드디어 시골 생활을 탈출할 수 있었다. 나는 중의약학원을 졸업한 후 가목사시 중의원으로 사업 배치를 받자마자 어머니를 비롯한 식구들을 모두 도시로 데려내 왔다. 비록 궁벽하고 불편은 해도 40여 년을 살아온 때문은 고장이라며 아니 나오겠다고 고집을 쓰는 어머니를 설득시키는 데 꽤 오랜 시간이 걸렸다.

"도시에 가서 우얘 사노? 내사 이밥 먹고 장작불 펑펑 때는 이곳이 좋타카이."
"엄마, 이젠 도시에서도 이밥을 먹는다니깨로 그라네."
"그래도 내사 이곳을 떠날라니 섭섭하다와. 물도 좋고 친구도 좋고 다 좋은디 와 그리로 가자꼬 그라는지 모리것네. 귀찮쿠로."

나는 도시 생활에 적응을 못한 어머니가 되돌아오기라도 할가 봐 살던 고향 집을 아예 헐값으로 팔아 버리고 쓰던 솥가마 아울러 다 이웃집에 주어 버렸다. 그 바람에 어머니는 울며 겨자 먹기로 나를 따라나서는 수밖에 없었다.

중약재 가공학습반 강사로 흥륭진에 갔던 차 나는 떠난 지 20여 년이 되는 고향 마을 석도까지 들어가 보기로 스케줄을 잡았다. 흥륭진 역전에 가서 대산진으로 가는 기차표를 예약하려는데 기사 차림을 한 나그네가 나의 가방을 빼앗다시피 하며 대산진으로 가려면 기차보다 저희들의 뻐스를 타는 게 더 빠르고 편하다며 감언리설로 나를 유혹했다. 대산진까지는 기차밖에 없는 줄 알았는데 뻐스도 있다니 신기하기도 해서 반신반의를 하며 따라가 보니 갓 산 것인지 30명 정석으로 된, 외곽이 유난히 번쩍거리는 똑같은 뻐스가 역전 광장 한 귀퉁이에 넉 대나 줄을 서 있었다. 한 시간 간격으로 출발한다는 뻐스에는 사람이 거의 만원이 되어 있었다. 내가 오르자마자 기사는 마치 나 하나가 부족해서 못 떠났다는 듯이 인츰 시동을 걸고 대산진 방향으로 출발을 했다. 폭 넓은 2차선 포장도로가 예전의 기찻길을 옆구리에 끼고 쭉 뻗어 있는 것이 조수석에 앉은 내 시야로 한눈 아득히 안겨 왔다.

대산진의 변화는 놀라웠다. 사람 몸속의 혈관처럼 거리 한복판으로 쭉 뻗어 있었던 삼철 레루가 걷히고 열십자로 포장도로가 시원히 깔렸는데 우뚝우뚝 일어선 키 높은 건물마다 네온사인이 명멸했고 각양각색의 간판들로 건물 아래층 앞면이 도배되어 있었다. 음식점과 마트라는 간판의 수효가 제일 많았고 정육점, 여행사, 사우나, 커피점, 호프집, 당구장, 안마소, 미용실 같은 전에는 이 거리에서는 찾아볼 수도 없었던 간판들이 그 사이사이로 촘촘히 끼여 있었다. 원 장마당 자리만 매양 그 위치에 있을 뿐 그 외의 눈에 익었던 단층 건물들은 어디로 갔는지 도통 찾아볼 수도 없었다. 제재소는 진 거리에서 동떨어진 먼 곳으로 이전이 되었고 그 자리에는 볼링장 같은 종합 유흥업소가 들어서 있었다.

역전 마당에서 나는 30년 전에 학업을 그만두고 학교를 나간 류산산이를 만났다. 목재를 되거리해 부자가 되었다는 산산이는 통머리도 아주 커서 나를 알아보자마자 거침없이 대산진에서는 가장 비싸다는 음식점으로 나를 데려갔다. 차려입은 복무원이 깎듯이 맞아 주며 둘이서 앉아 먹기엔 어딘가 너무 썰렁한 느낌이 들 정도로 큰 3층 방으로 우릴 안내했다. 샨데리야로 운치를 돋군 방 중간에 덮개를 씌운 유럽식 호화 테이블이 놓여있었고 산산이가 손수 당겨 주는 의자에 앉아 보니 큰 창문 유리를 통해 대산진의 중심 거리가 발밑으로 내려다보였다. 산산이는 이 주점은 자기가 경영하는 것인데 수입 위주가 아니라 소일을 하기 위해 맡은 것이라고 했다.

"뭘 먹을까? 요즘은 통 먹을 게 없다니까. 그렇지?"

그러면서 산산이는 심부름군들에게 자기의 중학교 적 동창이 오래간만에 광림하였으니 알아서 내여 오라고 했다. 음식이 나오는 사이 아방의 소식을 묻자 산산이는 지금 아방이는 불러도 올 수 없다고 했다. 작은 진이지만 이야기는 많다며 허두를 뗀 산산이는 아방이가 그동안 머리 잘 굴리는 남편을 만나 대산진에서 흥륭진까지 나가는 도로 공정을 맡아서 돈을 엄청 벌었는데 옥에 티랄가 그 아들이란 것이 마약에 아주 푹 빠져서 며칠 전에 그 애를 데리고 마약 퇴치소에 유치시키러 간다고 갔으니 아직 돌아오려면 멀었단다.
료리는 자그만치 여섯 가지가 나왔는데 모두 내가 난생처음 보는 것들이었고 그 이름과 조리 방법을 산산이가 일일이 설명을 해 주어서야 그것이 무슨 음식인지 대충 알았다.

"이건 말이야, 곰 발인데 너희들이 먹던 흰 쌀밥이나 우리가 먹던 죠즈 보다는 몇 배 비싼 료리거든. 그리고 이건 열대 해양수에서나 잡힌다는 참치와 그 알을 쪄서 만든 거구. 이건 뭔지 알어? 알면 안 먹을까 봐 다 먹은 후에 알려주려 했는데… 바로 고양이 고기야. 구체적으로 어떻게 조리를 하는가 하는 것까진 일일이 말하지 않겠다. 비밀이니까."

산산이는 연신 내 앞의 접시에 료리를 날라다 놓으며 흥이 도도해 말했다.

"오늘은 나를 맨 처음 만났으니까 우리 음식점에서 대접을 하는 거구. 래일은 말이야, 래일은 동창들을 모두 휘동해서 이것보다 더 희귀한 것을 먹을 수 있는 데로 내가 데려갈게. 내가 한턱 쏜다구. 그게 뭔고 하면 이름은 보신탕인데 배속의 태아를 임신 중절을 시켜 나온 것으로 이리저리해서 만든 료리거든. 쉿! 그걸 먹으러 현성과 흥룡진에서도 사람들이 온단 말이야. 하긴 뭐 이젠 비밀이 아닌 비밀이 되었지만서도…. 그게 지금 시가로 한 그릇에 얼마를 하는지 아니? 달수가 찬 것일수록 더 비싼데 자그만치 8천 원이란다. 그걸 먹으려면 며칠 전부터 예약을 해 놓아야 하는데 내가 가면 아무 때든지 가능하거든. 내가 누구니? 천하 류산산이 아니냐? 왜? 처음 듣는 소리니?"

산산이는 점점 사색이 되어 가는 나의 얼굴을 조심스레 살피면서도 할 소리는 다 했다. 그렇게 끔찍한 말을 하면서도 그 말투가 그렇게 천연덕스러워서 저것이 과연 30년 전 점심때 거리도 없어 교실 한쪽 구석에 죽치고 앉아 있던 류산산이가 맞는가고 다시 쳐다보게 했다. 일그러져 있는 내 얼굴을 유심히 살피던 산산이가 이번엔 재미있다는 듯이 깔깔 웃어댔다.

"됐다 됐어. 내가 농담 한마디 했다. 뭘 그리 정색하긴? 얼른 먹어. 채
    소가 다 식고 있네. 빨리 먹고 볼링 치러 가자."
"볼링은 무슨 볼링? 난 석도촌으로 들어갔다가 래일 아침 첫차로 되돌
    아가야 하거든. 그 대접은 내가 받은 걸로 할게."

    산산이가 한 말이 진담이었든 농담이었든 간에 관계없이 나는 그다지
바쁘지 않은 스케줄도 바쁜 것처럼 주름을 잡아 핑곗거리로 내둘렀다.

"석도는 왜 가는데? 너희가 살던 그 마을은 이제 마을도 아니야. 작년
    까지만 해도 조선 전통 음식 맛을 낼 줄 안다는 음식점이 그 마을에
    하나 있어서 우린 쩍하면 차를 몰아 그곳으로 먹으러 다니기도 했는
    데 그것도 금년엔 우리 한족 사람으로 주인이 바뀌여 인젠 조선 전통
    음식 맛이 아니라 니 맛도 내 맛도 아닌 그런 짬뽕 음식점이 되어 버
    렸지. 정말이라니깐. 가보나 마나야. 네가 살던 그때 그 초가집들이
    한 채도 아니 남고 다 허물어졌더라. 그리구 그곳엔 너희 조선 사람
    은 한 집도 안 살아. 가 봐야 아무것도 없어. 못 믿겠으면 저 아래에
    있는 양고기 구이집에 가서 물어봐. 그 음식점에 칠백 원씩 받고 밑
    반찬 버무리는 일을 하는 아낙이 하나 있는데 듣건대 석도에서 나온
    아낙이라더라."

    산산이의 얼굴 표정을 봐서는 나를 만류하기 위해 거짓말을 꾸며내
는 것 같진 않았다. 그가 권하는 양주를 홀짝홀짝 받아넘기면서 나는
없어진 고향을 생각했다.

"얘, 저길 봐! 저기 아래쪽에 세 바퀴 자전거를 타고 가는 사람 있지?"

갑자기 산산이가 창 너머로 바라보이는 거리를 가리켰다. 웬 늙은이가 능숙한 손놀림으로 세 바퀴 자전거 손잡이를 돌리며 막 십자로를 건너고 있었다.

"저게 누군지 알아? 바로 공을기잖어. 로친이 죽고 한동안 정신이 나갔댔는지 뭔 생각에 골몰해 있다가 기차가 들어오는 것도 모르고 피하질 않아 진 거리 한복판에서 기차 바퀴 밑에 깔렸지 뭐야. 그 일이 있은 후 거리 복판으로 뻗어 있던 철길이 모두 철수되긴 했지만 저 얼빤한 공을기의 두 다리는 그때 저렇게 모두 잃었단다. 그렇게 되자 한동안은 딸 집에 가서 얹혀살았는데 저 령감이 다달이 타는 퇴직금을 한 푼도 내여 놓질 않는다나? 그래서 딸년도 그런 애비가 싫다고 요즘 집에서 아주 내쫓았다는구나. 옛날에도 그랬지만 저 령감 엄청 구두쇠거든. 돋보기 하나 새로 맞추기 싫어 늘 바느실로 안경다리를 붙들어 매서 썼잖아 왜? 이 인생이란 게 말이야, 오르막이 있으면 내리막이 있고 내리막이 있으면 오르막도 있는 것이라고 하던데…"

그러면서 산산이는 휘장을 젖히더니 손나팔을 해 들고 창밖을 향해 코맹맹이 소리를 내질렀다.

"어이 ~ 공을기 ~"

자기를 가르쳤던 선생님의 옛 별명을 아무렇지도 않게 부르며 짐짓 재미있다는 표정까지 짓는 산산이의 모습은 할 일 없는 짓궂은 개구장이 같았다. 그러는 산산이를 멀거니 바라보며 산산이가 아무리 말려도 어떡하나 기어이 석도 마을을 내 눈으로 직접 가보지 않으면 안 되겠다고 생각을 굳혔다. 아무렴 40여 호나 되던 석도 마을이 그렇게 소리 소식 없이 사라졌으랴? 내가 살던 고향 집은 없어졌다손 쳐도 고향의 풀 한 포기 나무 한 그루라도 그 자리에 남아 있다면 나는 꼭 찾아가 보아야 한다. 고향이 지금 터널 같은 동굴 속을 빠져나오고 있는 것뿐이지 이 땅에서 영원히 사라지진 않을 것이다.

산산이가 아무리 소리를 질러도 이젠 가는 귀까지 먹었는지 옛날 고대 한문을 가르쳤던 우리 선생님은 세 바퀴 자전거를 두 손으로 돌리며 불빛이 현란한 거리의 인파 속으로 점점 묻혀들고 있었다.

2009년, 『도라지』

13
집으로 가는 길

깨고 보니 또 꿈이었다.

왜 요즘 들어 자꾸 집으로 가는 꿈을 꾸는지 모르겠다. 처음엔 길을 떠나기 위해 보따리를 싸는 꿈을 많이 꾸었다. 입고 갈 옷이 마땅찮아 옷장을 발칵 번져 놓고 앉았기도 하고 신고 갈 신을 찾지 못해 이 구석 저 구석 뒤적거리기도 했다. 그 후부터는 차 시간에 늦어져 허둥대는 꿈이 자주 생겼다. 시계를 쳐다보면 발차 시간은 당금인데 뛰어도 뛰어도 두 발은 제자리걸음만 한다.

방금 꾼 꿈도 역시 집으로 가는 꿈이었다.

이름도 없는 간이역에서 차를 내려 고향 마을로 향한 나머지 길을 도보로 걷다가 집까지 가닿지도 못하고 중도에서 깨고 말았다. 요즘엔 그곳도 마을과 마을을 잇는 아스팔트 길이 깔렸고 시간제 뻐스와 한밤중이래도 부르기만 하면 바로바로 대절시키는 고급 택시가 드나들고 있다고 들었는데 내 꿈속의 집으로 가는 길은 30년 전처럼 아직도 그렇게 오불꼬불하고 질척질척한 농토 길이다. 고향 마을과 2리 상거해 있는 한족 마을 어구까지 가서 그만 억수로 쏟아지는 비 때문에 발이 묶이우고 만 것이다. 해도 달도 없는 어둑시그레한 황혼녘이었다. 집으로 가는 길은 마냥 그렇게 어둡고 아득하기만 하다. 그래도 내가 살던 마을 륜곽은 그나마 빤히 보이는 시점이었는데 한족 아낙 하나가 비 긋기만을 목을 끼룩하고 기다리고 있는 나의 팔을 붙잡아 쥐고 자기 집에서 하룻밤 류숙하고 이튿날 떠나라며 무척이나 검질기게 말렸다. 내친김에 뛰어 가면 십여 분 거리인 내 집을 코앞에 두고 내가 왜 이 집에서 하룻밤 묵어가겠냐며 만류를 뿌리치다가 점점 높아가는 내 목소리에 절로 놀라 그만 꿈이 깨고 말았다. 남의 호의를 그런 식으로 되돌려줄 만큼 막되먹은 내가 아닌데 웬지 꿈속에서는 곧잘 그렇게 망가져 버리군 한다. 친정 엄마도 계시지 않아 반겨줄 이도 없는 그곳으로 나는 왜 밤마다 찾아가고 있는 걸까?

　처음부터 숙명이나 팔자 따위를 믿은 건 아니었는데 엄마가 죽고 나서는 달라졌다. 뇌출혈로 갑자기 저세상으로 떠나간 엄마가 꿈에 나타나서는 청승스레 이 세상에 두고 간 아버지 걱정을 하시군 했다. 그런데 이상한 것은 그렇게 꿈속에서 엄마를 본 다음 날은 영낙없이 엄청 재수가 없는 일이 일어나군 했다. 돈지갑을 통째로 잃어버리지 않으면 평지에서도 어푸러져 발목을 접질러 버린다든가 어줍지 않은 일을 가지고 동네 아낙들과 머리끄댕이를 잡고 싸우게 된다든가 아무튼 그런 볼썽사나운 일이 어김없이 생기군 했다. 그래서 꿈속에서 엄마를 만나는 것이 무척이나 싫어지는 나다.

　그렇게 꿈에 엄마가 자꾸 나타나서 아버지 걱정을 많이 했어도 나는 귀등으로 흘렀다. 좋은 아들 집에 계시는데 걱정이 뭐냐 말이다. 다 같은 자식이었지만 아버지는 이 딸보다도 아들인 오빠를 더 중히 여겼다. 하긴 내여 놓고 물고 빨며 이뻐했던 건 아니었지만 여하튼 처처에서 나는 항상 오빠 다음 순이었다. 그런 대우를 받는 것은 태여난 순과는 관계없는 것이었고 오빠는 남자애이고 난 여자애라는 아버지의 눈높이에 맞춰진 것이라고 생각된다.

　62년도와 63년도에 연년생으로 태여난 오빠와 나는 입학도 같은 해에 해서 같은 학급 같은 반에서 공부를 했다. 그런데 담임 선생님은 또 나와 오빠를 같은 책상에 앉혔다. 우리 아버지가 교과서 값을 한 벌만 냈기에 우린 둘이서 한 교과서를 읽어야 했기 때문이었다. 교과서뿐만 아니라 책가방도 하나였고 필통도 하나였으며 공책도 오빠 못만 샀고 연필마저 한 대일 때가 많았다. 그래서 나와 오빠는 곧잘 싸웠다. 연필 때문에 싸웠고 공책 때문에 싸웠으며 교과서 때문에 제일 많이 싸웠다.

그럴 때마다 아버지는 비자루를 거꾸로 추켜들고 우리 남매에게 매를 안겼다. 약삭빠른 오빠는 일단 아버지가 비자루만 찾으면 신발도 찾을 사이 없이 맨발 바람으로 도망을 가는 덕에 매를 덜 맞았지만 나는 앉은 자리에서 꼼짝도 하지 않고 날아오는 비자루 세례를 그대로 다 감당하는 미련하고 고집이 센 아이였었다.

"지집아가 대충 배우마 되제. 무신 해볼 일 있겠다고 허구헌 날 지랄들 이고 지랄들이?!"

아버지는 매질을 하면서 언제나 여자인 내가 오빠에게 양보하길 바랐다. 그때마다 엄마는

"이 바늘로 찔러도 피도 안 나오게 생긴 가스나야, 고마 콱 쳐죽이쁘 까? 와 도망도 안 가고 한자리에 처박키가 똥꼬집을 부리노 똥꼬집 을?! 얼떵 안 기나갈래?!"

그러면서 내 잔등을 콱 떠밀어 문밖으로 내쫓군 했다. 아버지 손에 매를 맞고 있는 딸을 비호할 수 있는 엄마의 유일한 대책은 그게 전부였다. 그렇게 매가 무서워 도망을 간 우리 남매는 아버지가 노기를 가시고 잠자리에 들 때까지 방으로 들어가지 못하고 밖에서 서성댔다. 드디어 방 안에서 아버지의 코 고는 소리가 들려 나올 쯤이면 엄마는 출입문을 빠끔이 열고 낮으나 빡센 어조로 "얼떵 몬 기들어오나?! 이 문디 같은 것들!" 하고 우릴 불러들이군 했다.

오빠가 나에게 양보하는 일은 유독 한 가지, 책가방을 메는 일뿐이었다. 등하교를 할 때마다 나는 나의 몫이라고는 연필 한 대밖에 들어있

지 않는 책가방을 도맡아 짊어지고 오빠 뒤를 따라 걸었다.

2년 후 아버지는 나를 아래 학급으로 내려 앉히더니 공사(公社) 마을에 있는 상점에 가서 책가방 하나를 더 사다가 우리 속에 있는 돼지에게 먹이감을 던져주듯이 내 앞에 탁 던져주는 것이었다. 그렇게 던져준 새 책가방을 메고 좋아서 퐁당퐁당 뛰는 나를 쳐다보며 그때 아버지가 했던 말은 "가시나, 육갑 떨고 자빠졌네." 그게 다였다. 그 당시 락제란 부끄럽기 짝이 없는 일이었지만 나는 오빠라는 주체로부터 분리되어 나온 해방감이 너무도 좋아 날마다 신바람이 나서 학교를 다녔다.

그 무렵 우리 학교에 한족 선생님 한 분이 부임되어 왔다. 겨우 스무 살을 먹은 총각이었는데 그의 아버지는 공사에서 문교 부문을 관리하는 간부라고 했다. 배운 게 아무것도 없는 사람이었지만 그 아버지가 뒷거래로 대과교원(교원이 부족할 때 임시로 대신 썼던 교원) 편제를 하나 얻어서 락하산 떨구듯 우리 학교로 내려보냈던 것이다. 자기 아들을 받아주는 대가로 그때 그 공사 간부는 우리 학교에 철봉 기구 한 세트를 무상으로 내려주었다고 했다.

고중(高中)도 나오지 못한 한족 총각이 말이 안 통하는 타민족 학교로 와서 맡을 수 있는 과목이란 체육 과목뿐이었던 것 같다. 그가 부르는 "앞으로 갓!" "돌아 섯!" "뛰어 갓!" "차렷!" "쉬엇!" 같은 간단한 구령 정도는 우리 마을 애들도 알아들을 수 있었기에 별로 문제 될 것은 없었다. 그런데 문제는 철봉 요령을 배워준답시면서 그 선생님이 늘 우리 여학생들의 몸을 마구 주무르는 것이었다. 남학생들이 철봉대에 매달려 팔 힘을 쓰지 못하면 "미련한 놈, 물러갓!"하고 매몰차게 욕을 하다가도 여학생들이 매달려 간댕거리면 어느 사이에 다가와 몸을 받들어 주는 척하며 두 손으로 엉덩이며 다리 사이며 몸 여기저기를 닝큼닝큼 만져대는 것이었다. 처음에 우리는 깜짝깜짝 놀랐지만 그 사람이 우릴 가르치는 선생님인지라 아무 말도 못 하고 참을 수밖에 다른 방도가 생각나지 않았다.

어느 여름날 오후였다.

체육 선생님은 웬일인지 체육 시간이면 필수적으로 하던 대렬짓기 련습은 빼고 갑자기 술래잡기 유희를 하자고 먼저 제의를 했다. 물론 우리는 좋아서 즐거운 비명을 질러댔다. 해가 쨍쨍 내리쬐는 시간대에 딱딱한 구령에 맞춰 대렬짓기 련습만 하기보다 선생님과 같이 재미있는 놀이를 한다는 것이 신이 났고 그래서 그렇게 기쁠 수가 없었다. 내가 학교 뒤 수풀 속에 있는 건초더미에 몸을 숨기고 있을 때 생각 밖에 체육 선생님이 달려오더니 무작정 내 옆으로 다가와 같이 몸을 숨기는 것이었다.

건초더미가 운동장과 좀 멀리 떨어져 있었기에 술래잡기에 나선 애는 이쪽으로 오려는 기미가 통 보이질 않았다. 그때 갑자기 선생님이 팔을 뻗어 내 몸을 끌어안는 것이었다. 웬 영문인지 몰라 잠간 어정쩡해 있는 사이 선생님은 내 검정색 목천 치마를 들치고 빤쓰를 끌어내리더니 순식간에 자기의 허리띠도 풀어 던졌다. 무슨 일이 일어나고 있는지 정신을 가다듬기도 전에 나무토막처럼 단단한 것이 내 몸속으로 비집고 들어왔다. 나는 입을 딱 벌리고 말았다. 그러나 소리는 나가지 않았다. 구원을 요청할 대신 소리를 지르면 애들이 듣고 찾아올 수 있겠다 싶은 위구심이 먼저 들었다. 감추고 싶었다. 선생님과 이러고 있는 것은 부끄러운 일이기에 남들이 아는 날엔 나나 선생님이나 장차 이 학교에서 얼굴도 들고 다닐 수 없게 될 것이라는 어렴풋한 추이가 내 골속을 지배했던 것 같다.

저돌적으로 달려들었던 선생님은 얼마 후 후줄근한 모습으로 몸을 일으키더니 무릎까지 내려갔던 바지를 추슬러 입으며 목소리를 한껏 낮추고 "우리 둘이 한 이 일을 남에게 말하면 안 돼. 말하면 내가 체육 시간마다 널 혼낼 거야." 하고 위협 같은 당부를 했다.

나는 어망결에 고개를 끄덕여 보였다. 피해를 당했다는 생각보다 나쁜 일을 같이 했다는 공모 의식이 나를 꼼짝 못하게 만드는 동아줄이 되었던 것이다. 그렇게 말해 놓고 아무 일도 없었던 것처럼 유유히 건초 더미를 떠나는 체육 선생님의 뒷모습을 쳐다보며 나는 이런 비밀스런 일이 나한테서 일어났다는 것에 갑자기 정신이 들며 겁이 더럭 났다. 가슴이 쿵쿵거리고 다리 맥이 쫙 빠져나갔다.

그 후에도 선생님은 체육 시간만 되면 술래잡기를 하자고 제의를 했고 사전에 나더러 어디 어디에 가서 숨으라고 귀띔을 해주었다. 그리고 바로 뒤따라 왔고 그리고 또 내 몸을 끌어안고 그날과 같이 그 일을 했다. 선생님이 숨으라는 곳에 숨어 있지 않으면 선생님이 성을 낼가 봐, 그리고 선생님이 내어 준 숙제를 완성하지 못한 것 같은 그런 죄책감이 들어서 나는 매번 선생님의 요구를 거역할 수가 없었다.

그런데 언제부턴가 술래잡기를 하는 시간이 되어도 선생님은 나에게 숨을 곳을 미리 알려주지 않았다. 이상하면서도 한편 홀가분해졌다. 그러던 어느 날, 그날 체육 시간에도 역시 술래잡기 놀이가 있었는데 놀이가 끝나자 바람으로 교실로 뛰여 들어가는 숙이의 흰 적삼 잔등이 풀물로 범벅이 되어 있는 것을 보게 되었고 며칠 후엔 또 순이의 분홍색 치마자락 한끝이 빨간 피로 나팔꽃만 하게 물들어 있는 것을 보게 되었다. 순이는 마른 쑥대에 긁혀서 돋은 피라고 얼버무렸지만 나는 부지불식간에 순이도 나처럼 체육 선생님과 그런 일을 했을 거란 생각을 하게 되었다. 처음 선생님과 그런 일이 있었던 날 내 치마에도 그런 핏자국이 묻어 있었으니까. 단 내가 입었던 치마가 검정색이어서 남들 눈에 띄우지 않았던 게 순이와 다를 뿐이었다.

아니나다를까 숙이도 순이도 나처럼 똑같은 방식으로 체육 선생님과 그런 일을 저질렀다는 것을 퍽 후에야 알게 되었다. 누가 먼저 말을 꺼냈던지 지금에 와서 기억은 삭막하지만 아무튼 처음엔 매우 조심스레 말을 꺼내던 우리 셋은 셋 다 똑같은 비밀을 안고 있다는 사실을 서로 확인한 후엔 저도 몰래 동지 의식이 살아나며 내 한 마디 네 한 마디 앞다투어 체육 선생님의 죄행을 성토하는 데 열을 올렸다. 서로의 비밀을 나눠 가진 우리는 이 무서운 비밀을 우리끼리만 공유해야지 절대 남에게 말해서는 안 된다는 약속까지 하고 나서 헤어졌다. 우린 그때 그 비밀이 우리 셋만 입을 다물고 있으면 영원할 줄로 알았다.

그런데 그게 아니었다. 점심이 되어도 집으로 돌아가지 않고 싸 온 도시락으로 에우군 하던 체육 선생님이 언감생심 교실에서 아래 학년의 여학생을 데리고 또 그 일을 하다가 우리 반 남학생들에게 드디어 들켜버렸다는 것이었다. 온 학교 온 마을 더 나아가서 온 공사가 떠들썩하도록 소문은 급물살을 탔다. 현(縣) 공안국에서 조사조가 내려오더니 그동안 체육 선생님과 그렇게 논 일이 있는 애는 죄다 지정된 장소에 모이라는 것이었다.

우리는 모두 죄인들처럼 머리를 푹 수그리고 아래 학급 교실에 집합을 했는데 얼핏 그 수효를 헤어 보니 나까지 합해서 일곱 명이나 되었다. 그런데 이상한 것은 순이가 빠져있는 그것이었다. 분명 순이도 자기 입으로 체육 선생님과 그런 일이 있었댔다고 말했는데 그 앤 왜 빠져버린 걸까? 숙이도 의아한 얼굴로 나를 쳐다보았다. 후에야 알게 된 일이지만 순이 엄마가 자기 딸에겐 전혀 그런 일이 없었다고 딱 잡아떼며 순이를 밖으로 내보내지도 않는다는 것이었다.

이튿날 우리 일곱 명의 여자애들은 현 병원으로 실려가서 처녀막 검사를 받았다. 나의 두 다리를 한껏 벌려놓고 기웃기웃 들여다보는 의사들의 얼굴이 어쩐지 체육 선생의 그 얼굴보다도 더 무섭고 징그러워 보였다.

결국 체육 선생은 마을 사람들이 다 모여 지켜보는 곳에서 두 손에 수쇄를 찼고 감금차에 실려 어디론가 바람처럼 사라졌다. 아버지는 곳간에 놓아 두었던 곡괭이를 추켜들고 체육 선생을 때려죽인다며 미쳐 날뛰었고 어머니는 정주칸 한쪽 구석에 쭈그리고 앉아 하염없이 눈물만 흘렸다. 그때 엄마는 그냥 같은 말만 중얼거렸다.

"우짤고? 우짤고? 나이만 찼으마 그놈이 되놈이든 짐승이든 그 집구석에 시집이라도 보내뿔 낀데… 데려다 삶아 묵든지 볶아 묵든지 너이들이 알아서들 하라고 확 던져뿔 낀데…"

보매 엄마는 처녀막이 찢겨진 딸을 어디든지 내다 던져버리고 싶어서 안달을 떠는 것 같았다. 그러나 그때 난 엄마가 말은 그렇게 해도 가슴속으로 떨구는 것은 피눈물이었다는 것을 다는 몰랐다.

그 후 나와 같이 병원에 실려 갔던 여자애들은 모두 부모들의 주도하에 그 내막을 잘 모르는 타고장으로 뿔뿔이 이사를 가버렸다. 유독 나만 처녀막이 없는 여자애로 마을에 남아 심심하면 마을 사람들의 말밥에 오르내렸다. 학교에 가면 여자애들이고 남자애들이고 내 곁에 다가서는 것조차도 수치로 생각했고 전염병 환자 대하듯 될 수 있는 한 나와 멀리하려고들 했다.

다행히 순이가 곁에 있어서 마음의 위로가 좀 되긴 했지만 순이는 자기 엄마에게서 단단히 단속을 받았는지 자기와는 전혀 관계가 없는 일처럼 그 말만 나올라치면 얼른 딴청을 피우군 했다. 어미 딸이 똑같이 아닌 보살 하고 딱 잡아떼니 마을 사람들도 더 씹지 않았다. 씹을 건덕지가 없었다. 어느 날 마을 아낙 하나가 순이도 체육 선생에게 당한 아이 중 하나라고 어설피 말을 옮겼다가 순이 엄마에게 똥벼락을 맞았고 머리카락도 한 웅큼이나 뽑히는 봉변을 당했다. 순이 엄마는 누구든지 자기 딸을 두고 이러쿵저러쿵 말을 할라치면 성난 고양이마냥 열 손가락을 펼쳐 들고 달려들어 할퀴려고 했다. 그땐 몰랐지만 나이가 들어가면서 나는 왜서 순이 엄마가 순이를 위해 그렇게 성난 고양이처럼 항상 도사리고 살았는지 알 수 있을 것만 같았다.

결혼 적령기가 되었는데도 나에겐 청혼이 들어오질 않았다. 또래 여자애들은 시집을 가서 아기를 낳아 가지고 업고 다니는데 나를 데려가겠다는 사람은 통 나서질 않는 것이었다. 나는 그렇게 퍼그나 오래동안 길가에 버려진 넝마처럼 한쪽에 방치되어 있었다.

드디어 어느 날 집안 집 아주머니 벌 되는 아낙 하나가 저녁 마실을 온 것처럼 와서 앉았다가 바느질을 하고 있는 엄마의 귓가에 입을 가져다 대고

"내가 봉자 중신 함 서 볼까?"

그러는 것이었다.

"뭐라꼬? 중신? 그라믄 조체. 워떤 자린데?"

엄마는 그믐밤에 초롱불을 만난 듯 두 눈이 반짝해서 그 아주머니 옆으로 바짝 다가앉는 것이었다.

"당사자는 뭐 그만하면 괜찮은디…"

아주머니는 뒷말을 길게 뽑으며 우리 엄마를 감질나게 만들었다.

"아 깜짜르지 말고 얼띵 말해 보그라."
"딸린 식구들이 좀 그랴."
"하이고, 딸린 식구들이 뭐 한평생을 딸려 있을라꼬? 사람 사는 거이
별거 있나? 살아가면서 하나하나 시집도 보내고 장개도 보내고 그라
고 늙은이는 죽어 뿌고 그렇게 사는 거제."
"그게 아니고 딸린 식구들이 좀 칠칠치 못햐."
"칠칠칠 몬해?"
"운신을 못 하는 시어머니에 정신이 온전치 못한 시누이에 다리 저는
시동생꺼정 있다 카믄 알 만허제요?."
"?!"

엄마는 잠시 멍해 있더니 그것도 잠시, 다시 타협조로 나왔다.

"그게 그러니까, 시집 장개도 몬 보낼 처지들일까나?"
"허긴 짚신도 짝이 있다고들 하더만, 그래도 그 집은 좀 골란햐. 시동
생은 그렇다 쳐도 시누이가 영 거시기허니께… 아 꺼림칙하믄 관두고!
말 바른대로 성님은 봉자 쟈가 뭐 산 좋고 물 좋고 정자 좋은 곳으로
시집가는 줄 알았어예?"

아주머니 말대로 꺼림칙해서 그만두는 줄 알았던 그 혼담을 끝내 추
진시키기로 작심이 되었는지 이튿날 엄마는 조용히 나를 불러 앉히는
것이었다.

"어제 그 자리로 시집 한번 안 가볼껴?"

　엄마는 갔다가 아니다 싶으면 다시 돌아와도 무방한 어떤 곳으로 잠시 려행을 보내주는 사람처럼 선택권은 나에게 넘겼지만 말투는 강잉(強仍)했다. 한동안 아무 말이 없는 내 태도를 동의하는 걸로 받아들였는지 엄마는 바로 중매쟁이 아주머니에게 맞선을 보도록 주선해 달라고 연통을 했다. 엄마에게 있어서 나는 애초부터 어디든지 빨리 치워버리고 싶은 헌투레기[1] 같은 존재인 줄 알고 있었기에 엄마의 그런 조급 정서가 그리 서운하지도 않았다. 그리고 나 또한 마침내 들어온 혼처를 소홀히 포기하고 싶지 않기는 매일반이었다. 그곳이 나의 하반생의 류배지가 된다 하더라도 나는 가야 했다. 이 집을 떠나야 했다.

　등잔불이 켜져 있는 이웃집 안방에서 나와 그 남자의 맞선보기가 시작되었다. 얼굴이 농촌 사람답지 않게 지나치게 희게 생겼다는 것 외에 임시 보기엔 아무런 흠집도 없는 괜찮은 신랑감 같았다. 하긴 처녀막도 없는 내 주제에 찬밥 더운밥 가릴 처지가 아니니까 데려가겠다는 사람이 나섰을 때 얼른 따라나서는 것도 상수겠다 싶은 마음이 비중이 더 컸을 것이다.

　이튿날 약혼잔치 술을 내고 내친김에 결혼 날짜까지 받았다. 탈곡이 끝나고 농사지은 쌀을 팔아야 잔치 경비가 생기는 농촌 살림이었기에 망정이지 그렇지만 않았다면 우리 집에서는 아마 이튿날로 결혼식을 치르려고 서둘렀을런지도 모른다. 반년 전부터 동지달 스무사흗날로 오빠 결혼식 날이 잡혀 있었던 중이었는데 아버지는 나의 결혼 날을 글쎄 오빠와 같은 날에 하는 걸로 아퀴를 지어버리는 것이었다. 이왕

---

1) '헌투레기(헌투래기)'는 '누더기'의 함북 방언.

한해에 치를 거면 벌린 김에 두 잔치를 한꺼번에 해치우는 쪽이 술도 절약하고 먼 곳에 사는 친척들에게 두벌 걸음을 시키지 않아 좋다고 버쩍 우기는 데는 아무도 당할 수가 없었다.

결국 나는 결혼식을 치르는 날마저 주체가 되어 보지 못하고 오빠의 다음 순을 기다려야 했다. 새로 맞아들이는 올케의 친정 마을이 백 리도 나마 되는 타고장에 있은 데다가 그해 겨울따라 눈이 억수로 내린 탓에 오빠의 친영 행각이 많이 늦어졌다. 나를 데리러 온 남편 또한 자기 갈 길이 바빠서 조바심을 쳤지만 여동생이 오라버니 먼저 집을 떠나면 남매간 순서가 바뀌는 꼴이 된다며 입 가진 사람마다 우겨서 우리는 하는 수 없이 오빠의 친영 행차가 도착하기를 기다렸다가 해가 기우는 황혼녘에야 대충 식을 치르고 서둘러 우리 길을 떠났다.

나와 남편 그리고 상객으로 따라온 시댁 외삼촌 되는 분까지 셋을 싣고 달리던 트럭이 쌓인 눈 때문에 달리다가 멈추고 멈췄다가 달리기를 반복했는데 그렇게 멈춰 설 때마다 신부인 나마저 차에서 내려 삽을 들고 눈을 치우지 않으면 안 되었다. 나의 신혼 길은 그렇게 내 기억 속에 잊히지 않는 깊은 락인을 찍어 놓았다. 그날 우리 아버지는 술 돈을 절약해서 좋았을런지 몰라도 우리 일행은 자정이 훨씬 지나서야 시댁에 도착을 하다 보니 시댁은 잔치집이 아니라 상가집처럼 분위기가 썰렁했다.

자린고비처럼 처처에서 아끼려고만 하는 아버지의 마음 씀씀이는 아버지의 최대의 우점이자 최대의 결점이기도 했다. 오빠와 나의 결혼 준비를 하면서도 아버지는 거의 매일 한 번씩 어머니와 다투군 했었다. 엄마가 나와 오빠의 신혼 이불을 만들어야겠으니 이불등 두 감과 요데기 감으로 비단 두 감을 사오라고 시켰을 때 가정의 경제 대권을 잡고 있었던 아버지가 현성에 있는 상점에 가서 구입해 온 것은 이불등 세 감

뿐이었다. 엄마가 왜 주문한 대로 사오지 않았냐고 묻자 아버지는 이불
등 하나로 세 등분을 하면 요데기 세 짝은 만들 수 있겠다 싶어서 그랬
노라고 했다.

"봉두 아버지!"

나는 난생처음 아버지를 향해 그렇게 큰 목소리를 내는 엄마를 보았다.

"와?!"

아버지도 만만치 않은 목소리를 냈다.

"돈을 그캐 따져서 워따 쓸라능교?!"
"벌거벗고 환도 차겠구먼. 통 크게 다 써 뿔고 나중에 피죽 처묵고 살
   일 있나?"
"비단 한 감 더 산다고 피죽 묵는다 캐요? 신혼 이불을 그케 찢어서 쓰
   마 워떡 하는데?"
"안 될 게 뭐꼬?"
"찢어 쓰마 찢어진다 안 그캐요?"
"뭐가?"
"부부가!"
"찢어지마 이불등 노나 쓴 남매찌리 찢어지지 부부가 와 찢어지겠노?
   문디가 꼭 문디 같은 생각만 허고 자빠졌제. 우리는 누데기 이불 덮고
   도 이날 이때꺼정 신물나게 붙어 살았구마는. 됐다 고마. 내 주머이에
   서 이제 더 나올 돈도 없다. 찢어 쓰든 쪼개가 쓰든 니 생각대로 해라."

신물나게 붙어 살았다는 말에 주문이라도 걸렸던지 우리 남매가 시집 장가를 간 그 이듬해 봄, 엄마는 일밭에서 일을 하다가 갑작스레 찾아온 뇌출혈로 병원 신세도 져보지 못하고 아버지 곁을 떠나고 말았다. 신물나게 붙어 살았다고 큰소리를 쳤던 아버지는 엄마의 장례를 필하던 날 저녁 술을 억병으로 마시고 몹씨도 울었다. 남자의 눈 속에도 그렇게 많은 눈물이 있을 수 있다는 것을 나는 그때 처음 알았다. 아버지의 술량은 그때부터 늘었고 술만 마셨다 하면 꼭 울음으로 끝을 내는 게 고질로 되어 버렸다.

　남편이란 사람은 겪어 보니 신수는 멀쩡하게 생겼어도 일하기를 싫어하는 큰 흠집이 있었다. 남보다 곱절의 노력을 해도 될까 말까 한 가정형편을 번연히 알면서도 일 앞에서는 늘 몸을 사렸다. 남들은 모내기를 한다고 야단에 법석을 떠는데 이른 봄부터 서둘러야 하는 그 일이 싫어서 대충 직파를 해치웠고 김매기가 싫어 논밭을 방치해 두다나니 가을에 가서는 벼밭을 피밭으로 만들기가 일쑤였다.

　감농군인 아버지의 눈에 해마다 수입이 없는 농사를 짓는 사위가 곱게 보일 리가 없었다. 처음엔 농사짓는 요령을 몰라 그런 줄 알고 아버지는 일부러 여가를 내어 차를 타고 수십 리를 달려 딸 집을 찾아왔다. 그러나 며칠 머물며 살펴보는 동안 농사군다운 데라고는 꼬물만큼도 없는 사위의 생활 방식이 근원이라는 것을 드디어 눈치챈 아버지는

　"굳은 똥도 아깝다. 물똥이나 처묵을 놈!"

　그렇게 된욕 한마디만 퍼붓고는 그길로 곧장 집으로 돌아가 버렸다.
　그 후로 아버지는 두 번 다시 딸 집으로 발걸음을 하지 않았다.
　내 결혼이 신중한 선택은 아니었지만 잘못된 선택도 아니라는 걸 친

정 식구들과 고향 마을 사람들에게 보여주고 싶어서 애써 흠이 많은 남편을 감싸고 돌았는데 그런 내 노력과는 관계없이 덮어두고 감싸 안았던 남편의 모든 흉허물을 아버지가 낱낱이 알아버리고 만 것이다. 가정 여건은 그렇다손 쳐도 신랑만은 괜찮은 사람인 것처럼, 행복하게 사는 것처럼 꾸며 보이는 일이 내가 아버지에게 해드릴 수 있는 유일한 효도라고 생각했었다. 가뜩이나 엄마를 잃고 외로워하시는 아버지에게 내 불행까지 덤으로 안고 울게 하고 싶질 않았던 것이다.

그렇게 옹서 간에 풀리지 않고 있는 매듭도 큰 리유가 되었겠지만 나 또한 내가 가지고 있는 흉허물을 낱낱이 기억하고 있는 고향 마을이 싫기는 매일반이어서 우리 부부는 부득이한 경우 외에는 거의 친정 나들이를 하지 않았다. 가끔은 순이와 전화 통화를 하면서 고향 마을 소식과 친정 소식을 대충 전해 듣는 것으로 나는 만족하고 살았다. 순이는 당시 만원호(萬元戶)[2]로 정평 나 있는 마을 회계네 집의 맏며느리 자리로 시집을 가서 아들딸 낳고 재미있게 살고 있었던 것이다.

친정 올케가 위장 결혼으로 한국 나들이를 준비하고 있다는 소식도 순희로부터 전해 듣고 알았다. 그 무렵 남편은 자기도 한국을 가야겠다며 논일 밭일 다 팽개치고 여기저기 리자 돈을 꾸러 나다니던 중이었었다. 조선족 사회에 불어친 한국 바람은 토네이도처럼 조선족 마을 마을을 휩쓸고 지나가며 예전의 안이로움과 평화로움을 왕창 깨뜨려 놓았다. 연어가 알을 슬기 위해 물살을 거슬러 상류로 상류로 올라가듯이 돈벌이가 좋다는 한국으로 가기 위해 필사적으로 몸부림을 치는 사람들 속에는 나의 남편도 있었고 나의 친정 올케도 있었다. 울며 떨어지

2) '만원호(萬元戶)'는 '연간 소득이 1만 위안(元)을 넘는 부잣집'.

지 않으려고 떼를 쓰는 아들애와 그리고 청실홍실 늘이고 백년가약을 맺었던 자기의 남편을 떼어놓고 다른 남자와 결혼하기 위해 하이힐을 꺼내 신고 비행기에 오르던 우리 올케나, 병신들만 우글거리는 자기 가족과 자그만치 7만 원이나 되는 빚더미를 떡 그릇 맡기듯 나에게 턱하니 밀어 놓고 어깨를 으쓱거리며 공항으로 가는 택시를 불러 탔던 나의 남편이나 모두 제정신이 아니기는 매일반이 아니었을까 싶다.

그러나 위장 결혼이라고 하던 올케는 반년도 안 되어 한국 남자와 진짜 결혼을 해버렸고 돈을 버는 족족 부쳐주겠다던 남편은 몇 번인가 농사 비용으로 쓰라며 부스럭 돈을 좀 부쳐 오고는 이날 이때까지 꿩 구워 먹은 자리다. 풍편에 남편이 한국에 도착해서 얼마 안 되 돈화(敦化)에서 간 어떤 여자와 살림을 차렸다는 소문이 들렸다. 막연히 근심하고 염려했던 일들이 륙속 내 귀에 전해왔고, 대신 부쳐 오는 돈은 그 액수가 점점 줄어들었다. 그때까지는 그래도 한 달에 한 번꼴로 전화가 오갈 때였는데 내가 시탐조로 그 소문이 정말이냐고 물었을 때 남편은 기분이 대단히 더럽다는 듯 나에게 대성질호를 했다.

"집구석에서 맨날 그따위 소리나 듣구 자빠졌지? 남은 얼마나 외롭고 힘든 줄도 모르고?! 너도 여기 와서 일 좀 해봐라! 그게 그렇게 잘못된 일인가구? 그리고 만에 하나 그렇다고 치자. 내가 여기서 너 아닌 다른 여자 거느리고 산다고 치자! 그게 그렇게 분해? 그게 그렇게 못마땅하나구?! 넌 내가 첫 남자였니?! 너도 나에게 시집올 땐 숫처녀가 아니었잖아! 처녀막도 없는 헌 계집이었잖아! 니 주제를 생각해 보고 탓할 걸 탓해라! 씨팔, 끊어!"

터질 듯 터질 듯 한껏 팽창되어 있던 내 마음속 불안과 걱정이 와르르르 무너져 내리는 소리를 듣는 순간이었다. 한국에 가서 힘들고 험한 일을 한다더니 말투마저 험악해져 나를 경악케 했다. 전화기에서 새어

나오는 끊어진 신호음을 들으며 그날처럼 손에 들고 있는 전화기가 무겁게 생각됐던 적은 없었던 것 같다. 한 번도 드러내놓고 내 흉허물을 가지고 왈가왈부하지 않았던 남자가 이제 와서 묵은 흠집을 끄집어내여 언턱거리를 만드는 그 저의는 무엇일까? 개 같은 대접을 받고 소보다 더 힘든 일을 하게 되더라도 나중에 정승처럼 살기 위해선 그 어떤 고난과 수모도 다 참겠다고 수없이 다짐하고 떠났던 사람이 아니었던가? 하긴 집에서 새던 바가지 들에 나가도 샌다고, 태생 일을 좋아하지 않았던 남편을 그 험한 일터로 보내 놓고 부자 될 꿈을 꾼 내가 더 어리석고 미련했다는 걸 깨닫는 순간이기도 했다.

남편한테서는 그 후로 다시는 전화 연락이 오지 않았다. 내 쪽에서 전화를 해도 핸드폰을 바꾸어 버렸는지 통 연결이 되지 않는다. 자신을 믿어주지 않는 나에게 반심이 생겼는지 아니면 감추고 싶었던 비밀이 탄로 난 데 대한 실락감에서였는지 그것도 아니면 울고 싶던 참에 뺨 맞은 격으로 이참에 깨끗이 부부 연을 끊어버릴 좋은 핑계거리라도 잡았다 싶었는지 남편은 오늘날까지 돈은 고사하고 자기 가족의 안부 한마디도 물어올 줄 모르는 랭혈동물이 되어 버렸다.

그동안 나는 혼자서 소경 시어머니를 저세상으로 보냈고 다리가 불편한 시동생에게 발 맛사지 기술을 배우게 하여 진(鎭) 거리에 있는 작은 안마방에 취직을 시켰다. 유독 아직도 정신이 제 마음대로 들락거리는 과년한 시누이만 남아서 가끔 내 속을 뒤집어 놓는다. 시시 편편하다가도 느닷없이 음침한 눈길을 해 가지고 나를 째려보며 "왜 아직도 우리 집에 있냐?"고 시비를 걸 때면 "그래 이년아, 나도 이 집구석에서 신물나게 살았다." 그러면서 얼씨구 다 팽개치고 어디론가 훌쩍 떠나고 싶은 생각이 굴뚝같지만, 그래도 내 아들애의 고모라는 끊을래야 끊을 수 없는 혈연관계를 무시할 수 없어서, 그리고 운명 직전에 내 손목을 잡아 쥐고 자기가 죽은 후에라도 미친 딸을 정신병원 같은 험한 곳에다 내다 버리지 말아 달라고 부탁을 하던 시어머니의 얼굴이 생각나서 욱하고 일어섰던 뱃을 애써 눅이지 않으면 안 된다. 정신 줄을 아주 놓아 버리고 내가 감당할 수 없는 저지레를 해 놓을 때마다 "저게 언제야 죽지?" 하고 저주를 퍼붓다가도 그 저주가 내 아들애 몸에 그대로 고스란히 떨어질가 봐 모진 마음을 먹지도 못한다. 모질어지지 못 하는 것도 죄라더니 내가 생각하건데도 이 고봉자는 평생 이놈의 강씨 집안을 위해 태여난 사람 같다. 전생에 뭔 죄를 지었길래 내가 이런 시련을 치르고 있는 걸가?

시누이의 머리를 씻겨 말리워 주고 있는데 전화벨이 울렸다.

"와이?"3)

나는 구들 가에 놓아둔 전화기를 집어 들고 소리쳤다.

"잘 있었니?"

순이였다.

"오래간만이네."
"그러게. 뭐 했어?"
"나야 뭐 맨날 밥 처먹고 미친년 뒷수발이지 뭐. 니는?"

---

3) 중국어 '와이(喂)!'는 '여보세요!'

돈 착실히 벌어 부치는 마음씨 고운 남편 덕에 고향 현성 거리에 있는 최고급 아파트를 사서 딴살림을 하고 있는 순이이다.

"나도 맨날 그렇지 뭐. 아들내미 밥 먹여 학교 보내 놓고 채소 시장이 나 한 바퀴 돌고 시간이 남으면 상점 구경이나 하고…"

"신랑 잘 만나 행복하겠다!"

"그래! 좋아 죽겠다!"

"아파트에서 살아 보니 좋체? 시걱 때마다 북데기하고 씨름하지 않아 좋을 테고 집 안에서 똥을 싸니 엉덩짝 시리지 않아 좋을 테고…"

"그래, 좋긴 다 좋은데 너무 심심한 게 탈이다. 아 참! 너 그거 알아? 너의 오빠도 여기 현성에다 집을 샀다더라!"

"뭐?!"

"여기에다 집을 샀다구! 너의 오빠가."

"웃기구 자빠졌네. 우리 오빠가 뭔 돈이 있어 집을 샀대? 그리구 현성 에다 집을 사고 논농사는 어떻게 짓는다구?"

"논을 팔았다더라. 아랫마을 한족 사람한테 팔았는데 요즘치고는 꽤 좋은 값을 받았는가 봐."

"뭐?! 논을 팔아?"

"그래! 집까지 끼워 팔았대더라."

"말두 안 돼. 논에다 집까지 팔구 그래 이제부터 서북풍 처먹구 산다 그러디?"

"태철이 공부 뒤바라지를 하러 왔대."

"글쎄 공부 뒤바라지를 하긴 하는데 먹어야 살 거 아니냐구?"

"뭐 생각이 있겠지. 아무렴 손가락 빨고 있겠나? 태철이 엄마가 한국 남편 몰래 생활비를 좀씩 부쳐 준다는 것 같더라."

"양심을 아주 개한테 떼주진 않았는가부네. 그건 그렇고. 우리 아버지는 어쩌고 있다디?”

“몰라. 긴 말은 못 들었다.”

“미쳤어!”

“누가?”

“누군 누구야? 황새 따라가느라 가랭이 찢어지는 줄도 모르는 뱁새가
미친 거지!”

“야, 이왕에 그렇게 된 바 하고는 잘했다고 칭찬 좀 해줘라. 우리라고
한뉘 농촌에 코 틀어박고 살라는 법은 없잖아?”

“준비가 된 사람은 현성에 가서 살든지 별나라에 가서 살든지 지것들
맘대루 허라고 혀. 그치만 고봉두 갸가 그 주제가 되나구?!”

나에게는 성질만 올라오면 한 살 년상의 오빠를 오빠라고 부르지 않
고 꼭 고봉두라고 부르는 고약한 버릇이 있다.

“살다 보면 수가 생기겠지 뭐! 두 손 두 발 다 있는데 설마 산 입에 거
미줄을 치랴? 아! 그리구 또 하나의 뉴스! 똥섭이가 말이야.”

“똥섭이가 왜?”

“한국에서 돌아왔는데 글쎄 오른팔을 뭉청 잃어버리고 왔더라. 빨려 들
어가는 제품을 끌어당기려고 절삭긴가 뭔가 하는 데다 팔을 집어넣었
대나? 우둔도 하지. 끔찍하더라. 외팔이가 된 똥섭이 상상만 해봐.”

뒷골이 찡 당겼다. 내가 지금 꿈을 꾸고 있는 게 아닌가 싶어 허벅지
를 꼬집어 보았다. 생시였다. 어쩌면 이리 끔찍한 소식을 한꺼번에 둘
씩이나 들을 수 있단 말인가? 비록 동섭이한테 좋은 감정을 갖고 있는
건 아니였지만 그래도 퍽이나 안쓰러워서 견딜 수가 없었다. 가정 형편

이 어려운 데다가 사람이 그리 똘똘치 못해서 장가도 늦게 들더니, 그래서 누군가 동섭이의 짝으로 나를 추천했을 때 동섭이는 내가 숫처녀가 아니라고 도리머리를 흔들었다고 했다. 동섭이가 나의 흠집을 탓하지 않았었다면 내가 지금 동섭이의 마누라가 되어 있었을런지는 모르지만 아무튼 그런 감정을 빼고라도 우리 사이엔 같은 반에서 공부를 하며 자란 친구 같은 정분이 있었기에 내 마음은 아리지 않을 수가 없었다.

"야! 고봉자 니 지금 듣고 있어?"

"그, 그래서 이제 갠 어떻게 산대?"

"팔 잃은 대가로 돈 5천만 원을 받아 왔다더라."

"5천만 원? 중국 돈?"

"에이, 중국 돈이면 한방에 부자 되게? 한국 돈 5천만 원이래더라."

"그럼 중국 돈으론 얼만데?"

"지금 시세로 치면 25만 원 좀 남짓하겠네."

"25만 원? 팔 하나 값이 그게 다래?"

"그래. 걔도 그 돈으로 아마 현성에다 집을 살 건가 봐. 돌아다니며 살림집을 물색하고 있더라."

"다들 달팽이처럼 집만 사 가지고 집안에만 처박혀 살아야겠네. 두 팔이 다 있어도 살기가 힘든 요즘 세월에 팔 하나만 가지고 어떻게 산대니?"

"글쎄. 그럭저럭 수가 생기겠지 뭐. 아무튼 걔 인생도 불쌍타 그치? 학교 다닐 때도 좀 머절싸하게 놀더니 어쩜 그런 일을 다 당하냐? 그게 다 똘똘치 못해 그렇지 뭐…. 아! 남 걱정하다 밤 새겠다. 오늘 뉴스 끝! 우리 신랑 전화 들어온다. 그럼 끊을게!"

알미운 계집애! 신랑은 무슨 개뿔 같은 신랑! 마흔을 훌쩍 넘긴 나이에 말끝마다 우리 신랑, 우리 신랑 하는 순이의 말투가 한편 우습기도 하고 한편 얄밉기도 하다. 복 있는 놈은 불알이 세 쪽이고 재수 없는 놈은 뒤로 자빠져도 콧등이 깨진다는 말은 바로 순이와 나를 두고 한 말 같다. 처녀막이 있고 없고의 차이점이 바로 여기에 있었던 게 아닐까? 그러고 보니 고향 마을 학교 뒤 건초더미 속에 던져버린 나의 정조가 더없이 아깝다. 망할 놈! 내 한 생을 쑥밭으로 만들어 버린 개 같은 놈! 아무리 지워버리려고 애써도 도무지 지워지지 않는 내 과거에 대한 기억들, 지나온 시간의 그림자들을 걷어내기도 쉽진 않다.

이튿날 오랜만에 친정집에 전화를 넣어 보았다. 집과 땅을 다 팔아먹었다는 친정 오빠의 꼬락서니를 직접 확인하지 않고는 견딜 수가 없었다. 신호음이 숨넘어갈 듯 수 차례 울렸지만 받아주는 사람은 없었다. 하긴 집을 팔았다니까 전화마저 팔렸겠지. 에라, 도끼로 수염을 깎든 전봇대로 이빨을 쑤시든 지들이 알아서 하겠지. 강씨네 며느리가 고씨네 제사상에 감 놔라 배 놔라 할 일 있나? 그리고 고봉두가 언제 이 고봉자의 눈치를 살피며 살았다고? 그런 엄청난 일을 꾀하면서도 나에겐 일언반구도 안 비친 걸 보면 고봉자 같은 것은 고봉두의 안중에도 없다는 걸 설명하고도 남음이 있지 않는가? 그래, 다 잘 되겠지. 다 잘 살아볼려고 하는 일들이 아니겠는가? 잘 살면 자기 복일 테고 잘못 되어도 자기 명일 것이다. 그렇게 생각하니 불같이 일어섰던 마음도 갑자기 쓸쓸해지며 의외로 속이 편해졌다. 어쩜 순이 말이 맞을지도 몰라. 설마하니 산 입에 거미줄을 치랴? 래일모레면 반백이 되는 고봉두가 환장을 하지 않았다면야 다 나름대로 생각이 있어서 그랬겠지.

꿈에 또 엄마가 찾아왔다. 입관하기 전에 입혔던 그 옷 그대로 입고 와서 눈물을 찔끔찔끔 흘렸다. 봉두가 집을 팔아버려 있을 곳이 없다면서 하소연을 했다.

"아들 집에 같이 살면 되지 왜 살 집이 없다고 그래 왜?! 그리고 날 자
꾸 찾아오면 어떡하라고?! 나두 내 코가 석 자야! 나도 힘들다구! 힘
들어서 죽겠단 말이야!"

나는 주접을 떠는 엄마가 보기 싫어 매몰차게 쏘아붙였다. 그런데 그
소리가 잠꼬대로 나갔는 모양이다. 아래목에서 자고 있던 미친 시누이
가 자리끼로 떠 놓은 대접물을 그대로 내 얼굴에 끼얹는 바람에 나는 화
들짝 놀라 깨고 말았다.

"야! 이 미친년아!"

나는 이불 우며 속옷을 타고 내리는 궂은 물을 수습할 대신 물을 끼얹
고 나를 빤히 쳐다보는 시누이를 향해 소리부터 질렀다.

"시끄러우니까 그러지! 시끄러우니까!"

시누이는 시누이대로 자기의 행위를 정당화시키려고 바락바락 대들
었다. 내가 말을 말아야지. 뭘 미친년하고 옥석을 가리겠다고?
젖은 자리를 수습하고 나서 다시 누웠지만 잠이 활짝 깨버려 재잠에
들 수가 없었다. 텔레비전을 켤가고도 생각했지만 미친년이 또 시끄럽
다고 징징거릴까 봐 그만두었다. 자정이 넘어 불까지 꺼진 집안에는 초
침이 걸어가는 소리만 듣그럽게 울리고 있었다. 꿈에 엄마를 보았으니
래일은 또 어떤 불상사가 날 기다리고 있을까? 시누이한테서 물벼락을

맞은 걸로 그 액땜이 되었으면 좋겠건만 엄마를 만나던 광경이 너무 살벌하고 삼삼해서 물벼락쯤으로 도무지 마무리가 될 것 같질 않은 상서롭지 못한 생각이 자꾸 갈마들었다. 아무리 엄마를 만나지 않으려고 안깐힘을 써도 내 생각의 뿌리는 땅 밑에서 계속 엄마 곁으로 뻗어가고 있었던 모양이었다.

작심코 집 안에만 박혀 있어서인지 다행히 이튿날 하루종일 아무 일도 발생하지 않았다. 시누이가 뒤집어씌워 준 물벼락이 은을 내긴[4] 낸 건가 부다 그렇게 생각하면서 이부자리를 펴고 막 잠자리에 들려는데 전화벨이 자지러지게 울렸다.

"이 밤중에 누구지?"

그렇게 구시렁거리면서 전화기를 집어 들고

"와이…? 와이?"

연거퍼 몇 번을 물어도 대방은 아무 말도 하지 않았다. 잘못 걸려온 전환가 싶어 수화기를 내려놓으려는 찰나 "뭐 해?" 하고 순이의 목소리가 전해 왔다. 전화기만 들면 항상 퐁당퐁당 활력이 넘치던 목소리 임자가 왠지 착 가라앉은 목소리로 서두를 떼는 게 이상하다 싶었다.

"어디 아프니? 목소리가 왜 그래?"

---

4) '은을 내다'는 '어떤 일이나 행동이 보람 있는 값을 나타내다'의 뜻. 이 때의 '은'은 금속이 아니라 '보람 있는 값이나 결과' 자체를 가리키는 순우리말.

"내가 아플 데가 어데 있겠니?"

"그럼 뭐야? 이 밤중에?"

"니… 집에 한번 와야겠다."

"집에? 우리 친정에? 왜?"

"글쎄 와 보라니까."

"내가 고향 한번 가보고 싶어도 옆에 붙은 이 혹 땜에 옴짝도 못 한다 는 거 모르냐?"

"고향엔… 오고 싶기는 한 거야?"

"글쎄, 가 봤자 반겨줄 엄마도 없고… 아버지는 술만 들어가면 빌빌 울 기나 하고… 솔직히 시집와서 한 번도 친정 가고 싶다는 생각은 안 들 더라."

"독한 년! 그럼 니 맘속에 고향 마을은 뭐였는데?"

"글쎄, 빨리 떠버리고 싶은… 지옥…? 그런 거였나?"

"야! 고봉자!"

"아 깜짝이야! 귀청 떨어지겠네!"

"너네 아버지… 너네 아버지… 죽었다!"

"야! 농담두 할 소리 있구 안 할 소리 따로 있지"

"이 밤중에 내가 너하고 농담하려고 전화한 것 같으니?"

"그럼 그게 정말이란 말이야?!"

아버지가 죽었다는 말보다 하루종일 마음 조렸던 징크스가 드디어 제 모습을 드러내고 임자를 찾아왔다는 그 사실이 더욱 나를 전률케 했다.

"오늘 오후에 태철이 아빠가 나머지 이사집 가지러 마을에 내려갔다 가 발견했다는데 너의 아버지가 글쎄 곳간 기둥에 목을 맸더라는 거 야… 땅을 팔기로 말을 냈을 때부터 부자간에 많이 싸웠는가 부더라.

땅을 팔면 죽어버리겠다구 몇 번인가 말했다는데 너의 오빠는 노인 네가 설마 그렇게까지야 하랴 그렇게 가볍게 생각했는가 봐… 좋은 아파트에 모시려고 한 게 뭔 잘못이라고 이렇게까지 모진 마음을 먹었는지 모르겠다며 너의 오빠가 많이 울더라… 지금 시체는 화장 회사 빈소에 모셨는데 니가 와야 화장을 하겠대. 나보고 전화 연락을 해 달라고 부탁하더라. 미친 시누이 건사두 해 놓구 오려면 오늘 밤으로는 안 될 테구. 낼 아침 첫차로는 올 수 있겠지…? 야, 고봉자, 듣구 있니? 야, 고봉자! 고봉자…!"

내 귀에는 고봉자를 부르는 소리가 메아리처럼 들리는데 눈에는 아무것도 보이지 않는다. 까만 밤이 이어지고 있었다.

갑자기 섬뜩한 느낌이 들어 눈을 떠 보니 미친 시누이가 또 자리끼 물을 내 얼굴 우에 들씌워 놓고 빤히 내려다보고 있었다.

"죽은 줄 알았잖아!"

시누이는 내가 깨어난 것이 오히려 불만스럽다는 듯이 손에 들고 있던 물대접을 구석 쪽에 홱 집어던지더니 기신기신 자기 이불 밑으로 들어가 누워 버렸다.

밤은 평화롭게 흘러가고 있었지만 내 마음속에서는 걷잡을 수 없는 회한이 회오리치고 있었다. 일이 이 지경이 되도록 나는 무얼 하고 있었단 말인가? 아버지는 왜 이 딸을 찾아 하소연 한마디 해보지 않고 그런 우직한 행동을 저질러 버린 걸까? 얼마나 힘들었으면 다시는 돌아올 수 없는 그 길을 선택했을까? 내가 내 결혼 생활을 행복한 것처럼 꾸며 보이려고 노력했듯이 아버지도 아버지 나름대로 만년의 자신의 초라한 모습을 출가시킨 딸자식에게 보여주고 싶지 않았을 것이다. 보여주고 싶지 않아서 아주 못 볼 곳으로 자취를 감추어 버리려 했을 것이다. 고봉두! 너 참 잘했다. 땅 팔고 집 팔고 이제 팔 만한 게 또 뭐가 남았니? 기다려라, 고봉두! 만나기만 해 봐라! 니 죽고 내 죽고 남매의 인연이 찢어지는 한이 있더라도 널 가만두지 않을 테다! 장밤 눈물과 함께 쏟아지는 건 오빠에 대한 원망과 원한 뿐이었다.

내 기억 속에 고향 집으로 가는 길은 마냥 어둑시그레한 황혼 길이었는데 이번엔 햇살 좋은 한낮이어서인지 어디나 환하고 따뜻해 보인다. 폭격을 맞은 마을처럼 이젠 쓸 만한 집도 몇 채 안 남았다고 순이한테서 들은 것 같은데 생각 밖에 푸른 기와를 얹은 흰 벽돌집들이 줄줄이 늘어서 있다. 집집의 굴뚝마다에서는 밥 짓는 연기가 모락모락 피어 오르고 마당에서는 닭들이 태평스레 토욕을 하고 있다. 경운기를 몰고 오는 사람이 있어 찬찬히 뜯어 보니 바로 동섭이다. 한 팔이 없어졌다고 하더니 웬걸 아무리 둘러보아도 동섭이의 몸에는 두 팔이 다 건재해 있다. 학교 운동장에서는 조무래기들이 술래잡기를 하느라고 와작지껄 떠들어대는데 그 속에는 여남은 살 된 오빠 —고봉두도 있고 이웃집에 사는 순이도 들어있다. 그리고 우리 집 뜨락에서는 아버지와 엄마가 새 집을 짓는다며 분주히 돌아치고 있고 동네 젊은이들까지 모여와 일손을 돕는다며 합세를 하고 있다. 평화롭고 살맛 나는 소박한 풍경이 내 눈 앞에 펼쳐지고 있었다.

2011년, 『도라지』

14
장례

할머니가 이제 막 죽음의 문턱을 넘어서려 하고 있다. 아흔둘이라는 세월의 주름이 년륜처럼 고스란히 내려앉은 얼굴은 저승으로 가려고 준비하는 사람답지 않게 편하고 조용하다. 다만 약간 벌린 두 입술 사이로 실낱 같은 숨길이 이어지고 있는 것이 깊은 오수에 빠져 있는 것 같기도 했다. 춘하추동 감기 한 번 하는 법 없이 무탈하니 살아오신 할머니였으니 동네 사람들 말대로 할머니는 이제 정말로 늙어서 죽는 것이다. 죽는 복도 오복 중에 하나라고 하더니 아흔두 해를 짱짱하게 살다가 이제 딱 열흘을 누워 앓고 벌써 림종의 시각을 맞게 되었으니 이만하면 할머니는 죽는 복은 타고나지 않았나 싶다.

아버지의 눈에도 어머니의 눈에도 그리고 숨이 떨어지면 수의를 입혀 주려고 달려온 동네 집 늙은 아낙의 눈에도 비애의 색갈은 없고 곧 일어날 성스러운 행사의 도래를 기다리는 그런 표정으로 할머니의 얼굴을 들여다보고 있다. 아흔두 해를 살았으면 살만치 살았다는 표정들일 것이다. 그러니까 눈물 같은 건 더구나 있을 턱이 없다. 물론 떠나는 이의 황천길이 헷갈리지 않게 운명을 시킬 때는 조용해야 한다고 옆에서 주문을 한 것도 한몫을 했겠지만 말이다. 사람이 운명을 할 땐 무조건 조용해야 한다고 한 말은 죽은 사람에게 수의를 입히는 일을 도맡아 하셨던 우리 할머니의 어록이었던 것이다.

할머니는 술을 무척 좋아했다. 아침저녁으로 반주 술을 꼭꼭 챙겨 드셨을 뿐만 아니라 동네 안에 잔치가 있거나 초상집이 생긴 날은 꼭 직성이 풀리도록 마시고야 집으로 돌아오군 했다. 그렇게 술을 거나하게 받아 마시고 취한 날만 빼고 할머니는 밤마다, 그것도 등잔불을 불어 끄고 나면 옆에 누운 우리에게 귀신 이야기를 한 켤레씩 해주었는데 그 대부분이 좋은 일을 하면 복을 받는다든가 나쁜 일을 하면 벌을 받는다는 인과응보나 권선징악의 도리를 깨우쳐 주는 것이었고 가끔은 모골이 송연해지도록 무시무시한 사이비한 이야기도 끼워 나왔다. 우리는 처음엔 귀가 뻘쭉해서 재미로 듣다가 나중에 이야기가 끝나면 무서워서 오줌이 마려워도 밖으로 나가지 못하고 참고 자다 보니 한밤중에 이부자리에 오줌을 질러버리는 일이 푸술했다. 아버지는 괜히 있지도 않는 귀신이니 뭐니 하며 애들에게 겁을 주어 허구헌 날 이부자리가 마를 새 없다고 할머니에게 핀잔을 했고 그러면 할머니는 노발대발해서 아버지에게 되려 욕을 퍼부었다.

"뭐락 카노? 구신이 없다꼬? 누가 그라더노 구신이 없다꼬?"

　다른 때 같으면 두 마디 안짝에

"아따 그래 있다 캅시다, 있다 카이!"

　그랬을 아버지가 웬 영문으로 그날만큼은 한 치의 양보도 없이 넘어오는 탁구공 떠넘기듯 따박따박 받아쳤다.

"귀신이 어데 있십니껴? 어무이가 눈으로 봤어예? 귀신을?"
"이 등신아, 구신이란 거이 뭐 산 사람 눈에 꼭 뵈는 건 줄 아노?"
"보소 보소. 눈에 보이지도 않는 그런 걸 와 자꾸 있다 캅니껴? 안 보이면 고마 없는 거제."
"똥인지 된장인지 그래 찍어 묵어봐야 아나? 툭 카면 호박 떨어지는 소리제!"
"그건 미신 사상이라예."
"뭐? 미신? 그래 니사 공산당원이니깨로 안 믿겄제. 아니, 믿으마 안 되겠제. 믿으마 공산당워이 아니제. 그치만 먼 데도 말고 바로 이 이웃에 뽕구라 엄마가 저렇게 산 증거로 있는데 그래도 미신이락 찰 수 있노?"

할머니는 도리로 아버지를 이기지 못할 무렵이 되면 늘 옆집의 뽕구라 엄마를 걸고 넘어졌다. 뽕구라는 옆집 아주머니네 막내딸의 별명인데 계집아가 고운 데는 한 곳도 없이 바보처럼 생겼다고 우리 할머니가 붙여준 이름이다. 할머니의 말에 의하면 옆집 아주머니가 앓는 것은 바로 귀신이 씌웠기 때문이라고 했다. 간벽 하나를 사이에 두고 우리와 이웃해 있던 옆집 아주머니는 늘 흰 천오라기로 머리를 동이고 앓음 치장을 하고 살았다. 그렇다고 자리를 펴고 누워 있을 정도의 병환은 아닌 것 같고 삭신이 무기력해져 손가락 하나 움직일 맥도 안 난다고 했다. 그래서 삼시 세 끼 밥 짓는 일은 물론 빨래하기 바느질하기 심지어 터밭을 가꾸고 돼지를 기르고 마른 곡식을 연자방아에 굴려 오는 일까지 죄다 그 집 딸들이 도맡아 했다.

할머니의 말에 의하면 옆집 아주머니가 결혼을 해서 시집이라고 와보니 정주를 사이에 둔 서쪽 방에 시집 식구가 아닌 동네 집 늙은 총각 하나가 곁방살이를 하고 있었는데 그 총각이 언감생심 금방 시집온 아릿다운 새각시에게 반해 덜컹 상사병에 걸려버렸다는 것이다. 총각은 타들어 가는 애꿎은 마음을 누구에게 말도 못 하고 혼자서 상사병을 지독하게 앓다가 그만 죽어버렸다나? 그 총각이 죽어 나간 이튿날, 새각시가 이른 아침밥을 지으려고 정주에 나갔는데 글쎄 죽은 총각이 홀라당 벗은 몸으로 부뚜막에 걸터앉아 새각시를 향해 시무룩이 웃고 있더라는 것이다. 새각시는 너무도 놀라 악! 하고 외마디 소리를 지르면서 봉당에 너부러졌는데 그때 어진혼이 나가버렸는지 그날부터 맥도 못

추고 시름시름 앓기 시작한 것이 이날 이때까지 백약이 무효요, 내굴[1]
먹은 햇병아리처럼 느른해서 앓기만 하는 것이란다.

　할머니의 말에 얼마만 한 신빙성이 있는 건지 알 순 없지만 여하튼 옆
집 아주머니는 남들과 말도 잘 섞지 않고 늘 이맛살을 찌프리고 불편한
기색을 짓고 있어서 옆에서 지켜보는 사람의 기분마저 언짢아지게 만
드는 그런 녀인이었다.

　"애초에 푸닥거리라도 좀 했으마 저 꼴은 아닐 낀데…"

　할머니는 옆집 아주머니에게 붙어버린 늙은 총각 귀신을 쫓아버리
는 방법은 굿을 해야지 신약으론 절대 안 된다고 도리머리를 절레절레
저었다.

　"그 아주머이가 그래예? 총각 귀신을 봤다꼬?"
　"그래! 온몸에 실 한 오래기 걸치지 않은 몸으로 요로카니 앉았더란다.
　내사 이 두 귀로 직접 다 들었다 아이가?"
　"보소 보소, 이자 금방 뭐락 캤십니꺼? 귀신은 산 사람의 눈에 안 뵈는
　거라면서예?"

　그제야 할머니는 아버지가 쳐놓은 그물에 걸려든 줄 알고 들었던 밥
숟가락을 탁! 소리 나게 밥상 우에 내려놓더니 아버지를 향해 삿대질까
지 하며 한판 설전이라도 붙어 볼 양으로 노기를 드러냈다. 어린 나이
에 나이 지숙한 우리 할아버지에게 후실로 들어와 우리 아버지를 몸소

---

1) '내굴'은 '내'(물건이 불에 탈 때 일어나는 부옇고 매운 기운)의 함경도
　방언.

업어 키웠다는 리유로 자기가 낳은 아들 집에도 가지 않고 아주 우리 집
에다 둥지를 틀어버리신 할머니이다.

"내가 와 이 좋은 집 놔 두고 영달이(할머니가 낳은 우리 삼촌)한테
가겠노? 느거 할아버지가 없어도 내사 이 집에 처백키가 밑구녕에 앙
이가 나도록 살 자격이 있다 와? 낳은 정은 없어도 키운 공은 있다 안
그카더나?"

이것이 할머니가 우리 집에 얹혀살면서도 기 한 번 죽지 않고 당당해
질 수 있는 유일한 명분이었다. 할머니의 그런 두둑한 배짱은 아버지와
한판 단단히 판가리를 내고야 말 기색을 그 두리펑펑한 얼굴에 쫙 깔고
있었다.
옆에 앉았던 어머니가 그만 하라는 뜻으로 아버지의 허벅지를 쿡쿡
쥐여박으며 눈치를 주어서야 아버지는 마지못한 듯 두 손을 높이 추켜
들어 올리며

"아 참, 그 집 귀신은 홀랑 벗고 있었다니께 뭐나 다 보였겠네예?"

하며 너스레를 떨어 식구들은 입 안에 넣었던 밥을 알알이 튕겨 올리
며 한바탕 자지러지게 웃어버렸고 할머니의 노기도 그로서 서서히 갈
무리가 되었다. 할머니와 아버지의 설전은 언제나 그 귀신이 있다 없다
에서 늘 고조를 이루었고 어느 쪽도 대방을 설득시키지 못한 채 흐지부
지 끝이 나곤 했다. 두 사람이 나눠 가진 이붓엄마와 이붓아들이라는
특수한 신분은 두 사람 사이를 그 이상으로 화목해지지도, 그 이하로 소
원해지지도 못하게 두 령역을 만들어 놓았고 그래서 항상 대치 상태를

이루고 있다가 꼬투리만 생기면 다시 설전의 도화선이 되어 모자간에 옥신각신 어성이 높아지군 했다.

할머니의 목숨이 림종에 이르렀다는 소리를 들은 마을 노인들이 하나둘 우리 집으로 모여들었다. 안노인들은 할머니가 누워 있는 안방으로 들어가고 바깥노인 몇 분은 객실 겸으로 쓰는 바깥방에 앉아 두런두런 낮은 소리로 담소를 나누었다. 낮은 음량으로 켜 놓은 텔레비전 화면에는 아홉 시 지방 뉴스가 나오고 있었다. 주택 철거에 맞서 농성을 벌리던 사람이 자기가 지른 불길에 휩싸여 전신 화상을 입고 병원으로 이송되어 가고 있는 장면이 나오는가 싶더니 뉴스는 인츰 끝이 나고 앞가슴을 활짝 드러낸 여자가 브레지어 광고를 하는 장면으로 바뀌었다.

"듣자 하니 우리 마을도 새 도시 건설 기획구 안에 들었다던데 그게 정말인가?"

마을 노인회 회장을 맡고 있는 늙은이가 문 어구 구들 가에 걸터앉아 있는 마을 촌장에게 물었다.

"뭐 그런 말이 돌긴 돕디다만 정식 문건 같은 것은 아직 없습니다."

촌장인 구씨가 텔레비전 화면에서 눈길을 떼지 않은 채 대답하는 소리다.

"그럼 그게 헛소문이란 말이겠군."
"글쎄요, 우리 마을이 시내와 가깝게 있으니 조만간에는 그렇게 될 것이란 추측으로 나온 말들이 아닐가요?"

"아주 없는 소린 아닐 게요. 지세로 볼 때 이쪽으로 개발이 될 건 불 보
듯 뻔하지 않소? 시 정부 청사도 이쪽으로 옮겼겠다, 갸들이 허망 그
러겠소?"

"나두 우리 아들한테서 들은 소리오만 개발상 뚜가가 인대(人代, 인민
대표회의) 부주석이 되었다면서?"

"갸 돈을 많이 벌었소!"

"집을 많이 짓더니 벼슬길도 빠르지 않슴메?"

"이번에 정부 청사를 멋있게 졌지 않소? 그게 다 뚜가 돈이람데."

"만약에 우리 동네두 소문대로 개발이 된다면 그게 우리에겐 좋은 일
일까 나쁜 일일까?"

"그게 토지 보상을 어떻게 받느냐에 달린 문제지. 방금두 못 봤소? 돈
을 제대로 쳐 줬으면 제 몸에다 불을 붙였겠소?"

"먼 데 얘기도 아니고 작년에 요 앞 동네가 개발이 될 때 뚜가가 돈을
제대로 안 줘서 북경 가서 쌍꼬(上告)하니 어쩌니 그러면서 한바탕
난리 쳤지 않소?"

"그래 결과는?"

"뻔하지, 칼날 쥔 놈이 칼자루 쥔 놈을 당하겠소?"

모여앉은 늙은이들은 네 한마디 내 한마디 들은 풍월에 자기의 견해
를 한마디씩 얹어 주고받았다.

"소문대로 우리 마을두 개발이 된다면 이제 우리두 한동네에서 이웃
으로 붙어살 날이 없겠구만?"

"시내에 들어가서 아파트 한 동을 다 사서 한동네를 만들어 살면 안 될
것도 없지?"

"어디로 가든 이웃을 잘 만나야지. 이웃이 사촌이란 말이 달리 났겠수?"
"그럼, 그것이 중요하지. 이웃 잘 만나는 것도 복이라며 집터를 쓸 때
　마다 이 집 할머이가 늘쌍 말하지 않던가? 나두 이 집 할머이한테서
　얻어들은 풍월이 있다이."
"평생 동네 죽은 사람은 다 주무르더니 드디어 당신 차례가 왔소."

　노인들의 화제는 다시 우리 할머니의 덕담으로 넘어갔다.
　하긴 초상집만 생기면 우리 할머니부터 불러 붙였던 사람들이 아니
었던가? 호상이든 애상이든 깨끗한 주검이든 험한 주검이든 망자의 눈
을 쓸어 감기고 염을 하고 복을 부르고 발인제에서부터 반혼제와 삼우
제까지 다 끝내도록 할머니는 그 초상집에 붙박이로 붙어서 남들은 모
두 꺼리는 그 일들을 아주 신명을 다 바쳐 한다고 했다. 주검을 다루는
그 솜씨 하며 일이 다 끝나도록 지칠 줄 모르는 그 열정 하며 영적으로
그 어떤 계시나 힘을 받지 않고서는 도저히 해낼 수 없는 궂은일들을 우
리 할머니는 몸을 사리지 않고 해냈기 때문이다. 체대가 우람진 데다
목소리는 석쉼해서 동네 집 할머니들이 갖고 있는 푸근함이 없었을뿐
더러 보는 대로 직설을 하고 소리를 높여 남을 호령하길 좋아해서 동네
아이들은 모두 우리 할머니를 무서워했다. 그래서 제수 음식을 치마폭
에 싸 가지고 나와 동네집 아이들에게 나누어 주면서 "묵어라, 묵고 무
병허니 쭉쭉 크거레이!" 그렇게 축복을 줘도 아이들은 음식을 받을 넘
을 못 하고 오히려 우리 할머니 옆에서 멀찍이 도망을 가버리군 했다.
기상 예보에서 래일은 개인 날이 될 것이라고 예보를 했음에도 우리 할
머니가 비가 온다고 하면 비가 내리는 것이라든지 초면의 사람을 보고
도 자식(아들)이 있고 없고를 알아맞추는 령묘함이라든지 좌우간 내가
보건대도 우리 할머니에겐 일반사람과 다른, 어뎅가 비상한 구석이 있

는 것 같았고 가끔은 할머니 몸에 이상한 기운이 감도는 것 같기도 했다.

선머슴애같이 생긴 옆집의 뽕구라가 타 동네 남자와 결혼을 하더니 며칠이 지나지 않아 늘 앓음 치장을 하는 자기의 친정어머니를 자기가 시집간 동네로 데려가 버렸다. 그들이 남겨놓고 간 초가집은 집터가 나쁘다는 소문이 돌아 누구도 사주지 않았다. 임자가 없이 버려진 빈집은 밤이면 수꿀스러운[2] 기운이 돌며 을씨년스럽기까지 했다. 겨울이 되자 우리 집은 전에 없던 우풍의 습격을 받아 코마루가 시릴 정도로 한기가 뻗쳐 들군 했다. 그 바람에 어머니는 밤마다 자다가 일어나서는 식구들이 자고 있는 구들고래에 군불을 지펴 넣군 했는데 그때마다 덩달아 일어난 할머니가 부엌 쪽을 내려다보며 불 때는 사람을 동무해서 이야기를 주고받군 했다. 덮고 자던 이불로 몸을 두르고 구들 복판에 떡하니 앉아 있는, 달빛에 비친 할머니의 우럭진 모습은 가사를 쓴 좌불 같기도 했고 비녀가 떨어져 내린 머리카락을 뒤잔등 너머로 길게 흘리고 있을 땐 귀신 할멈 같은 느낌이 들기도 해서 나의 할머니였지만 섬찟할 때도 더러 있었다.

"입술이 없으마 이가 시리다꼬 하더이 그 말이 꼭 맞구만이라. 사람이
   살 땐 모르겠더이 사람이 안 사니깨로 이렇게 천양지찬걸. 그나저나
   저 이웃에 얼떵 사람이 좀 들어왔음 안 좋겠나?"

이듬해 해토 무렵이 되자 반갑게도 이웃집에 새 이주호가 들어왔다. 장씨라고 하는 새로 온 이웃은 뽕구라가 시집을 간 바로 그 동네에 살

---

2) '수꿀하다'는 '무서워서 몸이 으쓱하다'.

던 사람들이었는데 마침 그 동네를 떠버리고 싶어 하는 그들의 마음을 눈치챈 뽕구라의 남편 되는 사람이 주선을 해서 우리 동네에 있는 뽕구라네 도급지와 장씨네가 다루는 그 마을의 도급지를 맞바꾸는 식으로 이사를 오게 되는 집이라고 했다. 다시 말하면 그 동네의 장씨네 땅을 뽕구라 어머니가 부치고 우리 동네에 있는 뽕구라네의 땅을 장씨네가 와서 부쳐 먹는다는 것이었다. 그 당시 그런 일은 종종 있는 일이었다.

새로 이사 온 장씨네 집엔 열아홉 살 난 아들 하나에 그 아래로 딸아이가 셋이 있었는데 영악한 딸아이들에 비겨 어쩐지 그 아들애가 한눈에 봐도 어리숙한 것 같았다. 그저 어리숙한 것만이 아니고 매사에 남의 눈치를 흘끔흘끔 살피는 것이 주접이 폭 들어있는 얼굴이었다. 그 모든 것은 우리 할머니의 눈을 비껴가지 못했다.

"내사 아무리 지켜보아도 옆집의 아들아가 쪼매 이상한 데가 있다 아이가?"
"아따, 동네 걱정을랑 하지 말고 어무이 걱정이나 하이소! 내가 보기에는 아무렇지도 않구만은?"
"니 놈 눈에 그런 것꺼정 뵈면 암행어사가 필요 없제."
"그럼 어무이 눈에는 뭐가 뵈는데예? 또 그놈의 귀신이 보여예?"
"하모, 하나도 아니고 둘씩이나 뵌다 와?"
"어무이요, 고만 하고 좀 조용히 삽시데이!"
"살아 있는 년이 말도 몬 하나?!"

중갑이라고 부르는 그 남자애는 집에서 못 하는 일이 없었다. 그 엄마 되는 여자가 안 시키는 일이 없었기 때문이다. 아버지를 따라 논 일을 다니는 외에도 갓 난 막내 여동생의 똥걸레를 씻는 일, 밥하기, 구정

물 던지기, 나무 패기, 뒤간 치기… 하여간 여자애들이 하는 일에서 남자 어른이 해야 하는 일까지 그는 가리지 않고 다 했다. 중갑이와 터울이 큰 어린 여동생들도 자기 어머니의 말본새를 그대로 본받아 어리숙한 오빠를 마당쇠 부리듯 부려먹었다.

시키는 집안일은 수걱수걱 잘하는 데 반해 중갑이는 말이 없었다. 잠시 손에 일이 없을 땐 뜨락이나 울바자굼 밑에 쭈그리고 앉아 뭔 생각을 하는지 멍청히 발밑의 땅을 내려다보고 있었는데 그것이 또한 그의 유일한 휴식 방식인 것 같기도 했다. 이웃집에 놀러 갔다 온 여동생이 하는 말을 들어보면 그가 먹는 밥은 맨 마지막에 솥에서 긁어낸 누룽지 밥이 아니면 때 지난 식은 밥이라고 했다. 믿기지 않았지만 그 엄마가 평소에 중갑이를 부려먹는 걸 보면 얼마든지 그러고도 남을 수 있겠다 싶었다. 왜서일까? 이웃집에서는 집안 유일한 대들보인 아들애에게 그처럼 푸대접을 일삼는 걸까? 그건 우리 할머니뿐만 아니라 우리 동네의 수수께끼로 되어 동네 사람들의 말밥에 오르내렸다.

그러나 그 수수께끼는 오래 가지 않고 풀렸다. 우리 옆집에 살던 뿡구라 어머니가 그동안 촌사와 거래된 재무 처리를 왔다가 술 한 병을 사들고 할머니를 보러 일부러 우리 집을 찾아들었다. 허구헌 날 흰 천오라기로 머리를 동이고 있던 모습만 눈에 익었던 차라 몰라보게 끼끗해진 얼굴로 들어서는 뿡구라 어머니를 우리는 하마트면 알아보지 못 할 뻔했다. 우리 할머니가 제일 반가워 했다. 오래간만에 찾아온 손님의 손을 잡아 쥐고 할머니는 연신 감탄을 개여 올렸다.

"하이고 희한타! 워째 이런 일이 다 있노? 그동안 얼굴도 뽀해졌고 허리도 두리두리 해진 거이 참말로 얄궂데이. 어데서 신이 내린 약을 썼나 워쩌면 기색이 이리 좋아졌노?"

뽕구라 어머니는 막내딸이 사는 동네로 이사를 가서부터 그곳의 물이 좋은지 아픈 데도 없어지고 밥맛이 돌며 살이 오르더니 이젠 웬간한 들일도 꽤 해낼 만큼 심신이 거뿐하다고 했다.

"그기 바로 풍수라는 기다. 약 한 알 안 쓰고 병이 뚝 떨어졌으이깨로 그곳이 바로 자네의 명당자리가 아니었나?"

그렇게 벌어진 주손 간의 환담이 저녁밥을 해 먹고 나서도 밤새도록 이어졌는데 나중에는 옆집 장씨네의 이야기로 화제가 넘어갔다. 뽕구라 어머니는 난생처음 듣는 장씨네와 그 아들애의 래력을 할머니와 우리 식구들에게 들려주었다.

그러니까 그게 어떻게 된 건가 하면 일찍 부모를 여의고 고아로 살던 중갑이 아버지 장씨가 동네 어른들의 중매로 한마을 처녀와 혼약을 맺었는데 결혼 잔치 준비가 덜 되어 결혼식을 올리지 못하고 차일피일 미루고 있는 사이 이상하게도 약혼녀의 배가 점점 불러오더라는 것이었다. 약혼녀가 오줄이 좀 없긴 했어도 자기는 손도 대보지 않은 처녀가 배가 불러오는 것이 이상해서 캐고 보니 글쎄 마을의 지부서기란 자가 입당을 시켜줍네 하며 처녀를 데리고 다니면서 어느새 임신까지 시켜 놓았다는 것이었다. 정식으로 결혼은 안 했지만 오쟁이를 진 것 같은 격분한 생각이 든 장씨는 그놈의 지부서기를 단독으로 불러내어 네놈이 건드려 놓은 헌 계집은 싫다, 싫으니까 네놈이나 가지고 대신 네놈의 여동생을 내놓으라고 협박을 했다고 한다. 그렇게 하지 않으면 상급 령도에 네놈의 죄를 고발하여 처벌을 받게 만들겠다고 했더니 죄를 지은 지부서기가 당적이라도 떼울가 봐 겁이 났던지 장씨가 요구하는 대로 자기의 여동생을 장씨에게 시집을 보내버리고는 어느 날 쥐도 새도 모르게 식구들을 데리고 먼 곳으로 야반도주를 했다는 것이다. 그렇게 되자 당에서 요구하는 대로 뭐나 다 바친 나에게 뭔 잘못이 있냐며 울며불며하던 장씨의 약혼녀는 마을 복판에 있는 용드레 우물 속에 몸을 던져 자결을 해버렸단다.

꿩 대신 닭이라고 했던가? 장씨는 그렇게 약혼녀가 아닌 다른 처녀에게 장가를 들었고 그 안해가 바로 중갑이의 어머니 신씨인데 이상하게도 신씨가 중갑이를 낳고 석 달 열흘 만에 똑같은 우물에 몸을 던져 자살을 해버릴 줄이야. 마을 아낙들이 새벽에 물 길러 가보니 아기가 강보에 싸인 채 그때까지 우물가에서 쌔근쌔근 자고 있더란다. 아기까지 데리고 죽으려 하다가 마음을 고쳐먹고 자기만 죽어버린 것 같다나? 2년 사이 사람이 둘씩이나 빠져 죽은 그 우물은 그날로 폐기가 되었고 집집마다 집안에 우물을 파서 쓰게 된 것도 그때부터라고 했다. 마을 사람들은 중갑이 어머니가 정신병을 앓았다고 하기도 하고 그게 아니라 또 다른 사연이 있다고도 했지만 아무튼 죽은 사람은 말이 없는 법이니까 어디까지나 추측일 뿐이었단다. 그러니까 지금의 장씨의 안해는 중갑이 어머니가 죽은 후 후실로 들어온 여자였으니 중갑이에겐 계모라는 것이다.

그런데 썩 후에야 알려진 내막이지만 중갑이 어머니 신씨는 이웃집 나그네에게 강간을 당하고 죽은 것이라고 한다나? 울타리가 허술하면 동네 집 나그네들이 넘보는 법, 인물이 환했던 신씨는 오라버니의 강권만 아니면 장씨 같은 사람은 왼눈으로도 쳐다보지 않을 만큼 괜찮은 처녀였는데 일이 그렇게 되고 보니 삶에 아무런 락도 없어 우울한 나날을 보내고 있던 차 설상가상 또 그런 일을 당하고 보니 더 살고픈 마음이 없어졌을 것이다. 말 그대로 세상이 귀찮아졌을 것이다. 신씨가 유서를 써 놓았기에 알았다는 소문도 있고, 아무튼 장씨는 아내가 죽은 사연이 이웃집 나그네와 관계가 있다는 것을 알아내자 이번엔 또 이웃집 나그네를 찾아가서 감옥을 가겠느냐, 그렇지 않으면 네놈의 딸을 아내로 주겠느냐? 그렇게 을러댔더니 그 나그네가 자기의 딸을 내어줄 테니 제발 신씨가 죽은 일을 자기와 연계 짓지 말아 달라고 손이 발이 되도록 빌었다고 한다. 그렇게 하여 얻어낸 아내가 바로 지금의 아내인데 아버지 때문에 팔자에도 없는 홀아비 장씨에게 시집을 온 이 여인은 시집오던 그날부터 장씨의 아들 중갑이에게 구박을 주기 시작했다는 것이다. 구박데기로 사는 중갑이가 불쌍해서 마을 사람들이 중갑이에게 네 어머니는 계모니 뭐니 하고 귀띔을 해주려 하자 그것이 싫어진 장씨가 식구들을 데리고 그 마을을 떠버릴 생각을 하게 된 것이란다.

뿡구라 어머니가 왔다 간 후 할머니의 정신은 온통 옆집의 중갑이의 몸에 쏠려 있는 듯싶었다. 중갑이가 마당 끝에 홀로 앉아 있을 땐 유리창 너머로 중갑이를 멀찍이 지켜보고 있었고 중갑이가 들판으로 일하러 나가면 길목까지 따라 나가 중갑이의 뒤모습이 보이지 않을 때까지 눈배웅을 했다. 그리고 중갑이를 업수이 보는 동네 총각들의 행위를 절대 좌시하지 않았다. "베라 처묵을 놈들"이 아니면 좀 더 억하면 "벼락 맞아 죽을 놈들"이라고 저주 같은 욕을 퍼붓군 해서 동네 총각들은 우리 할머니가 지켜보는 데서는 감히 중갑이를 얕보는 언행을 시도하지도 않았다. 할머니의 눈에는 중갑이를 대신해 설분을 토하고 싶어 하는 충동이 항상 이글거리고 있었다.

그러던 어느 날 중갑이가 사라져버렸다. 누구도 어리숙한 아이가 집을 나가리라고는 생각도 못 했기에 그 파장이 자못 컸다. 이른 새벽 중갑이가 마을 밖으로 사라지는 것을 본 사람이 있다고도 하고 들판에 일하러 나갔다가 그길로 없어졌다 하기도 하고 여하튼 입 가진 사람마다 모두 한마디씩 중갑이의 일을 두고 떠들어댔으나 장씨네 식구들은 자기네와는 아무런 관계가 없는 듯이 무덤덤해 있었다. 알고 보니 중갑이가 집을 떠나기 전 계모에게 낫을 들고 덤벼들었다가 아버지 장씨에게 흠뻑 두들겨 맞았다고 했다.

"너희들은 구신도 안 무섭노? 개도 도망갈 구멍을 보고 쫓아야 하고 쥐도 막다른 골목에 이르면 돌아서서 문다꼬 안 그카더나? 끼고 살던 아가 없어졌는데 그래 찾을 넘들도 않고 이게 뭐꼬? 이제 시원하제? 앓던 이를 뺀 것매로 시원하제? 이제부터 다리 쭉 뻗고 잘 수 있겄노?! 목구녕으로 밥알이 넘어갈 수 있겄노?! 풀고 살제이, 풀고 살아야 산데이!"

할머니가 이웃집에 건너가 그렇게 포함을 주고 온 날 아버지와 할머니 사이엔 또 설전이 벌어졌다.

"어무이가 꼭 그렇게 나서야 했어예? 이웃하고 얼굴 붉혀서 좋은 일이 뭐니껴?"
"내가 몬 할 말 했노?!"
"그 집이락꼬 맘이 편치만 하겠어예?"
"그라모 강 건너 불구경하듯 잠자코 있는 니 놈이 잘했다 그기가 지금?!"
"넘의 일에 너무 그카지 말라카이. 뜨신 밥 묵고 식은 걱정은 와 찾아하니껴?"
"이놈아, 그러이깨로 날더러 지금 굿이나 보고 떡이나 처묵어라 그기가?! 이 주댕이는 밥만 처묵으라고 뚫어놓은 건 줄 아노?!"

중갑이가 집을 나간 지 딱 돐이 되는 계절, 논밭에 일하러 나갔던 장씨가 논머리 숲속에서 주검으로 발견되었다. 머리며 몸뚱이가 둔기에 맞아 엉망이 되었는데 골수까지 흘러나온 상태라고 했다. 법의들이 와서 부검을 하고 사진을 찍어 갔고 공안에서 나와 하루종일 동네 사람들을 들들 볶아댔다. 중갑이로 짐작되는 남자를 린근 마을에서 보았다는 어떤 사람의 제보가 결정적 역할을 했는지 공안에서는 중갑이가 다시 나타나면 곧바로 신고하라는 부탁만 남기고 철수해 버렸다.

우리 할머니는 장씨가 천벌을 받았다고 했다. 천벌을 받은 사람은 죽어서도 좋은 곳으로 가지 못하고 음계에서 괴로움을 받는다고 했다. 그렇게 저주는 저주대로 하면서도 할머니는 죽은 장씨의 시신에서 피로 범벅이 된 옷을 벗겨내고 새 옷을 입혀 주는 일을 자진해서 해주었다. 시신을 깨끗하게 씻기고 정갈한 옷으로 입혀 줘야 죽은 사람이 저승문으로 쉽게 들어갈 수 있다며 남들은 무척이나 꺼리는 일을 눈썹 하나 찡그리지 않고 깔끔하게 해치웠다. 일밭에서 죽었다고 시신을 동네 안으로 들여오지도 않고 논밭머리에다 대충 빈소를 차리고 행해진 장씨의 장례는 그의 지질했던 생애만큼이나 짧고도 조촐했다.

문상객들이 다 돌아가고 피웠던 우등불도 거의 사그라들 무렵 술을 거나하게 마신 할머니가 낮에 장씨 몸에서 벗겨낸 옷가지를 우등불 옆에 펴놓은 돗자리 우로 가져다 무져 놓더니 그걸 마주하고 앉아 넋두리 같은 푸념을 널기 시작했다.

"불쌍하고 가여웁다. 어데서 와서 어데로 가노? 지은 죄가 하도 많아 가는 길도 험할시고…. 어이 어이 어이…"
한밤중에 듣는 혼이 깃든 듯한 할머니의 울음 섞인 푸념 소리는 소름이 끼칠 지경이여서 한마디로 으스스했다. 남의 집 상사에서 상주들의 울음소리를 주문하느라고 남 먼저 울음을 선창하는 할머니를 가끔 보아오긴 했지만 그날처럼 감정을 넣어 구슬피 우는 할머니는 처음 보는지라 사체를 지키느라고 남았던 두 장정도 게두덜거리며 뿔뿔이 집으로 돌아가 버렸다. 아버지와 어머니 그리고 장씨의 아내가 할머니의 겨드랑이를 끼고 들고 해서 마을 안으로 데려오는데 우람진 체대를 가진 할머니의 무게를 당하지 못해 세 사람은 아우성을 쳤다.

이튿날 할머니는 아버지에게 호된 꾸지람을 들었다.

"술을 마셨으면 고이 주무시기나 할 노릇이지 그게 뭐니껴?"
"니 눈엔 내가 취한 걸로 뵀더노?"

눈 하나 깜짝 않고 아버지에게 되묻는 할머니의 표정은 당돌하다 못해 차거웁기까지 했다.

"그건 또 무신 소린교?"
"그런 기 있다카이."
"어무이!"
"와?!"
"또 감투 쓰고 투쟁 맞을 일 있어예? 그런 얼토당토않은 소린 이제 그만 좀 하이소 고마."

아버지의 그 한마디에 급소라도 찔리운 듯 할머니는 주춤 아무 말도 없다. 우리 할머니에겐 무구(巫具) 몇 점을 소지하고 있다는 소문이 나서 마을 사람들에게 며칠 투쟁을 맞은 력사가 있었다. 목에 잡귀신이란 나무 패쪽을 걸고 조리돌림을 당하던 할머니의 모습이 아직도 눈에 선하다.

"내가 나만 좋자고 그랬겠노?"

"남 걱정을 말고 어무이 걱정이나 하락카이."

"이눔아, 좋은 기 좋은 기다. 뭘 알기나 허고?"

"내사 어무이 때문에 미치겠너더."

　할머니는 하루하루 늙어갔지만 죽은 사람에게 마지막 옷을 입혀 주는 일만은 손에서 놓질 않았다. 자기를 투쟁하는 데 선두를 섰던 사람이든 아니든 가리지 않고 찾아가서 일손을 거들어 주었다. 장례를 끝내고 대접받는 술 한잔이 탐나서도 아니었고 그 일을 손수 하지 않으면 마음이 불안해서 그래서 한다고 했다. 어찌 보면 할머니의 유일한 락이 바로 죽은 사람의 시체를 주무르는 일인 것 같았고 그 일을 하기 위해 이 세상에 온 것 같기도 했으며 또 오직 그 일을 하기 위해 오래오래 이 세상에 남아 있는 것 같기도 했다.

　날이 갈수록 시력이 내려가고 청력도 예전 같질 않게 떨어지자 할머니는 했던 애길 자꾸 반복해서 늘어놓는 습관이 생겨 집 식구들을 진저리나게 할 때가 많았다. 집안 식구들이 이야기 상대를 해주지 않자 할머니는 대문 밖 길목에 나앉아 오고 가는 사람들을 붙잡고 말을 걸기 시작했는데 우리 집이 마을 복판에서 좀 동떨어진 지점이었던 차라 할머니의 이야기 상대는 쉽게 몰려들지 않았다. 설사 우리 집이 마을 복판에 있었다 해도 할머니의 이야기 상대는 쉽사리 나서질 않았으리라. 원술네를 첫코로 마을에 살던 사람들이 움켜쥔 주먹 안의 모래알같이 하나둘 시나브로 빠져나가 버려 마을 안은 겨울 산처럼 휑댕그렁해진 지가 퍽 오래 되었기 때문이다. 따라서 할머니의 손을 필요로 하는 집도 날이 갈수록 적어졌다. 할머니는 예전의 중갑이가 그랬듯이 마당 끝이나 울타리 굽 아래에 쭈그리고 앉아 발밑의 땅을 우두커니 내려다보기도 했고 그러다가는 자작한 노래를 한마디씩 부르기도 했다.

어데서 와서 어데로 가나?
사과꽃 피고 살구꽃 피는 그날이
내 날이 되었으면 좋겠네
새가 되고 구름이 되면 좋겠네

　　이상하게도 할머니는 자작한 노래를 부를 때만은 사투리를 쓰지 않았다. 사람만 붙들면 앞뒤가 맞지 않는 소리를 횡설수설 쏟아내는 우리 할머니를 동네 사람들은 이상한 눈길로 쳐다보기 시작했고 알록달록한 꽃바지나 색상 고운 쟈켓을 입고 다니는 동네 안노인들과 달리 시종여일하게 흰 광목으로 아래웃 벌을 맞춘 한복만을 고집하는 할머니의 차림새도 차츰 동네 아낙들의 빈축을 사기 시작했다. 중갑이 계모는 달밤에 변소에 갔다 오다가 뜨락에 서 있는 우리 할머니의 뒷모습을 보고 놀라서 몇 날 며칠 바깥출입도 못 했다며 우리 아버지더러 노인네의 바깥출입을 좀 자제시켜 달라고 항의를 해오기도 했다.
　　텃밭의 사과나무에 사과꽃이 흐드러지게 피어나기 시작하자 할머니는 갑자기 식음을 전폐하고 누워버리셨다. 그렇게 누운 지가 오늘로 꼭 열흘이 된 것이다. 할머니의 명이 다한 것인지 아니면 계절에 맞춰 마음을 접어버리신 건지 아무튼 사과꽃 피고 살구꽃 피는 계절에 죽기를 소원했던 할머니의 유일한 소망은 이루어진 셈이다. 할머니는 지금 코가 아닌 입으로 숨을 잇고 있지만 할머니의 혼령은 벌써 중천에서 떠돌고 있을지도 모른다.

　　"어무이! 어무이요! 어무이요!"

문안 왔던 안노인들이 하나둘 자리를 뜨고 시계바늘이 막 자정을 넘어가고 있을 때 안방으로부터 아버지가 할머니를 부르는 소리가 들려나왔다. 할머니가 드디어 운명을 했나 보다.

　염을 하는 동네 아낙의 손길이 분주하다. 바깥방에 앉았던 사람들도 자리를 털고 일어나 시상(屍床)을 만든다 빈소를 꾸민다 하며 덩달아 분주히 돌아쳤다.

　"좋은 곳으로 갔을 게요. 좋은 일을 많이 하셨으니까."
　"호상이지 뭐. 정정하게 사시다가 깨끗하게 가셨으니."
　"잘 가입소. 경상도 할머이."

　일을 마친 사람들은 저마다 고인의 령전에 술 한 잔씩 따라 놓으며 조도를 했고 아버지는 그러는 노인들에게 일일이 허리 굽혀 답례를 했다.

　술상이 나왔다. 미닫이문을 사이에 두고 령구가 놓여 있는 방에서 노인들은 서로 술잔을 돌려가며 음복을 했다. 그리고 상주를 도와 밤샘 지킴이를 한다며 곧바로 그 자리에다 화투판을 벌였다.

　노인들이 왁작지껄 놀음에 흥을 올리고 있는 사이 어머니는 할머니가 쓰던 장농을 뒤져 할머니의 유품을 정리하기 시작했다. 할머니가 평소 입던 옷가지로부터 비녀 같은 장신구 몇 점과 실꾸리가 담긴 반짇고리가 장롱 안에서 쏟아져 나왔다.

　"이것 싹 다 태워 드려야지요?"

　어머니가 할머니 령전 앞에 묵묵히 앉아 있는 아버지에게 묻는 말이었다.

"그럼 다 태워야제. 그 속에 뭐 탐나는 거라도 있더나?"

아버지가 시물시물 웃으며 반문했다.

"탐나는 거는 없지만서도 찾고 싶은 것은 있구만요."

"찾고 싶은 거이 있다꼬? 그게 뭔데?"

"예전에 당신하고 혼삿말이 오갈 때 우리 친정 엄마가 왜 말렸는지 아
   셔요?"

"장모님이 왜 말렸는데?"

"당신이 무당집 아들이라고."

"뭐? 무당집 아들?"

"왜 그렇게 놀라시요?"

"말도 안 되는 소리. 내가 왜 무당집 아들이꼬?"

"문화혁명 때도 그래서 끌려다녔잖아요? 우리 어무이."

"그건 어무이가 쓸데없이 귀신이니 뭐니 그런 소릴 자꾸 해서 그런 거
   였지 무당은 절대 아니다 고마. 그건 진짜 무함이데이."

"당신은 아니라 해도 나는 가끔 그런 느낌을 받았다구요."

"봐라 봐라, 그게 어떻게 된 건고 하면 어무이가 어렸을 때 병치레가
   잦으니까 부모님들이 무당을 청했는갑더라. 그런데 그 무당이 자기
   밑으로 들어와 무당 각시가 되면 병도 낫고 장수하지 그렇지 않으면
   스무 살이 되기 전에 죽는다꼬 그러더란다. 그래서 그 방법 외에는 다
   른 방법이 없냐고 물었더니 북쪽으로 멀리 시집을 보내되 마누라를
   잃은 홀아비한테 줘버려야 한다꼬 그러더라나? 그래서 끌어안고 있다
   가 시집도 몬 보내 보고 죽이느니 목숨이나 살리고 보자꼬 집안 집 아
   자씨네가 만주로 이민 오는 데다가 무작정 딸려 보냈다 카더라. 그 바
   람에 마침 우리 친어무이를 잃고 홀아비로 지내던 우리 아부지와 중

매가 되서 우리 아부지도 새 장가를 들게 된거락카이."

"누가 그래요?"

"누군 누구겠노? 우리 아부지가 그러더라."

"어무이 입으로는 종래로 그런 말을 하신 적이 없지요?"

"그래."

"그러니까 내가 지금 뭘 좀 찾아보고 싶다 그거예요."

"글쎄 그게 뭐냐니까?"

"무속인들이 갖고 있는 물건들, 례하면 삼불선 부채라든가 신령님을 청할
    때 쓰는 오색 방울이라든가 점을 칠 때 쓰는 점통이라든가 그런 거…"

"혹시 어무이한테 그런 거 있다고 그때 당신이 밀고를 했던 건 아니제?"

"그건 지금 저기에 누워 있는 어무이가 더 잘 아네요."

"당신은 그게 그렇게 궁금하더나? 어무이가 눈을 감자마자 이렇게 수
    색을 해 쌓게?"

"언제부터 찾아보고 싶었지만 어무이 눈이 무서워서 참았거든요."

"그럼 한번 찾아보그래이. 나도 어디 구경 좀 해보자."

어머니는 숨겨놓은 바늘 하나라도 다 뒤져낼 듯 할머니가 쓰던 장롱
안을 개긋이 훑어냈다. 드디어 손수건으로 싼 꾸러미 하나가 나왔다.
돈이나 반지 같은 것이 있을 줄 알았던 꾸러미 안에는 생각 밖에 흰 실
로 꽁꽁 동인 종이 말이 하나가 들어 있었다.

"이게 뭘까요?"

어머니는 잽싸게 동여맨 흰 실을 풀어냈다. 그리고 그 종이 말이를
조심스레 펼치며 감탄을 터뜨렸다.

"웬 그림 종이예요."

어머니가 넘겨준 종이 쪼가을 이윽히 들여다보던 아버지가 허구픈 웃음을 쿡 웃었다.

"뭐꼬…? 집이네."

뒤쪽으로 산이 보이고 앞으로 내가 흐르는 조그마한 한옥집 마당에 비례에 맞지 않는 큰 돌절구가 놓여 있고 옆에 있는 두 그루 사과나무엔 사과꽃이 만발해 있었다.

"혹시 방토막이에 썼던 그림이 아닐가요? 그 무엇이냐, 부적 같은 거
　말이예요."
"방토는 무신 방토? 생각을 해도 꼭 그런 쪽으로만 간다카이."
"그럼 이게 뭘가요?"
"종이를 보이깨로 하마 오래된 것 같구만은."

비밀 암호를 판독하듯 종이 쪼가을 한식경이나 들여다보던 어머니가
"혹시 어무이가 살았던 고향집이 아닐까요? 이 고장에는 이렇게 생긴 집이 없지 않아요?"
　하고 힌트를 주자

"그럴 리가? 어무이 한국 가서 찍어온 사진에 이런 집이 어데 있더노?
　마카 키 높은 층집이던데."

하고 아버지가 도리를 저었다.

"사진 속의 집은 통영이란 곳에 있다는 어무이 남동생의 집이고 그림의 이 집은 어무이가 어렸을 때 살던 옛날 집, 그러니까 어무이 기억 속의 고향집 뭐 그런 것이 아닐까요?"
"듣고 보니 일리가 있어. 그럼 호적 올리자고 영달이가 그렇게 달랬다 쳐도 끔쩍도 안 한 이유가 이거였나 보네. 가보이깨로 고향엔 어무이가 그토록 가고 싶었던 옛날 그 집이 없었던 거지. 맞아, 바로 이거였어."

할머니의 령구차가 시 외곽에 있는 화장 회사 대문 어구에 다달은 것은 이튿날 아홉시 경이었다. 주차장은 벌써 만석이었고 유족과 조문객들이 양떼처럼 밀려다녔다. 한산할 줄로 알았던 화장터 마당 안이 시끌벅적해서 화장터 같질 않고 일요일 장마당 같은 느낌을 주었다. 조문용 화환이며 여러 가지 해괴망측한 순장품을 가득 실은 트럭이 길을 비켜달라고 뒤에서 듣그럽게 경적을 빵빵 울려댔다. 현임 시위서기(市委書記) 아버지가 죽었을 때 공예 순장품만 해도 두 트럭을 가져다 태웠는데 지전은 물론 별장에 승용차에 가전제품에 심지어 아릿다운 아가씨만 해도 여러 개를 태웠다는 소문이 뜬금없는 소리만은 아닌 줄 알 것 같았다.
사람과 차량으로 복새판을 이루고 있는 와중에 어떤 여인의 넋두리를 섞은 울음소리가 간간이 들려왔다. 오래도록 울었는지 목소리는 꽉 잠겨 있었지만 악을 쓰며 누군가에게 호소하는 감정은 지칠 줄 모르고 이어졌다. 친인을 떠나보내고 우는 유족들의 울음소리는 거개가 다 비슷했지만 이 여인의 울음소리는 류달리 곤혹스럽게 들려왔다. 할머니의 령구를 실은 운구차는 안으로 들어가지 못하고 대문 밖에 스톱이 된 채 울안의 사람들이 빠져나가길 기다려야 했다.

"화장터가 이렇게 시끌벅적한 것은 처음 보는데요?"

조수석에 앉았던 마을 촌장이 운구차 운전수에게 담배 한 가치를 뽑아 건네며 말을 걸었다.

"오늘 염라대왕이 생신상을 차렸는가 봅니다."

운전수가 담배를 받고 우스개를 던졌다.

"그런데 웬 여자가 저렇게 악을 쓰며 울어요?"
"아, 그런 게 있어요."
"저러다 미치지 않겠어요? 좀 말려 줘야지."
"지치면 저절로 나가떨어지겠지요."
"그게 뭔 말입니까?"
"그게요, 어떻게 된 건가 하면 저 여인의 아들이 뇌암으로 죽었대요. 병 치료에 가산을 다 탕진해 버린 형편이라 돈이 모자라서 화장을 하고도 골회함을 못 샀다나요? 여기는 화장을 하면 무조건 골회함을 사도록 되어 있거든요. 그래서 저 여인이 아들의 유골을 가져가지 못했지요. 그런데 몇 달 후 저 여인이 돈을 벌어서 유골을 찾으러 왔는데 글쎄 화장 회사에서 그 유골을 주인이 없는 것이라고 버렸대나 봐요. 골회함이 없는 유골은 납골당에 들어가질 못 하니까 한쪽에 처박아 뒀다가 버린 것이겠지요."
"저런!"

"그래서 지금 저 여인이 아들 골회를 내놓으라고 야료를 부리는 거지
  요. 몇 날 며칠을 두고 저러고 있어요."
"세상에 별일이…"
"돈 없으면 죽지두 못해요. 요즘 세상…"

드디어 할머니의 화장 순번을 알리는 문자 메시지가 전자 광고판에
떠올랐다. 할머니의 령구차는 사람들 속을 헤집고 들어가며 연신 빵빵
경적을 울리지 않을 수 없었다. 머리카락을 삼검불처럼 헤뜨린 여자가
햇빛이 쏟아지는 콩크리트 마당 한복판에 퍼더버리고 앉아 미친년처럼
사설을 널고 있었고 사람들은 좋은 구경거리나 생긴 듯 빙 둘러서서 구
경을 하고 있었다.

할머니의 화장은 예상외로 빨리 끝났다. 령혼을 담고 있던 육신이 한
줌의 가루가 되어 작은 골회함에 담겨 나왔다. 할머니의 령혼은 아흔두
해라는 홍진 세상을 뒤로 한 채 골회 한 줌만 남기고 한 오리 연기가 되
어 공중으로 날아가 버린 것이다. 유골은 영달이 삼촌이 한국에서 돌아
온 후 손수 강물에 뿌려 주기로 사전에 상론이 되어 있었기에 할머니의
장례는 이제 골회함을 화장 회사의 납골당에 안치시키는 절차만 남아
있었다. 햇빛이 잘 들고 높이가 알맞춤한 자리를 주문했으나 그런 곳은
이미 만석이 되어 있다며 맨 아래쪽에서 한 곳을 선택하라고 했다.

햇빛도 비쳐지지 않고 손길도 쉽사리 닿지 못할 외진 쪽에 비로소 할
머니의 골회함이 유치되었다. 영정으로 사용했던 사진과 '박 갓난
이'라고 쓴 할머니의 이름 위패를 자리대에 고착시키면서 아버지는
살아있는 할머니와 대화를 나누듯 쉴새 없이 중얼거렸다.

"어무이, 어무이를 이곳에 두고 가는 불효자를 용서하이소! 영달이가
  돈 많이 벌어오거든 사과꽃 피고 살구꽃 피어나는 좋은 곳으로 보내

줄 낍니더. 그라이깨로 불편하더라도 좀만 참으이소. 여기 이웃들도
참 많네예. 좋은 친구 찾아갖고 몬다 한 얘기 실컷 나누어도 되겠십
더. 하고 잪았던 얘기 맘대로 쏟아도 되겠십더. 그런데 중국말이 서
툴러서 우얄꼬예?"

15
해심이

해심 고모가 살고 있는 쌍교진은 30년 전이나 별 다름없이 그 모습이 허름했다. 병원과 영화관과 뜨내기들이 오며 가며 들리군 하는 여관집만 2층으로 되어 있는 외에 나머지 건물들은 일색 단층집 그대로이다. 옛날 일들이 오롯이 떠오르며 추억을 밟을수 있어 오히려 그것이 나에겐 더 정겹게 안겨 오긴 했지만 말이다.

해심 고모는 이 쌍교진에서 벌써 57년째를 살고 있다. 항미원조전쟁 때 간호원으로 조선 전장에 뽑혀 나갔다가 거기서 고모부와 인연을 맺은 해심 고모가 전쟁이 끝나고 쌍교진 부진장으로 배치되어 오는 고모부를 따라 쌍교진에 들어올 때가 헤는 나이로 열여덟 살이었다고 했으니 말이다. 해심 고모는 진 병원에서 조산사로 37년을 근무해 왔다. 진 병원으로 실려 오는 임산부는 물론 진 산하에 있는 각 마을까지 왕진을 다녀야 할 만큼 평소 해심 고모는 늘 분망하게 살았다.

해심 고모는 쌍교진에서 유일한 조선 사람이었다. 고모부는 오리지날 한족이었다. 퇴대할 때 패장급이었던 고모부는 전장에서 왼쪽 다리를 잃어버린 잔폐(殘廢) 군인이었다. 무릎 우까지 뭉청 잘리워 나간 다리는 흉측하다 못해 징그럽기까지 했다. 그래서 고모부는 좀 해서 그 다리를 남들에게 내여 보이지 않았다. 부진장으로 부임되어 온 지 얼마 안 돼 정부에서는 고모부의 잔폐된 다리에 의족을 맞추어 주었다. 그때부터 고모부는 량쪽 겨드랑이에 끼우고 다니던 쌍지팽이를 집어던지고 두 발로 걸었다고 한다. 걸음을 옮길 때마다 통 너른 군복 바지 속에 감추어져 있는 의족에서는 삐그덕 삐그덕 이상한 소리가 새어 나오군 했다. 고모부는 잠을 잘 때면 의족을 벗어 침대 가에 세워 놓고 잤다. 털이 부수수한 오른쪽 다리와 달리 연한 살색의 고무 재질로 된 의족은 마치 산 사람의 다리를 도끼로 찍어다 그대로 세워 놓은 듯해서 보는 이로 하여금 머리카락이 쭈뼛 일어서게 했다. 그러나 해심 고모는 날마다 침대

가에 세워진 그것을 마주하고도 단잠을 잘 수 있다고 했다.

해심 고모가 참지 못하는 것은 고모부의 그 징그러운 의족이 아니라 시도 때도 없이 아무 데나 탁탁 뱉어놓는 가래침이라고 했다. 처음엔 몰랐는데 세월이 지나면 지날수록 더 자주 뱉고 더 많이 뱉고 더 요란하게 뱉는다는 것이었다. 가슴 깊숙한 곳에 있는 가래침을 펌프 물 뽑듯 쫙 뽑아 올렸다가 입안에서 그것을 한 번 굴린 후 혀끝의 힘을 빌어 퇴! 하고 입 밖으로 뱉어 던지는데 입 힘이 얼마나 좋은지 두 메터 남짓도 쉽게 뿌려 던졌다. 가래침을 뱉는 그 요령은 참말이지 고모부의 유일한 특기였다. 시도 때도 없이 뱉기에 고모부가 머물렀던 자리 주위엔 필시 가래침이 질펀했다. 그런 난국을 피면하기 위해 해심 고모는 요강을 여러 개 사다가 고모부가 머무는 자리 주변에 놔 주었으나 고모부는 다리가 불편해서인지 아니면 해심 고모의 배려에 어깃장을 놓느라고 그러는지 옆에 비치된 요강이 있음에도 불구하고 꼭 바닥에다 가래침을 툭툭 뱉어 놓군 했다.

고모부는 가래침을 수시로 뱉었을 뿐만 아니라 담배도 지골로 피웠다. 권연은 슴슴해서 못 피우고 꼭 지방에서 나는 살담배를 피우군 했는데 그것도 번마다 어김없이 파이프에 쟁여서 피웠다. 그래야 제맛이 난다고 했다. 손때가 짜득짜득 묻어 원색을 알아볼 수 없는 나무 파이프에서는 코를 찌르는 댓진 냄새가 났다. 잠자는 시간을 빼고는 늘 한 손에 그걸 들고 있어서인지 고모부 근처에만 가도 고약한 댓진 냄새가 진동을 했다. 게다가 고모부는 목욕도 잘 하지 않았고 칫솔질에도 무척 게을렀다. 해심 고모가 여러 번 독촉을 해야 마지못해 한 번씩 칫솔질을 하군 했는데 그래서인지 고모부의 이빨은 싯누렇게 떠 있었다. 마치 그가 즐겨 사용하는 찻잔의 물때처럼 아무리 양치질을 해도 그 식이 장식이었다. 고모부는 한여름에도 꼭 뜨거운 찻물을 마셨다. 잘 가꾸질 않아 천연 원시림처럼 더부룩한 입가의 수염을 적시며 뜨거운 찻물을 후루룩 후루룩 하고 입속으로 끌어들이는 그 소리는 옆에서 듣고 있기엔 참으로 짜증이 날 만큼 요란하고 부산했다. 담배를 피우고 찻물을 마시고 그리고 사방에 가래침을 뱉어 놓는 일은 고모부의 하루 생활에서 뺄래야 뺄 수가 없는 중요한 일과로 되어 있었다.

해심 고모와 고모부 사이엔 왕펑이라는 아들 하나가 있었다. 왕펑은 어려서부터 개구장이였다. 새총을 쏘아 상점의 유리를 박살낸다든가 세워 놓은 남의 집 자전거 바퀴의 바람을 뽑아 놓는다든가 공동변소에 돌을 들이던져 한참 변을 보고 있는 사람에게 똥벼락을 맞게 한다든가 여하튼 진 거리에서 할 수 있는 못된 짓은 뺄놓지 않고 다 했다. 그래서 고발장도 많이 들어왔지만 왕 부진장의 아들이라는 명분 때문에 많이는 중도에서 갈무리가 되기도 했다. 그런 왕펑이 한번은 자기 아버지가 벗어놓은 의족에서 고무 쪼각을 뭉청 잘라내어 딱총을 만들었다가 고모부한테 혼찌검이 난 적이 있다. 외아들이라고 사정을 봐주는 일도 없이 고모부는 더 신을 수 없게 거들이 난 의족을 들어 왕펑의 머리통을 내리쳤다. 해심 고모가 말리지 않았으면 모르긴 몰라도 왕펑은 아마 그때 작살이 났든가 병신이 되었을 것이다.

고모부는 새로운 의족을 맞추러 다시 쌍지팽이를 짚고 북경으로 떠났고 그리고 달포가 지나 돌아왔다. 집으로 돌아온 날 저녁, 고모부는 해심 고모가 임신을 한 사실을 알았다. 자기가 집을 비운 사이에 안해가 임신을 했다는 일은 빗발치는 탄우 속에서 생사의 고비를 수없이 넘나들면서도 견정불이(堅定不移) 했던 사나이에게 큰 충격을 주었는가 보다. 터울이 크게 들어선 아기의 존재를 뒤늦게 발견한 것뿐이지 절대 남편이 집을 비운 사이에 생긴 아기가 아니라고 해심 고모가 해석을 했지만 고모부는 해심 고모의 뺨을 불이 번쩍 나게 답새겼다. 그것도 그럴 것이 고모부는 왕펑이를 낳고 정관수술을 받았던 것이었다. 안해의 어린 얼굴에 넉가래 같은 손으로 뺨 자국을 낸 것으로는 직성이 풀리지 않는지 고모부는 쩍하면 해심 고모의 머리채를 잡아 꺼두르고 새로 맞춘 의족을 벗어 들고 들이답시고 하더니 끝내는 해심 고모의 배속에 든 아기가 충격을 받아 류산이 되고 나서야 드디어 손을 멈추었다.

고모부가 해심 고모에게 학대를 일삼을 때도 군관복을 입은 고모부와 어깨를 나란히 겯고 찍은 해심 고모의 흑백 결혼사진은 드팀 없이 그들의 침대 머리 우에 걸려 있었다. 어깨 넘어로 긴 량태머리를 드리운 사진 속의 해심 고모는 열네 살이나 연상인 고모부와 마냥 행복한 웃음을 짓고 있었다.

"정관수술이 풀린 게지. 그런 일이 종종 있재이우 뭐니?"

고모는 그때의 일을 회상하면서도 고모부에 대한 투정은 한마디도 없었다.

"그때 어째 리혼으 아이 했슴두?"

나의 질문에

"무슨 소리니? 그땐 리혼이란 꿈에도 생각을 못 하는 세월이었네라. 더군다나 로왕(老王)[1]은 쌍교진에서 이름깨나 있었던 사람이 아이니? 그런 사람이 리혼으 한다고 해봐라, 우세다 우세!"

---

1) '로(老)'는 윗사람을 호칭할 때 성 앞에 부치는 접두사.

그러면서 해심 고모는 바늘에라도 찔리운 사람처럼 펄쩍 뛰었다.

　　해심 고모는 자기의 남편을 항상 로왕이라고 불렀다. 우리말로 "여보!" 하고 불러야 할 때도 "로왕아!" 하고 불렀고 "우리 집 양반"이라고 말해야 할 경우에도 "우리 로왕"이라고 불렀다. 아무튼 고모부에게 흠씬 두들겨 맞으면서도 그런 폭군에게서 떠날 넘을 하지 않고 장장 30여 년을 함께 살을 맞대고 산 해심 고모의 인내력은 와이야 줄만큼이나 튼튼했다고 보아야 할 것이다. 그의 말대로라면 "싸움터에서 맺어진 부부의 연이 그만한 시련 때문에 깨진다면 두 사람 모두에게 먹칠이 되는 것뿐"이란다. 하긴 우리 아버지의 말을 빌면 해심 고모는 그러고도 남을 사람이었다. 해심 고모에겐 주장이 한번 서면 소 아홉 마리로 끌어도 돌려세우지 못하는 질긴 고집이 있다고 했다. 그랬기에 목숨을 걸고 말리는 우리 할머니의 만류도 마다하고 열여섯 어린 나이에 자진해서 전장으로 달려 나갔을 것이다. 그만큼 해심 고모는 당돌한 데도 있었고 오기도 있었으며 아집도 있었다.

　　고모부가 뇌출혈로 갑자기 이 세상을 버렸을 때 해심 고모는 남에게 눈물을 보이지 않았다. 진 정부에서 조직한 추도식장에서 해심 고모는 담담한 표정을 짓고 찾아오는 추모객들의 손을 일일이 잡아 주었다. 결혼사진 외에 더 이상 사진을 찍지 않은 고모부의 영정 사진은 해심 고모와 찍은 결혼사진에서 가위로 오려낸 후 확대하여 썼기에 추도식장에 내걸린 사진 속 고모부의 얼굴은 서른두 살의 혈기 왕성한 젊은 모습이었다. 모르긴 몰라도 해심 고모의 마음속에 자리 잡고 있는 고모부는 마냥 서른두 살의 멋진 군인이었는지도 모른다.

　　쑹쮸쮸 치앙앙 쾨꿔 야루쨩
　　보우허핑 워이주궈 쮸우쓰 보우쨔썅

쯍화 얼뉘 치씬 퇀제진

캉메이 웬초우 다빠이 메이궈 예씬랑!2)

　해심 고모는 흥이 나면 설겆이를 하면서도 그 당시 불렀던 노래를 곧 잘 흥얼거리군 했다. 열여섯 열혈의 몸으로 받아들였던 모든 사상과 이념은 서른두 살의 고모부의 얼굴과 함께 오래도록 해심 고모의 마음을 지배하고 있었던 것 같다. 고모부가 죽자 해심 고모의 퇴직 년령도 차서 진 병원에서 물러난 몸이 되었지만 그의 접산 기술은 의연히 인근에서 유명세를 탔다. 임산부가 도움을 청하면 밤이건 낮이건 가리지 않고 흔쾌히 달려와 주는 해심 고모를 시골 사람들은 좋아했고 생명을 탄생시키는 가장 기쁘고 벅찬 일에 몸을 사리지 않고 나서주는 해심 고모에게 감격해 하지 않는 사람이 없었다. 그러다 보니 쌍교진에서 "꼬우리 제썽퍼(조선족 조산사)"하면 모르는 사람이 없을 만큼 해심 고모의 인금은 나날이 높아 갔다. 내가 이제부터 말하려는 이야기 속의 주인공의 이야기도 해심 고모와 그렇게 인연을 맺은 집안의 이야기로부터 시작된다.

　류부귀는 아들 형제를 두었다. 물론 그 두 아들의 접산도 모두 해심 고모가 맡았던것은 두말할 것도 없다. 큰아들 류초는 태어나면서부터 머리가 류달리 커서 아명이 '큰머리'이고 둘째 아들 류평은 태어날 때 5근이었다고 해서 아명이 '오근'이다. '큰머리'와 '오근'은

---

2) 「중국인민지원군전가(中國人民誌願軍戰歌)」의 가사. 미군에 대한 적개심을 담고 있다. 이 부분의 중국어 원문은 다음과 같다. "雄起起, 氣昂昂, 跨過鴨綠江. 保和平, 衛祖國, 就是保家鄕. 中國好兒女, 齊心團結緊. 抗美援朝打敗美帝野心狼."

모두 나이가 꽉 차도록 장가를 가지 못했다. 한족 사람들은 며느리를 들일 때 여자 측에 어마어마한 액수의 돈을 친정어머니의 젖값으로 내주어야 한다. 그들은 이것을 '차이리(彩禮)'라고 했다. 대대로 농사질을 하며 살아온 류부귀네는 아직 두 아들을 장가보낼 '차이리' 돈을 모으지 못 했던 것이다. 다행히 요 근년에 남아도는 남의 땅을 도급맡아 경작지를 늘린 데다 작황까지 괜찮아 류부귀네는 생각 밖에 5만 원의 목돈을 모으게 되었다.

목돈을 손에 쥔 류부귀가 맨 처음 생각한 것은 당연히 큰아들 '큰머리'에게 색시를 얻어 주는 일이었다. 인근에 색시감을 수소문해 보았지만 어느 집에서나 '차이리' 돈만으로도 5만 원을 요구했고 5만 원에서 한 푼이라도 꿇어서는 처녀 얼굴조차 구경할 수가 없었다. 손에 쥔 돈을 '차이리'로 주고 나면 결혼식은 물론 다음 해 농사 경비도 없게 되는지라 류부귀는 한동안 골머리를 앓았다. 그때 누군가 류부귀에게 가만이 귀띔을 해 주었다. 이웃 현성에 가서 뒷골목 탐문을 해보면 외국에서 들여오는 색시감이 있는데 3만 원이면 여자 하나를 데려올수 있다는 것이었다. 류부귀가 가만히 생각을 해 보니 당지에서 색시감을 물색하느니 쥐고 있는 돈에 만 원 하나를 더 보태면 며느리 둘을 한꺼번에 들여올 수 있을 것 같아 마누라에게 그 의향을 내비치니 별로 식견이 없는 마누라 역시 그게 좋겠다고 수긍을 하는지라 이튿날 귀동냥으로 얻어들은 대로 이웃 현성을 향해 길을 떠났다.

류부귀는 생각 밖에 별로 힘을 들이지 않고 '혼인중개소'라고 쓴 간판이 걸린 집을 찾아냈다. 류부귀의 성실하고 촌티 나는 차림새에 믿음이 갔는지 아니면 관례가 그런지 혼인중개소 나그네는 지금 당장은 아니지만 3만 5천 원에 앳된 숫처녀를 물색해 주겠노라고 초면에 장담을 했다. 가격을 좀 낮추자고 하자 낮은 가격의 여자는 숫처녀가 아닌

애기 엄마들일 수도 있다며 선택은 자유라고 했다. 류부귀는 선불금 5천을 내고 숫처녀로 아퀴를 짓고 집으로 돌아왔다. 한 달 후 류부귀는 "물건 이미 도착했음"이라고 쓴 비밀 메시지를 받게 되었다. 류부귀는 마누라에게 집에 남아 '큰머리'의 결혼식 준비를 해 놓으라고 일러 놓고 '큰머리'를 데리고 주문한 며느릿감을 찾으러 다시 길을 떠났다. 며느릿감은 혼인중개소가 아닌 어떤 허름한 아파트 집에 들어 있었다.

"어느 나라 여자지요?"

류부귀는 자기들을 안내하여 계단을 올라가는 중개인에게 물었다.

"어느 나라면 어떻소? 여자면 그만이지."

중개인은 퉁명스레 대답했다.
문을 열고 들어가자 단발머리의 여자애가 초롱초롱한 눈으로 찾아온 사람들을 훑어보는데 생각 밖에 이쁘장하긴 했지만 고집이 좀 있어 보이는 얼굴인지라 류부귀는 은근히 근심스럽기도 했다. 그러나 아들 '큰머리'는 좋아서 입을 다물지 못하고 있었다. 중개인은 미리 준비해 두었던 종이 쪼박을 꺼내 여자애 앞에 펼쳐 보였다. 류부귀는 거기에 뭐라고 적혀 있는지 알 수 없었지만 종이 쪼박 우의 글을 읽은 여자애가 머리를 끄덕이는 것을 보고 일단 안심은 할 수 있었다.
류부귀는 나머지 돈을 치른 후 아들 '큰머리'와 이제 곧 며느리가 될 여자애를 이끌고 아파트를 빠져나와 뻐스부로 향했다. 여자애는 생각 밖에 고분고분 잘 따라 주었다. 문을 나선 후부터 색싯감의 안전 여부는 자기들과 무관하며 일체 후과는 책임지지 않는다는 중개인과의 약속 때문에 류부귀는 며느릿감의 일거수일투족에 십분 경계를 해야 했지만 '큰머리'는 이쁜 색싯감에 만족이 되었는지 벌써부터 손발을 허둥대기 시작했다.

류부귀가 아들과 며느릿감을 데리고 마을 어구에 도착했을 때 류부귀네 집에서는 이미 잔치 행사가 시작되고 있었다. 폭죽 터지는 소리와 새납 소리가 마을 밖까지 요란하게 울려 나왔고 집안 친척들을 비롯한 하객들이 길목까지 나와 류부귀네를 맞아주었다. 요즘 시골에서 구경하기 힘든 결혼 잔치였던 탓도 있겠지만 데려오는 색시감이 외국 사람이라는 데서 구경차 모여든 사람들이 더 많았다. 류부귀의 마누라는 서둘러 일행을 방 안으로 안내해 들였고 하객들은 마당에 차린 술상에 끼리끼리 둘러앉아 례식이 시작되길 기다리며 색시감에 대해 왈가왈부하느라 뜨락 안은 와자그르 끓어올랐다.

족히 한나절이 지나서야 빨간 혼례복으로 단장을 한 새색시와 신랑이 하객들 앞에 나타났는데 방금과 달리 새색시의 얼굴엔 웃음기는 고사하고 두 눈엔 온통 적의로 꽉 차 있었다. 그러나 술이 고픈 하객들의 눈엔 그런 것이 들어올 리 만무했다. 사회를 맡은 마을의 촌장이 "첫 절은 천지 신령께!" "두 번째 절은 부모님께!" "그 다음은 부부 맞절입니다!" 하고 외칠 때마다 들러리로 나선 아낙 둘이 새색시의 등허리를 억압적으로 눌러 그런대로 대충 례식의 절차를 끝냈다. 사회자가 술상을 개시한다고 선포하자 다시 폭죽 한 꿰미가 터져 올랐고 폭죽 연기가 자욱한 마당에서 하객들은 권커니 작커니 하며 술상을 무르익혀 갔다. 류부귀네 큰아들은 드디어 장가를 간 것이다.

그러나 며칠 후 류부귀는 진 거리에 사는 해심 고모를 찾아오지 않으면 안 되게 되었다.

"따냥(大娘, 큰어머니), 우리 며늘애를 좀 살려주시우!"

류부귀는 집 문을 따고 들어서자마자 무릎을 꿇고 해심 고모 앞에 주저앉았다. 진거리에 사는 사람들은 해심 고모를 '제썽퍼(조산사)'라고 불렀으나 시골 사람들은 모두 하나같이 해심 고모를 '따냥'이라고 불렀다.

"며늘애라니?"

해심 고모는 류부귀의 새카매진 얼굴을 들여다보며 물었다.

"우리 집에서 조선 여자애를 며느리로 들였는데 글쎄 그 애가 련 며칠
동안 통 먹질 않고 고집을 부려 다 죽게 생겼지 뭐예요!"
"조선 여자를 며느리로 들였다구? 그게 무슨 소리요? 이 인근에 나 말
고 어디 조선 여자가 더 있다구?"
"그게 어떻게 된 거냐 하면."

류부귀는 해심 고모가 내미는 찻물을 받아 목을 추기고 나서야 전후
사연의 자초지종을 피력할 수 있었다.

해심 고모가 류부귀를 따라 마을에 당도했을 땐 땅거미가 어둑어둑
내려앉는 어슬녘이었다. 그러나 새색시 방엔 불도 켜져 있지 않았다.
새색시는 아랫목에 편 자리 우에 동그마니 누워 있었는데 사람이 들어
가도 눈을 딱 감고 쳐다보지도 않았다. 자닝스러운 그 꼴에 코마루가
시큰해 난 해심 고모는 옆 사람들을 물리치고 홀로 신을 벗고 구들 우
로 올라가 새색시의 손을 살그머니 잡았다. 그러나 무슨 말을 어떻게

해야 할지 얼른 엄두가 나지 않았다.

"얘야, 눈 좀 떠 보아라."

자주 하지 않아 자신도 서먹한 조선말을 내뱉는 순간 누워 있는 새색시의 두 눈이 반짝 떠지는데 그믐밤에 호롱불을 본 듯한 눈빛이 아닌가?

"누기십니까?"

새색시가 용수철 튕기듯 벌떡 일어나 앉으며 재우쳐 물었다.

"같은 조선 사램이다."
"정말입니까?"
"그렇채이꾸."

해심 고모는 새색시를 향해 힘있게 고개를 끄덕여 보였다.
그러자 새색시가 갑자기 해심 고모의 목을 두 팔로 끌어안더니 울음보를 터뜨렸다. 그 바람에 해심 고모도 같이 부둥켜안고 울었는데 두 사람의 울음소리는 바깥방에 있던 류부귀네 식구들을 놀래워 놓았다. 저녁상을 챙겨 들고 들어오던 류부귀의 마누라도 밥상을 한쪽으로 팽개치고 새색시의 등을 끌어안으며 눈물을 흘려 세 여자의 울음소리가 방 안에 차고 넘치게 되었다. 여기까진 내가 해심 고모에게서 얻어들은 이야기이다.

"그래 그 새애기 고모 말은 듣습데?"

"그날 저녁 억지로 물은 좀 멕였지. 사람부터 살궈야지 않겠니? 좋은 일자리 찾아 준다구 해서 따라왔는데 그게 아이니까 굶어 죽자구 그랬다더라."

"그러구 보면 고모두 종범이 아임두? 그때 신고를 해서 집으로 돌려보내 줬어야지."

"말두 마라. 신고를 하면 바로 코를 꿰서 끌구 간다구 그래더라. 그 말으 듣구사 어디 차마 신고를 하겠데?."

"누기 그랩두?"

"나두 들을 건 다 듣구 산다."

"그럼 고모는 류가네 편으 들러 간 게구만."

"야, 그런 판국에 네 편 내 편이 어디 있니? 집으로 돌아가재두 먹어야 가구 도망을 가재두 먹어야 간다구 그래면서 내 온밥 얼렸지. 그랬더이 이튿날부터 밥으 먹더라."

"그래서?"

"그러다나이 류가네 식구들이 나를 못 가게 붙들지 않겠니? 며칠 남아서 메누리 동미 해라며 제구나 말려서 한 달포 그 집에서 같이 살았다. 그동안 대접은 잘 받았다. 내 개고기 좋아한다구 개를 잡아대지 않나, 두 아들이 어기치기로 나가서 들오리는 얼매나 잡아들이는지 때마다 고기 반찬으 신물나게 먹었다. 갠데 말이다. 일이 되자구 그랬는지 그 새애기 글쎄 입더스 하지 않겠니? 결혼식 치루던 날 딱 하룻밤 같이 잤다는데 바로 임신이 된 게지. 그렇게 되자 류가네는 좋아 난리지. 임신을 했다니까 처음엔 왕왕 울던 새애기도 며칠이 지나니 더 말이 없더라. 그래구 나서 여지껏 말없이 산다. 아르 낳구부터는 일두 잘 하구 마음 붙이구 산다구 요즘 그 집에서 좋아서 야단이다."

"갠데 어떻게 이렇게 먼 구석까지 흘러들어 왔담두?"

"내 그 말으 다 하자므 길다."

"고모, 그 새애기르 내 직접 만나보면 아이 되겠슴두?"
"그 집에서 낯선 사람이 들락거리는 걸 영 싫어한다. 게두 내 나서면
  안 될 것두 없습지."

　이튿날 해심 고모는 나를 데리고 류가촌의 류부귀네 집을 찾아갔다.
쌍교진에서도 동북쪽으로 60여 리를 더 달려 도착한 류가촌은 한족 마
을답게 집집마다 높은 담장들로 둘러져 있어 대문을 거치지 않고서는
집안은 물론 뜨락 안도 구경할 수가 없었다. 대문 가에 매 놓은 황둥개
가 낯선 사람을 보고 무섭게 짖어대고 있었다.

"해심아! 해심아! 문 열어라! 조선 할미 왔다!"

　해심 고모가 주먹으로 대문을 두드리며 안을 향해 소리쳤다.

"해심이라니? 누기 해심이요?"

　나는 해심 고모의 얼굴을 쳐다보며 물었다.

"그 새애기 이름이 해심이다. 알고 보니 나와 똑같은 이름이째이니?"

　인연치고도 별난 인연이었다.

"고향도 우리까 같더라. 너는 우리 고향이 어딘지 알구나 있니?"
"아버지께 들어서 대강이사 알구 있지므."

우리가 그렇게 주거니 받거니 하고 있는 사이 끌신을 잘잘 끄는 소리가 나는가 싶더니 빗장 떼는 소리와 함께 드르릉 하고 철 대문이 열렸다. 동그란 얼굴에 어글어글한 눈빛의 20대 초반의 여자(해심이)가 해심 고모를 보자마자 두 팔을 쫙 벌리며 어리광을 피우듯 매달렸다.

　　"나이나이(奶奶, 할머니)!"

　　놀란 것은 바로 나였다. 어쩜 그렇게 표준적인 중국말을 할 수가 있으랴?

　　"내까는 조선말으 해야지. 그새 다 잊어뿌리겠다."

　　해심 고모가 해심이의 등짝을 탁 두드리며 핀잔을 하자

　　"아이 잊어뿌립니다."

　　그렇게 대답을 하는 해심이의 조선말 발음은 이미 혀가 꼬부라져 있었다. 해심 고모가 나를 조카딸이라고 소개하자 해심이는 그럼 자기는 나를 어떻게 불러야 하는가고 해심 고모에게 다시 묻는다. 사이가 친해지면 혈연관계가 없어도 바로 호칭부터 고쳐 부르는 한족 사람 특유의 습관마저 다 배워버린 해심이가 기특하기도 하고 안쓰럽기도 했다.

　　"고모라고 불러라."

　　해심 고모가 호칭을 정해주자 해심이는 나를 향해 머리를 끄덕이며

"구(姑, 고모), 찐우바(進屋吧, 집으로 들어가요)!"

하고 나를 집 안으로 안내한다.

집 안엔 두 돐 푼하게 자란 어린 여자애가 낮잠을 자고 있는 외에 다른 식구들은 없었다. 모두가 부업거리를 맡아 일하러들 나갔다고 했다.

"쌍캉바(上炕吧, 구들 위로 올라와요)."

해심이는 우리를 구들 우로 청하더니 랭장고 문을 열고 아이스크림을 꺼내 왔다.

"톈 러(天熱, 날씨가 더워요). 츠바(喫吧, 드세요)."

해심이는 그냥 중국말로 대화를 이끌어 나갔다.

"중국말을 참 잘 하네요. 그냥 중국말만 하다가 정말 조선말을 다 잊어 버리겠어요."

칭찬 반 핀잔 반의 내 마음을 읽었는지 어색한 웃음을 웃으며

"중국말이 하기 쉽습니다."

하고 대답하는 해심이의 조선말은 역시 혀가 많이 굳어져 있는 상태였다. 점심이 되어 해심이가 챙겨 내온 밥상 우엔 오이와 양배추를 썰어서 담근 막김치가 올라 있었다.

"김치는 손수 담근 거에요?"

　내가 김치 그릇을 들여다보며 묻자 해심이가 머리를 끄덕였다.

"예. 김치 없으면 밥이 아이 넘어갑니다."
"나두 그렇다. 그래서 우리 로왕이 살았을 때 '너는 내까 사는 게 아이
　라 김치하구 산다' 그래기까지 했재이니?"

　해심 고모가 수저를 들다 말고 동을 달았다.

"다른 식구들도 김치를 먹어요?"
"맵다구 아이 먹습니다. 내 혼자 먹습니다."
"김치 말고 다른 음식은 입에 맞던가요?"
"처음엔 좀 느끼했지만 어전 다 배웠습니다."
"음식 말고 다른 습관은 맞지 않아 애먹는 것이 없었어요?"

　해심이는 잠간 머뭇거리더니 다시 입을 열었다.

"있습니다. 가래침 뱉는 거 영 더럽습니다. 애기 아버지부터 못 뱉게
　단속을 했습니다. 계속 뱉으면 내가 도망질 치겠다구 그랬습니다."
"그랬더니 고치던가요?"
"예. 이 집에서는 내가 도망가는 걸 제일 무서워하재이우 뭡니까?"
"도망가려고 마음은 먹었었어요?"
"예. 처음엔 그랬습니다."

해심이는 어색한 웃음을 얼굴에 피워 올렸다.

"지금은 도망가고 싶지 않으세요?"
"어전 가라고 해도 아이 가겠습니다."
"왜요?"
"여기가 편합니다."
"뭐가 편해요?"
"뭐나 다 편해 좋습니다."
"올해 나이가 얼마예요?"
"스물둘입니다."
"그럼 여기로 올 때는?"
"열아홉이었습니다."
"국경을 넘어올 땐 이런 곳으로 온다는 걸 몰랐는가요?"
"몰랐습니다. 음식점에서 일하게 해 준다고 해서 따라왔습니다."
"강을 어떻게 건넜나요?"
"여자 셋이서 나란히 손으 잡고 건넜습니다."
"대낮에요?"
"날이 어둡길 기다렸다가 건넜습니다.'
"물이 깊지 않던가요?"
"허리께까지 왔습니다. 물이 대단히 차가웠습니다."

해심이는 말허리를 끊고 잠간 침묵을 지켰다. 지나간 일들이 새삼스러워지는 모양이었다.

"강을 건너오니 봉고차가 기다리고 있었습니다. 우리르 마중한 아저씨가 기름떡 하나와 음료수 한 병씩 건네주었는데 그거 받아먹고 우린 아무것도 모르고 그냥 잠을 잤습니다. 목적지에 당도했다고 해서 깨나 보니 새까만 밤이었는데 어떤 아파트 집 앞이었습니다."

"이 집 식구들을 따라올 때까지도 강제 결혼이란 걸 몰랐나요?"

"몰랐습니다. 음식점 지배인들이 데리러 온 줄 알았습니다. 소개인이 조선글로 미리 써놓은 쪽지를 보여주었습니다. '이 사람들을 따라가 시오' 그렇게 말입니다. 그 집에 머물러 있는 이틀 동안 소개인은 무 엇이나 다 그렇게 미리 써놓은 글로 우리들을 지시했습니다."

"같이 온 동행들은 어디로 간 줄 알아요?"

"모릅니다. 하나씩 그 집을 떠날 때 서로 연계하자구 약속은 했지만 어 디로 갔는지 서로 모르는 판에 어떻게 연계를 하겠습니까?"

"강제 결혼인 줄은 이 집에 도착해서야 알았나요?"

"도착해서도 잘 몰랐습니다. 빨간색 옷으 갈아입히더니 머리에도 빨 간색 꼬즈 꽂아주었습니다. 그때에야 좀 알 것 같았습니다. 그래서 꼬즈 뽑아 바닥에 던졌습니다. 그랬더이 우리 시어머니가 다시 꼬즈 줏어서 머리에 꽂아주었습니다. 그리고 싫다는 내 등을 억지로 떠밀 어 마당으로 끌고 나갔습니다. 그리고 들러리로 나선 아주머니들이 시키는 대로 허리르 굽혔다 폈다 하며 세 번이나 절을 했습니다."

해심이는 다시 말끝을 삼켰다. 그때 자던 애가 깨어나며 엄마를 찾았 다. 해심이는 아이가 오줌이 마려워 깼다며 아이를 둘쳐 안고 바깥으로 나갔다. 뜨락 끝에 있는 측간으로 들어가는 해심이의 뒤모습을 열어젖 힌 창 너머로 낱낱이 볼 수 있었다. 밥상을 거두고 나서 해심이는 후식 으로 내온 과일을 깎으며 말했다.

"이곳에는 할머니 말고 조선 사람이 한 사람도 없습니다. 그런데 오늘 이렇게 우리 조선 사람끼리 모여 앉아 얘기를 하니 마음이 대단히 기쁘고 또 기분이 이상합니다."

"앞으로 자주 만나요. 멀지만 우리 집으로 놀러도 오고."

"놀러는 못 갑니다. 이 집에서 아직 놀러는 못 다니게 함다. 도망질 칠
 가 봐 아직까지 신분증도 만들어 주지 않고 있습니다."

"지금이라도 신고를 하면 집으로 돌아갈 수 있을 텐데?"

 나는 은근히 대방의 마음을 다시 줌떠 보았다.

"그러지 않겠습니다. 이 집에서도 나를 데려오느라 많은 돈으 치렀는데."

"이 마을 사람들은 대신 신고를 해주지 않던가요?"

"아이 한다. 한족 사람들은 저와 관계없으면 남의 집 일에 절대 삐치각
 질 같은 건 아이 한다. 그건 누기보다두 내가 잘 안다."

 여지껏 잠자코 있던 해심 고모가 우리 둘의 대화에 끼어들었다.

"그건 그런 것 같습니다. 가끔 뒤에서 수군거리긴 해도 대놓고 이러니
 저러니 말하는 사람은 한 사람도 없습니다."

 해심이도 그 말엔 수긍하는 태도를 보였다.

"더군다나 이 류가네 사람들은 다 인후해서 동네 안에서는 척을 진 사
 람이 없재이우 뭐니. 말 바른대로 이 집 사람들은 다 진국이다. 부지
 런하구 착하구."

 해심 고모가 류가네 사람들을 침이 마르게 칭찬을 했다.

"부모님들은 색시가 여기 온 줄 알고 있는가요?"

"모릅니다. 3년이 되도록 연계 방법이 없어서 아직 알리지 못했습니다."

"전화는 없어서 못 해도 편지는 띄웠어야죠. 부모님들이 근심이 얼마
　나 크겠어요?"

"편지는 못 합니다. 사람이 없어진 집의 우편물은 특별 감시 대상입니
　다. 아마 지금쯤 우리 아버지두 낼래 작업반장 자리에서 떨어졌을 겁
　니다."

　해심이는 뒷말을 흐렸다. 시계바늘을 저만치 되돌려다 놓고 싶을 만
큼 해심이는 지금 심한 회의를 느끼고 있을 것이다.

"아버지께서는 무슨 일을 했는데요?"

"가옥 보수 공사 일을 했습니다. 나두 여기로 오기 전에 매일 아버지
　따라다니메 세멘트 이기는 일을 했습니다."

"농사일을 해 봤나요?"

"여기 와서야 농사란 걸 배웠습니다."

"이 집에서 농사일을 시키던가요?"

"못 하게 하는 걸 내가 제우나 따라다니메 배웠습니다. 어저는 우리 둘
　이서도 서너 쌍(坰, 농토 면적의 단위)은 얼마든지 다룰 수 있습니
　다. 작년에 우리 둘이서 3만 원을 벌었습니다. 갠데 오근이 장가 가
　는 데 다 꿰워 줬습니다."

"시동생도 장가를 갔군요?"

"예. 갠데 각시 도망갔습니다. 두 달두 못 살구."

"왜요?"

"오근이 각시두 그쪽 사람입니다. 매일 울구불구 하던 게 한 달두 안
　되 머리가 미쳐버렸습니다."

"미쳐요?"

"예. 내가 아무리 얼려두 소용없었습니다. 그러던 게 어느 날 갑자기 집으 뛰쳐나갔습니다. 말두 모르구 해서 멀리도 못 갔을 겐데 누기 주워 갔는지 지금까지 행방불명입니다."

"동서를 데려왔을 때 마음이 어땠어요?"

"반갑기두 하구 불쌍하기두 하구 그랬습니다."

"시부모님들이 둘째 며느리도 그렇게 데려오겠다구 할 때 색시는 찬성이었나요?"

"찬성은 무슨? 그쪽에서 데려온다구 다 내 같은 줄 아는가구 그러면서 반대를 마이 했습니다. 한편으로는 동미 생겨서 좋기두 했습니다."

"괜히 돈만 날렸군요?"

"예. 오근이는 지금두 이 마을 저 마을 돌아다니며 찾고 있습니다."

"올해 작황은 어때요?"

"영 잘됐습니다. 올해 수입은 몽땅 저금했다가 장사를 해 보겠습니다. 이래 뵈두 내 장사르 잘 합니다. 애기 아버지도 내까 생각이 같습니다. 돈으 많이 모아서 먼저 우리 둘이 따로 나가서 살 집으 짓구 그리구 친정집에 부쳐 주자구 약속으 했습니다. 내 금목걸이 사라고 준 돈두 아이 쓰구 다 저금했습니다."

야무진 꿈을 꾸며 미래에 대한 동경으로 부풀어 있는 해심이의 얼굴엔 어느덧 잔잔한 미소가 번지고 있었다.

쌍교진에 다녀온 지 한 달이 지나서 나는 해심 고모네에 문안차 인사 전화를 걸었다. 신호음이 숨넘어가게 울리는데도 전화를 받는 사람이 없었다. 저녁 무렵이어서 집에 사람이 있을 줄 알고 집 전화를 했는데 받는 사람이 없다니? 나는 다시 해심 고모의 핸드폰 번호를 두드렸다.

"와이?"

언제 들으나 카랑카랑한 목소리 임자다.

"고모! 이 시간에 대체 어딤두?"
"말도 마라. 해심이한테 일이 생겨 지금 류가촌으로 가는 길이다. 우리
　왕펑이가 글쎄 해심이 일을 신고해 버려서 우에서 조사조가 내려왔
　다재이쿠 뭐니?"
"양?! 그럼 그쪽에서 지금 야단났겠구마?!"
"그러게 말이다!"

해심 고모의 목소리엔 초조함이 덕지덕지 묻어 있었다.

"왕펑은 어째 가만히 살자구 하는 사람들으 꽤나 놀래우며 그래우?"
"내 말이 그 말이재이쿠 뭐니? 그 오라질 놈이 놀음질 하다가 돈이 떨
　어졌는메? 여기선 그런 일으 고발한 사람에게 포상금으 준단다. 그
　놈이 그걸 노린 게지. 갸 사람질 못한다. 내 속으로 낳은 게지만 진짜
　미워 죽겠다. 어렸을 때부터 모질게 말썽을 이기더니 장가가서도 이
　날 이때까지 하루도 조용한 날이 없다. 도박으 하지 않나? 오입질으
　하지 않나? 지금 같아서는 로왕이 때려죽이겠다구 덤빌 때 맞아 죽게
　쒜뿌려 두지 않은 것이 후회된다. 누길 닮아 저 꼬라진지 모르겠다."
"누긴 누굴 닮았겠슴두? 에미를 안 닮았으면 애빌 닮았겠지."
"야, 로왕은 좀 우둔해서 그랬지 도박으 했니? 계집질으 했니? 전쟁판
　에 나서면 용감하기를 범 같았고 적탄을 무릅쓰고 고지를 탈취하러
　앞장서 달리다가 다리가 뭉청 끊겨 나갔을 때도 신음소리 한 번 내지
　르지 않고 참아낸 사람이 바로 로왕이다. 내가 바로 그때 로왕한테 반해

버렸재이니? 잰데 이놈은 뭐니? 아무리 그 밥에 그 나물이라지만 이 놈은 저 애비 발뒤축도 못 따라간다. 일만 일이라구 하면서 아르 잘 못 자래운 내가 벌으 받는 게 아닌가 싶다. 많지두 않구 딱 하나 자래 우면서 내가 등한했던 적이 많긴 많았지. 제멋대루 싸돌아다녀도 일 이 바빠서 언제 한번 따끔하게 교육할 새도 없이 살았다. 남의 집 새 끼는 슬하게 받아 줬어두 그놈한테는 정말 에미다운 에미가 되어 주 지 못했다. 이제 와서 이런 말 해서 무슨 쇠 있겠니? 됐다. 류가촌에 다 도착했네라. 나래 다시 통화하자."

해심 고모는 그렇게 전화를 끊어버렸다. 늦은 시간이여서 그쪽으로 가는 뻐스도 끊겼을 테고 필시 택시 같은 걸 세 내여 탓을 듯싶은데 그 런 사정을 일일이 다 말할 사이도 없이 해심 고모는 총총 전화기를 닫아 버렸다. 그렇다면 이제 류가촌의 해심이는 어떻게 되는 걸가? 야무진 꿈을 꾸며 환한 웃음을 입가에 피워 물던 해심이의 얼굴이 떠올라 나 는 장밤 눈을 붙일 수가 없었다.

2012년, 미발표

16
바퀴벌레

나는 죽어서 바퀴벌레가 되었습니다.

우리 집 다섯 식구가 장씨 아저씨를 따라 이가점(李家店)이라는 마을로 이삿짐을 옮길 때까지만 해도 나는 아무것도 몰랐습니다. 그러나 그곳에 도착해서 얼마 안 돼 마을 사람들이 나의 막내동생이 장씨 아저씨를 먹고 게운 것처럼 쪽 빼닮았다고 수군거리는 말을 듣고부터 장씨 아저씨와 우리 집과의 관계를 생각해 보기 시작했습니다. 그동안 번다하게 우리 집으로 출입을 하던 장씨 아저씨가 어느 날 이가점으로 이사를 가자고 우리 엄마를 쏠아댄 것부터가 이상했습니다. 생산대 외양 일을 맡아보는 덕에 대부분 시간을 외양간에 나가 있던 우리 아버지는 우리 엄마의 결정에 별로 이의를 다는 기색도 없이 이사를 가는데 수긍을 했고 한 해 농사가 끝나는 대로 소꿉장난을 말아들고 장씨 아저씨를 따라나섰던 것입니다.

막내동생이 장씨 아저씨를 닮았다는 것은 두 사람의 유전인자가 닮아 있다는 뜻입니다. 하다면 장씨 아저씨와 막내동생 사이에 혈연관계라도 있다는 말일까요? 그러고 보니 막내동생이 참말로 장씨 아저씨를 많이도 닮아 있는 것 같았습니다. 나와 둘째 동생은 모두 눈이 작았지만 막내동생은 장씨 아저씨처럼 두 눈이 어글어글했고 나와 둘째 동생은 코마루가 낮았지만 막내동생은 장씨 아저씨처럼 콧대가 우뚝했습니다. 그리고 나와 둘째 동생은 키도 작고 왜소한 약골이었지만 막내동생은 장씨 아저씨처럼 키도 크고 남자다운 기상이었습니다. 그리고…… 그리고…… 또 어디가 닮았을까? 나는 장씨 아저씨가 우리 집에 오기만 하면 막내동생과 닮아 있는 곳을 더 찾아 내려고 장씨 아저씨의 얼굴을 유심히 쳐다보곤 했습니다.

장씨 아저씨는 마누라 없이 딸 셋만 데리고 사는 홀아비였습니다. 오래전에 마누라가 병으로 죽었는데 살림살이는 그의 말괄량이 세 딸이 알아서 다 했습니다. 생산대 부기원(簿記員)으로 일했던 장씨 아저씨가 살던 마을을 떠나 다른 마을로 이주를 하기로 결정한 것도 갑작스러웠지만 형제간도 아니고 친인척 관계도 아닌 우리 집을 아울러 휘동하여 데리고 떠난 것도 이상한 일이 아닐 수 없었습니다. 장씨 아저씨는 세상 물정에 눈이 밝아 이득이 없는 일에는 절대로 손을 대지 않는 부라퀴였지만 우리 아버지는 그와 반대로 어리숙해서 자기의 주장 하나도 바로 내세우지 못하는 코푸렁이었습니다.

　새 마을로 이사를 온 후에도 아버지는 전에 하던 것처럼 쭉 외양간 일을 맡아 보았는데 아버지가 유일하게 잘 할 수 있는 일도 그것밖에 없는 것 같았습니다. 장씨 아저씨는 새 마을로 이사를 온 후 전간 일에는 별로 비치지 않았고 무사분주하게 외출이 잦았습니다. 엄마는 생산대를 위하여 부업 항목을 따러 다니는 것이라고 했습니다. 얼마 후 장씨 아저씨가 부업거리를 만들어 왔다고 마을에 소문이 쫙 퍼졌습니다. 그것인즉 감자로 분탕(粉糖, 당면)을 만드는 일이라고 했습니다. 해토 무렵 생산대에서는 마를 심던 한전 밭을 몽땅 갈아엎고 일찌감치 감자를 심었습니다. 감자 농사는 괜찮게 되었으나 당금 개업을 할 것 같던 당면 가공 공장은 어느 환절에서 오차가 생겼는지 차일피일 미루어지더니 어느 날 장씨 아저씨가 생산대의 공금을 몸에 지닌 채 딸 셋을 데리고 야반도주를 하는 일이 생겼습니다. 그 덕에 기다리던 당면 대신 온 마을 사람들은 겨우내 감자만 실컷 먹었습니다. 그때부터 마을 사람들은 장씨 아저씨를 일컬어 '분탕쟁이'라고 했고 나의 막내동생을 '실분탕'이라고 불렀습니다. 물론 우리 엄마가 듣는 데서는 대놓고 그렇게 부르지 못 했지만 동네 사람들은 구황태라는 막내동생의 진짜 이름 대신 '실분탕'이라는 별명에 더 익숙해 있었던 것만은 사실이었습니다.

　막내동생에게 그런 별호가 붙어 있는 줄을 번연히 알면서도 분노는

커녕 아무런 내색도 내지 않는 엄마의 애매한 태도는 나더러 막내동생이 장씨 아저씨의 아들일 것이라는 막연했던 추이에 드디어 결론을 내리게 했습니다. 그러니까 막내동생은 나와 배는 같으나 종자가 다른 형제인 것이었습니다. 쉽게 말해서 우리 엄마가 장씨 아저씨의 씨를 받아서 막내동생을 낳았다는 뜻입니다. 그렇다면 우리 엄마는 왜서 우리 아버지가 아닌 장씨 아저씨의 씨를 받아 아이를 낳았을까? 우리 아버지는 이 일을 알고 있었던 걸까? 나도 알고 동네 사람들도 다 알 만큼 왜자한 일을 우리 아버지라고 모를 리 없었습니다. 그럼 아버지는 알면서도 참고 사셨던 걸까? 나는 밀려드는 의문을 풀어 보느라 가끔 사색에 잠겨 있었습니다. 그 때문에 가뜩이나 좀 어수룩해 보이는 내가 남들 눈에는 좀 더 바보스럽게 보일 때가 많았던 것은 아닌가 싶습니다. 그러나 말거나 아버지는 막내동생에게 별다른 눈치도 주지 않고 언제보나 우리와 똑같이 대했습니다. 오히려 제일 어리다고 알게 모르게 더 보살피는 것 같았습니다. 소에게 먹이는 대두박을 손칼로 베어 내 소죽을 끓이는 부엌 아궁이에 과자처럼 구워서 우리들에게 나누어줄 때도 막내동생 앞에 놓인 개수가 더 많았던 것이 그 일례입니다. 막내아들이 자기의 아들이 아닌 것을 알면서도 그렇게 조용히 사시는 것을 보면 아버지에게는 분명 묵인하고 살아야 하는 말 못 할 사연이 따로 있을 것 같았습니다. 그렇다면 그 사연이란 것이 무엇이었을까?

"낭심이 썪는데니께니."

어느 날 나는 엄마가 마을 의사와 하는 이야기를 들었습니다. 마을 의사는 약 대신 항간에서 쓰는 처방을 만들어 주었고 어머니는 그 처방대로 고아 만든 고약을 가제 천에 싸서 아버지에게 건네주었습니다. 고름을 짜낸다며 사타구니 사이를 붙들고 역사를 할 때마다 아버지는 아우성을 치며 비지땀을 흘렸으나 엄마는 인정사정도 없이 달구쳤습니다. 그렇게 고약을 갈아 붙이고 나면 아버지는 아무 일도 없었던 듯 바지를 추슬러 입고 다시 허리를 구부정하고 엉기적엉기적 생산대 외양간으로 일하러 나가곤 했습니다.

막내동생은 자라면서 더욱더 장씨 아저씨의 모습을 드러냈습니다. 외모뿐만 아니라 남에게 부니기 좋아하는 성격이라든가, 대중 앞에서 허풍을 치기 좋아하는 버릇은 장씨 아저씨의 유전자를 그대로 물려받은 것 같았습니다. 며칠 후면 북경에 계시는 외삼촌이 우리 집에 놀러 오시는데 그 외삼촌이 손으로 잡아당기면 한 발씩이나 늘어나는 고무 사탕을 사 온다 했던 즉 그 사탕을 먹어 보고 싶은 애는 지금 손에 있는 누룽지를 먼저 나에게 줘라, 그래야 한 발씩 늘어나는 북경 사탕을 먹여 준다…… 막내동생은 그런 식으로 동네 아이들을 얼려 넘기곤 했습니다. 우리에겐 외삼촌도 없었을 뿐만 아니라 북경에 계시는 친척은 더구나 없었음에도 불구하고 막내동생은 어린아이치고는 너무나 그럴듯한 거짓말을 스스럼없이 지어내곤 했습니다. 그런 어처구니없는 거짓말에 깜박 속아 구황태에게 누룽지를 빼앗긴 동네 아이들은 눈이 까매서 북경 사탕을 기다렸습니다. 당금 온다던 손님이 오지 못하는 이유도 식은 죽 먹기로 만들어내는 그런 아이였습니다. 임시 먹기 곶감이라고 사람들은 속에 있는 말도 제대로 내뱉지 못하는 나나 둘째 동생보다 막내동생 구황태가 더 잘생겼다고 칭찬을 했습니다. 게다가 똑똑하고 붙임성이 좋아 앞으로 큰일을 할 놈이라고 치하를 했습니다.

구황태의 허풍은 날이 갈수록 더 황당해졌지만 그의 말을 두고 시비를 거는 사람은 하나도 없었습니다. 누구 말처럼 거짓말을 했다고 해서 세를 내는 것도 아니었으니 말입니다. 어느 날 농사 수입의 절반을 잘라 들고 성(城) 소재지에 다녀온 후로 막내동생의 허풍은 점점 도를 넘어서기 시작했습니다. 초장엔 장씨 아저씨처럼 돈벌이 구멍수를 보아 놓고 왔노라고 자랑을 늘여 놓더니 후엔 어느 어마어마한 기관의 위탁을 받고 경외 노무자 모집을 다닌다고 뽐을 내기도 했습니다. 나중엔 우리도 막내동생의 말이 어디서부터 어디까지가 진실이고 어디서부터 어디까지가 거짓인지, 그 위선의 깊이를 알 수가 없어 입을 하 벌리고 듣기만 했습니다. 아무튼 그러고 나다니는 사이 구황태의 허리는 두리두리해지기 시작했고 촌스럽던 헤어스타일도 유행을 따라 이리저리 바뀌어졌습니다. 돈도 아니 되는 논농사는 이제 그만두는 게 상수다, 농사만 지으면 한뉘 농촌을 떠날 수 없다며 희떠운 소리를 하던 구황태가 갑자기 집으로 돌아와 엄마를 앉혀 놓고 자기가 지금 대단한 장사거리를 벌렸는데 자금이 좀 모자란다고 했습니다. 밑천만 있으면 이윤이 어마어마하게 남는 항목이라 그만두기엔 아쉬운 것이라며 타고난 입담으로 밤새 엄마를 고셨습니다. 시골 아낙네치고는 영악한 편이었지만 막내아들의 말이라면 팥으로 메주를 쑨다 해도 곧이듣고파 하는 엄마였기에 날이 밝기도 전에 엄마의 방선은 이미 허물어져 있었습니다. 막내아들의 장사 밑천을 마련해 주기 위해 한 쌍 여섯 무가 좀 넘는 우리 집 도급지를 8만 위안에 10년 동안 남에게 양도를 줘 버리기로 이미 작심을 굳힌 후였습니다.

다섯 식구의 생계가 달려 있는 논을 그렇게 남에게 주어 버리고 그 대가로 받은 돈은 막내동생의 수중으로 몽땅 넘어갔습니다. 무룡태처럼 착하기만 한 아버지는 이번에도 함구무언하고 엄마의 행보를 지켜보기만 했습니다. 몸 어디가 편찮으신지 지그시 찡그린 안면엔 세상살이를 귀찮아하는 그런 표정만 역력히 찍혀 있었습니다. 일 년 후에는 기필코 만들어간 밑천을 뽑아 온다고 흰소리를 뻥뻥 치던 막내동생은 그 후로

코빼기도 들이밀지 않았습니다. 장사 파트너에게 사기를 당해 장사 밑천을 순식간에 다 말아먹고 말았다고 소문도 있었고 불법 매매 단속에 걸려 어딘가에서 콩밥을 먹고 있다는 소문이 나기도 했습니다. 아무튼 막내동생은 함흥차사처럼 살았는지 죽었는지 소식도 없는 사람이 되어 버렸습니다. 막내아들이 돈을 들고 나간 이듬해에 아버지는 병명도 모른 채 저세상 사람이 되어 우리 곁을 떠났습니다.

엄마는 우리 두 형제를 데리고 이웃들이 버리고 간 텃밭을 주어서 옥수수와 콩 농사를 지었습니다. 다행히 동네 사람들이 마을을 떠나면서 방치해 둔 텃밭이 많아 그런대로 세 식구의 생계는 유지할 수 있었습니다. 옥수수 농사와 콩 농사를 하는 한편 나와 둘째 동생은 동네에서 허드렛일을 하며 삯전을 벌어들였고 엄마는 삶은 풋옥수수와 텃밭에서 나는 채소들을 장마당에 내다 팔아 푼돈 벌이를 했습니다. 엄마의 소망은 양도 나간 논을 되찾아 예전처럼 논농사를 짓는 것이었고 나의 소망은 동네에 좀 더 많은 일거리가 생겨 동네 사람들이 우리 형제를 자주 불러주는 것이었습니다.

둘째 동생은 어느 때부턴가 동네 아줌마들을 따라 교회 학습을 다녔습니다. 텔레비전 외에 문화생활이라고는 전혀 접촉할 수 없는 벽항에서 동생이 즐길 수 있는 유일한 문화생활이 바로 그것이었는지도 모릅니다. 요일을 정해 놓고 춘하추동 비가 오나 바람이 부나 꾸준히도 집착하는 둘째 아들의 행위가 지겨웠던지 엄마는 어느 날 주섬주섬 또 교회로 나갈 차비를 하는 둘째 아들에게 불호령을 내렸습니다.

"니래 그따우 데 다닌다고 떡이 나오내 밥이 나오내?! 콩밭에 풀도 잡고 강내이 밭에 북도 줘야겠구먼, 허구헌 날 그따우 데 홀리워슬라므네 정신머리 다 빼 놓구 다니는구나. 내래 언제부터 때려치우라 때려

치우라 그랬건만 대갈통이 컸다구 에미 말은 통 안 듣지? 냉중에 배 때기 곯을라고 환장을 한 기가?!"

둘째 동생은 엄마의 지청구도 들은 체 않고 웃옷을 갈아입고는 나가 버렸습니다. 그날 동생은 그렇게 나간 채 집으로 돌아오지 않았습니다. 같이 갔던 아줌마들은 다 돌아왔지만 구동태만은 어느 때 어디로 새어 버렸는지 누구도 똑똑히 아는 사람이 없었습니다. 교회에 나오는 이웃 마을의 처녀와 눈이 맞아 함께 어디론가 도주를 한 것 같다고 하기도 했으나 후에 사람을 띄워 알아보니 이웃 마을의 그 처녀는 한국으로 시집을 간 것이지 구동태와는 애초부터 아무런 연관도 없는 사람이라고 했습니다. 하긴 처녀가 쌀에 뉘처럼 귀해진 요즘 세월에 체대 작고 말까지 심하게 더듬는 버릇이 있는 구동태와 짝짝궁이 맞은 처녀가 있다면 그것이 더 이상한 일이 아닐까요? 그렇다면 둘째 동생은 도대체 어디로 가버린 걸까요?

엄마는 둘째 동생이 없어진 일을 두고 그다지 상심한 표정은 아니었습니다. 제까짓 것이 가긴 어디로 간다구? 기껏해야 콧구멍에 바람이나 좀 쐬러 나간 거겠지. 하루, 이틀 그러다 돌아오지 않나 봐라, 뭐 그런 배포 같았습니다. 그랬기에 엄마는 이웃 마을로 한번 다녀온 후로 둘째 아들을 찾는 그 어떤 행각도 다시 벌이지 않았습니다. 살붙이들로부터 버림받는 일에도 이젠 웬만큼 익숙해졌나 봅니다. 그러나 엄마의 판단이 매우 틀렸다는 걸 기어이 증명이라도 해 보이려는 듯 강원도 포수처럼 둘째 동생은 지금껏 집으로 돌아오지 않고 있습니다. 그래서 엄마 곁에는 나 구명태밖에 남지 않았습니다.

엄마 곁에 나밖에 남지 않은 사실 말고 또 하나 더 사나운 사정이 생겼습니다. 마을을 떠난 사람들이 논과 함께 텃밭까지 끼어 아주 남에게 팔아 버리는 일이 육속 생겨났습니다. 그 바람에 우리가 무상으로 다루어 먹던 텃밭이 동나고 말았습니다. 이제 내가 엄마를 도와 함께 생계를 이어가는 수단은 단 하나밖에 남지 않았습니다. 마을 사람들이 부르는 대로 무작정 찾아가 성심껏 허드렛일을 해주는 것뿐이었습니다. 밭갈이나 논갈이 같은 중노동은 이제 모두 농기계로 하다 보니 내가 나설 수 있는 일은 고작해야 모뜨기, 비료 메어 나르기, 추수 뒤 밭 설거지 같은 잔손질이 가야 하는 일과 동네 안에서 돈사를 고쳐 짓거나 석탄을 퍼 나르거나 텃밭의 기음을 매주거나 측간을 청소하는 등 자질구레한 일들이었습니다. 하는 일이 아무리 고달프고 지저분하더라도 이 일을 끝내면 바로 그 대가로 받는 푼돈이 생긴다는 희망에 나는 군소리 없이 시키는 대로 할 수 있었습니다. 선천적으로 청력에 문제가 있어 웬만한 소리를 잘 가려듣질 못하다 보니 일을 시킨 주인한테서 욕설을 얻어듣는 일도 있었으나 참을 수 없을 정도로 난감한 것은 아니었습니다. 가끔 삯전 외에도 일을 시킨 집에서 점심이나 저녁을 덤으로 챙겨 주어 얻어먹는 일도 있었는데 그런 날은 생일을 쇠는 날처럼 고기붙이와 술로 포식을 할 수 있었습니다.

어느 날, 후로따(候老大)가 나를 찾아와 돼지우리 청소를 해달라고 했습니다. 남의 동네에 와서도 별로 기죽는 법이 없이 후씨네는 짐승우리 아울러 벽돌로 크게 지어놓고 사는 한족이었습니다. 한족치고는 맨 먼저 이 동네에 발을 붙인 후가네는 식구대로 이젠 조선말도 제법 번져서 모르는 사람은 그들이 한족인 줄도 모를 만큼 이 동네의 풍토 인정을 꿰뚫고 있었습니다. 돼지우리는 별로 손볼 곳이 없어 담배 한 개비 피울 시간도 안 걸려 일이 끝났으나 후로따는 마누라를 불러 나의 점심을 준비하라 시키는 것이었습니다.

대야에 담아내 온 물에 손을 씻고 방에 들어가 보니 밥상은 이미 차려져 있었고 후로따의 둘째 딸 후뉴가 와 있었습니다. 이웃 마을에 살고 있는 이 여자는 쌍둥이 아들을 데리고 사는 과부였는데 남편과는 사별한 관계라고 했습니다. 얼굴색이 검은 데다 하관이 밭고, 두 콧구멍이 벌름하니 들여다보이는 들창코를 가져서 보는 이들로 하여금 아프리카 성성이를 연상케 하는 여인이었습니다. 남편이 없어서인지 쩍하면 친정 나들이를 하는 이 여자는 담배도 지골로 피웠고 술도 얼마간 마실 줄 아는 것 같았습니다. 후로따는 내 앞에 놓인 잔에 연속 맥주를 따라 주었고 후로따 마누라는 자기의 젓가락으로 부지런히 요리를 집어다 내 앞에 놓아 주었습니다. 전에 없었던 생소한 대우를 받으면서 나는 쑥스럽기도 하고 민망스럽기도 했지만 영문도 모른 채 소 뜨물 켜듯 따라 주는 대로 연신 맥주잔을 들어 마셨습니다. 두 다리가 매시근해 나고, 눈꺼풀이 천 근 무게처럼 느껴지며 어디든 스르르 넘어져 자고 싶을 정도로 술이 거나해졌을 때 후뉴가 요리 한 접시를 더 만들어 왔습니다. 저래 뵈도 둘째 딸이 마음은 비단결이고 요리 솜씨도 일품이라며 잘 듣지도 못하는 나에게 딸의 자랑을 늘어놓는 후로따의 얼굴에도 취기가 잔뜩 어려 있었습니다. 나는 술잔만 기울였습니다. 시간이 얼마나 지났을까 후로따와 그 마누라가 슬그머니 자리를 비우고 그 딸 후뉴만 내 옆에 앉아 배석을 하고 있었는데 풍선처럼 불룩 불어난 가슴이 자꾸 내 시선을 낚았습니다. 저곳을 만지면 찐빵처럼 부근부근할까? 아니면 물주머니처럼 물렁물렁할까? 나에게 더 끌린 것은 술이 아니라 여자였던가 봅니다. 첨잔을 하느라고 후뉴가 내 쪽으로 몸을 기울이는 바람에 그녀의 젖무덤이 내 어깨를 문질러댔습니다. 감당할 수 없는 전류가 찌릿찌릿 내 몸속을 관통하고 지나갔습니다. 순간 내 몸속에 꽁꽁 숨겨 두었던 남자의 본능이 화산처럼 폭발해 버렸습니다. 나는 젓가락을 놓고 쌀 포대처럼 튼실한 후뉴의 몸을 그러안은 채 나동그라져 버렸습니다.

　내가 눈을 떴을 때는 날이 완전히 어두워진 뒤였고 몸은 후가네 아랫
목 구들 우에 누워 있었는데 몸 위에는 이불까지 덮여 있었습니다. 후
다닥 이불을 제치고 일어나 보니 후뉴도 내 옆에 가지런히 누워 있었습
니다. 알몸이었습니다. 그녀의 알몸은 얼굴색처럼 누르칙칙했습니다.
상황 판독을 미처 다 끝내기도 전에 후가 마누라가 문을 열고 들어왔
습니다. 두 눈을 퀭하니 치뜨고 앉아 있는 내 앞에 후가 마누라가 꿀물
한 사발을 내밀었습니다.

　"커라바(渴了吧, 목마르지)? 허뭐라(喝多啦, 쭉 들이켜게)!"

　나는 대답도 않고 꿀물도 받지 않은 채 신을 찾아 신고 후가네 집을
나와 버렸습니다. 마당에 매두었던 늙다리 개가 컹컹 짖어대며 조용한
밤공기를 갈라 놓았습니다. 달도 없는 밤이어서인지 집으로 돌아오는
나의 두 다리는 높다고 디디면 낮고 낮다고 디디면 높아서 아직도 술에
서 덜 깬 사람처럼 허청거렸습니다. 집에 돌아오니 엄마는 뉘 집 술을
얻어먹고 이제야 오느냐고 지청구를 했습니다. 아들의 늦은 귀가에 걱
정도 했지만 내 귀엔 역정을 내는 것처럼 들렸습니다. 옷도 벗지 않은
채 이불 위에 누워 후가네 집에서 생긴 일을 더듬더듬 돌이켜보기 시작
했습니다. 그런데 이상하게도 후뉴와 그 일을 한 기억은 도무지 생각나
지 않았습니다. 아무래도 그 대목만 내 머리속에서 아주 삭제되어 버렸
는지 조각난 기억의 파편들은 흩어진 퍼즐처럼 도무지 맞추어지지 않
았습니다. 내가 정말로 후가네 둘째 딸을 범했단 말인가? 성성이 같은
그 여자의 얼굴을 생각하니 갑자기 구역질이 올라왔습니다. 아무리 못
생겼다 해도 여자면 될 것 같던 내 비위에 구멍이 뻥 뚫리며 진저리가

났습니다. 나는 자리를 차고 일어나 정주간으로 나갔습니다. 그리고 양동이에 물을 퍼 들고 마당으로 나가 옷을 입은 채로 양동이의 물을 꼭대기로부터 들이부었습니다. 술이 확 깨며 물이 지나간 살갗 우로 소름이 오싹오싹 돋아 올랐지만 나는 어금니를 꽉 깨물고 참았습니다. 여름이었지만 밤은 추웠습니다. 그다음 젖은 옷을 홀딱 벗어던지고 알몸으로 이불 속에 들어갔습니다. 두 눈을 지그시 감고 기다렸지만 저만치 달아난 잠은 다시 청해올 수가 없었습니다. 나는 슬그머니 사타구니를 만져 보았습니다. 지쳐버렸는지 아니면 아닌 보살을 하는지 나의 남근은 고개를 푹 숙이고 조용히 엎드려 있었습니다. 내가 정말로 후뉴와 그 일을 하기나 한 걸까?

한 벌판 가득 널려 있는 양떼를 쫓아 세고 또 세기를 반복하던 차 어떻게 잠 속으로 끌려 들어갔는지 모르겠으나 오늘은 텃밭에 심은 고추밭 기음을 매야 한다며 고아내는 엄마의 푸념 소리를 듣고 눈을 떴을 때 내 몸은 이미 불덩어리처럼 달아올라 있었습니다. 저뀌가 들린 것처럼 덮고 있는 이불이 들썩거릴 정도로 온 몸이 와들와들 떨려 나로서도 도무지 자제가 되질 않았습니다. 한밤중에 양동이로 들이부은 물이 드디어 은을 냈는가 봅니다. 여러 번 독촉을 해도 꿈쩍도 않는 내가 이상했던지 엄마는 아침을 짓다 말고 들어와 나의 이불을 걷어 벗기는 것이었습니다. 실 한 오리 걸치지 않고 발가벗은 아들의 몸을 보는 순간 엄마는 괴성을 질렀습니다. 그리고 사시나무 떨듯 떨어대는 나의 궁상에 엄마는 또 한 번 놀라는 눈치였습니다. 아버지를 닮은 약골에다가 소리까지 잘 가려듣지 못하는 반병신이었지만 드러누워 앓을 정도로 위축되어 있는 꼴을 생전 보이지 않았던 내가 그날 엄마를 놀라게 하기엔 충분했나 봅니다. 엄마는 생강차를 끓여 들여왔고 젖은 수건으로 내 알몸을 구석구석 닦아주기 시작했습니다. 그렇게 엄마의 손이 거쳐 가고 나서야 불덩이 같던 내 몸은 서서히 냉각되어 갔습니다.

"오줌에 데쳐 똥물에 튀길 놈! 때아닌 밤중에 냉수욕을 헐 때부터 내래 이럴 줄 알았다! 아프면 아프다구 말을 해야지, 말두 안 허구 입을 그케 꾹 닫고 있으믄 어캐니? 지금이야 어미가 보살펴 주갔지만 나중에 옆에서 디다보는 놈 하나 없이 혼자가 되었을 때 그땐 어드렇게 할래? 어미가 한뉘 살아 있간디?!"

엄마의 역설은 조만간에 끝이 날 것 같지 않았습니다. 앞으로 홀로 남게 될 아들에 대한 근심을 아파서 누워 있는 내 몸 위에 넋두리처럼 퍼부었습니다.

아침밥을 대충 퍼먹고 채전밭 기음을 매는데 후뉴의 두 아들애가 개를 끌고 동네돌이를 하는 것이 보였습니다. 열일곱에 나는 아이들은 학교 공부를 접어둔 지 오랜지 농번기마다 외갓집에 와서 후가네 농사일을 도와주곤 했습니다. 비지땀을 흘리며 고추밭 한 고랑을 겨우 다 매고 고개를 들어 보니 후뉴의 아들들이 바자굽 밑에 쭈크리고 앉아 뭔가를 흥미진진하게 지켜보고 있었습니다. 그 애들이 끌고 나온 개와 동네 집 암캐가 한창 흘레를 하고 있었습니다. 그것을 보는 순간 나의 사타구니가 인차 후끈후끈 뜨거워 나는가 싶더니 자고 있던 내 남자가 서서히 기지개를 켜고 일어서는 것이었습니다. 동시에 저만큼 쫓아버렸던 후뉴의 누르칙칙한 알몸이 내 눈앞에 다시 떠올랐습니다.

며칠 후 후가네 집에서 보낸 중매쟁이가 우리 엄마를 찾아왔습니다. 중매쟁이는 우리 집 논밭을 양도 받아 농사를 짓고 있는 한족 사람이었는데 우리 엄마와 교분이 좀 있는 관계로 후가한테 중매쟁이로 알선된 것 같았습니다. 농사 얘기로 허두를 뗀 중매쟁이는 드디어 후가의 뜻을 전했습니다. 자기네와 사돈을 맺는 것이 어떠냐고, 당사자들은 저들끼리 이미 죽을 다 쒀 버린 사이지만 시어머니 될 사람의 의향을 들으러 왔다는 것이었습니다. 엄마는 입을 딱 벌리고 중매쟁이의 얼굴을 쳐다보기만 했습니다. 햇볕에 그을어 까맣게 쪼그라든 얼굴에 희비가 엇갈리는 것 같았습니다. 당대 장가를 못 가는 줄 알았던 아들에게 혼처가 생겼다는 기쁨과 그 혼처가 타민족인 데다 아이가 둘씩이나 달린 나이 많은 과부라는 데서 생기는 서운함이 엎치락뒤치락 우리 엄마의 얼굴 위에서 씨름을 하고 있었습니다. 찾아온 시련을 어떻게 받아 풀어야 할지 몰라 장밤 모대기던 엄마가 이른 아침 일어나자 바람으로 자기의 의사를 밝혔습니다.

"과부믄 뭬래? 여자믄 되지. 안 기래?"

엄마가 마음의 결단을 내린 이유는 실로 간단한 것 같았습니다. 여자면 된다는 것이었습니다. 하긴 나더러 혼처에 대한 요구를 말해 보라 해도 그것밖에 더 없었을 것입니다. 여자도 귀하고, 처녀는 더 귀한 지금, 후뉴는 어찌 보면 나에게 과분한 혼처 자리인지도 모릅니다. 먹고 살 땅도 없고 게다가 생활력도 그렇게 강하지 못한 나를 남자로 봐주고 시집오겠다는 여자가 있다면 그게 후뉴가 아니라 진짜 아프리카 성성이래도 나는 감지덕지해야 할 것이었습니다. 하물며 나도 귀를 잘 듣지 못하는 병신인 주제에 남의 얼굴이 박색이라고 꺼릴 처지는 안 된다고 생각했습니다. 그렇게 생각하니 꽉 막혔던 가슴이 조금씩 트이며 날숨이 후 하고 나가는 것 같았습니다. 가슴이 진정되니 이제 후뉴와 결혼을 할 일만 남은 것 같았습니다. 그리고 마음의 결정을 하고 나니 그럴 바엔 한시바삐 해 버리고 싶을 만큼 마음도 급해지는 것이었습니다.

후뉴는 아들 둘을 다 데리고 우리 집으로 이사를 왔습니다. 색시도 얻고 다 키워 놓은 아들까지, 그것도 둘을 한꺼번에 챙겨 가졌다고 옆에서 떠들어 댔습니다. 그 바람에 나는 괜히 어깨가 으쓱해졌습니다. 그러나 갑자기 불어난 식구들 때문에 엄마는 일시 적응이 안 되는지 망연한 눈빛으로 밀고 들어온 이방인들을 멍하니 쳐다보곤 했습니다. 후뉴의 아들들도 늙은 할망구 같은 것은 별로 안중에 두는 것 같지 않았습니다. 상스러운 말들을 왜자기며 좁은 방안에서 토닥토닥 주먹질에 발길질을 일삼는 것도 그렇고 유행을 따른다고 이상하게 찢어진 옷들을 입고 다니는 것도 엄마의 눈에는 많이 거슬렸나 봅니다. 그리고 아무 데나 가래침을 내뱉는 것도 무지 싫다고 했습니다.

"쟈들은 즈것들 할애비 집에 가 있는 거이 어드래? 소 같은 놈들이 장난이 넘 심해!"

얼마 안 돼 엄마는 드디어 맘속 불만을 입 밖으로 내비쳤습니다. 우리 집 밥을 처먹고 후가네 일을 해 주러 다니는 아이들이 아니꼬운 모양이었습니다. 후뉴가 섭섭해할까 봐 몇 며칠을 벼르든 끝에 조심스레 엄마의 뜻을 전했는데 예상외로 후뉴는 군말 없이 흔쾌이 동의를 하였습니다. 아무렴 뭐라나, 애들이 당신 호적에 올라 당신 아들로 되어 있는 이상 자기는 그 애들의 거취 문제는 별로 개의치 않는다는 것이었습니다. 후뉴의 말을 듣고 보니 이렇게 쉽게 풀릴 문제를 그동안 혼자 안고 고민했던 것이 부끄럽기도 하고 후회가 되기도 했습니다. 그럭저럭 엄마의 불만을 해소시켜 드리고 나니 마음이 한결 홀가분했습니다. 게다가 후뉴는 아무것도 없는 나에게 시집을 와도 아무런 불만이 없는 것 같았습니다. 내가 가져다 주는 푼돈으로 살림을 하고 여가에 친정집에 마실을 다니는 것이 그녀의 하루 일과였습니다. 위생이 그다지 깨끗하지 않은 것 말고 엄마와도 별다른 갈등이 없었습니다. 나이가 나보다 많고 얼굴이 밉게 생겼어도 나와 한 이불을 덮고 자는 여자가 내 곁에 있다는 사실 하나로 나는 만족하고 살게 되었습니다. 지금 생각하면 그때가 내 생에 가장 화사한 오렌지 빛이 아니었나 싶습니다.

양도 나간 논을 회수해 들여 한 해 농사를 갓 마무리 짓고 엄마는 이 세상을 떠났습니다. 살얼음이 지는 어뜩 새벽에 뒤보러 나간 엄마가 돌아오질 않아 찾아 나가 보니 엄마는 변소 문을 열지도 못한 채 한데에 쓰러져 있었습니다. 자나 깨나 손꼽아 기다렸던 땅을 되찾아 한 해 농사를 지었으니 엄마로선 평생소원을 푼 셈이었지만 농사지은 쌀을 다 먹지도 못하고 엄마는 그만 황천객이 되어 버렸습니다. 출빈하던 날, 나는 농사지은 햅쌀 한 줌을 주머니에 넣어 엄마의 품속에 넣어 드렸습니다. 저세상에 가서도 굶지 말라고 말입니다.

엄마의 유골을 강에 뿌리고 돌아와 보니 후뉴의 두 아들이 외갓집에 있던 저희들의 행장을 엄마의 방으로 옮겨다 풀고 있었습니다. 반혼제를 치르기도 전에 서둘러 들여온 짐짝을 보니 화가 나기도 했지만 아무 말도 할 수 없었습니다. 우리의 습속을 모르는 그들을 나무라 봤자 괜히 살아 있는 사람끼리 서로 의나 상할 것 같아서 목구멍까지 올라온 말을 꿀꺽 삼켜 버렸습니다. 죽은 사람은 이 세상에서 사라졌지만 남은 사람끼리는 화목하게 살고 싶은 것이 내 소원이었던 것입니다. 혼자 남은 내가 미운털 한 대라도 더 박히면 더운밥 한 그릇 얻어먹기도 힘들겠다 싶었습니다.

이듬해부터 나는 후뉴의 두 아들을 데리고 계속 논농사를 했습니다. 어려서부터 후씨네 농사일을 도우며 일찌감치 논농사에 미립이 튼 두 아들애는 내가 나서서 진두지휘를 하지 않아도 저희들끼리 미리 알아서 해치웠습니다. 호적부엔 엄연히 구명태의 아들로 등기되어 있었지만 그들은 나를 아버지라고 부르지 않고 삼촌이라고 불렀습니다. 자기들의 습관이 그렇다고 했습니다. 좀 섭섭하긴 했지만 옴니암니 따지고 싶진 않았습니다. 호칭보다도 마음이 중요하다고 생각했기 때문입니다. 내 피를 물려받은 애들도 아닌데 아무래나 부르기 쉬운 대로 하는 것이 순리라고 생각했습니다.

내가 죽던 날, 그날은 보슬비가 내렸습니다. 촌장 임기가 끝나 새 촌장을 뽑는 날이기도 했습니다. 마을의 미래를 맡아나갈 일촌지장(一村之長)을 뽑는 일이니까 신중해야 하는 날이기도 했습니다. 그런데 후뉴의 큰아들놈이 촌장 경선에 뛰어든 것이 사단이 되었습니다. 한족이지만 내 아들로 호적이 바뀌면서 본 마을의 합법적 촌민으로 되어 있었기에 당연히 촌장 후보의 자격도 있었습니다. 마을 사람들이 다 떠나버린 상황에서 이 마을에 주둔하며 농사하는 한족들에게도 똑같이 선거권을 주기로 결정한 향(鄕) 정부의 새로운 정책이 후뉴의 큰아들을 촌장 경선에 나서게 한 주요한 동력이 되었던 것 같았습니다. 그러거나 말거나 이도 아니 난 놈이 콩밥부터 찾는 격이라고 나는 시답잖게 생각했습니다. 선거장 안에 들어서 보니 구석 쪽으로 마을의 원주민 몇이 앉아 있었는데 그나마 모두 늙은이들뿐이었고 나머지는 일색 이 마을 토지를 양도 받아 논농사를 짓고 사는 한족들이었습니다. 회의가 정식으로 시작되지도 않았는데 회의장 안은 와자지껄 끓어 번졌습니다. 후뉴의 큰아들이 후보 등록을 했다는 소문이 어느새 퍼져 파문을 일으켰던 것입니다. 한쪽 구석에 몰려 앉은 원주민들이 뒤숭숭한 기색으로 향 정부에서 경선 관리 차 내려온 젊은 간부의 입만 쳐다보고 있었습니다. 회의가 시작되자 향 간부는 이번 경선에는 전임 촌장 최수길 이외에 후뉴의 큰아들 더푸(得福)가 출마를 했는데 두말할 것 없이 투표 결과에 의해 적임자를 결정한다고 선포했습니다.

투표가 막 시작되려 할 즈음 마을의 좌상(座上)이자 예전에 마을에서 생산대장 직을 역임해 왔던 박 영감이 지팡이를 짚고 봉당에 내려서며 자기는 이번 투표를 거절하겠다고 소리쳤습니다. 거절하는 이유는 조선 마을의 촌장을 뽑는 일인데 투표 결과를 군이 지켜보지 않아도 후뉴의 아들 더푸가 촌장이 될 건 뻔해서 투표 거절로 이번 촌장 경선에 대한 항의를 표하는 바라고 말했습니다. 뜻하지 않은 박 영감의 태도에 끓어 번지던 회의장 안이 인차 얼어붙어 버렸습니다. 후가가 외손주를 위해서 군중들에게 벌써 뇌물을 좀씩 먹였다는 소리까지 나면서 원주민들이 박 영감의 뜻에 동감을 나타내기 시작하자 향 정부의 간부도 일시 떨뜨름한 기색으로 사태의 진전을 지켜보기만 할 뿐 뾰족한 방법을 내놓지 못하고 있었습니다. 그때 후뉴의 작은아들 더차이(得財)가 몽둥이를 끌고 회의장으로 뛰어들어 왔습니다. 무식한 놈이 곰 잡는다고 투표 경선에서 사단을 일으키는 자에게는 자기가 몽둥이맛을 보이겠다고 으르렁거리며 누구에게 없이 몽둥이를 휘둘러 댔습니다. 형과 달리 성질이 급해 한다고 하면 앞뒤를 재지 않고 해 버리는 더차이의 성격을 잘 알고 있는 나는 잽싸게 달려 나가 더차이의 몽둥이를 몸으로 막으려 했습니다. 그런데 체구가 작아서인지 더차이의 몽둥이는 내 몸에 떨어지지 않고 내 머리 위에 떨어졌습니다. 나는 물먹은 흙담처럼 그 자리에 넘어가 버렸습니다.

엠불런스가 와서 나를 병원으로 데려갔지만 나는 정상인으로 돌아올 수가 없었습니다. 내가 지각을 잃어버렸던 것입니다. 다행히 심장 박동은 멈추지 않고 있어서 더차이는 살인죄는 면하게 되었습니다. 그것이 후뉴에게는 대단한 위로가 되었나 봅니다. 숨이 넘어갈까 후뉴는 몇 날 며칠 내 옆에서 밤샘을 했습니다. 며칠 후 후뉴는 송장이나 다름 없는 나를 집으로 데려왔습니다. 식물인간이 된 나를 끝없이 병원 응급실에 맡겨두고 치료를 부탁할 만큼 그녀와 나 사이에는 돈도, 사랑 같은 것도 없었기 때문입니다.

기실 나는 그날 벌써 죽었습니다. 육체는 병원 응급실에 누워 있었으나 혼은 벌써 사신을 따라 염라대왕 문전에 와 있었습니다. 염라대왕은 제명에 죽지 못한 사람에게는 빠른 시일 내에 인간 세상으로의 환생을 도와준다고 했습니다. 그러면서 다음 생은 어떤 삶을 원하는지 한마디로 개괄해서 제출해 보라고 했습니다. 열을 셀 때까지 소원하는 삶을 말하지 못하면 실격이 된다고 해서 나는 낑낑거리다 겨우 입을 열었습니다. 농사짓기 좋은 따듯하고 습윤한 고장에서 부모 형제들과 오글오글 모여 사는 삶이라고 했습니다. 그랬더니 염라대왕은 명을 내려 나를 바퀴벌레로 환생시켜 주라고 했습니다.

2012년, 『송화강』

17
아버지

그 무렵 아버지는 늘 그랬다. 한밤중에 돌아와 엄마더러 이런저런 시중을 들게 했는데 엄마는 아버지가 돌아올 때까지 먼저 잠자리에 드는 법이 없었다. 아버지가 돌아올 때까지 아궁이에 불을 지펴 아버지가 드실 밥을 데우길 반복하는 것은 일상사이고 저녁 식사 후면 꼭 발을 씻는 습관이 있는 아버지를 위해 발 씻을 물을 끓이는 것도 잊지 않았다. 아버지가 비당원 자격으로 늦은 밤까지 회의에 참석하고 돌아와 어머니와 주고받는 말을 들어보면 거개가 금방 있었던 회의 내용에 대한 이야기였다. 공작대로 마을에 내려온 간부들과 주고받았던 담화 요지나 마을 간부들과 옥신각신 오갔던 언쟁 화두들이 주류였다. 이야기는 아버지가 많이 했고 엄마는 그저 "네, 그랬었군요." 하는 어투로 아버지의 말을 들어 주는 입장이었던 것 같다. 아버지는 집으로 돌아오면 밖에서 있었던 일을 엄마와 다 애기했으나 엄마는 아버지에게서 들은 이야기를 남들과 일언반구도 내비치지 않았다.

엄마는 아버지보다 두 살이나 연상이었지만 나는 엄마가 아버지에게 단 한 번도 반말을 하는 것을 듣지 못했다. 큰아버지의 학생이었던 우리 엄마의 됨됨이를 좋게 보아 두었던 큰아버지가 엄마를 우리 아버지 짝으로 무어 주셔서 부부가 되었단다. 조실부모하고 어려서부터 형님 집에 기거하던 우리 아버지에게 연상이라도 똑똑한 여자가 좋다며 큰아버지가 완강하게 밀어붙였던 모양이다. 아버지 또한 열세 살이란 큰 터울의 형님을 부모 맞잡이로 섬기다 보니 거역 같은 것을 해 보지도 못하고 그렇게 장가를 가 버렸는데 너무 이른 나이에 장가를 가서인지 아니면 연상의 여인을 누님같이 믿어서인지 아버지는 집안일을 할 줄도 몰랐거니와 하려는 의지도 없었다. 엄마도 종래로 그러는 아버지더러 집안일 해주지 않는다고 바가지를 긁는 법이 없었고 무슨 일이나 다 엄마 손에서 마무리를 지으려 했다.

그때 아버지는 마을 공소점(供銷店)의 직원이었고 엄마는 마을 소학교의 교원이었기에 우리 집에 있는 쟁기들은 다른 집의 쟁기들과 달리 다루어 주는 사람이 없어 모두 투박하고 녹이 슬어 쓰기가 여간 불편하지 않았다. 그래서 마당 끝에 있는 채마전을 좀 다루려고 해도 안간힘이 들었다. 엄마는 그런 쟁기로 짬짬이 밭을 가꾸고, 울타리를 세우고, 씨를 뿌리고, 기음을 매고…… 그렇게 돌아치면서도 삼시 세 끼 때마다 새 밥을 지어 밥상을 챙겼다. 아버지가 묵은밥을 질색했기 때문이다. 식은 밥만 아니면 찬은 된장이래도 괜찮다고 했지만 아버지의 음식 비위를 맞추기 위해 엄마는 한 끼 식사를 마련하는 데도 여러모로 신경을 썼다. 큰어머니는 늘 우리 아버지더러 천생 여자 복을 타고 난 사람이라고 혀를 끌끌 차군 했다. 그 점은 아버지도 수긍하는 것 같았다.

아버지가 밖에서 술을 마시고 들어오는 날은 우리에게 재앙이 떨어지는 날이 되곤 했다. 아버지는 아무리 깊은 밤이라도 출입문을 열면서부터 요란한 기척을 냈다. 마른기침을 연방 할 때는 약주 몇 잔으로 끝낸 상황을 말하는 것이고, 정주간 미닫이를 있는 힘껏 밀어젖혀 딱! 하고 문쪽이 문설주에 부딪치는 소리를 내거나 신발을 벗어 탁! 하고 저만치에 집어던지면 술이 꽤 거나하게 됐다는 것이고, 미닫이문을 밀어젖히기 바쁘게 우리 형제가 잠든 이부자리 위에 통나무 쓰러지듯 넘어가면 그건 고주망태가 되도록 마셨다는 표징이다. 엄마는 잔소리 한마디 없이 아버지가 벗어 던진 구두를 챙기고 윗옷을 벗기고 물수건으로 얼굴을 씻긴 후 제자리에 들도록 했다. 아버지는 엄마의 시중을 받으며 겨우 자리에 누웠다가도 입덧하는 임신한 아낙네들처럼 연신 욕지기를 하는데 그럴 때마다 엄마는 날렵하게 요강을 가져다 구토물을 받아내고 잔등을 두드리고 양칫물을 받쳐주고 마감으로 꿀물까지 타 주었다.

엄마로서는 무척 힘이 들었겠지만 우리에겐 오히려 그쪽이 더 편했다. 아버지가 술이 좀 덜 된 날은 들어서자 바람으로 자고 있는 우리 3형제를 모조리 불러세워 놓고 훈화가 길어졌기 때문이다. 특히 맏형에게 더욱 그랬다. 맏이로 생겨서 끌기가 없는 놈은 사내도 아니라든지 욕심이 없는 놈은 한뉘 남의 뒤나 따라다닐 것이니 정신을 바짝 차리라든지 하며 향상 교육을 일삼았다. 머슴애 일색인 우리 형제들을 상대한 아버지의 훈육 방식은 거의 독재 그 자체였다. 물건을 망가뜨렸다거나 밖에 나가 못 된 일을 해 송사가 들어오는 날엔 회초리 매를 들곤 했는데 그 회초리를 꺾어 오는 일을 꼭 나에게 시켰다. 꺾어 오면 형들이 매를 맞을 것이고 꺾어 오지 않자니 어명 같은 아버지 분부라 거역할 수도 없어 마당 끝에 서서 바장이기만 하는 나를 엄마도 도와주진 못하는 눈치였다. 아이들의 역성을 들었다간 엄마도 가차 없이 아버지에게 야단맞았기 때문이다. 형제끼리 옥신각신 다투는 일은 묵과했지만 동네 아이들과 다투다 빌빌 울며 들어오는 놈에겐 고하를 불문하고 무작정 따귀 한 대를 더 치는 아버지여서 형들은 아버지를 우리 집의 히틀러라고 불렀다. 우리는 신나게 놀다가도 밖에서 돌아오는 아버지의 발자국 소리나 헛기침 소리만 들려도 숨을 한껏 죽이고 몸을 바싹 도사렸다.

아버지가 집에 없는 날은 우리들의 천국이었다. 온 집안을 아수라장이 되게 휘저어 놓아도 꾸짖는 사람이 없었기 때문이다. 그러나 아버지만 집에 계시면 우리는 고양이 앞의 쥐처럼 꼼짝 못 하고 아버지의 눈치만 살폈다. 성정이 나약했던 나는 늘 아버지의 훈육 대상 1호였다. 계집아이도 아니고 그렇게 문약해서야 어디다 쓰겠냐며 쏘아보는 아버지의 눈빛이 무서워서 나는 아버지와 얼굴이 마주칠세라 구석만 찾았다. 끼니때가 되어 밥상을 차려 놓았는데도 아버지가 돌아오지 않으면 우리는 아무리 배가 고파도 무작정 아버지를 기다려야 했다. 아버지가 없는 밥상에 먼저 숟가락을 얹는 것은 있을 수 없는 일이었다. 엄마는 아버지가 일하는 공소점으로 우리 형제들을 보내 식사 전갈을 넣어 본 후에야 우리끼리 식사를 할 것인지 아니면 기다렸다가 해야 할 것인지를 결정하곤 했다.

그 심부름꾼의 적임자로 막내인 내가 지목되는 때가 가장 많았다. 아버지의 면전을 대하는 것도 싫어 죽겠는데 사람들이 많은 공소점에 가서 그것도 큰소리로 "아버지 진지 드시래요!" 하고 전갈을 고하려면 대단한 용기가 필요했다. 공소점은 항상 사람들로 붐벼 목소리를 어지간히 높이지 않으면 아버지가 듣지 못했기 때문이다. 아버지가 일을 보는 공소점에 가면 물건을 사러 온 고객 외에도 꼭 선술을 마시는 패들이 있었다. 심심풀이로 술놀이를 하는 패들이 있는가 하면 거개가 일터에서 돌아오는 길에 갈(渴)한 목이라도 추기려고 들리는 사람들이라 바짓가랑이에는 진흙이 게발린 채로 컵에 술을 반쯤 받아 놓고 네 한 모금 내 한 모금 그렇게 겨끔내기로 술을 마셨다. 술은 안주를 보고 마신다지만 그들이 먹는 안주는 소금이 떡고물처럼 그득 묻은 미역 잎이 전부였다. 투박한 손으로 미역 잎에 발린 소금 가루를 후후 불며 툭툭 털어낸 후 쭉쭉 찢어 입 안에 넣고 우물우물 씹는 것이 제법 맛깔스러워 하는 표정이었다.

그런 패들이 들러 술을 마시는 날이면 아버지의 퇴근 시간은 늦어졌다. 술을 마시며 주거니 받거니 이야기가 길어지면 자리를 뜨려 하지 않아 아버지는 울며 겨자 먹기로 그들의 술자리가 파하길 기다릴 수밖에 없었을 것이다. 그때 내가 들어서며 "아버지, 식사하시래요!" 하고 큰소리로 외쳐주면 아버지 체면에 얼른 쫓아버리지 못한 손님들도 "오 그러냐? 벌써 때가 이렇게 됐냐?" 하며 자리를 떠 주련만 모기 목소리 같은 음성을 가진 데다 아버지 앞이라면 잔뜩 죽어드는 나였기에 감히 어른들의 말을 중동무이하고 소리를 지를 만큼의 배짱도 없었다. 그저 아버지의 눈길이 쉽게 닿을 수 있는 지점까지 다가가 아버지가 먼저 나를 알은체하길 기다렸다. 그러다가 아버지가 나를 발견하고 "왜 왔니?" 하고 물으면 "엄마가 식사하시래요."라고 대답할 준비만 하며 바장이다 보니 심부름을 간 애가 돌아오지 않아 다른 형들이 다시 급파되는 때도 다반사였다.

"병신 같은 놈."

그때마다 아버지는 나의 나약함을 그렇게 한마디로 힐책했다.
어느 날 밤, 잠에서 깨어 보니 늦은 저녁 식사를 끝낸 아버지가 엄마와 밥상을 사이 두고 윗목에 나란히 앉아 있었는데 전에 없이 엄마가 아버지에게 충고하고 있었다.

"그 사람 당신더러 총대를 메라는 거예요. 저쪽에서 반격을 해 온다고 가정해 봅시다. 뒤에 숨어 방아쇠 당기는 사람이 먼저 쓰러지겠어요? 앞에서 총대를 멘 당신이 먼저 쓰러지겠어요? 내가 보기엔 그 사람 당신 발전에 아무런 도움이 안 되는 사람 같구려. 너무 나서면 남들의 과녁이 된단 말이에요. 열정도 좋지만 발언 좀 삼가고 조신하는 것이 필요한 때인가 봅니다."

나는 엄마가 그렇게 긴 말을 하는 것을 난생처음 보았다. 아버지도 여느 때처럼 도도한 기색 없이 말을 멈추고 심각한 표정을 지었다.

"내일 저녁 주안상을 좀 챙겨 주오."

한참 후 아버지가 다시 말문을 열었다.

"내일은 임 동무가 식사하러 오는 날인데요?"

엄마가 말했다.

"그러게 하는 말이요."
"술상을 차렸다가 무슨 뒷말 들으려구요?"
"금강산두 식후경이라고, 술 좀 마셨다구 그 사람이 밖에 나가 제 입으로 불겠소? 이럴 때 보면 여자들은 머리카락만 길었지 소견머리는 짧다니깐."
"이렇게 시끄러운 시국에는 남의 말밥에 오르지 않게 조심해야지요. 주안상은 마련해 둘 터이니 조용히 마시구 끝내시구려."

다음 날 저녁 해가 지자 아버지는 사회주의 교육 운동 공작원으로 우리 마을에 내려온 '임 동무'라는 사람을 모시고 돌아왔다. 그 사람은 동네에서 돌림 밥을 먹고 있었다. 그 사람의 식사가 우리 집에 배정된 날이면 아버지는 엄마더러 각별히 신경쓰게 했다. 두 사람은 밥상을 사이 두고 마주앉아 밤늦도록 우리가 알아들을 수 없는 이야기를 이어나갔다. 엄마는 정주간에 앉았다가 안주가 식으면 아궁이에 불을 지펴 음식을 덥히고 술을 데우고 할 뿐 남자들의 대화에 일언반구도 내비치지 않았다.

우리 집과 좁은 골목길 하나를 사이 두고 해실이네가 살고 있었다. 우리와 달리 일색 계집애뿐인 그 집은 딸이 여섯이나 되었는데 해실이는 그 집의 다섯째 딸이었고 나와 동갑이었다. 해실이 엄마는 늘 흰 수건으로 머리를 동이고 아랫목에 누워 앓음 자랑을 했다. 다른 집 아낙네들은 아이를 기르면서도 생산대 전간 노동에 나갔으나 해실이 엄마는 몸이 불편하여 생산대 일 따위는 전혀 할 수 없는 처지라고 했다. 생산대의 일뿐만 아니라 살림도 모두 딸들이 거의 맡아 했다. 밥 짓고 빨래하고 채마전을 다루고 동생들을 챙기는 일까지 모두 딸들이 전담했다. 해실이 엄마가 유일하게 하는 일은 여덟 식구의 겨울 솜옷을 장만하는 일뿐이었다. 퇴수물이 흐르기 시작해서부터 개시되는 그 일은 겨우내 입었던 솜옷을 뜯어 도랑물에 씻은 후 다시 옛것대로 꿰매는 것이었는데 그 일도 머리가 아파서 하루에 조금씩 다루다나니 찬바람이 떨어질 때까지 이어지곤 했다. 그래서 해실이네 집안엔 늘 솜먼지가 날렸고 짓다 만 바느질감이 마냥 방구석에 쌓여 있었다.

　나는 해실이 엄마가 밥상을 챙겨 주는 것을 한 번도 보지 못했다. 철없는 딸들이 차려 올리는 밥상은 늘 부실해 보였다. 어떤 땐 숟가락이 보이지 않았고 어떤 땐 젓가락이 보이지 않았으며 식사가 끝나도 양칫물이 오르지 않아 늘 해실이 아버지가 몸소 가져다 해결하곤 했다. 그래도 해실이 아버지는 아무런 불평이 없었다. 해실이 아버지가 밥상 앞에서 불평을 하는 일은 딱 한 가지, 딸들이 밥솥에서 갓 퍼낸 뜨거운 밥을 밥상에 올렸을 때였다. 식사만 시작하면 땀을 비 오듯 흘리는 해실이 아버지는 더운 음식을 질색했다. 더운 국을 싫어했고 더운밥을 싫어했으며 뜨거운 구들도 싫다며 여름 한 철은 마루에다 잠자리를 펴곤 했다. 여름이면 삼시 세끼 냉국에 밥을 말아 먹었고 겨울에도 물김치가 아니면 갓김치 따위에 찬물을 훌렁 부어 국처럼 떠먹는 그의 식성은 내가 보기에도 정상이 아닌 듯싶었다. 공작대원 '임 동무'의 식사가 배당되는 날도 해실이네 밥상 풍경은 별로 다른 점이 없었다. 다만 밥을 중간에 올려놓고 숟가락으로 자기 앞의 밥을 동굴 파듯 파먹는 식구들과 달리 '임 동무'의 밥은 주발에 따로 덜어놓는 것이 고작이었다.

해실이 아버지는 마을의 실농꾼이었다. 특히 논농사를 위주로 하는 생산대에서 없어서는 안 될 논물 보기 능수였는데 해실이 아버지의 관할 범위에 든 논엔 김이 없다고 했다. 파종을 해서부터 수위 조절을 잘해 돌피를 잡아주기에 그 논의 생산량은 단연 전 대대치고도 으뜸이라고 했다. 해실이 아버지가 메고 다니는 삽은 알른알른 빛이 났고 낫날은 농꾼의 손에 다슬 대로 다슬어 젓가락처럼 날씬했는데 그것으로 벼를 베 본 사람들은 참 좋은 낫이라고 절찬했다. 해실이네 곳간에 들어가 보면 한쪽 벽에 호미며 괭이며 갈구리 따위의 농기구들이 줄느런히 걸려 있었는데 손잡이들은 주인의 손때가 묻어 기름칠을 한 것보다 더 매끄러웠다. 해실이 아버지는 손재주가 좋아 무엇이나 척척 잘 만들어냈다. 짚으로 멍석도 겯고 섬도 짤 줄 알았으며 바구니도 뚝딱 만들어냈다. 해실이네 집엔 살림에 필요한 제구들이 구전했다. 통나무를 파서 만든 절구도 있었고 솜을 잣아 실을 뽑는 물레 틀도 있었으며 물건을 나르는 지게도 있었다.

해실이 아버지는 제집의 딸들뿐만 아니라 동네 집 아이들에게도 허물없이 잘 대해주어서 해실이네 마당 안은 언제나 동네 아이들로 넘쳐났다. 그는 아이들을 위해 봄이면 뜰 안에 있는 가지에 그네를 매 주었고 여름이면 아이들을 데리고 물고기잡이도 다녔으며 가을엔 갖가지 산 열매를 뜯어 주었고 겨울엔 썰매를 만들어 눈 위에서 뛰놀게 했다. 송화강 물로 논농사를 짓던 우리 마을은 봄철만 되면 써레질을 하는 논벌 위로 벌레를 주워먹으러 날아드는 흰 갈매기들이 눈꽃처럼 내려 앉아 진풍경을 이루곤 했다. 해실이 아버지는 일터에서 돌아올 때마다 한 마리씩 잡아 동네 아이들에게 나누어 주었다. 딱정벌레며 송충이를 잡아 갈매기에게 먹이는 일은 정말 재미있었다. 해실이네 집은 아이들

천국이나 다름없었다. 나는 해실이네 집에 가면 시간 가는 줄 모르고 놀았다. 여름 내내 마당 한복판에 걸어 놓고 호박이며 옥수수를 삶아 내는 그 집의 땅가마가 좋았고 마당에 활짝 펼쳐놓은 멍석이 좋았으며 풍향을 알리며 돌아가는 그 집의 바람개비 솟대가 재미있었고 어른 아이 함께 어우러져 웃고 떠드는 그 집의 분위기가 맘에 들었다. 해실이 아버지가 이야기를 잘했기에 아이들은 해실이네 마당에 모여들어 해실이 아버지가 하는 옛말을 듣곤 했다. 똑같은 이야기라도 해실이 아버지가 하면 갑절 재미있었다.

"내래 열한 살 나던 해였디. 하루는 우리 작은오마니래 개고기를 삶아 나더러 장마당에 팔러 가래는 기야. 작은아바지 집에서 밥 얻어먹고 사는 처지라 안 가겠다는 소리는 몬 하고 개고기 그릇을 짊어지고 장마당엘 가긴 갔어. 그날따라 개고기 삶아낸 물에 밥을 말아 먹어서인지 마수걸이도 하지 못했는데 이놈의 배가 살살 아파나질 않았어? 그래슬라므네 뒤를 보려고 화장실을 찾아 헤매는데 이거라구야 방원(方圓) 장마당 근처에 화장실이 어디 있어야디? 배는 아프디, 방법이 있남? 급한 김에 에라, 모르갔다 장마당 한쪽 끝에 궁뎅이를 까고 앉았디. 급하니께니 부끄러운 거이 어디 있간? 그저 이 두 눈만 딱 감고 지그시 내 볼일을 보고 있는데 갑자기 섬뜩한 거이 이 볼따구에 닿는 거이야. 깜짝 놀라 눈을 번떡 뜨구 보니께 이구머니나! 이따맣게 긴 칼을 찬 순사가 칼끝을 볼에 가져다 대고 나를 내려다 보구 있지 않칸? '따라왔!' 순사가 소리를 지르는 바람에 바지 끈도 초매지 몬 하고 순사를 따라 경찰서로 끌려갈 수밖에? 순사가 날 경찰서 마당 안으로 끌고 들어가더니 이번엔 날더러 두 손바닥을 내대라는 거야. 그리구 회초리를 들더니 내 손바닥을 사정없이 후려치더라구. 회초리를 휘두를 때마다 회초리 끝에서 회회 소리까지 나지 않겠어? 을매나 아픈디 바지에 똥을 쌀 지경이더라구. 순사가 범보다두 더 무서운 사람이란 걸 그때 알았디. 생각지도 몬 한 수난을 당하고 장마당에 돌아와 보니 글쎄 개고기는 내버리고 빈 옹가지만 남았구나야. 빈 옹가지만 메고 털레털레 집으로 돌아왔더니 아까운 개고기만 어따 팡가티구 왔다구 작은오마니래 또 두들겨 패는 기야. 너희들 회초리 맛을 아직 몬 봤디? 아무데나 똥 싸문 너희들두 찰 찬 순사한테 싸대기 맞는 기야요!"

아이들은 깔깔 웃어댔다.

"또 해주세요. 더 재밌는 걸루요."

아이들은 저녁 해가 뉘엿뉘엿 지는데도 헤어지려 하지 않고 또 이야기를 주문했다.

"이눔들! 빨리 돌아가 밥을 먹어야디!"

해실이 아버지가 그렇게 소리를 질러서야 아이들은 하나둘 궁둥이에 묻은 흙먼지를 털며 자리를 떴다.

"엄마, 순사라는 사람이 그렇게 무서운 사람이야?"

집에 돌아와 밥을 짓고 있는 엄마에게 묻자 엄마는 뜬금없이 웬 순사 타령이냐는 표정을 지었다. 내가 방금 해실이 아버지에게서 들은 이야기를 띄엄띄엄 옮기고 있을 때 아버지가 돌아왔다. 모기 소리처럼 약한 목소리로 하는 소리도 아버지 귀에 들렸는지 "너절한 사람 같으니라구."라고 하면서 내 이야기를 잘라버렸다.

아버지 눈에는 우리와 함께 웃고 떠들길 좋아하는 해실이 아버지가 너절한 사람으로 보이는 걸까? 해실이 아버지의 말만 나오면 아버지는 늘 경멸하는 표정을 지었다.

해실이네 집엔 아기 인형이 하나 있었는데 인형의 배를 누르면 제법 아기 울음소리를 냈고 뉘이면 눈을 감고 일으켜 세우면 눈을 떴으며 앞뒤로 흔들어주면 두 눈을 연신 깜빡이는 것이 여간 신기하지 않았다. 나는 그 장난감이 재미있어 해실이네 집에 가면 그것부터 차지하기에 바빴다. 사이가 좋을 땐 내 손에 들어왔지만 티격태격 다툼이 시작되면 해실이와 그의 동생은 내 손에서 인형을 몰수해 버렸다. 그럴 때마다 나는 집에 돌아와 엄마에게 나도 그런 장난감을 사 달라고 졸라댔다.

어느 날 성화에 못 이긴 엄마가 공소점의 물건 구입을 떠나는 아버지에게 막내아들이 그토록 소원하는 장난감을 사다 줄 수 없냐고 부탁하는 소리가 들렸다. 나는 그날 하루종일 아버지의 귀가만 목이 빠지게 기다렸다. 그날처럼 아버지가 기다려지기는 아마 평생 그 한 번뿐이었을 것이다.

그러나 아버지는 빈손으로 돌아왔다. 내 비위에 아버지 앞에 나서지는 못하고 엄마 옷자락을 툭툭 건드려 사 온 물건을 어디에 깜빡 놓고 온 건 아닌지 물어보게 했다.

"오늘 우리 고산이가 아버질 눈이 빠지게 기다렸는데."

엄마가 그렇게 허두를 뗐지만 아버지는 나를 쳐다보지도 않은 채 방으로 쑥 들어가 버리는 것이었다.

"여보, 그런 물건 상점에 없지요?"

엄마가 아버지의 밥상을 차려드리며 다시 조심스레 물었다.

"그런 게 요즘 어디 있다구 그러우?!"

아버지가 엄마를 향해 버럭 소리를 질렀다.

"해실이네는 샀단 말이에요!"

나는 처음으로 아버지를 정면으로 쳐다보며 말했다. 나도 어디서 그런 용기가 났는지 모를 일이었다.

"사긴 뭘 사?! 그게 다 남의 것을 훔쳐 온 게지!"

아버지의 어투는 신경질적이었다.

"여보!"

엄마가 급히 아버지의 말허리를 끊어버렸다.

"그게 위만 때 물건인데 지금 그런 게 상점에 있을 리가 있다고 생각하오?! 당신두 참, 될 일을 시켜야지! 애 하나 못 이겨서……"

"요즘에 없는 물건인 줄 나두 알지요. 그래두 애가 하두 성화를 먹이니
까 부탁이랍시고 해본 건데, 그래야 애두 단념할 것 아니에요?"

그날 엄마와 아버지는 그 일로 한참이나 옥신각신 언성이 높아갔다.
나는 서운함을 못 이겨 밖으로 나가 바자굽 밑에 주저앉아 한식경이나
울었다. 아버지가 창문을 열고 나를 향해 소리쳤다.

"최고산, 이리 들어와!"

어길 수 있는 명령이 아닌 줄 잘 알기에 나는 눈물을 쓱쓱 닦으며 방
으로 들어갔다. 다리는 부들부들 떨리기 시작했다.

"넌 그깟 장난감이 그리 탐나냐? 아무래도 넌 사내놈으로 잘못 태어난
병신이야. 이놈아, 헝겊 쪼가리는 왜 모아두었니? 말짱 머리댕기가
아니더냐? 하는 짓이 꼭 계집애들이 하는 짓거리만 하고 있구나. 다
시 그따위 장난감 타령 하기만 해 봐라!"

다행히 아버지는 그쯤에서 훈계를 끝내버렸다. 사내놈이 눈물을 떨
어뜨린다고 따귀를 한 대 갈겨줄 수도 있는데 말이다. 아기 인형을 가
지지 못한 것은 아쉬웠으나 그렇게 간단히 넘어가 준 아버지에게 그나
마 감사해야 했다.

엄마는 그날 밤 등잔불 밑에서 밤을 새며 헝겊 조각으로 아기 인형 하
나를 만들어냈다. 모자를 씌우고 멜빵 치마를 입힌 인형은 예쁘긴 했으
나 몸속에 솜을 넣고 만든 것이라 배를 눌러도 울지 않았고 얼굴은 필로

눈과 코, 입술을 그림 그리듯 그려 넣은 것이라 아무리 흔들어도 눈 하나 깜빡일 줄 몰랐다. 내가 신기하게 생각하던 두 가지 기능을 하나도 갖추지 못한 인형은 인형이 아니라 솜뭉치나 다름없었다. 나는 그것을 가지고 해실이네 집에 가 울 줄 아는 인형과 바꾸자고 했다. 처음 보는 것이라 해실이와 해실이 동생도 흔쾌히 동의했다. 나는 천하를 얻은 기분이 되어 하늘을 날 것 같았다. 그러나 우리 엄마가 만든 인형의 한계를 해실이와 해실이 동생이 알아버리는 데는 그리 긴 시간이 걸리지 않았다. 그들은 약속을 어기고 자기들의 인형을 되찾아 가 버리는 것이었다. 인형이 왜 울 수 있을까? 인형의 눈이 왜 깜빡일까? 그것은 내 동년 시절의 하나의 미스터리로 남아 말수가 적은 나를 사색하는 아이로 만들어 놓았다.

　어느 날 끼니때가 넘었는데도 아버지가 돌아오시지 않자 엄마는 또 나에게 심부름을 시켰다. 마을 한복판에 자리 잡은 공소점에 다달아 보니 해실이 아버지가 술을 마시고 있었다. 그날따라 팔던 미역도 동이 나 미역을 담았던 소쿠리엔 미역에서 흘러 떨어진 소금 덩어리만 한 줌 남아 있었다. 해실이 아버지는 술을 한 모금 마시고 소쿠리에서 소금을 한 알 집어내 손바닥에 놓고 쓱쓱 비빈 후 다시 그것을 집어 입 안에 넣고 쩝쩝 빠는 것이 똑 마치 사탕을 빠는 것 같았다. 매대 안에는 개눈알 사탕과 과자가 있었지만 아버지는 종래로 선술꾼들에게 그것을 공짜로 내주는 법이 없었다. 술꾼들도 종래로 그것을 탐내지 않았고 돈을 내고 그것을 사 안주로 삼는 일은 더욱 없었다. 사탕과 과자는 코흘리개들이나 먹는 것이어서 만약 어른이 사는 경우가 있다면 그것은 아이들을 먹이기 위한 것이지 자기의 입에 넣으려고 사는 것이 아니었다. 해실이 아버지는 아버지와 한창 이야기 중이었다.

"여기 한 종지만 더 주시우다."

　해실이 아버지가 굽을 낸 컵을 아버지의 코앞에 내들며 술을 더 청했다. 얼굴에 술기운이 올라있는 걸로 보아 술을 마신 지 꽤 오래된 상 싶었다. 아버지는 무표정한 얼굴로 술독에서 술 한 종지를 떠올려 해실이 아버지가 들고 있는 컵에 따라 주었다. 해실이 아버지는 컵을 매대 위에 놓고 다시 아버지에게 말을 걸었다.

"최 동무, 내 군대 갔던 이야기를 들어 볼라우?"

　해실이 아버지의 물음에 아버지는 아무 대답도 하지 않았다. 대답할 가치도 없다는 표정인 것 같았다. 그래도 해실이 아버지는 개의치 않는 눈치였다.

"그게 말이유, 나는 죽은 사람두 수태 날랐다우. 포탄은 여기저기서 쿵쿵 터지고, 눈먼 총알은 귀전을 쌩쌩 날아다니고…… 그런 포화 속에서 부상병을 찾아내는 것도 힘이 들었지만 축 늘어진 사람을 담아 들고 정신없이 뛰다 보믄 언제 죽었는지 담가 위의 사람은 벌써 시체가 되어 있군 했다우. 이 상처가 그때 눈먼 파편을 맞아 생긴 것이 아니우?"

　해실이 아버지는 컵을 잡다 말고 왼발을 들어 소금 마대 위에 걸치더니 바짓가랑이를 허벅지까지 걷어 올리는 것이었다. 상처 자국이 나타났다.

"이놈이 지금도 날씨만 흐리믄 육신육신 쑤신다우. 상병한테 쓸 마춰

제도 모자라는 형편이었을라니 언제 우리한테 돌아오겠수꽈? 손발을
다 묶어 놓구 입에다는 재갈을 물리구 그렇게 수술을 시작했디 뭐."

해실이 아버지는 술 한 모금을 마시고 나서 다시 입을 열었다.

"내래 수수께끼를 하나 낼 테니 맞춰 볼라우?"

아버지의 얼굴은 잔뜩 일그러져 있었다.

"내가 군에 있을 때 일인데 우리 담가대원들에게 나오는 밥이란 것이
한 사람이 한 그릇씩 푸고 나면 한 두 사발쯤 남는 분량의 뜬 수수쌀
밥이었지우. 그것두 하루 딱 두 끼만 지급되는 것이었지우. 빨리 먹
는 놈이 남은 밥을 한 번 더 가질 수 있을 뿐 모든 사람에게 두 그릇씩
차례지지는 않았디. 두 그릇은 먹어야 다음 끼니꺼정 뻗치갔는데 밥
은 언제나 턱없이 모자라는 기야. 어떻게 하면 두 그릇을 먹을 수 있
을까? 내래 여러 날 궁리를 했디요. 고산이 말해 보라우, 어떡하믄 남
들이 한 그릇을 먹는 사이 두 그릇을 먹어 치울 수 있을까?"

해실이 아버지는 뒤에 서 있는 나에게 얼굴을 돌리고 질문을 해 왔다.
나는 아버지의 얼굴을 쳐다보았다. 아버지의 얼굴은 그때까지 펴지
지 않고 있었다.

나는 도리머리를 저어 보였다. 평소 같으면 재미있는 이야기를 해 줘
서 듣기만 하면 되었는데 해실이 아버지가 그날따라 어려운 질문을 낼
줄이야.

"이눔아, 먼저 반 그릇을 푸면 되디. 반 그릇은 한 그릇보다 적으니 남
보다 얼른 먹어 치울 것이 아니니? 그 다음 얼른 남은 밥을 한 그릇 꽁
꽁 담는 기야. 그러면 때마다 한 그릇 반을 먹게 되디. 안 기래? 하하!"

어느 날 잠결에 들을라니 한밤중에 집으로 돌아온 아버지가 기분 좋
은 목소리로 엄마에게 자신의 입당이 비준되었다고 했다.
엄마도 사뭇 흥분된 목소리였다.

"잘 됐구려. 입당식은 언제 한대요?"
"내일 저녁이라우. 장소는 당신네 학교 교실을 빌려 쓰기로 했소."

아버지는 한껏 들뜬 기분이었다.
이튿날 저녁, 나는 저녁밥을 먹기 바쁘게 둘째 형과 함께 아버지의
입당 의식이 있게 된다는 학교로 뛰어갔다. 창문 너머로 들여다보니 전
기가 없는 교실 안은 온통 촛불로 장식되어 있었다. 흑판 위로 붉은 바
탕에 낫과 마치가 그려진 당기(黨旗)가 드리워져 있었는데 교실 안에
는 아버지 외에도 여섯 사람이 더 있었다. 의식이 시작되었다. 사람들
이 기립 자세로 서서 국제가를 불렀다.[1] 분위기가 그렇게 삼엄할 수가
없었다. 노래가 끝나자 '임 동무'가 당기 앞으로 걸어 나왔고 뒤로
아버지가 따라 나왔다. 아버지는 유달리 정갈하고 단정해 보였다. 두
사람은 당기 앞으로 다가가 당기와 마주 서서 오른쪽 주먹을 불끈 쥐여
올렸다. 입당 선서가 시작된 것이었다. '임 동무'가 선창을 하면 아

---

1) 19세기 후반 프랑스에서 처음 만들어진 노래로 인터내셔널가라고도 한
   다. 노동자의 해방과 평등의 이상을 담고 있다. 중국에서는 각급 공산
   당 대회의 폐막 행사에서 불린다.

버지가 따라서 복창했다.

나는
나는
자원적으로 중국 공산당에 가입하여
자원적으로 중국 공산당에 가입하여
당의 강령을 옹호하고
당의 강령을 옹호하고
당의 규약을 지키며
당의 규약을 지키며
당원의 의무를 이행하고
당원의 의무를 이행하고
당의 결정을 집행하며
당의 결정을 집행하며
당의 규율을 엄수하고
당의 규율을 엄수하고
당의 기밀을 보수하며
당의 기밀을 보수하며
당에 충성하고
당에 충성하고
적극적으로 사업하며
적극적으로 사업하며
공산주의를 위하여 분투하고
공산주의를 위하여 분투하고
항상 당과 인민을 위해 희생할 준비를 하며
항상 당과 인민을 위해 희생할 준비를 하며

영원히 당을 배반하지 않겠다
영원히 당을 배반하지 않겠다

　선서가 끝나자 아버지가 미리 마련한 종잇장을 꺼내 들고 다시 무엇인가를 읽기 시작했다. 신입 당원의 발언사 같았다. 입당식은 간단하면서도 장엄했다. 그로써 아버지는 중국 공산당 당원이 된 것이다. 나는 아버지가 그날부터 우리 아버지가 아닌 다른 사람이 된 것이라고 생각했다. 어딘가 경외감 같은 것이 느껴지기도 했다.
　입당을 하고 나서 아버지의 저녁 외출은 더 잦아졌다. 그리고 가끔은 한낮에도 회의가 있다며 아침부터 출근을 접고 회의하러 가곤 했다. 아버지뿐만 아니라 당원이 아닌 마을 사람들도 일하러 가지 않고 하루종일 모여서 웅성거리는 일이 자주 생겼다.
　얼마 후 '임 동무'가 다른 곳으로 소환되어 마을을 떠나게 되었는데 우리 아버지도 공작대원으로 선출되어 '임 동무'와 합류해 다른 마을로 떠난다고 했다. 공소점 일은 임시로 다른 사람이 대신 하게 되었고 엄마는 떠나는 아버지의 행장을 갖추느라 부산을 떨었다.
　떠나기 전날 '임 동무'의 저녁밥을 우리 집에 특정 배당시킨 사람은 마을의 지부서기였다. 입당 의식이 있은 후 아버지와 지부서기의 사이는 전에 없이 친숙해진 듯싶었다. 그날 술상에는 마을 지부서기 외에도 마을의 치안을 책임진 민병대장까지 참석해 '임 동무'를 환송했다. 처음엔 사업상의 이야기만 오고 가던 술상이 좀 지나자 여흥이 도도해서 네 사람은 약속이나 한 듯이 노래를 부르기 시작했다.

자, 우리 동무들
다 같이 모여 앉아

높이 들자 술잔을
마시자 자유로운
내 조국 위하여
마시고 또 부어라

　노래는 주로 지부서기가 불렀고 아버지는 가끔 추임새를 넣었다. 술을 못 마시는 '임 동무'는 얼굴이 빨개서 고개만 주억거렸고 민병대장은 젓가락을 들고 장단을 쳤다.

　'임 동무'가 마을을 떠난 후 마을 사람들은 돌림 밥을 먹으러 다니던 사람이 없으니 집집의 밥상이 스산해졌다고 했다. 엄마는 집을 떠난 아버지가 습관은 되었는지, 양말이 꿰지면 기워 신는지, 빨래는 누가 해주는지 그런 근심을 하며 늘 나더러 아버지가 언제쯤 돌아오려나 머리를 긁어보라고 했다. 내가 뒤통수를 긁으면 "돌아오시려면 멀었나 보구나." 하고 내가 앞머리를 긁으면 "곧 돌아오시려나 보구나?"라고 말하면서 은근히 아버지의 신상을 걱정하는 눈치였다. 그러구러 눈꽃이 흩날리는 초겨울이 되자 농군들은 농사지은 벼를 마을 안으로 걷어 들이기 시작했다. 마을 변두리에 만들어진 탈곡장 안에는 벼 낟가리가 산더미처럼 불어났고 한쪽에서는 마을 사람들이 모여 일사불란하게 탈곡을 하기 시작했다. 일손이 딸린다며 학생들까지 동원된 탈곡 노동은 아침 해가 뜨기 전부터 시작되면 해가 져 마주 오는 사람이 보이지 않을 때까지 지속되었다. 그렇게 털어낸 낟알들을 정미기 안에 넣고 네 번을 반복해 돌리면 흰 쌀알로 변해 정미기 밑으로 폭포처럼 쏟아져 내렸다. 일 년 동안 땀 흘려 가꾼 낟알은 우선 징구량(徵求量)으로 실려 나갔고 다음 날부터 집집의 곳간 안으로 분배되어 들어갔는데 생산노동에 참가한 인수에 따라 쌀을 분배하다 보니 집집마다 분여 받는 쌀의 양도 달랐다. 해실이네는 식구는 여느 집보다 많았으나 해실이 아버지 혼자 전간 일에 참가한 터라 분여 받는 쌀은 많지 않았다.

마을 사람들은 그렇게 분여 받은 쌀로 공소점에 가 소금과 간장을 바꾸었고 기름과 미역도 바꾸었으며 아이들이 쓸 공책과 연필도 모두 쌀로 해결을 했다. 그때면 어른들은 아이들에게 사탕도 좀 사주었고 어떤 집에서는 과자도 두어 근 떠다가 아이들에게 안겨주기도 했다. 아낙네들은 여름내 외상으로 내다 마신 남편들의 술값을 치러주면서 술을 좋아하는 남정들을 욕했고 솜씨 좋은 여자들은 꽃 천 몇 자를 끊어 새 옷을 짓느라 즐거움에 젖기도 하는 때가 바로 그때였다.

공소점 창고 안은 그렇게 받아들인 쌀이 쌓여 있었는데 어느 날 그중 반 주머니를 도둑맞는 일이 생겼다. 반 주머니라면 100근은 실히 되는 분량이었다. 소문이 퍼지자 마을은 술렁거리기 시작했다. 누가 그런 몹쓸 일을 했을까? 마을 사람들은 삼삼오오 모여 서서 수군거렸다. 공소점 창고 문 열쇠는 아버지 대신 들어온 사람이 가지고 있었지만 자물쇠가 파손되지 않은 걸로 보아 첫째, 열쇠를 가진 사람의 소행이고 둘째, 열쇠를 가진 사람이 자물쇠를 잠그는 걸 깜빡 잊고 있은 사이에 누가 슬쩍 해버린 것이랬다. 공소점 일군은 눈물 콧물 쥐어짜며 억울함을 호소했고 마을 사람들도 그 사람이 그렇게 어리석지는 않았을 것이라고 머리를 끄덕였다. 그러는 와중에 중요한 단서 하나가 잡혔다. 공소점 창고 앞에서부터 시작된 발자국이 전날 밤에 내린 눈 때문에 고스란히 남아 있었던 것이다. 그런데 문제는 그 발자국이 우리 집과 해실이네집 사이의 골목길로 접어들어 그만 단서가 끊기고 말았다. 아침에 박박 쓸어버린 눈 때문에 자취가 없어진 것이었다. 그러다 보니 해실이네와 우리 집이 가장 큰 혐의 대상이 되었다. 마을의 민병대장이 총을 멘 민병두 사람을 데리고 우리 집으로 찾아왔다.

"간밤에 내린 눈을 이 집에서 쓸었습니까?"

민병대장이 엄마에게 물었다.

"아니요. 아침에 나가보니 벌써 누가 쓸었더라구요."
"간밤에 이상한 인기척 못 들었습니까?"
"글쎄요. 그러지 말고 우리 집도 혐의 대상이니 수색해 보세요."

엄마가 손수 곳간 문을 열어젖히며 수색을 자청하자 민병대장이 손사래를 쳤다.

"아이구, 말도 안 되는 소리. 아무렴 감히 공작대 동무네 집을 의심해
　서 하는 말이겠습니까?"

민병대장은 우리 집에서 나가자 곧바로 해실이네 집으로 쳐들어갔다. 나는 영문도 모른 채 그 사람들의 뒤를 따라 해실이네 마당으로 뛰어갔다. 민병대장은 해실이네 곳간 문을 열어젖혔다. 문제의 쌀 주머니는 없었으나 근간에 사용한 흔적이 있는 발구가 고스란히 곳간 벽에 걸려 있었다. 발구를 벗겨다가 현장에 찍힌 발자국에 맞춰보니 한 치의 오차도 없었다. 민병대장은 바로 해실이 아버지를 끌고 가 버렸다.

그렇게 끌려간 해실이 아버지는 그날 저녁 집으로 돌아오지 못했다. 학교 교실에 갇혀버린 것이었다. 쌀을 가져간 사람은 해실이 아버지랬다. 아이들은 전염병 환자를 대하듯 해실이네 자매를 대했고 누구도 해실이네 마당으로 놀러 가지 않았다. 해실이 언니들은 해실이 아버지가 먹을 밥을 지어 해실이에게 들려 보냈다. 칠 떨어진 누런 양재기에 밥

을 한 주걱 퍼 담고 그 옆에다 배추김치를 얹고 찬물을 담아 곁들인 소 밥이 해실이 아버지가 먹는 한 끼 식사의 전부였다. 그마저도 하루 두 끼밖에 들여보내지 못하도록 결정되어 있었다. 난로불도 지피지 않은 추운 교실에 몇 며칠을 갇혀있으면서도 해실이 아버지는 시종 죄를 승 인하지 않는다고 했다. 전날 저녁 발구를 끌고 두엄을 날랐을 뿐이지 쌀 주머니는 전혀 모르는 일이라고 모르쇠를 댔다나.

며칠 후 해가 뉘엿뉘엿 지고 있을 때 아버지가 돌아왔다. 다른 지방 으로 파견되어 가는 길에 잠깐 들른 것이지 아주 돌아온 것은 아니라고 했다. 아버지는 밥을 먹으면서 엄마와 근간에 있었던 일을 이야기했다. 마을에 생긴 도둑 사건과 해실이 아버지가 갇힌 이야기를 듣던 아버지 는 갑자기 들었던 숟가락을 상 우에 탕! 하고 내려놓으며 "지금 우리가 하고 있는 공작이 바로 마을을 돌며 그런 놈들을 깡그리 색출해내는 것 이라오."라고 말하면서 양치물도 받지 않은 채 신발을 동이더니 밖으 로 나가버렸다.

엄마는 등잔불 밑에 앉아 아버지가 벗어놓은 양말을 꿰매며 아버지 의 귀가를 기다렸다. 그러다가 갑자기 바느질감을 내려놓으며 나를 불 렀다.

"산아."
"왜요?"

등잔 불빛을 빌어 바람벽에 여러 가지 손그림자를 만들며 놀고 있다 가 갑자기 심각한 얼굴을 하고 있는 엄마를 돌아보았다.

"나하고 어디 좀 갔다 올래?"

엄마가 바느질감을 담으며 말했다.

"어디?"
"글쎄 가보면 알아."

엄마는 나에게 두툼한 솜옷을 씌운 후 목도리까지 두르게 하고 나서야 나의 손을 끌고 밖으로 나갔다. 밖은 칠흑같이 어두웠고 싸락눈이 내리고 있었다. 인기척에 놀란 동네 집 개들이 여기저기서 컹컹 짖어댔다.

엄마는 나를 데리고 곧추 학교로 향했다. 삼라만상이 어둠 속에 잠겨 있는데 유독 한 교실 창문에서 불빛이 새어 나오고 있었다. 해실이 아버지가 갇혀 있는 맨 서쪽 교실이었다. 엄마는 나의 손을 잡고 발밤발밤 대문을 지나 복도로 들어섰다. 불빛이 새어 나오는 교실과 가까워짐에 따라 말소리가 또렷이 들렸다. 너무나도 귀에 익은 아버지의 목소리였다.

"똑바로 말하란 말이요! 한밤중에 똥거름을 날랐다니, 그게 어디 될 소린가!"
"날이 새면 놈들이 먼저 주어가 버리니께."

엄마는 출입문 뒤에 서서 안에서 흘러나오는 말에 귀를 기울였다. 나는 꼭 닫히지 않은 문틈을 빌어 교실 안을 들여다보았다. 우리 아버지와 해실이 아버지 외에 마을의 지부서기와 민병대장도 함께 있었다. 해실이 아버지와 다른 사람들은 모두 걸상에 앉아 있었지만 아버지는 노기충천해서 두 손을 옆구리에 지른 채 해실이 아버지를 향해 마주 서 있었다. 난로에서는 장작불이 타고 있었고 난로 위에서는 물 주전자가 끓으며 김을 내뿜고 있었다.

"내가 당신의 과거를 다 알아 가지고 왔단 말이야! 그 더러운 밑을 일
일이 파내야 승인하겠는가!"

해실이 아버지는 아무 말도 하지 않았다.

"당신 삼촌은 위만 때 여관을 경영했던 사람이지. 여관 이름은 '해당
화'. 그 여관엔 늘 돈 있는 사람들이 들락거렸어. 당신은 매일 그들
의 아편 심부름을 했고, 그렇게 빌붙어 먹고 살았지. 안 그런가!"

해실이 아버지는 역시 아무 대답도 하지 않았다.
그때 민병대장이 호박덩이 같은 주먹으로 책상을 쾅 내려치며 으름
장을 놓았다.

"대답하시오!"

해실이 아버지가 벌에게 쏘인 것처럼 몸을 흠칫 떠는 것이 등 뒤에서
도 낱낱이 보였다.

"김 동무, 아직두 반성할 생각을 안 하믄 곤란하지요. 그러지 말구 빨
리 승인하구 끝냅시다. 이게 벌써 며칠째요?"

마을 지부서기가 애원조로 말했다.

"작은아바지래 여관을 했던 건 맞수다. 그리구 이런저런 심부름두 시
켰다우. 하지만 심부름을 하지 않으믄 작은오마니래 밥을 주지 않으
니께니 헐 수 없었디유. 물건을 받아오라우 하믄 가서 받아오우 그랬
디유. 아이들 몸은 수색 안 했으니께니."
"당신 집에 있는 인형 장난감, 그거 어디서 난 거지?"

아버지가 말하는 인형 장난감은 바로 내가 오매불망 욕심내던 그 아
기 인형을 말하는 것이었다.

"그거유? 주은 거디요."
"주어? 그게 위만 때 물건인데 어디서 주어? 당신은 그때부터 남의 물
건에 손을 대는 버릇이 있었는가?"
"진짜루 주은 것이라니께유."
"거짓말을 지어냈다간 혼이 날 줄 아시오!"
"우리 옆집에, 아니, 그러니께니 우리 작은아바지네 옆집에 춘화라고
부르는 갈보가 살았수다. 그 집엔 늘 술한 남정들이 들랑거렸는데 어
느 날 그 여자가 우리 작은오마니와 하는 말이 곧 난리가 날 것 같다
고 합디다. 그러더니 어느 날 밤 이삿짐을 대충 꿍쳐가지고 밤새 도
망을 가 버렸다우. 이튿날 아침, 그 집 대문 앞을 지나며 보니께니 그
인형이 문전에 떨어져 있지 않겠수? 그때 하나 주어놓은 것이지유."

해실이 아버지는 난로 옆에 앉아 있기가 불편한지 이야기를 하는 사
이 자주 엉뎅이를 들썩거렸다.

"이런 놈들은 된맛을 봐야 해!"

민병대장이 후다닥 자리에서 일어나더니 난로 위에서 끓고 있는 물 주전자를 들어 올렸다. 그리고 그것을 해실이 아버지 머리 위로 부어 버리는 것이었다. 해실이 아버지의 비명 소리가 울려 퍼졌다. 아버지도 마을 지부서기도 갑작스레 벌어진 일에 그 자리에 못 박힌 듯 서 있었다. 문 뒤에 서 있던 엄마가 놀라 나를 밀치고 교실 안으로 뛰어 들어갔다. 다행히 해실이 아버지가 잽싸게 머리를 한쪽으로 비켜 더운물은 얼굴에 떨어지지 않고 목덜미로부터 잔등을 타고 흘러내렸다. 엄마는 해실이 아버지의 윗옷을 벗겨 내렸다. 더운물이 지나간 해실이 아버지의 잔등은 벌겋게 부어오르기 시작했다. 엄마는 교무실로 달려가 찬물을 퍼서 상처 자리에 끼얹었다.

"이래도 불지 않겠는가!"

민병대장은 그때까지도 물 주전자를 손에 든 채 고래고래 소리 질렀다.

"김 동무, 이러지 말자구 응? 아무래도 승인할 걸 웬 고생인가?"

마을 지부서기가 바닥에 무릎을 대고 꿇어앉아 있는 해실이 아버지의 어깨를 토닥이며 다시 애원조로 말했다. 교실 안엔 한동안 여섯 사람의 숨소리만 들렸다. 해실이 아버지가 드디어 고개를 들고 입을 열었다.

"잘못했수다. 내래 잘못했수다."

사람들은 서로 눈길을 주고받았다.

"쌀을 어디다 감췄어?"

민병대장이 기고만장해서 계속 윽박질렀다.

"감자 움에 묻었수다."
"자물쇠도 망가뜨리지 않구 창고엔 어떻게 들어갔는가 말해봐!"
"저녁에 똥거름을 주워가지고 오다 보니 창고 자물쇠가 잠겨지지 않은
채 걸려 있는 걸 보게 되었수다. 그걸 보니 그만 욕심이 생겨서……"

해실이 아버지는 울고 있었다. 나는 해실이 아버지가 우는 모습을 그
날 처음 보았다.

"내일 투쟁 대회를 조직하시오."

아버지가 민병대장을 향해 지시했다.
해실이 아버지는 쌀 반 주머니를 훔친 죄로 조리돌림을 당하며 투쟁
을 받았다. 추운 겨울, 발구에 쌀 반 주머니를 싣고 골목골목을 누비며
끌고 다녔다. 그러면서 한편으로 연신 "잘못했수다"를 반복해서 외쳤
다. 고개를 숙인 그의 목에는 내가 그렇게 갖고 싶어 했던 아기 인형이
메달처럼 걸려 있었는데 해실이 아버지가 걸음을 내디딜 때마다 두 눈
을 깜빡이고 있었다.

2014년, 『송화강』

18
고향

올 여름방학 떠나온 지 22년 만에 나는 드디어 고향 마을을 찾아 보기로 스케줄을 잡게 되었다. 결혼을 하고 나서는 살림을 하며 애를 키우느라고, 애가 좀 커서는 지병으로 앓는 친정 엄마를 돌보느라고 말미를 내지 못하고 차일피일 미루어 오던 고향 행차를 드디어 결심 내리기까지 나로서는 정말로 오랜 시간이 걸렸다.

수구초심이라고 했던가? 언제부터 가 봐야지 가 봐야지 하면서 마음속으로 벼르기만 했던 탓인지 고향은 자나깨나 그립고 그래서 꿈속에서마저 늘 나타나군 하던 엄마 품 같은 곳이었다. 엄마가 생전일 때는 감지하지 못했던 향수가 엄마를 저세상으로 보내드리고 나서는 더 사무치게 안겨 왔다. 그곳에 가면 엄마가 살아 계실 것 같았고 내가 당도할 즈음에 맞추어 동구 밖까지 나와 기다리고 서 있을 것만 같았다.

뻐스가 콩크리트로 꽉 막혀 있는 도심을 떠나 푸른색으로 뒤덮혀 있는 전야를 질주하는 시각부터 내 마음은 바람을 탄 갈대숲처럼 일렁이기 시작했다. 이 길을 따라 쭉 방정현(方正縣) 소재지까지 가서 거기서 다시 차를 갈아타고 송화강을 건너면 바로 나의 고향 통하현성(通河縣城)이 나타난다. 기실 내가 태어난 곳은 통하현이 아니라 탕원현(湯原縣) 승리향(勝利鄕) 양광촌(陽光村)이다. 그러나 아버지는 1963년 7월, 태어난 지 6개월밖에 안 된 나와 엄마를 비롯한 일가 다섯 식솔을 솔반하여 통하현 의산향(依山鄕)[1] 오사촌(五四村)이란 곳으로 이사를 왔다고 한다. 17살에 교육 사업에 참가하여 10년을 탕원현 산하에 있는 조선족 학교에서 근무하시다가 큰아버지의 주선으로 오사촌 조선족 소학교에 전근되어 온 아버지다 보니 방학마다 순례처럼 언니 집으로 놀러오군 하는 우리 이모에게 떠나온 고향 마을 소식을 까근히도 캐어묻

---

1) '의산향(依山鄕)'은 지금의 '오아포진(烏鴉泡鎭)'.

군 했었다. 아무개는 잘 지내시냐? 아무개는 성가를 했냐? 아무개는 아직 생전이시냐? 등등… 이모는 그때마다 성수가 나서 우리 아버지와 엄마에게 그동안에 생겨난 고향 마을의 새 소식을 들려주느라고 법석을 떨어댔다. 뭔 궁금한 게 저리도 많으실까? 그땐 그렇게 생각했었는데 이제 내가 아버지의 그 나이가 되고 보니 그 마음을 좀 알 것 같기도 하다.

방정현 뻐스부에 들어서니 통하현성으로 가는 차가 뒷마당에 줄 느런히 대기하고 서 있었다. 20분 간격으로 떠난다는 소형 뻐스는 발차 시간이 되자 1분도 지체하지 않고 나의 고향 현성을 향해 출발했다. 내가 연수현(延壽縣) 조선족 중학교를 다닐 적만 해도 방정현성에서 통하현성까지 왕래하는 뻐스는 아침 한 탕 저녁 한 탕뿐이었었다. 작고 허름한 버스인 데다가 고객은 넘쳐나게 많아서 나는 종래로 버스 좌석에 앉아본 기억이 없다. 자리는 고사하고 버스 속에 몸뗑이만 올려 놓을 수 있어도 천만다행으로 생각해야 했었다. 운전수는 늘 만원이 되어 문도 닫을 수 없게 된 버스 문 어귀 발판 우에 마지막 고객을 올려 세워 놓고는 발로 고객의 엉뎅이를 꽉꽉 밀어 차올리군 했다. 만재한 나뭇짐 속에 쐐기를 박듯이 말이다. 운전수의 발길질이 아무리 험해도 고객은 화를 내지 않았다. 화를 내기는커녕 운전수에게 감지덕지해 했다. 왜냐하면 운전수가 그렇게라도 차에 태워주지 않는다면 고객은 별 수 없이 어느 싸구려 여관에서 돈을 팔고 하루밤 묵어가야 하는 번거로움이 뒤따르기 때문이었다. 그때와 달리 몇 안 되는 손님만 달랑 싣고도 유예 없이 신나게 달리는 뻐스에 몸을 싣고 보니 감개가 무량했다.

얼마 지나지 않아 강 너머 통하현성의 륜곽이 신기루처럼 시야에 나타났다. 송화강은 예나 다름없이 넓은 강폭을 이루며 유유히 동으로 흐르고 있었다. 내가 찾아가는 고향 마을은 이 강줄기를 따라 동으로 약 40리가량 떨어진 곳에 자리 잡고 있는데 마을에서는 해마다 이 송화강 물을 양수기로 끌어 올여 논농사를 짓군 했다. 봄이 되어 양수참에서 내려보내는 물이 인공 수로를 따라 우리 마을 동구 밖에 다달을 즈음이면 동네 아이들은 삼삼오오 떼를 지어 물줄기와 달리기 경주라도 하듯이 겨끔내기로 개울가 둔덕 우를 내달리면서 "물 내려온다! 물 내려온다!" 하고 환성을 지르군 했었다. 그렇게 왜쳐대는 아이들의 환호 소리는 어른들에게 농사철이 되었음을 일깨워 주는 신호가 되기도 했었다.

버스가 송화강을 가로지른 대교[2] 우를 달리기 시작했다. 작년에 준공식을 마쳤다는 4차선으로 된 콩크리트 대교는 미녀의 늘씬한 하체처럼 강 북쪽 편까지 시원스레 쭉 뻗어 있었다. 다리가 놓이기 전까지 강남의 손님을 강북으로 강북의 손님을 강남으로 실어 나르는 일을 통하현 항무국의 너럭배가 전담했었다. 하루 세 번 움직이는 너럭배는 주로 기동차들을 실어 날랐는데 한 번에 열두 대의 해방패 자동차를 싣고도 바람 따라 떠가는 구름덩이처럼 가볍게 물 우를 떠다니군 했다. 너럭배가 선착장에 닻을 내리고 쉬고 있을 때는 개인용 마상이[3]들이 사람을 실어날랐는데 너럭배와 달리 손님들에게서 삯전을 받았다. 기실 따뜻한 날 화치는 마상이에 몸을 싣고 물결을 거스르며 수면 우를 누비는 재미도 그닥 나쁘지는 않다. 그러나 바람이 불거나 비가 오는 날에 그것을 탔다간 큰 랑패를 보기 십상이었다. 어느 한 해 방정현 영건소학교에서 송화강 지구 중소학교 교원 대회가 열렸었다. 통하현 산하에 있는 다섯 개 마을의 교원들은 먼저 현 교육국 뜨락에 집합한 후 단체로 이동하게 되었는데 그날따라 비바람이 얼마나 세차게 불어치는지 일곱 척의 마상이에 나뉘여 탔던 교원들이 하마트면 모두 물귀신이 될 뻔했던

---

2) 다리의 공식 명칭은 '통하송화강대교(通河松花江大橋)'.

3) '마상이'는 '통나무배'.

일을 나는 지금도 잊을 수 없다. 파도에 얹혀 곤두서기도 하고 다시 수면 우로 떨어지기도 하는 마상이는 노도하는 송화강 물 우에서 그야말로 일엽편주에 불과했다. 마상이가 비바람 속에서 가랑잎처럼 이리저리 휘둘리며 도저히 남쪽 강안으로 가 닿질 못하자 얼을 먹은 사람들은 강북으로 되돌아가자거니 그래도 강 중심까진 왔는데 그대로 계속 전진을 해야 한다거니 하며 아우성을 쳤다. 게다가 내가 탄 마상이는 배 밑전으로부터 물까지 새어드는 바람에 함께 탔던 다섯 사람은 팔을 걷어부치고 죽기 내기로 물을 퍼 던져야 했다. 그 와중에도 역시 노를 잡은 사공이 영명한 결책을 내렸다. 강심에 있는 작은 수풀 속으로 피해 들어가 비바람이 멎길 기다렸다가 다시 강남을 향해 가자는 것이었다. 반 시간쯤 강심에 있는 버들숲 속에 피신을 하고 있을라니 마침 비도 긋고 바람도 점점 누그러지는 것이었다. 겨우겨우 강남에 다달아 보니 먼저 도착한 사람들이 강언덕에 버티고 서서 맨 마지막으로 들어오는 우리의 배를 애타게 기다리고 있었다.

차창을 열자 시원한 강바람이 흘러들어와 내 머리카락을 간질러댔다. 다리 아래를 굽어보니 선착장엔 크고 작은 기계배들이 줄 느런히 늘어서 있고 강 중심에선 준설선 두 대가 부지런히 강바닥에서 모래를 퍼 올리고 있었다. 강변에 백사장을 만들어 유람 구역을 조성한다고 한다. 먹고 입는 문제가 해결되고 보니 여가 생활을 즐기려는 백성들의 소원도 들어줄 겸 수익도 올릴 겸으로 선택한 기획 방안이란다. 22년 만에 다시 보는 고향 현성과 고향 현성 앞을 감돌아 흐르는 송화강과 그리고 강 연안에 펼쳐져 있는 새로운 풍경은 내 마음에 감동과 설렘을 안겨주기에 너끈했다.

통하현성 안 거리도 내가 떠나던 그때와 달리 많은 변화를 가져와 어디가 어딘지 분간할 수가 없었다. 자그마한 십자 거리를 중심으로 백화점 두 개 식료품 상점 하나 병원 하나 우편국 하나 영화관 하나 복무대루라고 간판을 건 여관집 하나 뻐스부 하나 음식점 두 곳이 전부이던 현성의 중심 거리에는 전에 없던 고층 건물이 즐비하게 일어서 있었고 골목골목으로 포장된 도로가 가로세로 뻗어 있었다. 새로 옮긴 뻐스부 앞마당은 현성으로 장 보러 왔다가 돌아가는 시골 사람들로 인산인해를 이루고 있었다. 어느 차를 타야 내가 살던 마을로 갈 수 있을까 하고 기웃거리자 운전수마다 겨끔내기로 자기 차를 타라고 소리를 질러댔다. 드디어 나는 고향 마을로 가는 차를 찾아냈다. 고향 마을 이름이 역 이름으로 대용되어 뻐스 로선도의 한 중앙에 버젓이 박혀있는 것을 보노라니 이게 꿈이냐 생시냐 싶을 정도다. 예전엔 현성에서 고향 마을까지 정해진 교통수단이란 아무것도 없었다. 기껏해야 지나가는 한족 사람들의 말마차나 어쩌다 움직이는 마을의 경운기가 현성으로 가는 사람들이 리용하는 유일한 교통 도구였었다. 그것마저 얻어 타지 못 할 때는 마을에서 현성까지 40리 길을 도보로 걸어야 했다. 수년간 외지 학교를 다니면서 나는 현성에서 고향 마을까지의 그 길을 수없이 걸었었다. 개학이 되어 마을을 떠날 때는 새벽길을, 방학이 되어 집으로 돌아올 때는 밤길을 나는 홀로 고독스레 걷고 또 걸었었다.

이 차를 탈까 저 차를 탈까 즐거운 고민을 하고 있을 때 생각 밖에 몇 해 전까지 마을에서 촌장 일을 맡고 있던 고향 마을 사람을 만났다. 고향 마을로 가는 길이라고 하자 그는 고맙게도 자기의 자가용으로 태워다 주겠노라고 자청을 했다. 따르는 것이 공경하는 것보다 낫다는 말이 있다. 나는 고향 마을로 가는 선로 뻐스를 타고 환향의 설렘을 천천히 음미해 보려던 원래의 계획을 접고 자가용 차에 몸을 실었다. 시골에 있던 기와집은 한족 사람에게 세를 놓고 현성에다 새 주택을 장만했을 뿐만 아니라 자가용 차까지 준비했다는 그는 별로 하는 일 없이 소일하며 지내는 신흥 지주였다. 그의 수중엔 83년도 첫 호도거리 때 분여 받은 도급지 말고도 개간지가 20여 쌍(垧) 있는데 손수 농사를 짓지 않고 몽땅 한족 사람에게 도급을 주어 버렸단다. 거기에서 나오는 양도금만도 일 년에 20만 원이 넘는다고 하니 신흥 지주가 아니고 뭐겠는가? 땅이 이렇게 큰 재부가 될 줄은 자기도 몰랐단다. 장사를 하면 돈을 벌까? 출국을 하면 돈을 벌까? 돈을 벌려고 고심도 많이 해 봤지만 땅만큼 실속 있게 자기를 부자로 만들어 준 것은 없단다.

　자동차는 깨끗하게 포장된 콩크리트 길 우를 나는 듯이 달렸다. 길 량쪽에 심은 키 높게 자란 포플러 나무들의 우듬지가 하늘에서 서로 맞닿아 있어 자동차는 마치 숲으로 된 동굴 속을 달리는 듯했다. 공사 마을에서 우리 마을까지의 가로수들은 모두 학생들이 동원되어 심은 것이다. 진득진득한 생땅을 파헤치고 한 키가 되나 마나 한 묘목을 옮겨 심을 때 나부터도 그것이 이렇게 아름드리 나무로 자랄 줄을 알기나 했던가? 줄과 간격을 맞추지 않고 대충 심었다고 선생님들에게 꾸중도 많이 들었었는데 그렇게 심어 놓은 나무들이 이제 두 팔을 한껏 벌리고 나를 반기는 것 같았다. 자동차는 20분도 안 걸려 목적지에 도착했다. 큰어머니는 내가 온다는 기별을 미리 받았던 터라 집 앞에 자동차가 멎어 서기 바쁘게 끌신을 끌고 달려 나왔다. 옛날엔 한다 하는 멋쟁이였던 큰어머니도 이젠 온 얼굴에 거미줄 같은 주름이 얼기설기 내려앉은 파파 늙은 할머니가 되어 있었다. 그래도 큰어머니는 목소리 하나만은 아직도 카랑카랑해서 "우리 조카딸이 친정 나들이 왔구나!" 하며 반겨 주었다. 한때는 기술 좋은 접산부(接産婦) 아줌마로 아근에 소문을 쫙 펴고 다녔을 만큼 활량이었던 큰어머니, 중국말을 우리 말보다도 더 잘하는 큰어머니는 술량도 남자들 못지않게 컸고 횟손도 좋아 아근의 한족 사람들을 내 손 부리듯 잘 부렸고 그들과의 교분도 두터워 린근 마을치고 모르는 사람이 없는 팔방미인이었다.

나를 데려다 준 자동차를 배웅하고 나서 집안으로 들라는 큰어머님의 만류도 마다하고 나는 선바람에 마을돌이에 나섰다. 얼마나 보고 싶었던 고향 마을인가? 자나깨나 찾아오고 싶던 곳이었기에 내 마음은 그만큼 조바심이 생겨서 도저히 엉뎅이를 붙이고 앉아 있을 수가 없었다. 나는 고개를 뒤로 젖히고 먼저 들숨을 크게 들이그어 보았다. 도시와는 확연히 다른 청량한 공기가 폐부 가득 들어왔다. 오매불망 잊을 수 없었던 고향, 내 심신을 키워주고 내 정감을 발육시켜 준 시골 마을에 나는 드디어 와 있는 것이다. 생각 밖에 집집마다의 터전 주위에 둘러져 있던 버들 울타리들이 모두 일매진 비술나무 울타리로 바뀌어 버려 사뭇 정연하고 보기 좋았다. 마을 길도 구석구석까지 세멘트로 포장이 되어 있었고 중심 길 량쪽엔 가로등이 즐비하게 서 있었으며 타일로 겉 벽을 바른 새 벽돌집들도 여러 채 보였다. 요 근래 들어서서 출국 바람이 불면서 폭격을 맞은 것같이 나날이 폐허가 되어 간다던 고향 마을이 아니었던가? 눈앞에 들어오는 광경은 좀 예상 밖이었다.

나는 맨 먼저 마을 중심에 위치해 있는 내가 살던 집을 찾아보았다. 그러나 터만 있을 뿐 집은 없었다. 아버지의 까근한 살림 솜씨 덕에 마을치고는 그래도 제일 단아했던 초가집이 아니었던가? 간벽을 사이 두고 한 용마루를 쓰고 살던 이웃집도 그 형체는 오간 데 없이 사라지고 그 터무니만 남아 있었다. 누가 심었는지 텃밭엔 콩과 옥수수가 키 넘게 자라고 있었다. 허물린 집터 자리에서 나는 아버지가 해마다 바르던 흙벽의 잔여를 더듬어 낼 수 있었다. 볏짚으로 섞음을 넣어 켜켜이 바른 바람벽의 한 쪼각을 손에 들고 들여다보노라니 아버지의 흙칼질하는 모습을 방불히 보는 것만 같았다. 내가 더듬어 낼 수 있는 내 집의 흔적은 그저 그것뿐이었다. 집을 앉혔던 곳엔 더 이상 이곳이 내가 살던 집이었다는 생각을 하지 못할 만큼 잡풀이 도배되어 있었다. 이 집은 내가 열 살 나던 해에 아버지가 현찰로 300원을 주고 산 집이었다. 그 이듬해에 아버지는 그 옆으로 한 간을 잇달아 지었는데 기소를 닦고 땅두멍에 개여 놓았던 흙물에 세초를 말아 바람벽을 쌓고 산자를 올려 지붕을 만들고 짚으로 이영을 잇기까지 수 일이 걸렸었던 것 같다. 손포가 딸릴 줄 알았던지 그때 마을 사람들은 자기 집 일을 제쳐 놓고 달려와 일손을 도와주었다. 목수 일로부터 미장 일에 이르기까지 마을 사람들은 정말 자기 집 일처럼 몸을 사리지 않고 해 주었다. 그런 도우미들을 호로(犒勞)하느라고 우리 아버지는 당시 시가로 30원씩 하는 개를 두 마리나 잡아 엎었다. 아버지는 동북 지방의 추운 기후 때문에 외형은 한옥처럼 짓지 못했지만 실내만은 그 흉내라도 내고 싶으셨던지 마을 목수를 시켜 미닫이문을 여러 짝 만들게 하고는 너른 온돌을 안방 아랫방으로 나누어 장식했다.

학교 일로 찾아오는 상급의 손님들이 출입할 때는 미닫이를 모두 닫아 아늑한 느낌을 주는 작은 공간으로 만들었고 정월 대보름이나 3·8절 같은 년례행사를 맞아 또래별로 모임 잔치가 있는 날에는 미닫이를 모두 걷어내고 너른 방을 제공해 주어 마을 아낙들은 해마다 윷놀이 장소로 우리 집을 선택하군 했었다. 집안이 빠개지도록 "모야!" "뒤똘이야!" 하며 목에 피대를 세우고 떠들어대던 마을 아낙네들의 모습이 아직도 눈에 선하다. 생각대로 윷 사위가 나오면 개선장군들처럼 구들 복판에 나서서 어깨춤을 추군 하던 아낙들, 인도 사람들처럼 배꼽춤을 춘다며 옷깃을 말아 올리고 함지박 같은 엉뎅이들을 흔들어대여 배꼽을 잡게 했던 사람들, 마을치고도 제일 뚱뚱한 아낙 몇은 기록 영화에서 본 대로 일본의 스모 선수들을 모방한다며 윷을 치다 말고 윷판 우에서 씨름판까지 벌려 좌중에 폭소를 안겨 주기도 했었다. 흥을 몸으로 표현

할 줄 알았던 우리 마을 아낙들은 술이 거나해지면 물을 담은 양푼에다 박바가지를 엎어 놓고 장단을 치면서 저마다 제간껏 자기들의 기량을 자랑하기도 했으니 뭐니 뭐니 해도 가장 고단한 삶을 가장 재미있게 살다 간 사람들이 아닌가 싶다.

마을을 돌며 구석구석에 널려 있는 초가집의 수효를 세어 보니 아직도 원 자리에 남아 있는 것은 모두 스무 채. 그중 사람이 살고 있는 집은 겨우 11채, 나머지는 바야흐로 쓰러져 가고 있거나 이미 쓰러진 상태였다. 사람이 살고 있는 11채의 초가집을 찾아 들어가 보니 단 두 집만 면목 있는 조선족이 살고 있을 뿐 나머지 아홉 채에는 모두 새로 이주해 온 한족 식구들이 살고 있었다. 원래는 110호가 운집해 살았던 마을에 호총이 줄어 이제 조선족은 17가구밖에 남지 않았고 그 인구는 24명, 그마저 운신을 못 하는 로인네가 대부분이다 보니 중심 거리에 한식경을 서 있어도 아는 얼굴을 만날 수가 없었다. 17가구 중 2가구를 제외한 나머지 15가구는 80년대에 호도거리 농사를 지을 때 지어 올렸던 구식 벽돌집들에 살고 있었다. 원주인들이 버려둔 집이지만 명색이 벽돌집이라 아직 허물어지진 않고 있어 남아 있는 사람들이 호상 하나씩 나누어 가진 것 같았다. 호젓하니 큰 방에 혈혈단신이 아니면 고작해야 량주 두 식구가 살고 있는 집들은 사람의 온기가 부족해 쓸쓸하기 짝이 없었다. 갓 결혼을 했거나 타향에서 새로 이사를 와서 신접살림을 꾸리는 사람들은 거의 대부분이 남의 집 '북캉살이'나 '곁간살이'를 했을 만큼 이 마을엔 주택이 부족했던 세월이 있었다. 남의 집 식구들과 커텐 한 쪽으로 눈가림을 한 채 한 방에서 자고 한 정주에서 밥을 지어 먹다 보면 불편함도 없지 않아 많았으련만 인심 좋은 '방뒤'들은 신접살이 식구들이 제집을 장만해 나갈 때까지 불평 한마디 내뱉지 않고 물심량면으로 도와주군 했었다. '방뒤'란 우리 마을 사람들이 자기에게 거처를 내어 준 집주인을 일컫던 호칭이다. 모르긴 몰라도 한자어 '房東'에서 온 말인 줄로 알고 있다. 사람들은 제 집을 장만해 나간 후에도 '방뒤'네와의 친선 관계를 끊어 버리지 않고 유지하면서 살았는데 아이들은 그 관계를 '삼은 친척'이라고 했다. '삼은 할매', '삼은 삼촌'이란 부름말이 바로 그 일례로 된다.

이 마을로 농사지으러 들어온 한족은 지금까지로는 30호란다. 새로 일떠선, 흰 타일로 바깥벽을 도배한 벽돌집은 모두 그들이 지어 올린 집이었다. 이 마을 본토박이들이 두고 간 도급지를 세 맡아 농사를 짓기 시작하면서 지어 올린 집이라 그 겉모양에서부터 참신하고 화려했다. 그들은 농사지은 수입으로 집부터 지었는데 아주 이 마을에 둥지를 틀어 버리기로 작심을 한 것 같았다. 마을 중심 거리엔 큰길 쪽으로 대문을 내고 앉힌 식품 상점이 있었다. 그 겉모습부터 뜨르르해서 들어가 보니 주인 역시 낯선 한족이었다. 통조림이며 과자며 소세지 같은 통상적 부식품 외에도 맥주 상자와 달걀 상자가 켜켜이 놓여 있었다. 뒷마당에는 꼼바인이며 트럭이며 모내기 기계 같은 농사에 소용되는 농기계들로 꽉 차 있었다. 헥타르당 1만 2천 원의 도급 비용을 지불하고도 얼마나 많이 벌면 이런 기물들을 골고루 다 갖추고 이렇게 뜨르르하게 살 수 있는 걸까? 하다면 이 땅을 버리고 나간 고향 마을 사람들은 지금 어디쯤에서 노다지를 캐고 있는지?

나는 마을 맨 뒷켠에 있는 초가집을 찾아보았다. 이 집은 우리가 이 마을로 이사 와서부터 내가 열 살 나는 해까지 살던 집이었다. 한 용마루에 세 가구가 함께 살게 붙은 집이었는데 맨 동쪽의 한 간이 우리가 살던 집이었다. 58년도 마을이 일어설 때 맨 처음 지었다는 이 가옥은 살고 있는 사람이 없는데도 아직 허물어지지 않고 거의 원모습 그대로서 있었다. 깨진 유리창 너머로 집안을 들여다보니 우리가 살 때와 집

안 구조는 많이 달라 있었으나 문틀과 문짝은 그전 그대로인 것 같았다. 이 집안에서 이웃집 남자애들을 따라 구들과 부뚜막 사이를 너비뛰기 하다가 어푸러지며 얼굴을 부뚜막 모서리에 짓쫓는 바람에 입과 왼쪽 볼이 감자알만큼 부어올랐던 일이 있었다. 아버지는 그렇게 얼굴이 망가진 나를 보고 입이 돼지주둥이같이 되었다며 놀려 주었다. 지금과 달리 놀이기구가 없었던 옛날 아이들은 쩍하면 제국을 쳐서 어른들에게 혼뜨검이 나군 했는데 그날 아버지는 나를 혼을 낼 대신 우습꽝스러운 얼굴을 지으며 나를 내려다보는 것이었다.

방안엔 방치해 버린 장독이며 찬장이며 구식 이불장 같은 세간살이가 여기저기 널부러져 있었고 비닐 자리를 깔았던 구들 우는 원 바탕을 알아볼 수 없을 만큼 거미줄과 먼지가 두둑히 쌓여 있었다. 서까래 끝에 지은 제비 둥지 안에서 두 마리의 새끼 제비가 까만 눈을 도리반거리며 나를 내려다보고 있었다. 어느 사이에 낌새를 채고 날아온 어미 제비가 나의 출현에 불안을 느끼고 수없이 나의 머리 우를 선회하다가 둥지 근처에 내려앉아 알아들을 수 없는 소리로 주절거렸다. 발돋움을 하고 처마 밑으로 내여민 서까래 끝을 만져 보는 내 손끝으로 저만치 사라져 버린 세월의 편린들이 하나둘 묻어 나오려 했다. 나는 내가 뛰어놀던 마당 둘레를 거닐어 보았다. 이웃집 남자애들과 뭉쳐 소꿉장난을 하던 벽굽이 쪽에는 범이 새끼 칠 정도로 잡초가 무성했고 참외며 일년감을 심어 먹던 텃밭은 온통 콩밭으로 변해 있었다. 산천은 의구한데 인적은 간 곳이 없었다. 주위는 너무나 한적해서 오슬한 느낌마저 들었다. 따가운 햇볕 아래서 그 옛날의 번성을 잊은 듯 마을은 잠누룩했다. 한나절이나 사람도 없는 빈집 앞에서 서성이는 내 모습을 이상히 지켜보는 사람이 있었다. 바로 이웃집 터를 사들여 새 벽돌집을 짓고 사는 한족 아낙이었다. 한식경이나 내 쪽을 응시하던 아낙이 드디어 나를 향해 팩 소리를 질렀다.

"쉐이야?!"

나는 일시 말문을 열 수 없었다. 그래 뭐라고 대답해야 하나? 이것이 내가 살던 옛집인데 간만에 놀러 왔던 차 구경을 왔다고 손짓 발짓을 해가며 장황히 늘어놓아서야 한족 아낙은 그래도 어딘가 수상쩍다는 표정을 감추지 못한 채 어슬렁어슬렁 물러갔다. 너무나 오래전의 전설 같은 이야기를 하는 내가 저 아낙의 눈에는 뭐로 보일까? 한 치의 땅을 가지고도 옴니암니 다투며 살던 그 옛날의 이웃들은 지금 다 어디로 간 것일까? 어느 봄날 땅이 녹고 울타리를 세우고 채마전을 심을 때 일이었다. 아들만 다섯을 낳아 아들 부자로 소문난 우리 이웃집 아주머니가 울타리를 세우면서 이웃집과 지경을 가지고 말다툼이 벌어졌다. 드살은 세지만 피해 의식이 강해 남들이 늘 자기네를 얕잡아본다고 생각하는 이웃집 아주머니는 조해(調解) 공작을 나온 치보주임(治保主任)의 멱살을 거머쥐고 싸움판을 벌렸다. 치보주임이 매달린 아낙의 손을 뿌리치며 내동댕이를 치는 바람에 이웃집 아주머니는 저만치에 뿌리워 나가며 넘어졌다. 엎던 김에 절이라고 이웃집 아주머니는 넘어진 자리에 퍼더버리고 앉아 치보주임이 자기 편을 들지 않고 대방의 편을 든다며 동네가 떠내려가라고 소리소리 지르며 울어댔다. 새로 이랑을 짓다 보니 지경이 이쪽으로 조금 넘어왔을 뿐이었는데 한 뼘도 되나마나 하게 옮겨진 터밭 때문에 이웃집 아주머니는 땅거미가 지도록 앉은 자리에서 구슬프게 울었다. 이웃집 아주머니가 넋두리를 해가며 앉아 울던 그 마당 자리에는 잔디풀이 뒤덮여 있었고 두 집의 지경에 푯말로 옮겨 심었던 드릅나무는 오간 데 없이 사라져 어디서부터 어디까지가 이웃집의 터전이었던지 추적을 할 수조차 없었다. 하긴 온통 콩밭으로 되어 버린 이 너른 콩밭에서 이제 그 지경을 찾는 것이 무슨 큰 의미가 있으랴? 나는 어림짐작 우리 집에 속했던 터전을 찾아 쭈크리고 앉았다. 그리고 콩 그루터기에 손을 넣어 흙 한 줌을 쥐여 올렸다. 이 흙이 바로 우리 어머니가 다루던 채마전의 흙이다. 이 흙 한 줌에 우리 어머니가 채마전을 다루며 흘렸던 땀이 스미어 있을 것이고 정이 묻어 있을 것이며 숨결이 배어 있을 것이다. 푹푹한 흙에서 고향 냄새가 짙게 피어오르며 코끝을 간지럽혔다. 순간 스물스물 눈확에서 물기가 괴어 올랐다. 가슴 속 깊은 곳에서부터 꾸역꾸역 뭔가가 자꾸 괴어 올랐다. 나는 참지 못하고 쭈크리고 앉은 채 가슴 속의 그것을 토해내기 시작했다. 지나간 동년이 그리웠고 지나간 세월이 그리웠고 내 곁을 스쳐 지나간 모든 것이 그리워 견딜 수가 없었다. 봄이면 호드기를 불어대며 벌판을 주름잡고 여름이면 마을 뒤 개울물에서 물장구를 쳤으며 가을이면 잠자리 떼를 쫓아 골목골목을 누비고 겨울이면 썰매놀이에 해 넘어가는 줄도 몰랐던 나의 동년이 살아서 돌아올 것만 같았다. 그리고 하루 일을 끝낸 어른들이 저녁노을에 물든 고샅길로 삼삼오오 떼를 지어 귀가하는 모습이 보이는 것 같았고 집집의 굴뚝에서 밥 짓는 연기가 모락모락 피어오르는 풍경이 보이는 것 같았으며 마당 둘레에 모닥불을 피워 놓고 오손도손 모여앉아 이야기꽃을 피우던 이웃들이 보이는 것 같았다. 손을 뻗으면 잡힐 듯 잡힐 듯한 정경들이 저만치에서 아지랑이처럼 아삼아삼 피어오르다간 사라지고 사라졌다간 다시 피어올랐다.

지금처럼 선풍기도 없는 데다 식구는 많고 방은 작아 집안에서 밥을 지었다간 밤새 더워서 잠을 이룰 수 없었기에 집집마다 여름 한 철은 마당에다 용가마를 걸고 저녁밥도 바깥에서 지었고 밥상도 마당에다 챙겨 놓고 먹군 했다. 멍석 우에 퍼더버리고 앉아 갓 삶아 낸 떡호박이며 찰옥수수며 감자 따위로 한 상 가득 차려 놓고 물러가는 저녁해를 바라보며 먹던 그 시골 음식들… 저녁밥을 필하기 바쁘게 아이들은 동네 복판에 있는 공터 마당에 모여 저마끔 놀이판을 벌이군 했었다. 가댁질을 하며 이리저리 뛰어다니는 또래, 술래잡기를 하는 또래, 풍계문이 놀이에 골몰해 식때마저 잊어먹은 아이, 고무줄놀이를 하는 계집아이들… 널다란 마당엔 아이들의 웃음소리와 저녁을 먹으라고 제집 아이를 불러들이는 동네 아낙들의 고함 소리까지 합세를 해 짜장 살맛 나는 인간 세상이 출연되군 했었다. 그곳은 동네 아이들의 놀이터였을 뿐만 아니라 마을 어른들이 대소사를 논의하기 위해 모여드는 명당이기도 했다. 나는 우리 어머니를 비롯한 동네 아낙들이 이곳에서 충성무를 추는 것을 보았고 마을의 지부서기에게 종이 감투를 씌워 놓고 구호를 부르는 투쟁 대회도 보았으며 바람을 피운 뒤 집 아낙을 끌고 나와 혼뜨금을 내주는 부녀회도 보았고 호도거리 정책이 하달되자 도급지 획분을 앞두고 열띤 토론을 벌이는 군중대회도 구경했으며 정월 대보름을 맞아 마을 마을을 돌며 추는 한족 사람들의 양걸춤도 구경했었다. 그뿐이랴? 공사 방영대가 들어와 영화를 돌리는 날이면 이곳은 축제의 분위기가 되어 한껏 닳아오르는 곳이기도 했다. 저녁에 해가 져야 돌리는 영화 구경을 위해 마을 사람들은 아침부터 부지런을 피웠다. 영화를 보면서 먹을 먹거리를 장만하느라고 어른들이 부산하다면 아이들은 좋은 자리를 맡느라고 더불어 부산하다. 땅에 줄을 긋고 내 자리니 네 자리니 옴니암니 싸우는 수도 있으나 영화가 시작되면서 장만해 온 군음식을 함께 나누어 먹다나면 그 모든 진티들은 알게 모르게 일소되고 너도나도 박장대소하면서 영화 속으로 빨려들어 갔다. 쪽걸상이나 마대 쪼각이나 짚 한 단을 궁뎅이 밑에 깔고 앉아서도 누구 하나 게정을 부리지 않았고 너나없이 질서정연하게 구경에 몰닉할 수 있었던 것은 문화생활에 대한 갈구가 없었다면 있을 수도 없는 일이였을 것이다. 어느 한 번은 현(縣) 문공단(文公團)에서 화극을 준비해 가지고 우리 마을로 내려온 적이 있는데 공연이 끝나자 문공단 단장은 일부러 마을 사람들 앞에 나와서 허리 굽혀 사의를 표하는 것이었다. 어느 마을을 내려가 보아도 이 마을처럼 질서를 지키는 사람들이 없었으며 이 마을 사람들처럼 열렬하게 박수를 쳐 주는 관중이 없었으며 이 마을 사람들처럼 끝까지 자리를 지켜 주는 마을도 없더란다. 그 말에 관중석에서는 우레와 같은 박수 소리가 터져 올랐고 다음번 절목이 준비되면 이 마을부터 찾아 주겠노라고 문공단 단장은 약조를 했다.

나는 마을의 그 공터를 찾아가 보았다. 그러나 그 공터는 진작 사라진 상태였다. 철책으로 4면을 둘러막은 그곳 한복판엔 빨간 양철 지붕에 흰 타일로 벽을 바른 4간 벽돌집이 떡하니 들어앉아 있었다. 마당에는 낯선 사람을 보고 미친듯이 짖대는 황둥개와 웃통을 훌렁 벗어던진 나그네가 경계의 눈초리로 나를 쏘아보고 있었다. 지며리 쏘아보는 그 눈길에 나는 그만 주눅이 들어버려 비실비실 뒷걸음을 치지 않을 수 없었다. 자기 집 문 앞에서는 똥개도 용감해지는 법이다. 새로 지은 벽돌집 앞을 지날 때마다 이방인을 발견한 개들이 약속이나 한 듯이 한 맵씨로 나를 향해 짖어대는 바람에 오수에 취한 듯 한적하던 마을이 소란스러워지기 시작했다. 그제 날의 추억의 파편들을 주어올리며 조용히 마을돌이를 해보고 싶었으나 개들은 그것마저 허락하질 않았다.

나는 마을 서남쪽 귀퉁이에 있는 학교 자리를 찾아가 보았다. 우리 아버지가 20년을 근무해 온 학교이자 내 동심을 키워 준 모교일 뿐만 아니라 1983년도부터 1989년도까지 6년간 아버지의 뒤를 이어 내가 근무했던 학교, 참말로 유서 깊은 곳이었다. 1958년도에 마을이 서면서 함께 지었다는 초옥으로 된 여덟 간짜리 교사는 우리 아버지가 퇴직을 하던 해인 1983년도에 열네 간짜리 벽돌 교사로 대체되었는데 벽돌 교사로 바뀌고 겨우 12년 만에 다시 폐교를 당하는 비운을 맞은 것이다. 200명 가까이 되는 학생을 거느린 일교지장이었던 우리 아버지는 학생들 앞에선 항상 위엄을 잃지 않는 선생님으로, 학생을 다스림에서도 매서운 선생님으로 소문난 사람이었다. 독서 무용론이 조장되면서 교원이 놀림가마리가 되었던 '4인방' 시기에도 다른 교원들 앞에는 이런저런 대자보 장이 나붙었지만 우리 아버지를 비방하거나 공격하는 대자보 장을 나는 한 장도 구경하지 못했다. 집 안팎을 가꾸는 재간이 있는 우리 아버지는 학교를 관리하는 면에서도 마찬가지였다. 비록 초옥으로 된 교사였지만 해마다 바람벽을 깨끗이 수건(修建)하는 걸 잊지 않았고 학교 터 주위에 비술나무 외에도 오얏나무 같은 과일나무를 옮겨 심어 봄이면 학교 뜰 안은 마치 화원 같았다. 교실 창턱 밑에 관상용 비술나무를 심어 놓고 손수 수관을 다듬던 아버지의 뒷모습을 나는 교실 창 너머로 수없이 보아 왔다. 상급에서 조달되는 학교 운영 경비가 부족한 상황에서 우리 아버지는 촌 지도부의 지지하에 생산대에서는 아직 손댈 겨를이 없어 묵여 두고 있는 생땅을 얻어냈다. 물 웅덩이를 메우고 나무뿌리를 캐어 내고 높은 곳의 흙을 파서 낮은 곳으로 옮기고 수로를 만들어 물길을 끌어들이고… 고하간 그 모든 일을 학생들과 우리 아버지를 비롯한 11명의 교원들이 도맡아 했던 기억이 있다. 고급 학년 학생들은 쟁기를 들고 나무뿌리를 팠고 저급 학년 학생들은 저마다 자기 집의 세숫대야를 들고나와 흙을 이어 날랐다. 일하는 과정에서 쟁기날에 발등을 찍는 애로 풀치는 낫날에 손가락을 베는 애로 하루에 한두 건쯤은 부상 사고가 잇달아 일어나기가 일수였지만 어느 학부형도 그런 자질구레한 일 따위로 학교를 찾아와 시비를 거는 일은 없었다.

농사일이 시작되어서부터 가을걷이가 끝나고 탈곡을 해서 흰 쌀이 마대 안으로 쏟아져 들어올 때까지 유독 씨 뿌리는 일만 마을의 로농들이 잠간 와서 지도를 해줄 뿐 그 외의 모든 일을 전부 교원과 학생이 자기절로 해냈다.

한 헥타르 남짓한 논밭에서 생기는 수입이 그때 시세로 얼마나 되었는지 지금 상세히는 모르겠으나 그렇게 모은 돈으로 우리 아버지는 학교 세간살이를 하나하나 장만해 들였다. 맨 처음 갖춘 것이 대고 한 틀과 소고 네 틀 그리고 트럼펫 같은 관악기였던 것 같다. 6·1 아동절을 맞아 전 공사적(公社的)으로 진행되는 어린이 운동 대회는 우리 학교가 빠지면 찬 없는 밥처럼 슴슴할 정도였다. 통일 복장을 갖춘 전교 학생 대오는 두말할 것 없고 검열 대오의 진두에 서서 그 화려함을 자랑하는 우리 학교의 밴드 대오는 전 공사적으로 유일한 조선족 학교인 우리 학교의 위상을 하늘 높이 띄워 주군 했었다. 그 다음으로 갖춘 것이 동기(冬期) 운동을 위한 스케이트였다. 우리 학교에서는 겨울마다 학교 운동장에 빙장을 만들어 아이들이 마음껏 뛰여 놀게 하였는데 200명 가까이 되는 학생에 구두 스케이트가 몇 컬레밖에 안 되는 실정이라 아이들은 구두 스케이트를 타 보려고 밤중까지 줄을 서서 자기 순번이 돌아오길 기다리군 했다. 그 실정을 감안한 우리 아버지는 하얼빈에 가서 스케이트 날 100벌을 주문해다가 우리 어머니를 비롯한 마을 부녀회 회원들을 동원하여 가죽이 아닌 돛천으로 스케이트 신을 만들게 하였다. 밤낮 두 주일간의 작업을 거쳐 아이들은 두 명꼴로 스케이트 한 벌을 갖게 되었고 학생들의 스케이트 타는 열의도 높아져 저마다 날랜 제비들처럼 빙장 우에서 날아다녔다. 그래서 우리 학교 대부분 학생의 스케이트 타는 재간은 현 스케이트 팀 선수들과 어금버금했으며 두 명의 여학생을 파격적으로 성(省) 체육 학교에 입학시키는 데 성공하기도 했었다. 그중 한 명은 국가 대표 팀에까지 들어갔던 일도 있다. 체육 활동은 물론 문예 방면에서도 우리 아버지는 일가견이 있었다. 트럼펫을 잘 불었던 덕에 마을의 젊은이들에게 악기 지도를 다니는 아버지의 모습을 나는 어렸을 때부터 여러 번 보았다. 음색이 높고 날카롭지만 잘 다루면 화려한 소리를 내는 트럼펫을 아버지는 아주 멋지게 불었다. 교실과 교실 사이에 있는 간이 판자벽을 떼어 내어 림시로 튼 무대 우에서 학생들은 자체로 준비한 문예 종목을 선보이기도 했었다. 학교의 문예 선전대를 창설하고 악기를 사들이고 연길에 가서 무용복을 구입해 들이는 일까지 우리 아버지는 손수 다 해 냈다. 손풍금을 잘 타는 연변 총각을 요청해 음악 교원으로 전근시켜 준 것도 그 무렵이었던 것 같다. 우리는 안도에서 모셔온 그 음악 선생님을 '연변 선생님'이라고 불렀다. 설이 되면 마을 사람들에게 선보일 문예 종목을 만드느라고 연변 선생님은 밤늦도록 수고가 많았다. 연변 선생님께서 친히 안무를 맡고 훈련시킨 조선 무용을 마을 사람들에게 선보일 때 일이다. 무용수들이 입고 나온 한복을 보시던 연변 선생님이 그만 입을 딱 벌리는 것이었다. 통일 복장이 없는 우리는 저마다 트렁크 속에 감추어 둔 자기 어머니들의 한복을 떨쳐 입고 나왔는데 색상도 각양각색이었지만 어른들의 옷을 아이들이 입은 탓에 몸에 맞지 않아 헹글헹글한 그 꼴은 정말로 가관이었던 것이다. 그 일이 있은 후로 학교에서는 거금을 들여 산뜻한 무용복을 수십 벌 구입해 들였다.

풍문에 들은 대로 학교 운동장은 진작 논밭으로 변해 있었다. 학생들이 휴식 시간을 즐기던 곳, 체육 시간마다 명랑한 호르레기 소리가 울려 퍼지던 곳, 농한기거나 저녁 무렵이면 동네 청년들이 모여 축구 놀이를 하던 곳이 바로 이곳이 아니었던가? 그뿐인가? 해마다 농한기를 리용해 개최하군 하던 마을 운동회도 번마다 이곳에서 열리군 했었다. 마을 부녀회 성원들이 준비한 집체무로 서막을 여는 마을 운동회는 축구와 배구 같은 구류 종목에서 그네타기, 널뛰기, 씨름, 줄다리기 등과 같은 민속 종목은 물론 물동이 이고 달리기, 부인 찾아 업고 달리기, 담뱃불 붙이기, 새끼꼬기, 바느실 꿰기와 같은 오락 종목들로 꼬박 이삼일 간 이어지며 화합의 장 단결의 장을 만들어내군 했었다. 년례행사처럼 행해지던 그 모임을 구경하기 위해 인근의 한족 사람들은 떼를 지어 구름처럼 모여오군 했다. 날아오는 축구공을 맨머리로 들이받아 꼴문을 가르는 장면이라든가 밑신개 하나에 두 발을 올려놓은 채 하늘 공중을 제비처럼 날아오르는 아낙들을 올려다보면서 운동이라면 죽는 것도 겁내지 않는 민족이라고 혀를 회회 내둘렀다. 그랬던 이곳이 이젠 벼밭이 되어 버렸다. 예전에 늙은이들의 말을 들어 보니 이곳은 원래 뒤마을 한족 사람들의 공동묘지 자리였다고 한다. 새 마을을 세워야겠는데 장소가 없어 뒤마을 한족 사람들이 버린 터를 주어서 공그고 다듬기를 거듭해 만들어 낸 자리가 바로 이 자리라고 했다. 애들이 공부할 자리라 꺼리는 사람도 있었으나 남의 땅을 얻어서 살아야 했던 그 절박했던 형편에서는 식은밥 더운밥 가릴 계제가 아니었단다. 그렇게 다듬고 가꾸어 낸 자리에다 이제 우리만 짓던 벼농사를 한족 농민이 이어서 짓고 있는 것이다. 입쌀을 가지고 유세를 떨던 이 마을의 영광은 이제 영원히 력사의 무대 뒤로 사라져 버린 것이다.

운동장 주위에 심었던 비술나무들은 그대로 서 있었으나 오얏나무들은 모두 없어졌고 운동장 남쪽에 줄느런히 심었던 락엽송은 더러는 찍혀 나가고 몇 대 안 남은 그루와 그루 사이엔 잡초가 무성히 자라 발을 들여놓을 수도 없게 변해 있었다. 해빛 찬란한 오후 시간을 리용하여 키 넘게 자란 락엽송 그늘 아래에 전 교사생들을 둘러 앉혀 놓고 고급학년 조선어문 선생님이 소설책을 읽어주군 하던 휴식터 같은 곳이 아니었던가? 학생의 수효가 많았기에 확성기까지 내다 걸고 읽어주군 해서 학교 근처에 사는 마을의 늙은이들도 두셋씩 짝을 무어 와서는 방청을 하군 했었다. 지금 생각해보니 『반짝이는 붉은 별』4)이란 소설을 읽어줄 때 일이었던 것 같다. 호한삼(胡漢三)이 반동자(潘冬子)를 박해하던 그 대목에 가서 랑독을 맡은 선생님이 목이 메어 더 읽어 내려갈 수 없게 되자 다른 선생님이 얼른 일어나 이어서 랑독을 계속해 주었다. 그날 대부분의 학생들이 그 대목에 격감되어 함께 눈시울을 적셨던 일을 잊을 수 없다.

숲도 그 숲이고 자리도 그 자리이건만 지금 이 자리에 서 있는 사람은 유독 나 홀로다. 나는 비술나무 둥치를 껴안아 보았다. 웃가지들은 후에 돋은 가지이겠지만 이 둥치와 둥치를 둘러싸고 있는 수피는 엄연히 그때 그 수피이고 그 둥치일 것이다. 나는 친구의 손을 매만지듯 매 그루의 비술나무 둥치들을 일일이 매만져 보고 그러안아 보았다. 나무와 나무 사이를 요리조리 빠져 다니며 뛰어놀던 그때는 어른들의 신다리만큼씩 굵었던 나무둥치가 어언 한 아름이 되도록 자라 있었다. 둥치는 굵어졌지만 나무는 늙어 있었다. 사람들은 다 떠났지만 나무 뿌리는 더 깊이 땅속으로 뻗었을 것이다. 늙은 농군의 손등처럼 터실터실 갈라진 수피를 매만지는 내 눈에서 또다시 물기가 괴여 올랐다. 소리를 질러 보고 싶었다. 손가락 사이로 빠져 흘러가는 강물처럼 붙잡을 겨를도 없이 흘러가 버린 세월이 아쉽고 그립고 원망스러웠다.

벽돌 교사는 진작에 남의 집이 되어 있었다. 이름 모를 한족 사람이

---

4) 『반짝이는 붉은 별』은 중국 작가 이심전(李心田, 1929~2019)이 1970년에 발표한 중편소설. 소년 영웅 반동자(潘冬子)가 1930년부터 1939년 사이 험난한 역경을 헤치고 성장해 가는 이야기를 담고 있다. 1974년에 영화화되기도 했다. 중국어 원제는 '閃閃的紅星'.

11년 전 시세로 5만 원에 도맡아 가졌다는데 처음엔 돈사로 쓰다가 요즘엔 아무것도 하지 않는 방치된 빈집이 되었단다. 운동장을 갈아엎고 벼를 심은 걸 봐서 벼밭을 관리하는 사람이래도 있지 않을까 싶어 둘러보니 창문 유리들은 성한 것이 한 장도 없고 사람이 살고 있음 직한 맨 동쪽 간 창틀에만 지난겨울에 발랐을 것 같은 비닐 박막 한 쪼각이 드리워져 있었다. 아무리 인기척을 내어 보아도 사람 그림자 하나 얼씬하지 않아 으스스하기까지 했다. 나는 중앙 대문을 열고 발범발범 돈사 안으로 들어가 보았다. 교실과 교실 사이에 있던 칸막이 벽들이 더러는 헐려 나가고 없었지만 문간 옆 벽보용으로 쓰던 검은 콩크리트 벽체 하나는 그나마 그대로 서 있었는데 어느 선생님이 쓴 글씨인지 채 지우지 않은 판서 글씨가 띠엄띠엄 남아 있었다. 먼지가 켜켜이 앉아 부근부근하기까지 한 돈사 바닥엔 말라 부스러진 나무가지와 돼지 똥 같이 보이는 흙무지와 그리고 밟혀 죽은 지 오래 되어 바싹 말라버린 쥐 시체가 여기저기 널려 있었다. 이곳이 내가 아이들을 데리고 수업을 했던 곳이라면 누가 믿어 줄까? 겨울이면 날마다 난로불을 피워야 했던 초옥 교사를 헐어버리고 스팀을 놓은 벽돌 교사로 이사를 들어오던 날 전 교사생들은 얼마나 신나 했던가? 벽돌 교사로 이사를 하기 직전에 우리 아버지는 퇴직 년령이 되어 교장직을 놓아버렸고 그로부터 6년 후 나는 현성 중학교로 소환되어 마을 학교를 떠나버렸다. 맡았던 학급의 학생들은 눈시울을 적시며 나를 배웅했고 나는 그런 애들을 뒤로 남긴 채 현성으로 가는 차에 이불 짐과 몸을 실었다. 애들을 데리고 뛰어놀던 학교 운동장과 나를 키워 준 마을의 곳곳을 마지막으로 둘러보며 나도 코마루가 시큰해 나는 걸 느꼈지만 더 좋은 곳으로 더 활기찬 곳으로 간다는 흥분에 그나마 마음은 한껏 들떠 있었다.

망가질 대로 망가져 버린 폐허 속에 서서 주마등처럼 지나가 버린 지난날을 되새겨 보노라니 허무하기 짝이 없었다. 이곳에 우리말로 글을 배워주던 학교가 있었댔다는 사실은 이제 럭사의 뒤안길로 사라져 전설로나 남을 것이다. 예전에 우리 아버지가 했던 말을 빌면 "일본 사람은 새 고장으로 이사를 가면 변소부터 짓고 조선 사람은 새 고장으로 이사를 가면 학교부터 짓는"단다. 다섯 호의 이민 식구가 맨 먼저 이곳에 발을 붙였을 때 사람들은 자기들이 들 살림집보다도 학교를 앉힐 자리부터 운운을 했다 하니 후대 교육을 중시하는 우리 민족의 덕목은 이곳에서도 반짝 빛을 뿌렸던 것만은 사실이다. 전 공사 8개 마을 학교를 점검해 보아도 우리 학교만큼 100%의 보급률을 보장한 학교가 없다며 우리 민족을 치하하던 공사 문교 간부의 말이 생각난다. 아랫마을 학교로 시찰을 내려올 때마다 우리 집에서 점심을 치르고 가군 했던 그 간부는 한족이 아닌 만족이었는데 늘 우리 민족을 깨끗하고 문명하고 례의 바르고 근면한 민족이라고 치하하군 했었다. 그때 뒤마을 한족 사람들은 아무리 동원을 해도 아이들을 학교 문에 들여보내지 않고 돼지몰이를 시키거나 애 보기로 잡아두는 사람들이 많았다. 그러나 우리 마을 애들은 어린 동생을 등에 업고라도 학교만은 꼭 다녔다. 동생을 옆자리에 앉혀 놓고 수업을 듣던 일은 그 당시 그리 희한한 일이 아니었다. 그러다가 어린아이가 일단 칭얼거리기라도 하면 교학을 하던 선생님이 대신 아이를 업고 달래기도 했었다. 너무 자주 데려오면 반급 애들에게 빈축을 살 법도 했겠건만 그런 일로 위축을 받거나 싸움이 벌어진 적은 한 번도 없었다. 하긴 모두 다 하나같이 동생들을 한 무리씩 거느리고 살았던 우리가 아니었던가? 오후 수업이 끝나면 집에 돌아가 밥을 짓고 돼지풀을 뜯어 돼지죽을 끓이고 탁아소에 가서 맡겨 두었던 어린 동생들을 찾아 내오고 개울가에 가서 빨래를 씻어 오고 마당을 쓸고 닭모이를 주고… 그런 일들은 우리에게 너무나 익숙한 일상이었었다.

바깥에서 인기척이 났다. 주인이 돌아왔는가 보다. 컹컹 개 짖는 소리도 났다. 대문을 열고 들어오던 주인이 화들짝 놀란 눈으로 나를 바라보았다. 손에는 컵라면 하나와 쏘세지 두 개 그리고 소주병이 들려 있었다. 마을 상점에 가서 저녁거리를 사 들고 오는 길이었던 것이다. 뒤에 따르던 황둥개가 나를 발견하고 더 사납게 짖어댔다.

"니 조우 쉐이?"[5]

사나이는 음침한 눈으로 나를 지릅떠 보고 있었다. 후에 큰어머니 말을 들어 보니 학교 운동장을 사들인 한족 사람이 자기 대신 벼밭을 가꾸게 하려고 불러 붙인 홀아비 머슴이라고 했다. 나는 도둑질하다 들킨 사람처럼 얼을 먹고 서 있었다. 바로 그때 밖에서 큰어머니의 목소리가 들려 왔다. 빌려준 목욕용 다라를 찾으러 나온 길이었다. 사나이는 나무무지 우에 던져 놓은 다라를 가리키며 가져가라고 했다. 다라를 들여다보던 큰어머니가 욕설을 퍼부었다. 비닐로 된 다라의 밑굽이 왕창 깨져 있었던 것이다. 큰어머니는 목욕은커녕 아무짝에도 쓸 수 없게 된 다라를 사나이 앞에 홱 내동댕이치며 다시는 물건 빌리러 오지 말라고 호통을 쳤다. 사나이는 저지레를 했다 싶은지 방금 전의 기세를 꺾고 머리를 숙인 채 재빨리 내 곁을 스쳐지나 자기 방으로 들어가 버렸다. 불쌍하다고 이것저것 집어주기도 하고 많이 만든 음식이 있으면 나누어 먹기도 했는데 이젠 거래를 말아야겠다며 큰어머니는 한식경이나 푸념을 널었다.

---

5) 중국어 '니 조우 쉐이(你找谁)?'는 '누구 찾아요?'

큰어머니는 저녁을 지으면서도 깨진 다라를 두고 계속 구시렁거렸다. 이웃에 사는 한족 새색시가 풋고추 뜯으러 왔다며 인기척을 냈다. 큰어머니 혼자서 채마전을 다룰 수도 없거니와 다루어 낸다 하더라도 혼자서 얼마 먹지도 못하기에 한족 아낙더러 대신 채마전을 붙이게 하고 거기에서 나오는 남새는 두 집에서 나누어 먹기로 했단다. 그렇게 제집 채마전을 남의 집에 부탁한 집이 큰어머니네 말고도 여러 집이라고 했다. 모두가 하나같이 일흔을 넘긴 노인 호(戶)들이라고 했다. 그중 두 집은 채마전은 물론 살림살이까지 몽땅 한족 아낙네에게 맡기고 사는 형편이란다. 반려를 잃고 혼자 사는 몸인 데다 수족이 불편하여 밥 짓는 일도 할 수 없는지라 도급지를 내어 주고 나오는 돈으로 한족 아낙의 보살핌을 사서 살아간단다. 예전에 3대 4대가 한집에서 오구구 모여 살며 천륜지락을 누리던 민족 공동체의 삶의 방식 또한 이 마을에선 영원한 력사가 되어버린 것이다.

저녁을 먹고 마을 길에 나가보니 웃통을 훌렁 벗어 부친 한족 나그네들이 길가에 쭈크리고 앉아 담배질을 하면서 농사 얘기를 하고 있었다. 저녁상을 방금 물렸는지 이쑤시개로 이를 쑤시는 치도 있었고 먹다 남은 구운 옥수수를 들고 씹어대는 치도 있었다. 아낙 둘이 나그네들 곁에 서서 참녜질을 하다가 이방인을 발견하고 흘끔흘끔 내 쪽을 쳐다보며 저희들끼리 귓속말로 수근덕거리기 시작했다. 따라 나온 강아지까지 나를 향해 콩콩 짖어댔다. 내가 발을 한껏 구르자 강아지는 아낙들 바지가랑이 뒤로 몸을 숨기면서 인츰 꼬리를 사렸다. 이 마을로 이주해 온 한족 사람들 대부분이 웃동네에 살던 장가점(張家店)의 사람들이라고 한다. 산동 땅에서 산해관을 넘어 이곳 장가점까지 흘러들어와 발을 붙인 이 사람들은 심성이 그닥 사납진 않았지만 악지가 센 탓에 온 공사적으로도 교통이 제일 말이 아닌 곳에 터를 잡고도 흩어지지 않고 조용

히 뭉쳐 살던 사람들이다. 우리 마을 사람들이 겨울 화목 거리를 준비
하러 가다 보면 이 사람들이 사는 장가점의 입구를 지나게 되는데 물 한
모금이라도 얻어먹으러 들릴라치면 이 사람들은 아주 뜨겁게 맞아 주
었다. 그닥 짙지는 않지만 산동 방언을 아직도 사용하는 이 사람들을
우리 마을 사람들은 '싼둥빵즈'라고 불렀고 이 사람들은 우리 마을
사람들을 '꼬리빵즈'라고 불렀다. '빵즈'라는 말은 '떨거지'를
비하해 하는 말일 것이다. '싼둥빵즈'나 '꼬리빵즈'나 모두 가난
했던 그 시절 기아를 피해 목숨을 내걸고 휘여휘여 이 땅을 찾아온 떨거
지들이 아니겠는가? 그랬던 사람들이 이제 다시 좀 더 나은 삶의 방법
을 찾아 각자 헤매고 나선 것이다.

이튿날 해가 뜨자마자 나는 논 구경을 하기 위해 마을을 나섰다. 이
슬이 걷힌 다음 나가 보라는 큰어머님의 권유도 마다하고 사진기 하나
만 챙긴 채 벌판으로 나섰다. 끝 간 데 없이 푸르게 펼쳐진 벼밭은 주인
들이 바뀌었지만 모습은 거의 예전 그대로였다. 땅뙈기의 생김생김에
따라 혹은 농사를 지으면서 그때그때 부르기 좋은 대로 붙여 불렀던 이
벌판의 이름들을 나는 아직도 대부분 기억하고 있다. 퇴수 도랑을 따라
기다랗게 생긴 맨 낮은 곳의 논밭은 '칼치배미'고 마을에서 제일 가
까운 곳에 있는 땅은 '종자지'이고 제일 큰 벌은 '원전지', 논의 크
기로 지어진 이름인 '열두쌍', 첫해가 아닌 이듬해에 개간을 한 논밭
이라 해서 붙인 '얼황(二荒)', 세 번째 해에 개간을 한 곳이라 해서
'삼황(三荒)', 물길의 남쪽에 있다 해서 '도랑남쪽' 그 북쪽에 있
다 해서 '도랑북쪽'… 우리 아버지는 한평생을 교원으로 있은 탓에
농사일에 숙맥이었지만 반대로 우리 엄마는 농사일에서는 막힘이 없는
실농군이었다. 어느 벌판의 논은 사질 토양이어서 수확고가 낮고 어느
벌판의 논은 비옥해서 농사가 잘 되는지를 우리 엄마는 물론 마을 사람

들은 모두 잘 알고 있었다. 그랬기에 애초 도급지 획분을 앞두고 마을 사람들은 옴니암니 싸우기도 많이 싸웠었다. 토질에 따라 산량이 줄고 늘고 했기에 누구나 토질이 좋은 곳을 분여 받으려고 악을 썼다. 결국 제비뽑기로 논의 임자를 선택하는 방법을 썼는데 우리 엄마가 뽑은 논은 토질이 차한 도랑 쪽 논이었다. 토질이 나빴을뿐더러 마을에서 제일 먼 곳에 있어 일하러 다니기에도 불편한 점이 많았다. 그럼에도 불구하고 우리 엄마는 우리 남매들을 거느리고 억척스레 첫해 농사를 지었다. 여태 남이 지은 쌀만 축내고 살아온 소지식분자(小知識分子)라는 뒷말을 듣지 않으려면 첫해 농사를 잘 지어야 한다며 아버지가 더 안달을 떨었던 덕인지 우리는 도급지를 분여 받은 첫해 최고 산량은 못 냈지만 남들과 비슷한 풍작을 거두었다. 나뿐만 아니라 큰언니와 오빠까지 대과 교원으로 지내면서 월급을 벌어들이는 데다가 여가 시간을 타서 한 헥타르에 가까운 논밭까지 다루다나니 그 당시 우리 집 경제 형편은 마을 치고도 다섯 손가락 안에는 꼽힐 수 있을 만큼 윤택해졌다. 마을 사람들은 쩍하면 우리 엄마에게 돈 빌리러 오군 했다. 한날한시에 다 같이 스타트를 뗀 상태들이었지만 어떤 집들에서는 산량을 내지 못해 첫해부터 장리 돈을 쓰기 시작했고 어떤 집들에서는 '만원호'로 정평이 나면서 우쭐하기도 했었다. 한마디로 토지 도급제는 대부분 농가에 활력을 불어넣어 주었지만 그렇지 못한 집도 더러 있었다. 아버지를 일찍 여의고 홀어머니와 함께 살던 나의 친구네는 남자 로력이 없는 데다 농기구 하나 변변한 것이 없어 밭갈이부터 낟알을 걷어들일 때까지 일절 남의 손을 빌려야 했기에 친구는 쩍하면 애가 타서 울었다. 논밭을 갈아엎으려면 남의 경운기를 빌려 써야 했고 볍씨를 뿌리는 날은 마을의 로농을 불러야 했으며 비료를 논으로 실어 내가려면 남의 소달구지를 빌려 써야 했고 논밭에 병이 생기면 전문가를 청해 와야 했으며 가을이 끝나 볏단을 집으로 끌어들이는 데도 남의 집 경운기를 빌려야 하는데 내가 쓰려는 때는 남도 쓰고 있는 중이라 돈을 주고라도 얼른얼른 대여 쓸 수 없어 농사철을 망구어버릴 때가 많았다. 호도거리가 시작되어 이 태 농사를 지으면서 심신에 지실이 들 대로 든 친구는 남자 로력이 아 쉬워서라도 시집을 가야겠다며 다음해 농사철이 시작될 무렵 총망히 결혼을 해버렸다. 그때 당시 시골 처녀들의 배우자 선택 표준은 논밭이 많고 산량을 많이 내서 '만원호'가 된 부자집 아들이면 무조건 OK 였던 것 같다. 그러나 친구가 선택한 총각은 처가로 들어와 농사를 지 어 줄 수 있는 힘 좋은 사람이었다.

논밭으로 뻗은 길은 예나 다름없이 수레바퀴 자국이 깊숙이 패여 있 는 울퉁불퉁한 농토길 그대로였다. 길가엔 강아지풀과 연보라색 들국 화가 지천으로 깔려 있었다. 옛날엔 뙈기와 뙈기 사이에 푸새들이 무성 했었으나 한족 사람들이 들어와 농사를 지으면서부터는 푸새들이 돋아 있던 자투리땅까지 모두 개간을 하고 벼를 심어 놓아서 벌이 더 커 보였 다. 만도리가 끝난 벼밭은 아침 햇빛을 받아 더 검푸르게 보였다. 이제 좀만 더 있으면 이삭이 고개를 빳빳이 내밀 것이다. 그리고 그 이삭은 차츰 고개를 숙이며 누우렇게 익어갈 것이고 벌은 서서히 황금색을 띨 것이다. 손 빠른 농부의 낫 끝에서 스르륵 스르륵 벼대가 베이는 소리 가 방불히 들리는 듯했다. 그렇게 베여낸 벼를 단치기로 묶어서 줄가리 를 쳐 놓았다가 탈곡 준비가 끝난 뜨락으로 끌어들여 탈곡기에 넣으면 낟알은 낟알대로 벼짚은 벼짚대로 분리된다. 벼농사를 지으면 버릴 것 은 하나도 없다. 알 먹고 꿩 먹고 둥지는 털어 불까지 땔 수 있는 것이 벼농사가 아닌가 싶다. 낟알은 거두어 사람이 먹고 쌀겨는 돼지와 닭을 키우는 먹이 거리가 되고 볏짚은 겨울 화목으로 대용할 수 있을뿐더러 부지런한 사람들은 짚으로 가마니를 쳐서 부업 수입을 올리기도 했다.

솜씨 좋은 우리 옆집의 나그네는 볏짚으로 못 만드는 물건이 없었다. 등겨를 담아 두는 볏섬도 틀었고 마당에 까는 멍석도 결을 줄 알았으며 쌀 뒤주는 물론 삼태기나 소쿠리 외에도 닭둥우리 같은 세간살이까지 모두 볏짚으로 만들어 내여 이웃들까지 나누어 쓰군 했었다. 심지어 그 집의 아낙이 쓰는 반짇고리도 잘 다듬은 볏짚을 새끼로 꼬아 결은 것이 었는데 얼마나 오래 두고 썼던지 손때가 묻어 반질반질했다. 옆집 나그네는 볏짚뿐만 아니라 버들가지나 비술나무 가지로도 여러 가지 세간살이를 만들 줄 아는 요술쟁이였었다.

나는 논길을 따라 우리 집에서 부쳤던 논밭을 찾아가 보았다. 기계화 농사에 쉽도록 논두렁을 많이 까던져 버려 논밭은 너른 운동장 같았다. 농사일을 하다가 가끔 차려간 참을 모여앉아 나누어 먹군 하던 그 둔덕 우에 올라서 보니 감회가 새로워났다. 우리 집은 이 논에서 꼬박 10년 농사를 지었다. 풍수가 괜찮은 곳인지 이 벌에서는 큰 재해도 없었고 공을 들인 만큼 소출도 불어났다. 10년 농사를 지으면서 우리는 텔레비전 같은 가전제품을 장만해 들였고 아버지는 마을에 국수방까지 차려 놓았다. 밀가루와 옥수수가루로 국수를 가공해서 진(鎭) 거리에 내다 팔기도 했고 소문을 듣고 찾아오는 손님들에게 팔기도 했다. 그러다가 형제들이 모두 도시로 진출하면서 우리 엄마와 아버지는 드디어 농사 짓기를 그만두고 자식들을 따라 도시로 올라오셨던 것이다. 나는 신었던 산다루6) 벗어던지고 첨벙 벼밭 속으로 뛰어들었다. 사질 토양이여서 논바닥은 그때나 마찬가지로 뜬뜬했지만 벼 포기 사이사이는 걸레질을 한 것처럼 깨끗했다. 어머니를 따라 10년 농사를 지으면서 나는 돌피와 벼를 구분해 내는 혜안을 길렀고 가을걷이 때 낫질하는 미립을

---

6) '산다루(サンダル)'는 '샌들(sandal)'의 일본어식 발음.

익혔으며 탈곡기로 낟알을 털어내는 요령도 배웠고 낟알이 흰 쌀로 태어나는 희열도 맛보았었다. 시골에서 태어나 시골의 생활 방식에 습관된 나의 몸속엔 아직도 농사꾼의 기질이 숨어 있으며 피 속엔 농가의 맥락이 숨 쉬고 있었다. 엉덩이를 공중 쳐들고 엎드린 채 아무리 돌피를 찾아 보아도 돌피가 보이지 않았다. 옳거니, 농약으로 모두 잡아버린 논바닥에서 돌피를 어떻게 찾을 수 있으랴? 저만치 먼 곳에 가라지 풀이 한 모숨 자라고 있을 뿐이었다. 기음을 매라고 논밭에다 들여세우면 거머리나 개구리가 무서워서 아우성부터 치는 나에게 어머니는 논김 매는 철이면 들일보다도 집안일을 많이 시켰다. 그렇다고 집안일이 쉬운 건 아니었다. 힘이 드는 건 치차하고 터전밭 기음을 매거나 남새를 뜯으러 채마전에 들어가 보면 어쩌라고 내가 무서워하는 쏠쇠기 벌레는 그리두 많은지? 사나운 개나 징그러운 쥐떼보다도 꿈지럭꿈지럭 여기저기 기어다니며 머리카락마저 곤두서게 하는 그 벌레들 때문에 나는 사과나무 아래도 감히 지나다니지 못하는 천치였던 것이다. 그러는 나를 보며 엄마는 빨리 수를 써서 농촌을 떠나게 해야지 저 모양 저 꼴로 어떻게 시골에서 살겠느냐고 나 대신 한탄을 하시군 했었다. 논밭 속엔 잡풀도 없었고 거머리 같은 벌레는 더더구나 없었다. 내가 어렸을 땐 물 반 고기 반이었던 논밭이 아니었던가? 솜씨 좋은 사람은 논밭의 기음을 매면서도 한끼 반찬거리는 쉽게 잡아 올렸고 비위 좋은 남정들은 그렇게 잡은 물고기를 그 자리에서 밸을 따서 호주머니 속에 넣어 간 알소금에 찍어 통째로 씹어 먹기도 했다 하니 이 고장이야말로 말 그대로 '어미지향(魚米之鄕)'이 아니었던가 싶다. 기계와 농약으로 신선 농사를 짓는 요즘 같은 세월에 그런 것들은 이제 먼 전설로 되어 버렸다. 나는 지갑 속에서 사진기를 꺼내 들고 아침노을을 배경으로 우리 논밭의 전경을 렌즈 속에 연속 담아 보았다. 논밭머리에 나란히 서 있는 두 그루의 백양나무 우듬지에 까치들이 내려앉아 우지짖고 있었다. 가을이면 어김없이 황금 낟알을 쏟아내는 우리네 곡창, 써도 써도 자꾸 쏟아 주는 화수분같이 우리의 명맥을 이어오던 200여 쌍의 옥답을 몽땅 팽개치고 마을 사람들은 지금 다 어데로 가 있는 걸가?

논밭에서 돌아오는 길에 길목에서 혼자 놀고 있는 대여섯 살 가량 된 계집아이를 만났다. 혼자 놀기에 적적했던지 계집아이는 시골 아이답지 않게 추호의 수줍음도 없이 상글상글 웃으며 내 뒤를 따라왔다. 나는 그 애와 말을 섞어볼 심산으로 걸음을 멈추었다.

"몇 살이지?"
"다섯 살!"
"유치원에 가야겠네."
"할머니가 그러는데 명년 여름에 간대."
"여긴 유치원이 없는데 어쩌지?"
"할머니가 그러는데 현성 유치원에 가야 한대."
"현성 유치원에 가면 혼자 자야 할 텐데?"
"할머니가 그러는데 선생님들하고 같이 잔대."
"그럼 할머니와 떨어져야 하겠구나."
"할머니가 그러는데 일요일마다 보러 온대."

계집아이는 입으로는 또랑또랑 대답을 하면서도 눈으로는 내 손에 들린 사진기를 유심히 쳐다보았다. 내가 사진기를 들이대자 계집아이는 인츰 식지와 중지를 펼쳐 들고 천연스레 포즈를 취해 주었다. 그러는 사이 친한 친구라도 된 듯이 계집아이가 문득 내 손을 글어쥐며 옆집으로 새색시 구경을 가자고 끌었다.

"태룡이 오빠가 색시를 데려왔어."

"색시?"

"응. 이쁜 색시."

내가 계집아이와 주거니 받거니 하고 있는 사이 계집아이의 할머니 되는 아낙이 손녀를 찾아 길목까지 나왔다. 얼굴을 대하고 보니 면목이 있는 아낙이었다. 내가 여덟 살쯤 되던 해라고 생각된다. 한족 마을에 사는 조선족 총각과 결혼을 하게 된 이 아낙이 결혼 날 입을 신부복을 맡기려고 우리 어머니를 찾아왔었다. 그 무렵 동네 사람들이 입는 한복은 옷 짓는 솜씨가 있는 우리 엄마가 전담했었다. 결혼 날 입는 신부복은 물론 환갑 생일이나 돌날에 아이들이 입는 꼬까옷까지 다 만들어 주었다. 지금처럼 품삯을 받는 것도 아니고 기껏해야 떡 사발이나 닭알 바가지를 옷섶에 감추어 들고 와서 로고를 치하해 주는 것으로 그 공은 끝났지만 엄마는 전간 로동을 하는 짬짬의 시간을 리용해서라도 만들어 달라고 하는 옷은 어김없이 다 만들어 주군 했다. 아낙이 반갑게 나를 집안으로 이끌었다. 손녀와 아픈 아들만 데리고 사는 형편이라 집안은 역시 조용하다 못해 괴괴했다. 령감은 벌써 저세상 사람이 되었고 며느리는 돈 벌러 외지로 나가버려 식구가 셋만 남았단다. 손녀는 유치원에 보낼 나이가 되었지만 어린 것을 너무 일찍 객지 생활에 내몰기 싫어 차일피일 하는 중이고 동네치고 어린애라고는 이 계집아이가 딱 하나뿐이란다. 그렇게 이야기를 하고 있는 사이 계집아이가 또 색시 타령을 하면서 옆집으로 놀러 가자고 칭얼거렸다. 한족 처녀와 혼약을 맺은 옆집 총각이 신붓감을 데리고 부모님이 일하고 있는 한국에 놀러 갔던 차 그곳에서 결혼식을 올리고 방금 돌아왔는데 손녀가 그걸 알고 구경 가잔다는 것이었다.

"한족 처녀를요?"

내가 반문하자

"그럼 한족이지. 조선 체내가 어디 있다구? 한족 색시든 조선 색시든
여자가 생겨 장가를 가는 것만으로도 만족하고 살아야 하는 세월이
라니까."

그러면서 아낙이 서글픈 웃음을 웃었다.

이튿날 반가운 소식이 들려왔다. 한국에 가서 식을 올렸다는 태룡 총
각이 마을에 남아 있는 사람들을 위해 재탕으로 잔치 턱을 낸다는 것이
었다. 잠누룩하던 마을에 간만에 좀 사람 사는 진풍경이 벌어질 듯해서
한껏 기대를 했는데 예상외로 현성 거리에 나가서 잔치상을 벌인다며
하객들더러 현성으로 가는 뻐스에 오르라고 했다. 결혼 잔치는 물론
생일잔치도 모두 현성에 나가서 식당을 찾아 한끼 식사로 끝내는 것이
이젠 이 마을의 풍속 아닌 풍속이 된 지 오래단다. 간단하고도 실용적
이어서 좋은 점도 있지만 한두 시간 사이에 번갯불에 콩 구워 먹듯 해
치워 버려서 애들 소꿉장난같기도 하단다. 옛날에야 결혼 잔치라 하면
적어서 사흘이고 좀 길면 닷새까지도 이어지군 하는 것이 마을의 결혼
잔치가 아니었던가? 우선은 잔치 준비를 위한 전전날부터 잔치의 서
막은 열린다. 마을의 안노인들은 콩나물을 다듬는다든가 떡쌀감으로
맡아 내온 쌀 속에서 뉘를 골라낸다든가 신랑 신부가 덮을 비단 량금
을 꿰맨다든가 하는 일을 핑계로 잔치가 벌어질 집에 모여 앉는다. 일
은 구실이고 일이 끝난 후 예비 신부가 받은 함을 구경하기도 하고 함
을 잘 받았네 못 받았네 하며 수다를 떨기도 하면서 하루를 즐기려는

것이 본심이다. 그렇게 안노인들이 손수 골라놓은 떡쌀은 이튿날 손부리 맵짠 젊은 아낙들의 손에 맡겨지면서부터 잔치 준비는 본격적으로 시작된다. 마을에서 힘깨나 쓰는 장정들을 불러들여 떡방아를 빻기 시작하면 잔칫집 분위기는 잔칫집답게 닳아오른다. 헹! 헹! 절구질에 땀동이를 흘리는 남정들, 기름 냄새 진동하는 부엌에서 굽고 지지고 튀겨내며 고아치는 아낙들, 안방에서는 예비 신부의 얼굴 화장을 맡은 새각시 패들이 타래실로 새각시 얼굴의 솜털을 뽑아준다며 짝짜그르 끓어번지고 웃방에서는 망상을 꾸미는 과방 어른들이 실과며 사탕 따위에 사죽을 꽂아 호함진 모양을 내느라 눈코 뜰 새 없다. 잔치 당날 신랑 측의 영친 행렬이 당도하고 아이들을 비롯한 동네 남녀로소가 초례청으로 꾸며진 잔칫집 앞마당에 모여들기 시작하면서부터 잔칫집 분위기는 고조에 오른다. 잔칫집 주인 아낙은 여러 가지 떡을 치마폭에 싸 들고 나와 모여 온 동네 아이들을 호로하기에 바쁘고 영화 구경을 하듯이 울바주처럼 빙 둘러선 동네 사람들의 축복 속에 결혼 례식은 시작이 된다. 새신부의 화장이 잘됐네 못됐네 새신랑의 얼굴이 잘생겼네 못생겼네 하며 입 가진 사람마다 네 한마디 내 한마디 찧고 빻고 하는 사이에 례식은 끝이 나고 이어서 음식상이 챙겨진다. 또래별로 끼리끼리 정해진 음식상으로 모여 앉는데 안노인들은 자기 입에 음식을 떠넣는 일보다 데리고 온 손주 손녀들의 입을 챙기기에 더 분주하다. 남 먼저 취해버린 또래들은 젓가락이 부러져라 상 모서리를 치며 열창을 하고 음식을 퍼 나르는 아낙들은 작작 마시고 얼른 자리를 내라며 자기 집 남편들을 구박한다. 사돈집 대우가 좋네 궂네 하며 칭얼거리는 영친 손님들의 비위를 맞추느라 집안 사람들이 눈이 아홉이 되어 있을 즈음이면 밖에서는 잔치가 잘되었네 못되었네 하며 시비를 거는 떨레들이 있다. 한쪽에서는 신부 차를 막아서서 길세를 뿌리라고 야료를 부리고 다른 한쪽에서는 빨리 보내 달라며 안달을 떨고…. 아무튼 결혼 잔치는 그 대목에서 클라이맥스에 이른다. 한쪽에서는 흥에 겨워 춤판을 벌이고 또 한쪽에서는 먹살을 잡고 드잡이를 벌이며 온 동네가 와자자해야 잔치가 잔치 같았던 그땐 뉘 집 잔치나 모두 그렇게 하는 줄 알고 살았다. 신부 집에서 그렇게 고아내고 있을 즈음 신랑 집에선 신부 맞을 차비로 분주하다. 낮에 이어 밤까지 동네 청년들이 모여들어 신랑 신부를 데리고 오락을 하는 통에 신랑 집 쪽에선 밤샘이 잔치까지 할 때가 많다. 이튿날엔 신부의 풀보기가 있어 신랑 집은 또 요란하고 사흗날엔 신랑이 동반한 신부의 친정 나들이 행차가 있으니 신부의 친정집은 다시 잔치를 벌이며 떠들어 댄다. 그러다나니 신랑 집과 신부 집이 모두 한 마을에 있을 경우 뒤풀이까지 하다 보면 그 결혼 잔치는 보통 삼일에서 닷새까지 이어지는 건 다반사였던 것이다. 요즘의 잔칫집과 달리 온 마을 사람들이 모여 와 구경해 주고 축복해 주고 거들어 주면서 로소가 동락을 했던 잔치는 말 그대로 동네잔치이고 마을 잔치였던 것이다. 술 한 병 수건 한 장 양말 한 켤레로도 그 성의와 우정이 전달될 수 있었던 소박함은 이제 사라졌다. 그 동안 뿌려 놓은 축의금을 제대로 회수해 들이지 못할까봐 전전긍긍하는 요즘의 잔치는 재치와 슬기가 필요해서 즐기는 잔치가 아니라 연극 같은 잔치가 더 많다. 그랬기에 예전엔 잔치에 초대되면 웃으며 참가했지만 요즘엔 잔치 초대를 받으면 웃는 사람보다 얼굴을 찡그리는 사람이 더 많다. 웃으며 참가해서 웃으며 즐기는 잔치를 이젠 어디서도 볼 수 없을 것 같다.

　마을의 촌장 일을 맡고 있는 동창으로부터 저녁 초대장이 왔다. 다 떠나고 동창이라곤 이제 마을에 단둘밖에 남지 않았다. 한 사람은 지부 서기 겸 촌장 일을 맡고 있었고 다른 한 사람은 회계 사업을 하면서 마을에 음식점을 차린, 애초엔 나와 교원 사업도 잠간 함께 했었던 사람이다. 만찬은 동창이 차린 음식점에서 이루어졌다. 마을 입구에 새 벽돌 집을 짓고 뒷마당에 오리와 닭 개 따위를 잔뜩 기르는 음식점엔 동네 사람들보다 현성에서 자가용을 타고 오는 사람들이 훨씬 많단다. 현성에서 제일 가까운 조선족 마을이라 민족 음식을 주요 메뉴로 올리는데 희한하게도 주방장은 한족이었다. 상에는 토종 영계로 만든 삼계탕과 토종닭이 낳은 계란 볶음 그리고 손수 기른 미꾸라지 찜과 삶은 개고기 한 접시가 올라왔다. 도시에서는 구경하기 힘든 자연산만 골라 올렸다는 것이었다. 현성과 가까운 거리에 있는 우세를 빌어 민속촌을 운운하고 있다는 촌장은 명년엔 마을에 우선 상하수도를 놓고 하나하나 일을 벌여 볼 심산이라고 속심을 털어놓았다. 고충이라면 이렇게 변해 가고 있는 고향 땅으로 돌아와 같이 일할 기미를 보이는 사람이 없다는 것이다. 남에게 내주었던 땅을 걷어들여 정책 좋고 시세 좋은 농사일을 다시 한 번 본때 있게 해볼 사람들이 모여들었으면 좋겠단다. 고향 마을에 아직도 미래를 꿈꾸는 사람이 있어 그나마 위안이 좀 되는 것 같았다.

고향이란 무엇일까? 사전 풀이대로라면 자기가 나서 자란 곳이고 자기 조상이 오래동안 누려 살던 곳이 바로 고향이란다. 객지에서 즐풍목우(櫛風沐雨, 바람으로 빗질하고 빗물로 몸을 씻음)를 하는 사람이 돌아와 기대고 싶은 곳도 고향일 것이고 밖에서 부귀공명을 얻은 사람이 금의환향을 해 보고 싶은 곳도 고향일 것이다. 찾아가면 반갑다고 두 손을 잡아주는 사람이 있는 곳이 고향이요 지나간 추억거리를 들추어내며 함께 회포를 풀 수 있는 사람이 사는 곳이 고향일 것이다. 그런데 고향 마을엔 그런 추억거리들이 하나둘씩 사라져 가고 있고 사람들은 하나둘씩 떠나고 있다. 이제 이대로 좀 더 세월이 지나면 고향의 모든 것은 흔적도 없이 사라질 것이다. 고향을 지키는 것도 사람이요 고향의 이야기를 만들어내는 것도 사람이다. 고향 마을은 시나브로 사위어 가고 있다. 그러나 보다 나은 삶을 위해 살던 마을을 떠나는 고향 마을 사람들은 다른 곳에 가서 다시 자기의 보금자리를 틀 것이다. 그리고 그곳에서 장쾌한 삶의 서사시를 만들어 낼 것이다. 그러면 그곳은 모름지기 그 사람들의 또 다른 고향이 될 것이다.

고향 마을을 떠나기 직전 나는 다시 한 번 마을 길을 걸어 보았다. 먼 후날 내가 다시 이곳으로 찾아올 때까지 내 얼굴을 알아봐 주는 고향 사람이 단 한 사람이래도 건재해 계셨으면 좋겠다는 생각을 했다.

2011년, 『도라지』

작품 해설

이승수 (한양대학교 국어국문학과)

백 년의 잔치

이 책은 중국 교포 작가 박옥남(1963~)이 1991년에서 2014년까지 지은 단편소설 18편을 모은 것입니다. 2011년 중국 연변인민출판사에서 간행한 『장손』에 수록된 20편 중 14편에, 그 이후 발표된 3편, 그리고 정치적인 이유로 발표되지 못한 1편(「해심이」)을 더한 것입니다. 『장손』 출판 과정에서 삭제되거나 순화되었던 표현은, 작가의 원고에 따라 되살려 주었습니다. 현행 한국어의 문법 체계와 크게 충돌하지 않는 선에서, 중국 통용 조선문 표현의 독자성을 최대한 보존하였습니다. 필요에 따라 주석을 더했습니다.

18편의 소설은 문학이면서 그 이상의 의미를 지니고 있습니다. 첫째, 이들 소설은 한국어의 엄연한 하나의 계보, 즉 어보(語譜)입니다. 소설 속의 인물들은 함경도, 평안도, 경상도, 전라도 지역어들을 흐드러지게 구사합니다. 하지만 그 억양과 운율은 왠지 한국의 그것과 달리 느껴집니다. 또 이 언어에는 중국어가 뒤섞여 있고, 일본어와 러시아어도 쌀밥에 잘못 섞인 몇 개 팥알처럼 들어가 있습니다. 이 언어는 한국어 이전의 한국어, 한국어 밖의 한국어, 그리고 중국에 보존된 이산자의 한국어, 조선어입니다. 이 독특한 언어는 인물의 개성과 사건의 현장감을 살려주는 소설의 미적 요소이기도 합니다. 하지만, 무엇보다 중요한 것은 험난한 언어 환경에서 민들레처럼 생존해온 한국어의 한 계보라는 사실입니다. 이 언어는 한국어의 한 계보로 소중하게 다루어져야 합니다.

둘째, 일종의 풍속지입니다. 중국의 교포 사회는 100여 년 동안 순수한 민족 공동체를 이루어 살아왔고, 그 가운데 조선의 풍속이 보존되었습니다. 문화는 기원과 중심에서 멀어질수록 보수의 경향을 보입니다. 이는 자기 보존의 본능인데, 이 본능은 외부의 도전 앞에서 의지로 강화되기도 합니다. 이들 사회는 중국이라는 바다 곳곳에 점점이 놓인 섬이었습니다. 이질적인 문화의 포위 속에서 고유의 풍속은 더 선명하게 존속되었습니다. 이들은 백 년이나 공동체를 이어오면서 고유한 풍속을 보존했습니다. 공동체를 유지하기 위해 풍속을 고수한 것이기도 합니다. 그 과정에서 언어와 풍속은 지렛대로 서로를 받쳐주었습니다. 우리는 작품들 곳곳에서, 이 땅에서는 사라진 지 오랜 옛 풍속들을 만날 수 있습니다. 매우 경이로운 일입니다. 또한 눈물 겨운 사연입니다.

셋째, 지리지이기도 합니다. 우리 사회에는 만주니 요동이니 북방이니 하는 말들이 구름처럼 떠다닙니다. 하지만 그 실체가 있나요? 이 단어들이 가리키는 지리 규모는 한반도보다도 훨씬 큽니다. 그곳이 도대체 어디인가요? 지시 범위가 너무 크면 아무것도 지시하지 않음과 같습니다. 지리 이해는 장소 이해를 전제로 합니다. 어느 지역 어느 강가 어느 마을에서 누가 살았고 어떤 일이 있었는지 아는 데서 시작합니다. 작품의 지리 공간은 조선 사람이 살아왔고 이런저런 일을 겪고 있는 구체적인 마을입니다. 지명들은 대개 허구로 설정되어 있지만, 그 장소는 송화강 물을 이끌어 논농사를 지어온 흑룡강성 하얼빈시 통하현(通河縣) 오아포진(烏鴉泡鎭) 오사촌(五四村)을 크게 벗어나지 않습니다. 이 마을은 작가의 고향입니다. 사례를 보겠습니다.

우리 마을은 조선의 평안북도 벽동이란 곳에서 살다 온 여덟 호의 집단 이주민들이 세운 마을이었습니다. 그래서 마을 이름이 처음엔 '팔가자 (八家子)'로 불리우기도 했지요. 벌이 너르고 마를 줄 모르는 송화강이 곁에 있어서 벼농사를 하기에 안성맞춤한 자리라고 여겼기 때문에 마을의 원로 분들이 여기에다 봇짐을 풀었던 것입니다. 생각과 같이 논농사도 잘 되었고 특히 송화강에서 자연 번식하는 물고기들이 흔해서 논꼬에 비끄러맨 발채마다엔 크고 작은 물고기가 넘쳐나군 했답니다. 농부들은 아침마다 그 물고기들을 거두어 가가호호에 한 대야씩 돌리는 게 큰 골치거리일 정도였지요. (「둥지」)

취학 아동이 줄어 학교가 없어지는 날, 몇 안 되는 학생들에게 들려주는 담임 선생님의 이야기 일부입니다. 선생님은 마을의 역사를 말합니다. 작가가 선생님의 입을 빌려 마을의 역사를, 조선인 공동체의 역사를 말하는 것이지요. 벽동촌이란 지명은 허구이지만, '팔가자(八家子)'는 실제 있는 마을입니다. 오사촌의 이웃 동네이며, 오사촌의 전신입니다. 실제로 여덟 가구의 조선인들로 시작되어 붙은 이름입니다. 송화강 물을 끌어 논농사를 지었고, 물고기가 넘쳐났다는 것도 다 사실입니다. 작품은 꺼지기 직전의 촛불 같은 이 마을의 상황을 보여줍니다. 지리는 이런 사례들이 모여 이루어지는 것입니다.

넷째, 역사서에 기록되지 않은 역사입니다. 기록 속 인물들보다 더 거룩한 삶을 영위해 온 사람들의 사전(史傳)입니다. 진수는 아버지와 학교와 이웃집 소녀 야림이를 차례로 잃고 끝내는 고향을 떠납니다. (「둥지」) 신옥은 물 건너 마을 한족 청년과 사랑에 빠졌다는 이유로 비난을 받고 스스로 목숨을 끊습니다. (「마이허」) 나의 어머니는 열세 살에 시집을 갔고, 열사의 유족이 되고, 과부집이 되었다가 점만이 엄마가 되었다가 다시 과부집이 됩니다. 엄마의 일생 속에는 해방 전쟁과 한국 전쟁과 문화혁명이 다 들어있습니다. (「어머니의 이야기」) 아무도 기억하거나 이야기하지 않는, 당사자들은 다 떠나고, 그들이 살던 초가집마저 내려앉은 마을의 사연을, 작가는 우물에서 물을 긷듯 폐허에서 건져내 이야기로 만들었습니다. 이들의 삶이야말로 역사보다 크고 생생한 진짜 역사입니다.

아닙니다. 이 책의 이야기들은 어보나 풍속지이기 전에 재밌는 소설이고, 지리지와 역사서를 담고 있으면서도 독자들의 마음을 울리는 문학 작품입니다. 뭐가 재밌고 어떻게 감동을 줄까요? 종이 위 글자에 불과하지만 읽으면 인물들의 목소리가 들리는 입말 표현이 재밌습니다. 때론 시끌벅적하고 때론 너무 서글퍼서 말을 잊게 하는 장면들을 살려내는 묘사가 재밌습니다. 읽다 보면 사건들은 영화의 한 장면처럼 전개되고, 어느새 내가 그 속에 들어가 있기도 합니다. 한국에서는 찾아보기 힘든 토속적인 표현과 비유, 그리고 중국어를 품은 비속어와 관용어도 재밌습니다. 무엇보다 인물들이 살아 움직입니다. 인물의 창조, 좋은 소설의 표지이자 기준입니다. 인물들에 투영된 작가의 서정도 특별합니다.

서방은 외할머니와 외할아버지 앞에 큰절을 올리고 나서 성큼성큼 삽짝문을 나섰다. 어머니는 떠나는 남편을 따라 동구 밖으로 나오긴 나왔지만 딱히 할 말도 못 찾고 병아리 어미 닭 쫓아가듯 한 발 앞선 서방의 뒤잔등만 멀거니 바라보고 걷고 또 걸었다. 앞서 걷던 서방이 돌아보며 인젠 그만 돌아가라고 일렀으나 어머니는 들었는지 말았는지 대답도 없이 묵묵히 발걸음을 옮겼다.
"고마 들어가락카이."

서방이 또 한 번 재촉해서야 어머니는 발길을 멈추고 외태 끝만 주물럭거렸다. 그걸 보고 있던 서방이 갑자기 뭔가 생각난 듯 저만치 갔던 길을 되짚어 오며 품속에서 뭔가 부시럭부시럭 꺼집어내는데 꺼낸 걸 보니 탄피를 쪼아 만든 작은 비녀였다.

"참, 이 정신 봐. 임자를 줄라고 이걸 맨든 지가 언젠데 깜빡 잊었군 그랴."
그러면서 그걸 어머니의 손에 쥐여 주었다.

"서방을 했으면 이젠 머리도 얹어야 하능 기라. 그라고 내가 돌아올 때꺼정 지다릴 만혀재? 이것이 바로 임자가 내 사람이라는 징표니께로 이젠 어데로 도망도 몬 간데이?"

서방은 다짐을 따듯 어머니의 귓볼에 입을 가까이 대고 속삭였다. 그리고는 다시 훌쩍 돌아서서 씨엉씨엉 걸음을 옮겼다.

"쪼매 기다리예."

갑자기 어머니가 부르는 소리에 서방은 걸음을 멈추고 뒤돌아보았다. 거기엔 어느새 슬가마 같은 머리를 똬리 틀어 얹은 안해가 자기를 바라보고 서 있었다.

"이걸 꽂아 주고 가지예."

어머니가 탄피 비녀를 내밀며 청을 들었다. 서방은 달려가 그것을 받아 들고 어머니의 등 뒤로 다가가 조심스레 똬리 튼 머리에다 꽂아 주었다.
(「어머니의 이야기」)

딸부잣집 맏딸 어머니(상순)는 겨우 열세 살에, 일손을 보태기 위해 데려온 나이 많은 데릴사위의 아내가 됩니다. 이듬해 봄 신랑은 군인이 되어 집을 떠납니다. 중국 해방 전쟁에 참여한 것입니다. 신랑은 4년 만에 돌아와 딱 하루를 묵습니다. 그리고 다시 떠납니다. 한국 전쟁에 나간 것입니다. 인용은 헤어지는 장면, 별경(別景)입니다. 왜 그런지 말문이 막히고 목이 멥니다. 경상도에서보다 더 진한 경상도 말이 구사됩니다. 쌓인 말은 바닷물인데 입 밖으로 나온 건 한두 방울 낙수입니다. 침묵 속에 우주가 운행하고, 강물보다 멀리 여운이 흐릅니다. 떠난 신랑은 다시 돌아오지 못합니다. 그 하룻밤 인연으로 딸인 '내'가 태어납니다. 이후 어머니가 겪는 수많은 곡절의 시작입니다. 이런 장면을 보면 작가는 이야기꾼이면서 시인입니다. 시인이면서 역사가입니다. 이 어머니의 일생은 내 어머니의 일생이고, 우리 모두의 일생입니다.

「썬딕이」에는 전라도 말을 찰지게 구사하는, 홀아비에 다리를 저는, 성격 고약한 '씨팔영감'이 등장합니다. 말끝마다 '씨팔'을 달고 살아 '씨팔영감'입니다. 인정머리 없는 고약한 인물이지요. 이 씨팔영감이 본의와 무관하게, 마을의 문제 고아 '썬딕이'(본명은 선덕)를 맡게 됩니다. 그 이후로 다른 면모를 보입니다. 어느 날 씨팔영감이 술을 마시며 나(서술자)의 아버지에게 자기 내력을 털어놓습니다. 그는 젊어 청루의 여인을 지독하게 사랑한 풍류 순정남이었고, 그 사연으로 예기치 않게 세상을 표류하다가 중국 땅에 정착하게 된 것입니다. 아, 그는 너무 다정해서 무정해진 것이었습니다. 정이 깊어 매정해진 것이지요. "다정도 병"이란 말도 있지 않습니까! 이런 인물 설정을 보면 작가의 마음 깊이를 알 수 있습니다. 붙어있는 다정과 무정, 심정과 매정 사이의 깊이를 헤아리면 작품들을 더 맛있게 음미할 수 있습니다.

어머니 상순이나 씨팔영감에 드러나듯, 이 책 속 인물의 사연은 모두 재밌으면서 슬프고, 슬프면서 재밌습니다. 재미난 이유는 알겠는데, 슬픈 건 왜일까요? 이 이야기를 하려면 미리 마음이 무거워집니다. 그래도 하지 않을 수 없습니다. 이 책 속 작품들은 거의 모두 '소멸'의 풍경을 그리고 있습니다. 무엇의 소멸일까요? 백 년 동안 언어와 풍속의 공동체를 이루어 살아왔던 교포 사회의 소멸입니다. 한중 수교 이후 교포 사회엔 한국 바람이 불었습니다. 순수했던 이 공동체는 바람에 흔들렸고, 해체되기 시작했으며, 이젠 사라져가고 있습니다. 작가는 석양 속에 떠나가는 님의 뒷모습을 보며, 목멘 가락으로 이별의 노래를 여러 곡 불렀습니다. 이 노래가 바로 이 책에 담긴 이야기들입니다.

이게 그렇게 슬퍼할 일인가요? 마을을 통째로 재개발하는 일이 비일비재한 요즘, 마을이 사라지는 건 뉴스거리도 못 됩니다. 하지만 중국 교포 사회의 해체와 소멸은 조금 다릅니다. 마을의 해체는 곧 백 년 역사의 해체를 의미하며, 이는 영원한 소멸을 암시하고 있기 때문입니다. 어떻게 백 년이죠? 근대 조선인의 중국 이주 기원은 19세기 후반으로 올라가지만, 본격적인 유이민의 역사는 1920년경부터 시작되기 때문입니다. 이들이 타율적으로 — 식민지 상황이니 자의로 떠났어도 타율인 셈이지요 — 고향을 떠나 중국에 정착하고, 거기서 버텨온 백 년의 세월과 사연은 한두 권의 책에 담아낼 수 있는 것이 아닙니다. 이 백 년 동안 얼마나 많은 일이 있었습니까! 작가의 눈길은 석양 속에 서서히 침몰하는 거대한 배를 보고 있습니다. 그가 할 수 있는 건 응시하기, 기억하기, 그리고 몇 장면을 이야기하는 것입니다. 재밌으면서 슬픈 이유입니다.

침몰하는 백 년의 역사는 「장례」 라는 작품에 은유적으로 그려져 있습니다. 이 소설의 주인공은 구신 할멈 박갓난 할매입니다. 스무 살 전에 무병이 들어 만주로 보내졌습니다. 무구(巫具)를 지녔다가 문화혁명 기간에 고깔모자를 쓰고 비판을 받은 적도 있습니다. 할매의 유일한 약점이지요. 동네 궂은일들을 나서 돌보았으며, 특히 시신을 만지고 죽음을 보내는 일을 도맡아 했습니다. 귀신이 있다고 믿으며, 이 때문에 늘 아들과 다툽니다. 이야기는 할매 장례 날 그의 기구한 삶을 회고하는 방식으로 펼쳐집니다. 할매가 죽은 뒤 장롱 깊은 곳에서 사과나무꽃이 피어있는 한옥 그림이 발견됩니다. 할매는 평생 고향을 그리다가 죽어, 말이 안 통하는 중국 귀신들과 한자리에 놓이고 맙니다. 작품에서 할매가 죽은 나이는 92세입니다. 이 작품이 발표된 2011년을 기준으로 역산하면 할매는 1920년생입니다. 박갓난 할매의 일생은 백 년 중국 교포의 역사와 겹치며, 나아가 한국의 근현대사 백 년인 셈이기도 합니다.

　"자꾸 '백 년'이란 단어가 맴돌아요." 며칠 전 박옥남 작가의 소설과 중국 교포의 역사와 현재를 이야기하던 중 김화 입에서 불쑥 나온 말입니다. "마르케스의 소설 『백 년의 고독』(1967)이 떠올라요…." 뒷말을 흐렸습니다. 김화는 중국 흑룡강성 영안(寧安)에서 태어나 자란 중국 교포로 국문과 대학원생입니다. 우리는 잠깐 비감한 심정에 사로잡혔습니다. 『백 년의 고독』은 마꼰도 마을의 백 년 역사와 소멸의 과정을 다루고 있습니다. 물론 이 이야기는 작가의 조국인 콜롬비아의 백 년 역사에 대응됩니다. 우리가 비감했던 건, 사라져가는 백 년 역사를 떠올렸기 때문입니다. 그건 석양 속에 떠나가는 님의 아름다운 뒷모습입니다. 나는, 우리는 그 뒷모습을 보며 턱을 괴고 말을 잊습니다.

　그러고 보니 「장례」의 서사 형식은 『백 년보다 긴 하루』(친기즈 아이뜨마또프, 1980)와 비슷하군요. 이 소설 배경은 카자흐스탄 남부, 중앙아시아의 스텝 지역 사로제끄 사막에 있는 보란리(boranly) 간이역입니다. 웬만한 사람은 2, 3년을 못 버티는 황량하고 적막한 곳입니다. 어느 날 밤 근무 중인 예지게이에게 아내 우꾸발라가 찾아와 까잔갑의 죽음을 알립니다. 까잔갑은 이 간이역에서 44년을 일한 사람입니다. 예지게이는 까잔갑을 보내려는 생각으로 마음이 바쁜데, 그러다가 문득 그와 관련된 기억이 너무 많으며, 세상에서 그걸 기억하는 건 자기뿐이라는 사실을 깨닫습니다. 그는 까잔갑의 장례를 치르며, 마음을 다

해 그가 살아온 내력은 물론, 먼 연원까지 정성을 다해 생각합니다. 그래서 그 하루가 백 년보다 길다고 한 것입니다. 기억하고 이야기하는 것은 사라진 것을 잡아두는 행위입니다. 세상에는 이를 자신의 소명이자 책무라고 여기는 특별한 유형의 사람이 있습니다. 이야기꾼이지요, 소설가입니다. 박옥남 작가도 그런 역할을 한 것입니다. 「장례」뿐만 아니라 이 책에 실린 모든 이야기의 이면에는 백 년 역사의 거대한 뿌리가 감추어져 있습니다.

생각해보면 백 년의 세월은 흥성한 잔치였습니다. 사람들을 돌려보냅니다. 건강하라는 덕담을 건네고, 떡과 약과 등을 싼 음식 꾸러미를 손에 들려줍니다. 환하게 웃는 표정으로 손을 흔들어줍니다. 큰일을 잘 치러냈다고 자신을 격려합니다. 다시 일상으로 돌아가는 사람들의 안녕을 기원합니다. 가끔 일손을 멈추고 이런저런 생각에 잠깁니다. 혼자 웃기도 하고 한숨을 쉬기도 합니다. 삶이 늘 잔치일 수는 없습니다. 잔치가 끝나도 삶은 이어집니다. 다만 함께 웃고 울던 사람들이 다 돌아가고 남은 뒷마당에, 연극이 끝난 뒤의 극장처럼 공허함이 감돌 뿐입니다. 짙은 아쉬움과 처연함이 배어나옵니다. 백 년이 어디 짧은 세월입니까! 그 세월은 아름다운 잔치였습니다. 잔치가 끝나야 진짜 삶이 이어집니다. 우리는 다 잘 살아갈 겁니다.

작가 대신 작가 자랑을 조금 하겠습니다. 한국과 중국에서 여러 상을 받았습니다. 「마이허」는 제7회(2005) 재외동포문학상 우수상을 받았네요. 한국의 고등학교 문학 교과서에도 실렸고(윤여탁 편, 미래엔, 2009), 프랑스어로도 번역되었습니다. 수필 「고추가 익어가는 계절」도 고등학교 문학 교과서(우한용 편, 두산동아, 2012)에 실렸습니다. 2007년에는 「붉은 넥타이」로 제9회 재외동포문학상 논픽션 부문 대상을 받았습니다. 중국에서는 「둥지」로 장낙주 문학상

(2005), 「목욕탕에 온 여자들」로 제1회 김학철문학상 우수상(2007), 「장손」으로 윤동주 문학상(2009)을 받았습니다. 이런 이력을 작가가 굳이 내세우지 않기에, 해설을 평계로 대신 소개합니다.

이 책에 그려진 사연들은 나의 이야기이며 우리의 역사입니다. 그들은 우리의 외부나 일부가 아닙니다. 그 안에 우리 역사가 들어있습니다. 또 중국의 역사도 들어있군요. 그들의 삶에는 천오백 년 이래 되풀이되어온 한국 유이민의 삶이 그림자처럼 드리워져 있기도 합니다. 음, 화제의 범위가 너무 넓어지는군요. 이 이야기는 생략하는 게 좋겠습니다. 나는 고향을 떠나 두만강을 건넜고, 때론 괴롭고 힘들었지만 유쾌하게 백 년을 살아왔습니다. 그리고 오늘 나는 그 백 년의 고향을 떠나고 떠나는 나를 배웅합니다. 나의 역사는 내가 존재하지 않는 곳에 존재합니다.

이용근 선생(헤이룽장대)은 몇 해 전 박옥남 작가의 소설을 처음 소개해 주었고, 올해 여름엔 작가의 고향 오사촌을 비롯한 소설의 여러 무대 답사를 안내해 주었습니다. 작가의 연락처를 알 수 없어 애태울 때 김호웅(연변대) 선생이 연락처를 알려주었습니다. 황인건(한양대)·강동우(관동대)·민선홍(한양대)·이두리(경향신문) 여러분이 원고를 검토하고 정리하는 수고를 해주었습니다. 황인건 선생은 주석을 다느라 더 품을 들였습니다. 이건웅 대표는 손익 셈을 미루고 선뜻 출간을 맡아 주었습니다. 여러 인연이 모여 이 책이 태어나는군요. 모두에게 감사드립니다. 박옥남 작가의 붓은 한동안 누워 쉬는 중입니다. 이 책의 출간을 계기로 기지개를 켜며 일어나면 좋겠습니다! 차이나하우스의 번영을 기원합니다!

박옥남

　1963년 중국 헤이룽장성 탕원현 출생.

　중국 헤이룽장성 오상 조선족사범학원 일어전과 졸업하고, 중국 헤이룽장성 퉁허현(通河縣) 조선족학교와 상즈시(尙志市) 조선족 중학교에서 일어 교사로 근무했다. 1981년 헤이룽장성 연수현 조선족 중학교를 졸업할 무렵 처녀작 발표했는데, 작품으로『오가툰일화』,『올케』,『둥지』등 여러 편의 단편소설과『콘돔』등 수필을 발표하면서 헤이룽장신문 진달래문학상, 장락주 문학상, 중국 조선족 어머니 수필 상 등 수상했고, '제1회 김학철 문학상'에서 <목욕탕에 온 여자들>로 우수상을 받았다. 2007년에는 <붉은 넥타이>로 제9회 재외동포문학상 대상을 받았다.

마이허

ⓒ 박옥남 2024

2024년 06월 05일 초판 1쇄 인쇄
2024년 06월 10일 초판 1쇄 발행

지은이: 박옥남
펴낸이: 안우리
펴낸곳: 차이나하우스

등록: 제324—2011—000035호
주소: 서울시 강동구 천중로 194, 4층
전화: 070—7893—0505
팩스: 02—6021—4986
이메일: whayeo@gmail.com

ISBN: 979—11—85882—75—8 (03820)

값: 17,800원